LA
RESISTENCIA
DE LA
REINA

LA RESISTENCIA DE LA REINA

REBECCA ROSS

Traducción de Daniela Rocío Taboada

Argentina – Chile – Colombia – España
Estados Unidos – México – Perú – Uruguay

Título original: *The Queen's Resistance*
Editor original: HarperTeen, un sello de HarperCollins Publishers.
Traducción: Daniela Rocío Taboada

1.ª edición: Octubre 2019

ISBN: 978-84-92918-70-6
E-ISBN: 978-84-17780-18-0   **33614082202994**
Depósito legal: B-21.531-2019

Fotocomposición: Ediciones Urano, S.A.U.
Impreso por: Rodesa, S.A. – Polígono Industrial San Miguel
Parcelas E7-E8 – 31132 Villatuerta (Navarra)

Impreso en España – *Printed in Spain*

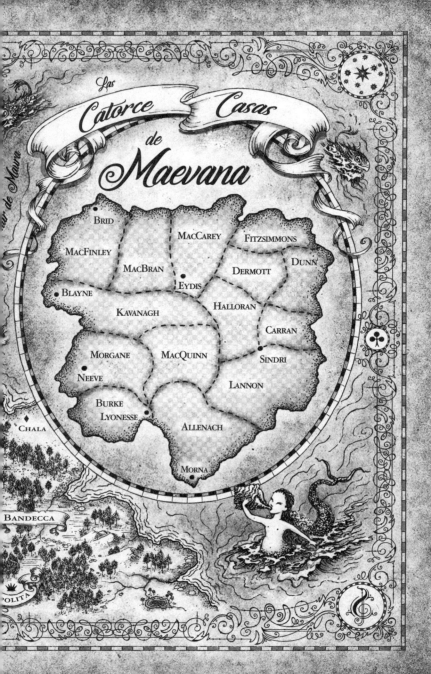

PARTE 1
EL REGRESO
Octubre de 1566

1

BRIENNA

La hija del enemigo

Territorio de Lord MacQuinn, castillo Fionn

El castillo vibraba con las risas y los preparativos para la cena cuando Cartier y yo entramos en el salón, con las capas pasionarias azules en la espalda y la brisa nocturna enredada en nuestro pelo. Me detuve en el centro de la estancia elegante para contemplar los tapices colgados en los muros, el arco alto del techo que se derretía hasta perderse en las sombras humeantes, las ventanas con parteluz en el muro este. Había un fuego que rugía en la chimenea de cerámica y las mujeres del castillo acomodaban los mejores utensilios de peltre sobre las mesas armadas con caballetes. No prestaron atención a mi presencia, dado que yo aún era una desconocida para ellas, y observé cómo un grupo de chicas más jóvenes decoraban el centro de las mesas con ramas de pino y flores de color rojo oscuro. Un chico corría detrás de ellas para encender una cordillera de velas, con los ojos evidentemente clavados en una de las chicas de cabello castaño.

Por un instante, parecía que aquel castillo y aquellas personas nunca habían conocido la oscuridad y la opresión del reinado de la familia Lannon. Y, sin embargo, me pregunté qué heridas permanecían en sus corazones, en sus recuerdos, después de haber sobrevivido a veinticinco años de un rey tirano.

—Brienna. —Cartier se detuvo despacio a mi lado. Estaba de pie a una distancia segura de mí (un brazo entero), pero de todos modos aún podía sentir el recuerdo de su tacto, aún podía saborear sus labios sobre los míos. Permanecimos de pie en silencio y supe que él también estaba asimilando el clamor y la belleza rústica del salón. Que aún estaba intentando acostumbrarse a lo que serían nuestras vidas ahora que habíamos vuelto a casa, a Maevana, el Dominio de la Reina.

Yo era la hija adoptiva de Davin MacQuinn (un lord caído en desgracia que había estado oculto los últimos veinticinco años) quien por fin había vuelto a iluminar su salón y a recuperar a sus súbditos.

Y Cartier, mi anterior maestro, era el lord de la Casa Morgane. El Lord de los Ágiles: Aodhan Morgane.

A duras penas podía encontrar la voluntad de llamarlo por aquel nombre. Era uno que *nunca* habría imaginado que él tendría a lo largo de los años en los que había sido su alumna y él había sido mi instructor, un amo del conocimiento, en el reino sureño de Valenia.

Pensé en cómo se entrelazaron nuestras vidas desde el primer instante en que lo había conocido cuando me aceptaron en la prestigiosa Casa Magnalia, una escuela valeniana para las cinco pasiones de la vida. Había asumido que él era valeniano: había adoptado un nombre valeniano, sabía de etiqueta y pasiones y había vivido prácticamente toda su vida en el reino del sur.

Y, sin embargo, él era mucho más que eso.

—¿Por qué has tardado tanto?

Me sobresalté cuando Jourdain me sorprendió al aparecer ante mi vista, sus ojos mirándome de pies a cabeza, como si esperara que tuviera algún rasguño. Lo cual me resultó prácticamente gracioso, porque tres días atrás habíamos cabalgado hacia la batalla con Isolde Kavanagh, la reina legítima de Maevana. Me había puesto una armadura, había pintado con añil azul la marca sobre mi rostro, trenzado mi pelo y blandido una espada en nombre de Isolde, sin saber si sobreviviría a la rebelión. Pero había luchado por ella, al igual que Cartier y Jourdain, y con ella para desafiar a Gilroy Lannon, un hombre que *nunca* debería haber sido rey de esta tierra. Juntos, lo habíamos derrocado a él y a su familia en una mañana, en un amanecer sangriento, pero victorioso.

Y ahora Jourdain actuaba como si yo hubiera participado en la batalla de nuevo. Todo porque he llegado tarde a la cena.

Tuve que recordar que debía ser comprensiva. No estaba acostumbrada a la preocupación trivial paternal: había pasado toda la vida sin saber quién era mi padre biológico. Y, uh, cómo me arrepentía ahora de saber de quién había descendido; aparté con velocidad el nombre de mi mente y, en cambio, centré la atención en el hombre de pie ante mí, el hombre que me había adoptado como una hija propia hacía meses, cuando los dos combinamos nuestros conocimientos para organizar una rebelión contra el rey Lannon.

—Cartier y yo teníamos mucho de qué hablar. Y no me mires así, padre. Volvimos a tiempo —dije, pero mis mejillas ardían bajo el escrutinio atento de Jourdain. Y cuando él movió los ojos hacia Cartier, creí que lo había descubierto. Cartier y yo no habíamos estado solo «hablando».

Inevitablemente, pensé de nuevo en aquel momento que había ocurrido apenas hacía horas, cuando había estado de pie con Cartier en su castillo destruido en territorio Morgane, cuando él por fin me había entregado mi capa pasionaria.

—Sí, bueno, te dije que volvieras antes del anochecer, Brienna —me reprendió Jourdain y luego suavizó el tono cuando le habló a

Cartier—. Morgane. Qué bien que has venido a unirte al festín de celebración.

—Gracias por invitarme, MacQuinn —respondió Cartier inclinando la cabeza con respeto.

Era raro oír esos nombres en voz alta, dado que no sonaban adecuados en mi mente. Y mientras que otros comenzarían a llamarlo Lord Aodhan Morgane, yo siempre pensaría en él como Cartier.

Después estaba Jourdain, mi mecenas devenido en padre. Cuando lo había conocido hacía dos meses, él se había presentado como Aldéric Jourdain, su alias valeniano. Pero, al igual que Cartier, era mucho más que eso. Él era Lord Davin MacQuinn, el perseverante. Y mientras que otros comenzarían a llamarlo así, yo lo llamaría «padre» y siempre pensaría en él como Jourdain.

—Venid, los dos —dijo Jourdain, de nuevo hosco. Se volvió para guiarnos sobre la tarima, donde la familia del lord debía tomar asiento y cenar en una mesa larga.

Cartier me guiñó un ojo cuando Jourdain nos dio la espalda y tuve que tragar una sonrisa de felicidad pura.

—¡Allí estás! —exclamó Luc mientras entraba en el salón a través de una de las puertas laterales, con la mirada clavada de inmediato en el sitio de la tarima donde yo estaba de pie.

Las chicas jóvenes hicieron una pausa en sus decoraciones de pino y flores para reír y susurrar cuando Luc pasó junto a ellas. Imaginé que hablaban sobre lo atractivo que él era, aunque para la mayoría, Luc era bastante insípido. Su pelo castaño oscuro siempre estaba despeinado, su mandíbula no estaba alineada y su nariz era un poco larga, pero sus ojos podían derretir hasta el corazón más frío.

Subió con pasos pesados los escalones de la tarima para alzarme en el aire con un abrazo, comportándose como si hubiéramos estado separados durante meses, aunque lo había visto antes aquella misma tarde. Sujetó mis hombros y me hizo girar para poder ver los hilos plateados bordados sobre mi capa pasionaria.

—*Ama* Brienna —dijo. Me giré y reí al oír por fin el título junto a mi nombre—. Es una capa preciosa.

—Sí, bueno, esperé bastante para obtenerla, creo —respondí, mirando inevitablemente a Cartier.

—¿Qué constelación es? —preguntó Luc—. Me temo que soy horrible para la astronomía.

—Es Aviana.

Ahora era ama del conocimiento, algo por lo que había trabajado durante años en Casa Magnalia. Y en aquel instante, de pie en el salón de Jourdain en Maevana, rodeada de familia y amigos, vistiendo mi capa pasionaria, con Isolde Kavanagh a punto de volver al trono del norte... no podía haber estado más satisfecha.

Cuando todos tomamos asiento, observé a Jourdain, que tenía un cáliz dorado en la mano y el rostro cuidadosamente resguardado mientras miraba a sus súbditos adentrarse en el salón para la cena. Me pregunté qué sentía él ahora que por fin había vuelto a su hogar después de aquellos veinticinco años de terror para ejercer de nuevo el rol de lord para esos súbditos.

Sabía la verdad de su vida, de su pasado maevano al igual que de su pasado valeniano.

Había nacido en ese castillo como hijo noble de Maevana. Había heredado las tierras y los súbditos de MacQuinn y había intentado protegerlos cuando lo obligaron a servirle al horrible rey Gilroy Lannon. Sabía que Jourdain había presenciado cosas terribles en aquel salón real: había visto cómo le cortaban las manos y los pies a hombres que no podían pagar la totalidad de sus impuestos, había visto ancianos perder un ojo por mirar durante demasiado tiempo al rey, había oído los gritos de las mujeres en habitaciones distantes mientras las golpeaban, había visto cómo azotaban niños por emitir sonido cuando deberían haber permanecido en silencio. «Lo vi», me había confesado una vez Jourdain, pálido al recordar. «Lo vi, pero tenía miedo de hablar».

Hasta que finalmente decidió rebelarse, derrocar a Gilroy Lannon y colocar de nuevo en el trono norteño a una reina legítima, terminar con la oscuridad y el terror en la que se había convertido la antes gloriosa Maevana.

Otras dos Casas maevanas se habían unido a su revolución secreta: los Kavanagh, quienes habían sido la única Casa mágica de Maevana al igual que la Casa de origen de las reinas, y los Morgane. Pero Maevana era una tierra con catorce Casas tan diversas como su territorio, cada una con sus propias fortalezas y debilidades. Sin embargo, solo tres de ellas se atrevieron a desafiar al rey.

Creo que lo que retuvo a la mayoría de los lores y las ladies fue la duda, porque dos artefactos invaluables estaban desaparecidos: la Gema del Anochecer, que le otorgaba a los Kavanagh sus poderes mágicos, y el Estatuto de la Reina, que era la ley que declaraba que ningún rey ocuparía jamás el trono de Maevana. Sin la gema y el estatuto, ¿cómo podría la rebelión derrocar por completo a Gilroy Lannon, quien estaba profundamente arraigado al trono?

Pero hacía veinticinco años, MacQuinn, Kavanagh y Morgane se habían unido y habían atacado el castillo real, preparados para ir a la guerra. El éxito del golpe de Estado dependía de atacar por sorpresa a Lannon, lo cual fue estropeado cuando mi padre biológico, Lord Allenach, supo de la rebelión y finalmente los traicionó.

Gilroy Lannon esperaba a Jourdain y sus seguidores.

Él buscó y asesinó a las mujeres de cada familia, sabiendo que eso les arrancaría el corazón a los lores.

Pero lo que Gilroy Lannon no anticipó fue que tres de los hijos sobrevivirían: Luc. Isolde. Aodhan. Y porque sobrevivieron, los tres lores desafiantes huyeron con sus hijos al país vecino, Valenia.

Adoptaron nombres y profesiones valenianas; descartaron su lengua materna, el dairinés, para usar el idioma valeniano chantal medio; enterraron sus espadas, sus símbolos norteños y su furia. Se *ocultaron* y criaron a sus hijos para ser valenianos.

Pero lo que la mayoría no sabía... era que Jourdain nunca dejó de planear volver y derrocar a Lannon. Él y los otros dos lores caídos se reunían una vez al año, sin perder nunca la fe de que podrían rebelarse de nuevo y tener éxito.

Tenían a Isolde Kavanagh, quien estaba destinada a convertirse en reina.

Tenían el deseo y el valor para rebelarse de nuevo.

Tenían la sabiduría de los años a favor, al igual que la lección dolorosa del primer fracaso.

Y, sin embargo, aún les faltaban dos cosas esenciales: la Gema del Anochecer y el Estatuto de la Reina.

Allí fue cuando me uní a ellos, dado que yo había heredado los recuerdos de un ancestro lejano que había enterrado la gema mágica siglos atrás. Si podía recuperar la gema, la magia volvería a los Kavanagh y las otras Casas maevanas tal vez se unirían por fin a nuestra rebelión.

Y eso fue exactamente lo que había hecho.

Todo esto había ocurrido hacía pocos días y semanas, pero, sin embargo, parecía haber sucedido hacía mucho tiempo, como si rememorara todo a través de un vidrio roto, a pesar de que aún estaba magullada y herida por la batalla, los secretos y las traiciones, por descubrir la verdad de mi propia herencia maevana.

Suspiré y permití que mi ensimismamiento desapareciera mientras continuaba mirando a Jourdain sentado en la mesa.

Tenía el pelo castaño oscuro recogido en un moño, lo cual lo hacía parecer valeniano, pero tenía una diadema coronando su cabeza, un destello de luz. Vestía pantalones negros sencillos y un jubón de cuero con un halcón dorado bordado sobre el pecho, la insignia orgullosa de su Casa. Aún tenía un corte en la mejilla producto de la batalla que curaba lentamente. Testigo de lo que acabábamos de superar.

Jourdain bajó la vista hacia su cáliz y finalmente lo vi: el destello de incertidumbre, la duda en sí mismo, la falta de mérito que lo atormentaba… y sujeté una copa de sidra y moví la silla cercana a la suya para tomar asiento a su lado.

Había crecido en compañía de cinco ardenes más en Casa Magnalia, cinco chicas que se habían convertido en hermanas para mí. Sin embargo, aquellos últimos meses rodeada de hombres me habían enseñado mucho acerca de su naturaleza, o más importante, de lo frágiles que eran sus corazones y sus egos.

Al principio permanecí en silencio y observamos a sus súbditos traer platos de comida humeante y colocarlos sobre las mesas. Sin embargo, comencé a notarlo; muchos MacQuinn hablaban entre susurros, como si aún tuvieran miedo de que los oyeran. Tenían prendas limpias, pero deshilachadas, el rostro surcado por los años de trabajo arduo, las décadas carentes de sonrisas. Varios de los jóvenes incluso hurtaban a escondidas jamón de los platos y la guardaban en los bolsillos, como si estuvieran habituados a tener hambre.

Y llevaría tiempo que el miedo desapareciera, que los hombres, las mujeres y los niños de esa tierra se recuperaran y sanaran.

—¿Sientes que todo esto es un sueño, padre? —le susurré a Jourdain después de un rato, cuando sentí el peso de nuestro silencio.

—*Mmm.* —El sonido favorito de Jourdain, que significaba que estaba de acuerdo conmigo a medias—. A veces, sí. Hasta que busco a Sive y noto que ella ya no está aquí. En ese momento, siento que es la realidad.

Sive, su esposa.

No pude evitar imaginar cómo había sido ella, una mujer valiente, heroica, cabalgando hacia la batalla todos esos años atrás, sacrificando su vida.

—Desearía haberla conocido —dije mientras la tristeza llenaba mi corazón. Estaba familiarizada con aquella sensación; había vivido con ella durante muchos años, con aquel anhelo de tener madre.

Mi propia madre había sido valeniana y había muerto cuando yo tenía tres años. Pero mi padre había sido maevano. A veces, me sentía dividida entre los dos países: la pasión del sur, la espada del norte. Quería pertenecer allí con Jourdain, con los MacQuinn, pero cuando pensaba en mi sangre paterna... cuando recordaba que Brendan Allenach, tanto lord como traidor, era mi padre biológico... me preguntaba cómo era posible que alguna vez me aceptaran allí, en aquel castillo que él había aterrorizado.

—¿Qué es lo que sientes tú, Brienna? —preguntó Jourdain.

Pensé un instante, saboreando la calidez dorada de la luz del fuego y la felicidad que invadía a los súbditos de Jourdain mientras comenzaban a reunirse alrededor de las mesas. Escuché la música que Luc tocaba en su violín, melódica y dulce, que generaba sonrisas en hombres, mujeres y niños, y me acerqué a Jourdain para apoyar la cabeza sobre su hombro.

Y así le di la respuesta que él necesitaba oír, no la que yo sentía por completo aún.

—Siento que estoy de vuelta en casa.

No había notado lo famélica que estaba hasta que trajeron la comida: fuentes con carnes asadas y vegetales condimentados con hierbas, panes dorados suavizados por la manteca, frutas encurtidas y platos con quesos con cáscaras de distintos colores. Apilé en mi plato más comida de la que podría comer.

Mientras Jourdain estaba ocupado hablando con los hombres y las mujeres que subían continuamente a la tarima para saludarlo de modo formal, Luc se giró en su silla para quedar frente a Cartier y a mí.

Me puse rígida cuando vi el resplandor alegre en su mirada.

—¿Sí? —pregunté cuando Luc continuaba sonriéndome a mí y a Cartier mientras devoraba un panecillo con los dientes.

—Quiero saber la verdad —dijo él, mientras las migas caían de su boca.

—¿Sobre qué, hermano?

—¡Sobre cómo os conocisteis! —respondió Luc, alzando una ceja—. ¡Y por qué nunca dijisteis nada al respecto! Durante nuestras reuniones… ¿cómo es posible que no lo supierais? En cuanto al resto de nuestro grupo rebelde, todos creíamos que erais dos desconocidos.

Mantuve los ojos en Luc, pero sentí cómo Cartier posaba su mirada sobre mí.

—Nunca dijimos nada porque no sabíamos que el otro estaba involucrado en la rebelión —dije—. En las reuniones, llamaste *Theo D' Aramitz* a Cartier. No sabía quién era. Y luego me llamaste *Amadine Jourdain* y Cartier no sabía quién era ella. —Me encogí de hombros, pero aún sentía el impacto de la revelación, aquel momento intoxicante en el que había descubierto que Cartier era Lord Morgane—. Un simple malentendido causado por dos seudónimos.

Un simple malentendido que podría haber destruido nuestra misión de reinstaurar a la reina.

Dado que yo sabía dónde mi ancestro había enterrado la Gema del Anochecer, me habían enviado a Maevana en busca de la hospitalidad de Lord Allenach mientras recuperaba en secreto la gema en su territorio. Además, el grupo rebelde de Jourdain había planeado que Lord Morgane se disfrazara de un noble valeniano que visitaba el castillo Damhan para la cacería otoñal. Su verdadera misión era preparar a los súbditos para la vuelta de la reina.

—¿Y quién te lo contó? —le pregunté a Luc.

—Merei —dijo mi hermano, bebiendo un sorbo veloz de cerveza para ocultar la suavidad en su voz al pronunciar su nombre.

Merei, mi mejor amiga y mi compañera de habitación en Magnalia, quien estudió la pasión de la música y también había conocido a Cartier como el hombre que yo siempre había creído que era: un amo del conocimiento valeniano.

—*Mmm* —expresé, disfrutando el hecho de que mi hermano ahora fuera quien se ruborizaba bajo mi escrutinio.

—¿Qué? Ella me contó la verdad después de la batalla —tartamudeó Luc—. Merei me dijo: «¿Sabías que Lord Morgane fue maestro de Brienna en Magnalia? ¿Y que no sabíamos que él era un lord maevano?».

—Y entonces… —comencé a decir, pero Jourdain me interrumpió al ponerse de pie repentinamente. De inmediato, el salón hizo silencio, cada mirada se posó en él mientras alzaba su cáliz, mirando a sus súbditos unos instantes.

—Quería decir unas palabras, ahora que he vuelto —dijo, haciendo una pausa para mirar de nuevo su bebida—. No puedo deciros qué siento al volver de nuevo a casa, reencontrarme con todos vosotros. Durante los últimos veinticinco años, pensé en vosotros durante la rebelión y durante las noches al recostarme. Dije vuestros nombres en mi mente cuando no podía dormir, recordé vuestros rostros y el sonido de las voces, los talentos de vuestras manos, la alegría de vuestra amistad. —Jourdain alzó la mirada hacia ellos y vi lágrimas en sus ojos—. Os decepcioné al abandonaros como lo hice la noche de la primera rebelión. Debería haberme quedado en mi territorio; debería haber estado aquí cuando Lannon llegó, buscándome...

Un murmullo doloroso invade el salón. Solo se oían nuestras respiraciones entrando y saliendo, el chisporroteo del fuego ardiendo en la chimenea, un niño llorando bajo en los brazos de su madre. Sentí que mi pulso se aceleraba, como si no hubiera esperado que él dijera esas palabras.

Observé a Luc, cuyo rostro estaba pálido. Nuestras miradas se encontraron; unimos nuestros pensamientos al pensar a la vez: *¿Qué debemos hacer? ¿Deberíamos decir algo?*

Estaba a punto de ponerme de pie cuando oí los pasos firmes de un hombre que se aproximaba a la tarima. Era Liam, uno de los nobles que permaneció junto a Jourdain, quien había escapado de Maevana hacía años en busca de su lord caído, quien había encontrado finalmente a Jourdain en su escondite y se había unido a nuestra revolución.

No podríamos habernos rebelado por completo sin la asesoría de Liam. En ese momento, vi cómo subía los escalones y colocaba una mano sobre el hombro de Jourdain.

—Milord MacQuinn —dijo el noble—. Las palabras no pueden describir lo que sentimos al verlo volver a este salón. Hablo en nombre de todos cuando digo que estamos felices de reunirnos de nuevo con usted. Que pensábamos en *usted* cada mañana al despertar y cada noche al recostarnos para dormir. Que soñábamos con este mismo momento. Y que sabíamos que volvería por nosotros algún día.

Jourdain miraba a Liam y vi la emoción creciente en mi padre. Liam sonrió.

—Recuerdo aquella noche oscura. La mayoría de los que estamos presentes la recordamos. Cómo nos reunimos a su alrededor en este mismo salón después de la batalla, con su hijo entre los brazos.

—Miró rápido a Luc y el amor en sus ojos estuvo a punto de dejarme sin aliento—. Huyó porque *nosotros* se lo pedimos y queríamos que lo hiciera, Lord MacQuinn. Huyó para mantener vivo a su hijo porque no podíamos soportar perderlos a los dos.

Luc se puso de pie y rodeó la mesa para ponerse de pie al otro lado de Liam. El noble apoyó su mano derecha sobre el hombro de mi hermano.

—Les damos la bienvenida a ambos, milores —dijo Liam—. Y nos honra servirles una vez más.

El salón cobró vida cuando todos se pusieron de pie alzando las copas de cerveza y sidra. Cartier y yo también lo hicimos, y alcé mi sidra hacia la luz, esperando para beber en nombre de mi padre y mi hermano.

—Por Lord MacQuinn —dijo Liam, pero Jourdain se giró hacia mí abruptamente.

—Hija mía —anunció él con voz ronca, extendiendo su mano hacia mí.

Me paralicé, sorprendida, y el salón hizo silencio mientras todos me miraban.

—Ella es Brienna —prosiguió Jourdain—. Mi hija adoptiva. Y no podría haber vuelto a casa sin ella.

De pronto, me invadió el miedo de que la verdad del castillo Damhan se hubiera propagado: *Lord Allenach tiene una hija.* Porque sin duda yo misma me había anunciado como la hija perdida de Allenach la semana pasada en su salón. Y si bien no sabía la extensión del terror y la brutalidad que habían azotado a este suelo y a estas personas, sabía que Brendan Allenach había traicionado a Jourdain y se había apoderado de sus súbditos y sus tierras hacía veinticinco años.

Era la hija de su enemigo. Cuando me miraban, ¿aún veían un rastro de él? *Ya no soy una Allenach. Soy una MacQuinn,* me recordé.

Caminé hasta llegar junto a Jourdain, permití que sujetara mi mano y me acercara aún más a él, bajo la calidez de su brazo.

Liam, el noble, me sonrió con un resplandor arrepentido en los ojos, como si lamentara haber pasado por alto mi presencia. Pero luego, alzó su copa y dijo:

—Por los MacQuinn.

El brindis estalló en todo el salón y disipó las sombras, alzándose como la luz hasta las vigas.

Vacilé solo un instante antes de alzar mi copa y beber.

Después del festín, Jourdain nos instó a Cartier, a Luc y a mí a subir con rapidez por la gran escalera hacia el cuarto que antes había sido el estudio de mi padre. Era una recámara amplia con estanterías talladas profundamente en los muros y el suelo de piedra cubierto con pieles y alfombras para ocultar nuestros pasos. Un candelabro de hierro colgaba sobre una mesa cuya superficie poseía un bello mosaico: los cuadrados de berilo, topacio y lapislázuli formaban un halcón en pleno vuelo. Sobre un muro había un mapa grande de Maevana; me detuve un instante para admirarlo antes de unirme a los hombres en la mesa.

—Es hora de planear la segunda etapa de nuestra revolución —dijo Jourdain y reconocí la misma chispa que había visto en él cuando habíamos planeado nuestra vuelta a Maevana en el comedor de su casa valeniana. Qué distantes parecían ahora aquellos días, como si hubieran ocurrido en una vida completamente distinta.

En la superficie, parecería que la etapa más difícil de nuestra revolución había terminado. Pero cuando comenzaba a pensar en todo lo que yacía ante nosotros, el agotamiento comenzaba a subir por mi columna y a pesar sobre mis hombros.

Aún había muchas cosas que podían salir mal.

—Empecemos escribiendo nuestras preocupaciones —sugirió Jourdain.

Busqué un pergamino sin usar, una pluma y un tintero, y me preparé para escribir.

—Empezaré yo —se ofreció Luc rápidamente—. El juicio de Lannon.

Escribí *Los Lannon* en el papel, temblando al hacerlo, como si el mero susurro de la punta de la pluma pudiera invocarlos.

—Su juicio es en once días —murmuró Cartier.

—Entonces ¿tenemos once días para decidir cuál será su destino? —dijo Luc.

—No —respondió Jourdain—. *Nosotros* no lo decidiremos. Isolde ya ha comunicado que el pueblo de Maevana los juzgará. Públicamente.

Escribí eso, recordando el evento histórico que tuvo lugar hace tres días cuando Isolde había entrado en el salón del trono después de la batalla, manchada de sangre, con el pueblo de pie a sus espaldas. Había quitado la corona de la cabeza de Gilroy, lo había golpeado varias veces y luego lo había obligado a arrastrarse por el suelo hasta yacer postrado ante ella. Nunca olvidaré aquel momento glorioso, la forma en que mi corazón había latido al comprender que una reina estaba a punto de volver al trono maevano.

—Entonces, colocaremos un patíbulo en los jardines del castillo, para que todos puedan asistir —sugirió Cartier—. Traeremos a los Lannon al frente, uno a uno.

—Y leeremos en voz alta nuestras acusaciones —dijo Luc—. No solo las nuestras, sino la de cualquiera que quiera testificar en contra de las trasgresiones de los Lannon. Deberíamos informar a las otras Casas, para que traigan sus reclamos al juicio.

—Si lo hacemos —advirtió Jourdain—, lo más probable es que toda la familia Lannon enfrente la muerte.

—Toda la familia Lannon debe rendir cuentas —dijo Cartier—. Así es como siempre ha sido en el norte. Las leyendas lo llaman «las partes amargas» de la justicia.

Sabía que él tenía razón. Él me había enseñado la historia de Maevana. Para mi sensibilidad valeniana, aquel castigo despiadado parecía oscuro y severo, pero sabía que lo habían hecho para evitar que el resentimiento creciera entre las familias nobles, para mantener bajo control a aquellos con poder.

—Y no lo olvidemos —dijo Jourdain, como si hubiera leído mi mente—, Lannon ha aniquilado a la Casa Kavanagh. Ha torturado a personas inocentes durante años. No me gusta asumir que la esposa de Lannon y su hijo, Declan, lo han apoyado en aquellos actos... Quizás tenían demasiado miedo de contradecirlo. Pero hasta que no podamos entrevistarlos adecuadamente a ellos y a quienes los rodean, creo que es la única manera. Toda la familia Lannon debe ser castigada. —Él hizo silencio, sumido en sus pensamientos—. Cualquier apoyo público que podamos obtener para Isolde es vital y necesitamos que ocurra pronto. Mientras el trono esté vacío, somos vulnerables.

—Las otras casas necesitan jurarle lealtad en público —agregó Cartier.

—Sí —respondió mi padre—. Pero más que eso, necesitamos forjar alianzas nuevas. Romper un juramento es mucho más sencillo que romper una alianza. Revisemos las alianzas y las rivalidades que conozcamos: nos dará una idea de dónde necesitamos comenzar.

Escribí primero *Casas y alianzas* y creé una columna que llenar. Con catorce Casas que considerar, aquello podía convertirse rápidamente en un embrollo. Algunas de las alianzas más antiguas eran la clase de relaciones que se habían originado cuando las tribus se convirtieron en Casas y recibieron la bendición de la primera reina, Liadan, hacía siglos. Y solían ser alianzas forjadas por matrimonios, fronteras compartidas y enemigos en común. Pero también sabía que el reinado de Gilroy Lannon probablemente había corrompido algunas de esas alianzas, así que no podíamos depender completamente del conocimiento histórico.

—¿Qué Casas apoyan a Lannon? —pregunté.

—Halloran —dijo Jourdain después de un instante.

—Carran —añadió Cartier.

Escribí esos nombres, sabiendo que había uno más, una Casa final que había apoyado por completo a los Lannon durante el terror. Y, sin embargo, los hombres no la mencionarían; tenía que salir de mi propia boca.

—Allenach —susurré, preparándome para añadirla en la lista.

—Espera, Brienna —dijo Cartier con dulzura—. Sí, Lord Allenach apoyó a Lannon. Sin embargo, tu hermano, Sean, ahora ha heredado la Casa. Y tu hermano se unió a nosotros en la batalla.

—Mi *medio* hermano, pero sí. Sean Allenach le dio su apoyo a Isolde, aun si fue a último minuto. ¿Queréis que persuada a Sean para que apoye en público a los Kavanagh? —sugerí, preguntándome cómo siquiera podía tener esa conversación.

—Sí —dijo Jourdain—. Obtener el apoyo de Sean Allenach es vital.

Asentí y luego escribí el nombre de Allenach en un costado.

Hablamos sobre el resto de las alianzas que conocíamos.

Dunn—Fitzsimmons (por matrimonio).

MacFinley—MacBran—MacCarey (abarcan la mitad norte de Maevana; alianza compartida por un ancestro en común).

Kavanagh—MacQuinn—Morgane.

Las Casas de Burke y Dermott eran las únicas independientes.

—Creo que Burke declaró su apoyo cuando luchó con nosotros en la batalla —dije, recordando cómo él había traído a sus hombres y mujeres armados justo cuando estábamos flaqueando en la batalla, cuando creí que tal vez perderíamos. Lord Burke había cambiado el curso de la pelea y nos había dado aquel impulso de fuerza final que necesitábamos para vencer a Lannon y Allenach.

—Hablaré en privado con Lord y Lady Burke —dijo Jourdain—. No veo por qué no le jurarían lealtad a Isolde. También contactaré con las otras tres Casas Mac.

—Y yo invitaré a los Dermott —sugirió Cartier—. Una vez que haya puesto en orden mi Casa.

—Y tal vez yo pueda ganarme la alianza Dunn—Fitzsimmons con un poco de música, ¿no? —dijo Luc, sacudiendo las cejas.

Le sonreí para ocultar el hecho de que yo debería ocuparme de los Allenach. Pensaría en ello más tarde, cuando tuviera un momento a solas para lidiar con la mezcla de emociones que me provocaba hacerlo.

—Ahora, las rivalidades —dije. Conocía dos de ellas y me tomé la libertad de escribirlas en el pergamino:

MacQuinn—Allenach (disputa fronteriza, aún sin resolver).

MacCarey —Fitzsimmons (disputa por el acceso a la bahía).

—¿Quién más? —pregunté, las gotas que caían de mi pluma dibujaban estrellas de tinta sobre el papel.

—Halloran y Burke siempre han tenido problemas —dijo Jourdain—. Compiten por sus bienes de acero.

Los añadí en la lista. Sin duda debía haber más rivalidades. Maevana era famosa por su espíritu feroz y algo testarudo.

Estaba mirando mi lista, pero, con el rabillo del ojo, vi a Jourdain mirar a Cartier y Cartier se movió mínimamente en la silla.

—Morgane y Lannon —dijo él, en voz tan baja que prácticamente no lo escuché.

Alcé la vista hacia Cartier, pero él no me miraba. Tenía los ojos clavados en algo distante, algo que yo no podía ver.

Morgane—Lannon, escribí.

—Tengo otra preocupación. —Luc rompió el silencio incómodo—. La magia de los Kavanagh ha vuelto ahora que han recuperado la Gema del Anochecer. ¿Deberíamos tratar este tema ahora? ¿O tal vez luego, después de la coronación de Isolde?

Magia.

Lo añadí a la lista, una palabra breve que contenía muchísimas posibilidades. Resultó evidente después de la batalla que el talento mágico de Isolde era curar. Yo había colocado la gema en su cuello y ella había sido capaz de tocar heridas y sanarlas. Me pregunté si ella controlaba en cierto modo su magia.

—*No lo hago* —me había confesado—. *Desearía tener un instructor, un libro con instrucciones...*

Yo había sido su confidente el día después de la batalla.

—Si mi magia se sale de control... Quiero que me jures que te llevarás lejos la Gema del Anochecer. No deseo usar la magia para el mal, sino para el bienestar de las personas. —Había susurrado y mi mirada había ido al lugar donde la gema yacía apoyada sobre su corazón, encendida de color—. Y ahora mismo, aún hay mucho que no sé sobre ella. No sé de qué soy capaz. Debes prometerme, Brienna, que me mantendrás controlada.

—Su magia no se saldrá de control, lady. —Había susurrado como respuesta, pero mi corazón comenzó a doler por su confesión.

Aquella había sido la *misma* razón por la cual la gema había desaparecido hacía ciento treinta y seis años. Porque mi ancestro, Tristan Allenach, no solo había resentido a los Kavanagh por ser la única Casa capaz de usar magia, sino que también había temido a su poder, particularmente cuando la usaban en la guerra. La magia *perdía* el control en la batalla, eso lo sabía, aunque no lo comprendía por completo.

Había visto fragmentos de aquello filtrados a través de los recuerdos que había heredado de Tristan.

El último recuerdo había sido el de una batalla mágica que había terminado terriblemente mal. El modo en el que el cielo prácticamente se había dividido en dos, el temblor espeluznante de la tierra, el modo antinatural en que las armas se habían vuelto en contra de quienes las blandían. Había sido aterrador y en parte comprendía por qué Tristan había decidido asesinar a la reina y quitarle la gema.

Sin embargo... No podía imaginar a Isolde convertida en una reina cuya magia se corrompiera, en una reina que no pudiera controlar sus dones y su poder.

—¿Brienna?

Alcé la vista hacia Jourdain, sin saber cuánto tiempo había estado sentada en la mesa perdida en mis pensamientos. Los tres hombres me miraban, esperando.

—¿Qué opinas sobre la magia de Isolde? —preguntó mi padre.

Pensé en compartir la conversación que tuve con la reina, pero decidí que mantendría en privado sus miedos.

—La magia de Isolde está inclinada hacia la curación —dije—. Creo que no necesitamos temerle. La historia nos ha enseñado que la magia de los Kavanagh solo perdía el control en la batalla.

—De todos modos, ¿cómo de extensa es ahora la Casa Kavanagh? —preguntó mi hermano—. ¿Cuántos Kavanagh quedan? ¿Todos tendrán la misma mentalidad que Isolde y su padre?

—Gilroy Lannon estaba decidido a destruirlos, más que a cualquier otra Casa —dijo Jourdain—. Mataba un Kavanagh por día al comienzo de su reinado, acusándolos de crímenes falsos, como si fuera un deporte. —Hizo una pausa, apenado—. No me sorprendería que solo quedara un pequeño remanente de los Kavanagh.

Los cuatro hicimos silencio y observamos cómo la luz de las velas cubría el mosaico del halcón y capturaba el resplandor de las gemas.

—¿Creéis que Lannon conservó un archivo con sus nombres? —preguntó Cartier—. Deberíamos leerlos como acusaciones en el juicio. El reino necesita saber cuántas vidas ha robado.

—No lo sé —respondió Jourdain—. Siempre había escribas en la sala del trono, pero quién sabe si Lannon les permitió documentar la verdad.

Más silencio, como si ya no pudiéramos encontrar las palabras para hablar. Eché un vistazo a mi lista, sabiendo que realmente no habíamos creado ningún plan sólido aquella noche, pero, sin embargo, parecía que al menos habíamos abierto una puerta.

—Sugiero que nos reunamos en privado con Isolde cuando volvamos a Lyonesse para el juicio. —Mi padre rompió por fin el silencio—. Podemos hablar más con ella sobre la magia y sobre cómo preferiría que leyeran sus acusaciones.

—Estoy de acuerdo —dijo Cartier.

Luc y yo asentimos para dar nuestro consentimiento.

—Creo que eso es todo por esta noche —dijo Jourdain y se puso de pie. Cartier, Luc y yo lo imitamos, hasta que los cuatro quedamos de pie en círculo, con el rostro sumergido mitad en la luz de las velas, mitad en las sombras—. Le enviaré una carta a Isolde para comunicarle lo que pensamos para el juicio, así ella puede comenzar a reunir acusaciones en Lyonesse. También enviaré mensajes a las otras Casas, para que preparen sus acusaciones. Lo único que os pido a los tres ahora es que permanezcáis alerta, vigilantes. Ya hemos planeado una rebelión; deberíamos saber qué buscar en caso de que los seguidores de Lannon se atrevan a entorpecer nuestro plan de coronar a Isolde.

—¿Crees que habrá oposición? —preguntó Luc, moviendo las manos con ansiedad.

—Sí.

Mi corazón dio un vuelco ante la respuesta de Jourdain; había creído que cada maevano estaría feliz de ver a los Lannon derrocados. Pero la verdad era que probablemente habría grupos que complotarían para obstaculizar nuestro avance. Personas con corazones oscuros que habían amado y servido a Gilroy Lannon.

—Estamos a un paso de conseguir que la reina vuelva al trono —prosiguió mi padre—. Nuestra mayor oposición sin duda aparecerá las próximas semanas.

—Opino lo mismo —dijo Cartier, acercó su mano más a la mía. No nos tocamos, pero sentí su calidez—. La coronación de Isolde será uno de los días más gloriosos que esta tierra haya visto. Pero llevar la corona no la protegerá.

Jourdain me miró y supe que me imaginaba en el lugar de ella, no como reina, sino como una mujer con un blanco encima.

Coronar a Isolde Kavanagh como la reina legítima no era el final de nuestra rebelión. Apenas era el comienzo.

2

CARTIER

Un rastro de sangre

Territorio de Lord Morgane, castillo Brígh

Hubo un momento en mi vida en el que creía que nunca volvería a Maevana. No recordaba el castillo en el que había nacido; no recordaba la extensión de tierra que había pertenecido a mi familia por generaciones; no recordaba a las personas que me habían jurado lealtad mientras mi madre me sostenía cerca de su corazón. Lo que recordaba era un reino de pasión, gracia y belleza, un reino que más tarde aprendí que no era mío por más que anhelara que lo fuera, un reino que me contuvo y me protegió durante veinticinco años.

Valenia era mío por elección.

Pero Maevana… era mía por derecho de nacimiento.

Había crecido creyendo que era Theo D'Aramitz; más tarde me había convertido, desafiante, en Cartier Évariste y los dos eran nombres bajo los que esconderme, un escudo para un hombre que no sabía dónde se suponía que debía vivir o quién debía ser.

Pensé en aquellas cosas mientras me marchaba del castillo de Jourdain varios minutos después de la medianoche.

—Deberías quedarte a pasar la noche, Morgane —me había dicho Jourdain, después de la finalización de nuestra reunión. Me siguió mientras bajaba las escaleras, preocupado—. ¿Por qué cabalgar tan tarde?

Lo que quería decir era: *¿Por qué volver a dormir solo en un castillo en ruinas?*

Y no tuve el valor de decirle que necesitaba estar en mi propio territorio aquella noche; que necesitaba dormir en el sitio donde una vez mi padre, mi madre y mi hermana habían soñado. Necesitaba caminar por el castillo que había heredado, en ruinas o no, antes de que mis súbditos comenzaran a volver.

Me detuve en el vestíbulo en busca de mi capa pasionaria, mi bolso de viaje, mi espada. Brienna estaba allí, esperando en la entrada, las puertas abiertas hacia la noche. Creía que ella sabía lo que necesitaba, porque miró a Jourdain y susurró:

—Estará bien, padre.

Y Jourdain, por suerte, dejó allí el tema y se despidió de mí en silencio dándole una palmada a mi brazo.

Mientras caminaba hacia donde Brienna me esperaba, creí que ya había sido una noche extraña. No había esperado oír a Jourdain hablar sobre sus arrepentimientos o presenciar el primer paso hacia la curación de los MacQuinn. Me sentía un impostor; sentía una carga cada vez que anticipaba mi propia vuelta a casa y mi propio reencuentro.

Pero, luego, Brienna me sonrió mientras la brisa nocturna jugaba con su pelo.

¿Cómo hemos llegado tú y yo a este punto?, quería preguntarle, pero mantuve las palabras cautivas en mi boca mientras ella acariciaba mi rostro.

—Te veré pronto —susurré, sin atreverme a besarla allí, en la casa de su padre, donde Jourdain probablemente estaba observándonos.

Ella solo asintió y apartó la mano de mí.

Me marché y busqué mi caballo en los establos, el cielo estaba plagado de estrellas sobre mí.

Mis tierras yacían al oeste de las de Jourdain, nuestros castillos solo estaban separados por algunos kilómetros, los cuales equivalían aproximadamente a una hora de cabalgata. De camino al castillo Fionn aquella noche, Brienna y yo habíamos encontrado el rastro de un ciervo que conectaba ambos territorios y habíamos decidido seguirlo (en vez de permanecer en el sendero) y serpentear a través del bosque y cruzar un arroyo, hasta llegar merodeando hasta el terreno.

Era la ruta más larga, cercada por espinas y ramas, pero escogí tomarla de nuevo esa noche.

Cabalgué por el sendero como si lo hubiera hecho innumerables veces, siguiendo la luz de la luna, el viento y la oscuridad.

Ya había ido a mis tierras una vez, antes durante aquel día.

Había ido solo y me había tomado mi tiempo para caminar por los pasillos y las habitaciones, arrancando maleza, limpiando el polvo y quitando telarañas, esperando poder recordar algo bello en aquel castillo. Tenía aproximadamente un año cuando mi padre había huido conmigo, pero esperaba que un fragmento de mi familia, una semilla de mi memoria, hubiera permanecido en aquel lugar, demostrando que merecía estar allí, incluso después de veinticinco años de soledad. Y cuando no pude recordar nada (era un desconocido entre esos muros) había cedido a tomar asiento en el suelo sucio de la habitación de mis padres, devorado por la angustia hasta que había oído a Brienna llegar.

A pesar de todo eso, el castillo me tomó por sorpresa.

Hacía tiempo, el castillo Brígh había sido una propiedad bonita. Mi padre la había descrito para mí con absoluto detalle hacía años, cuando por fin me había contado la verdad sobre quién era. Pero lo que él había descrito no correspondía con el aspecto que el lugar tenía ahora.

Reduje a un trote la velocidad de mi caballo mientras entrecerraba los ojos y me esforzaba por ver el castillo entero bajo la luz de la luna.

Era una extensión en ruinas de piedras grises; las laderas de las montañas se alzaban con firmeza detrás de él y cubrían de sombras los pisos superiores y las torrecillas. Algunas áreas del techo estaban cubiertas de agujeros, pero los muros afortunadamente estaban intactos. La mayoría de las ventanas estaban destrozadas y las enredaderas prácticamente se habían apoderado del frente de la fachada. El patio estaba cubierto de maleza espesa y brotes. Nunca en la vida había visto un sitio tan desolado.

Desmonté sobre el césped alto hasta la cintura y continué mirando el castillo, sintiendo que este me devolvía la mirada.

¿Qué haría con un lugar tan destrozado? ¿Cómo lo reconstruiría?

Le quité las riendas y la montura a mi caballo, lo amarré a un roble y comencé a caminar hacia el patio y me detuve en su corazón salvaje. Me detuve de pie sobre las enredaderas, las espinas, las hierbas y los guijarros rotos. Todo era mío, lo malo al igual que lo bueno.

Descubrí que no estaba en absoluto somnoliento a pesar de estar agotado y de que eran aproximadamente las dos de la mañana. Comencé a hacer lo primero que me vino a la mente: quitar la maleza. Trabajé obsesivamente hasta entrar en calor y sudar contra la escarcha del otoño, hasta apoyarme sobre mis manos y mis rodillas.

Allí fue cuando lo vi.

Mis dedos arrancaron una maraña de vara de oro y dejaron expuesta una roca larga con algo tallado. Aparté las hierbas restantes hasta que pude ver con claridad las palabras, que resplandecían bajo la luz de las estrellas.

Declan.

Apoyé el cuerpo sobre mis talones, pero mi mirada estaba fija en aquel nombre.

El hijo de Gilroy Lannon. El príncipe.

Entonces, él había estado allí aquella noche. La noche de la primera rebelión fallida, cuando masacraron a mi madre en batalla, cuando asesinaron a mi hermana.

Él había estado allí.

Y había tallado su nombre en las piedras de mi hogar, el cimiento de mi familia, como si al hacerlo fuera a tener para siempre dominio sobre mí.

Me arrastré lejos, estremeciéndome, y tomé asiento en un montículo, la espada enfundada a mi lado hizo ruido junto a mí, mis manos cubiertas de tierra.

Declan Lannon estaba encadenado, prisionero en el calabozo real, y se enfrentaría a su juicio en once días. Tendría su merecido.

Sin embargo, aquello no era consuelo. Mi madre y mi hermana aún estaban muertas. Mi castillo estaba en ruinas. Mis súbditos estaban dispersos. Incluso mi padre estaba muerto; él nunca había tenido la oportunidad de volver a su tierra natal ya que había fallecido hacía años en Valenia.

Estaba completamente solo.

Un sonido repentino interrumpió el hilo de mis pensamientos. Un derrumbamiento de rocas dentro del castillo. Mis ojos fueron de inmediato a las ventanas rotas, buscando.

En silencio, me puse de pie y desenfundé la espada. Me abrí paso entre la maleza hasta las puertas principales que pendían rotas de las bisagras, abiertas levemente. Empujar aquellas puertas de roble para abrirlas más erizó el vello de mis brazos, mis dedos recorrieron las tallas en ellas. Miré las sombras en el vestíbulo. Las piedras del suelo estaban rotas y mugrientas, pero con la luz de luna que entraba por las ventanas destrozadas, vi sobre la suciedad el sello de unos pies pequeños descalzos.

Las huellas salían del gran salón. Tuve que forzar la vista en la luz tenue para seguirlas hasta la cocina mientras me abría paso entre las mesas con caballetes abandonadas, la chimenea fría, los muros desprovistos de estandartes heráldicos y tapices. Por supuesto, las huellas iban hacia la comida, hacia cada gabinete en una búsqueda evidente de alimentos. Allí estaban los contenedores vacíos de cerveza que aún suspiraban con malta, las hierbas viejas colgadas de las vigas en ramilletes secos, una familia de copas con incrustaciones de joyas cubiertas de polvo, algunas botellas de vino rotas que dejaban constelaciones de vidrio resplandecientes sobre el suelo. Una mancha de sangre, como si aquellos pies descalzos hubieran pisado accidentalmente un trozo de vidrio.

Me puse de rodillas y toqué la sangre. Estaba fresca.

El rastro me llevó fuera de la cocina por la puerta trasera a un pasillo angosto que llevaba al vestíbulo de atrás, donde la escalera de los sirvientes subía en un espiral estrecho al segundo piso. Avancé sobre una acumulación de telarañas y reprimí un escalofrío cuando por fin llegué al descanso.

La luz de la luna entraba fragmentada en aquel pasillo e iluminaba las pilas de hojas que habían penetrado por las ventanas rotas. Continué siguiendo la sangre, mis botas aplastaban las hojas secas y pisaban cada piedra suelta del suelo. Estaba demasiado exhausto para ser sigiloso. El dueño de las huellas sin duda sabía que iba tras él.

El rastro me llevó a la habitación de mis padres. El mismo sitio donde había estado de pie junto a Brienna hacía unas horas, cuando le había dado su capa pasionaria.

Suspiré y sujeté los picaportes. Abrí y miré la habitación cubierta de luz tenue. Aún veía el lugar donde Brienna y yo habíamos quitado el polvo del suelo para contemplar los azulejos coloridos. Aquel cuarto había parecido muerto hasta que ella había entrado en él, como si perteneciera allí más que yo.

Me adentré y me atacaron por sorpresa con un puñado de guijarros sobre la parte trasera de mi cabeza.

Me volví y con una mirada fulminante miré hacia el extremo opuesto de la habitación donde vi desaparecer detrás de un armario roto un destello de extremidades pálidas y una maraña de pelo desordenado.

—No te haré daño —dije—. Ven, vi que tu pie está sangrando. Puedo ayudarte.

Di unos pasos más hacia allí, pero luego me detuve, esperando que el desconocido reapareciera. Cuando no lo hizo, suspiré y di otro paso.

—Soy Cartier Évariste. —Hice una mueca al notar que mi seudónimo valeniano había salido con tanta naturalidad.

Aún no había respuesta.

Me acerqué más, prácticamente junto a la sombra detrás del armario…

—¿Quién eres? ¿Hola?

Finalmente, llegué a la parte posterior del mueble. Y me recibieron más guijarros. El polvillo entró en mis ojos, pero no antes de que mi mano sujetara un brazo delgado. Hubo resistencia, un gruñido furioso, y me di prisa en quitar el polvo de mis ojos para ver a un niño esquelético, de no más de diez años, con el rostro salpicado de pecas y pelo rojo cayendo sobre sus ojos.

—¿Qué haces aquí? —pregunté, intentando reducir mi irritación.

El niño me escupió a la cara.

Tuve que encontrar el último resto de paciencia para limpiar su saliva de mis mejillas. Después, miré de nuevo al chico.

—¿Estás solo? ¿Dónde están tus padres?

El niño se preparó para escupir de nuevo, pero lo obligué a salir de su escondite atrás del armario y lo llevé a tomar asiento sobre la cama hundida. Tenía la ropa raída, los pies descalzos; uno todavía sangraba. No pudo ocultar la agonía en su rostro cuando caminó sobre el pie herido.

—¿Te has hecho daño? —pregunté, y me puse de rodillas para alzar con cuidado su pie.

El niño siseó, pero después permitió que examinara su herida. El vidrio aún estaba en su pie, de donde brotaba un hilo de sangre constante.

—Tu pie necesita puntos —dije con tranquilidad. Solté su tobillo y continué arrodillado ante él, mirando sus ojos preocupados—. *Mmm.* Creo que tu madre o tu padre deben echarte de menos. ¿Por qué no me dices dónde están? Puedo llevarte con ellos.

El niño apartó la mirada y cruzó sus brazos delgados.

Era lo que sospechaba. Un huérfano escabulléndose en las ruinas de Brígh.

—Bueno, por suerte para ti, sé cómo coser heridas. —Me puse de pie y dejé caer el bolso que colgaba de mi hombro. Encontré mi pedernal y encendí algunas velas viejas en la habitación; luego, saqué una manta de lana y mi botiquín médico sin el que nunca viajaba—. ¿Por qué no te recuestas aquí y permites que me ocupe de ese pie?

El niño era testarudo, pero el dolor debía haberlo vencido. Cojeó e hizo lo que ordené: se colocó sobre la manta de lana y abrió los ojos de par en par cuando vio mi fórceps de metal.

Encontré mi frasco pequeño de hierbas calmantes y vertí el resto del contenido en mi odre con agua.

—Ten. Bebe. Te ayudará con el dolor.

El niño aceptó con cautela la mezcla y la olió como si le hubiera colocado veneno. Finalmente, cedió y bebió y esperé con paciencia que las hierbas comenzaran a surtir su efecto calmante.

—¿Tienes nombre? —pregunté, alzando el pie herido.

Hizo silencio un instante y luego susurró:

—Tomas.

—Es un buen nombre, fuerte. —Comencé a extraer con cuidado el vidrio. Tomas hizo un gesto de dolor, pero continué hablando para distraerlo—. Cuando era niño, siempre quise llamarme como mi padre. Pero en vez de Kane, me llamaron Aodhan. Supongo que es un viejo nombre familiar.

—Creí que dijiste que tu nombre era... Car...Cartier. —A Tomas le resultó difícil pronunciar el nombre valeniano y por fin retiré el último vidrio.

—Así es. Tengo dos nombres.

—¿Por qué un hombre necesitaría dos nombres? —Tomas hizo otro gesto de dolor mientras yo comenzaba a limpiar la herida.

—A veces es necesario, para sobrevivir —respondí, y aquello pareció impactarlo porque el niño hizo silencio mientras yo comenzaba a coserlo.

Cuando terminé, vendé con cuidado el pie de Tomas y le entregué una manzana que tenía en mi bolso. Mientras él comía, caminé por la habitación buscando cualquier otro retazo de manta para que yo pudiera dormir porque el aire frío de la noche penetraba en el cuarto a través de las ventanas rotas.

Pasé junto a las estanterías llenas de libros de mis padres, que aún contenían una gran cantidad de ejemplares con cubiertas de cuero. Me detuve, recordando el amor que mi padre sentía por los libros. Ahora la mayoría estaban llenos de moho, tenían las cubiertas tiesas y estaban desgastados por la exposición a los elementos climáticos. Pero un libro delgado llamó mi atención. Era poco llamativo en comparación a los demás, cuyas cubiertas estaban preciosamente decoradas con iluminaciones, y tenía una página que sobresalía por la parte superior. Había aprendido que los libros menos llamativos en general contenían el mejor conocimiento, así que lo guardé bajo mi jubón antes de que Tomas me viera.

No encontré ninguna otra manta, así que después de un rato me resigné a sentarme contra el muro, junto a una de las velas.

Tomas rodeó su cuerpo con la manta de lana, hasta que pareció más una oruga que un niño, y después me miró, parpadeando con somnolencia.

—¿Dormirás contra la pared?

—Sí.

—¿Necesitas una manta?

—No.

Tomas bostezó y rascó su nariz llena de pecas.

—¿Eres el lord de este castillo?

Me sorprendió cuánto deseaba mentir. Mi voz sonó extraña cuando respondí:

—Sí. Lo soy.

—¿Me castigará por haberme escondido aquí?

No sabía cómo responder a eso, mi mente se detuvo en el hecho de que el niño creía que lo castigaría por hacer todo lo posible para sobrevivir.

—Sé que estuvo mal lanzarle guijarros a la cara, milord —dijo Tomas, frunciendo el ceño lleno de miedo—. Pero por favor... por favor no me haga daño. Puedo trabajar para usted. Le prometo que puedo. Puedo ser su mensajero, o su criado, o su paje si así lo desea.

No quería que él me sirviera. Quería que me diera respuestas. Quería preguntarle: *¿Quién eres? ¿Quiénes son tus padres? ¿De dónde vienes?* Y, sin embargo, no tenía derecho a pedirle eso. Aquellas respuestas serían ganadas con confianza y amistad.

—Estoy seguro de que puedo encontrar una tarea para ti. Y mientras estés en mi territorio —susurré—, te protegeré, Tomas.

El niño susurró un suspiro de gratitud y cerró los ojos. No pasó ni un minuto antes de que comenzara a roncar.

Esperé unos instantes antes de sacar el libro de mi jubón. Hojeé con cuidado las páginas, divertido porque había escogido al azar un libro de poesía. Me pregunté si había pertenecido a mi madre, si ella había sostenido aquel libro y lo había leído junto a la ventana hacía años, cuando una página se soltó de la encuadernación. Estaba plegada, pero había una sombra de escritura en su interior.

Sujeté el pergamino y lo desplegué en mi palma, delicado como alas.

12 de enero de 1541

Kane:

Sé que ambos pensamos que esto sería lo mejor, pero mi familia no es de confiar. Mientras no estabas, Oona vino a visitarnos. Creo que comenzó a sospechar de mí, de lo que le he estado enseñando a Declan en sus lecciones. Y luego, lo vi arrastrando a Ashling por el patio mientras jalaba de su pelo. Deberías haber visto el rostro de Declan mientras ella lloraba, como si disfrutara del sonido de su dolor. Me asusta lo que veo en él; creo que le he fallado de algún modo y que él ya no me escucha. ¡Cuánto desearía que las cosas fueras distintas! Y quizás lo serían si él pudiera vivir con nosotros en vez de con sus padres en Lyonesse. Oona, por supuesto, ni siquiera estaba sorprendida ante su comportamiento. Observó cómo su hijo arrastraba a nuestra hija por allí, negándose a detenerlo, y dijo: «Solo es un niño de once años. Cuando crezca ya no hará esas cosas, te lo aseguro».

Ya no puedo continuar con esto —no usaré a nuestra hija como peón— y sé que tú estarás de acuerdo conmigo. Planeo cabalgar hasta Lyonesse y romper el compromiso de Ashling al amanecer, dado que yo debo hacer esto y no tú. Llevaré a Seamus conmigo.

Tuya,
Líle

Tuve que leerla dos veces antes de sentir la mordida de las palabras. Kane, mi padre. Líle, mi madre. Y Ashling, mi hermana, comprometida con Declan Lannon. En ese entonces ella solo tenía cinco años, dado que esa carta fue escrita solo meses antes del día en que la mataron. ¿En qué habían pensado mis padres?

Sabía que los Lannon y los Morgane eran rivales.

Pero nunca imaginé que mis padres habían sido el origen de la disputa.

Mi familia no es de confiar, había escrito mi madre.

Mi familia.

Sostuve la carta bajo la luz de las velas.

¿Qué le había estado enseñando a Declan? ¿Qué había visto ella en él?

Mi padre nunca había revelado que mi madre provenía de la Casa Lannon. Nunca había conocido su linaje. Él había dicho que ella era bonita. Que era adorable; buena; que su risa había llenado los cuartos de luz. Los súbditos de Morgane la habían querido. Él la había querido.

Plegué de nuevo su carta, la escondí en mi bolsillo, pero las palabras permanecían allí, resonando en mi interior.

Mi madre había sido una Lannon. Y no pude evitar que apareciera aquel pensamiento…

Soy mitad Lannon.

3

BRIENNA

Presentar acusaciones

Territorio de Lord MacQuinn, castillo Fionn

$\mathcal{D}$esperté con el sonido del golpeteo proveniente del salón. Salí de la cama a toda prisa, momentáneamente aturdida. No sabía dónde estaba… ¿Magnalia? ¿La residencia de Jourdain en la ciudad? De todo lo que me rodeaba, fueron las ventanas las que me hicieron recordar; tenían parteluz y eran angostas, y detrás de ellas había una neblina por la cual Maevana era famosa.

Busqué a tientas la ropa que me había puesto ayer y cepillé mi pelo con los dedos mientras bajaba las escaleras, los sirvientes hacían silencio, evidentemente, al pasar a mi lado con los ojos abiertos de par en par al observarme. *Debo estar desastrosa*, pensé, hasta que escuché que sus susurros me seguían.

—*La hija de Brendan Allenach.*

Aquellas cinco palabras se hundieron en mi corazón como espinas.

Brendan Allenach me habría matado en el campo de batalla si Jourdain no lo hubiera detenido. Aún podía oír la voz de Allenach: «Le quitaré la vida que le di», como si él siguiera mis pasos, atormentándome.

Me di prisa siguiendo el ruido y noté que el clamor estaba inspirado por la música de Luc. Mi hermano estaba de pie sobre una mesa tocando el violín y cosechando muchos aplausos y brindis con copas por parte de los MacQuinn.

Observé un instante antes de tomar asiento sola en la mesa vacía del lord para comer un cuenco de avena. Veía el amor y la admiración en el rostro de los MacQuinn mientras miraban a Luc, alentándolo a continuar aun cuando hizo caer una jarra de cerveza. La música de mi hermano se extendía sobre ellos como un bálsamo sanador.

Lejos de la celebración, en el extremo opuesto del salón, noté a Jourdain de pie junto a su chambelán, un anciano malhumorado llamado Thorn, con el que hablaba sin duda sobre el día que se aproximaba. Y comencé a pensar en cuáles deberían ser mis planes ahora, en aquel tiempo extraño de entremedios: en mitad de retomar una vida normal y el juicio; en mitad de un trono vacío y la coronación de Isolde y quizás, más que nada, en mitad de mi rol de arden y de ama. Había sido alumna durante los últimos siete años; ahora era momento de decidir qué hacer con mi pasión.

Sentí una oleada de nostalgia hacia Valenia.

Pensé en la posibilidad de una Casa pasionaria en Maevana. No había ninguna aquí que yo supiera, dado que la pasión era un sentimiento valeniano. La mayoría de los maevanos estaban familiarizados con la idea; sin embargo, me preocupaba que sus actitudes hacia ello fueran cínicas o escépticas y, con sinceridad, no podía culparlos. Los padres y las madres habían estado más preocupados por mantener a sus hijas e hijos con vida y protegidos. Nadie tenía tiempo de pasar años de su vida estudiando música, arte o incluso la profundidad del conocimiento.

Pero todo eso cambiaría pronto bajo una reina como Isolde. Ella tenía interés por el estudio. Sabía que ella deseaba reformar e iluminar a Maevana, ver a su pueblo prosperar.

Y yo tenía mis propios deseos que sembrar aquí, uno de ellos era fundar una Casa del Conocimiento y quizás, con suerte, convencer a mi mejor amiga Merei para que me acompañara y uniera su pasión de la música con la mía. Podía imaginarnos llenando las habitaciones de este castillo con música y libros, al igual que lo habíamos hecho como ardenes en Magnalia.

Aparté mi cuenco de avena, me puse de pie y volví a mi habitación, aún llena de nostalgia.

Había escogido una recámara al este del castillo y la luz matutina comenzaba a abrirse paso entre la niebla y a calentar mis ventanas con tonos rosados. Caminé hacia mi escritorio y miré mis utensilios para escribir, los cuales Jourdain se había asegurado de proveer en grandes cantidades.

«Escríbeme cada vez que me eches de menos», había dicho Merei hacía días, antes de marcharse de Maevana y volver a Valenia para reencontrase con su mecenas y su grupo musical.

«Entonces, te escribiré a cada hora de cada día», había respondido y sí, había sido un poco dramática para hacerla reír, porque las dos teníamos lágrimas en los ojos.

Decidí seguir el consejo de Merei.

Tomé asiento en mi escritorio y comencé a escribirle. Estaba a mitad de la carta cuando Jourdain llamó a mi puerta.

—¿A quién le escribes? —preguntó él después de que lo hubiera invitado a pasar.

—A Merei. ¿Necesitabas algo?

—Sí. ¿Darías un paseo conmigo? —Y me ofreció su brazo.

Apoyé mi pluma y permití que él me guiara escaleras abajo y hacia el exterior, al patio. El castillo Fionn estaba construido con piedras blancas en el corazón de un prado, con montañas asomándose en el norte. La luz matutina resplandecía sobre las paredes como si estuvieran hechas de hueso, prácticamente iridiscentes con la escarcha derretida, y me detuve un instante para mirar por encima del hombro y contemplarlo antes de que Jourdain me guiase por uno de los senderos del prado.

Mi perra loba, Nessie, nos encontró poco después y comenzó a trotar hacia adelante con la lengua cayendo por el lado de la boca. Por fin la niebla estaba disipándose y pude ver a los hombres trabajando en un campo adyacente; el viento transportaba fragmentos de sus tarareos y el silbido de sus hoces mientras el grano caía.

—Confío en que mis súbditos han sido amables contigo —dijo Jourdain después de un tiempo, como si hubiera estado esperando que nos liberáramos del castillo antes de decir algo semejante.

Sonreí y dije:

—Por supuesto, padre. —Recordé los susurros que me habían seguido hasta el salón, sobre de quién era hija en verdad. Y, sin embargo, no podía contárselo a Jourdain.

—Bien —respondió. Continuamos avanzando en silencio hasta llegar a un río que pasaba bajo los árboles. Aquel parecía ser nuestro lugar para hablar. El día anterior, él me había encontrado allí entre el musgo y las corrientes, y me había contado que había contraído matrimonio en secreto con su esposa en ese sitio frondoso hacía mucho tiempo.

—¿Has accedido de nuevo a algún recuerdo de un ancestro, Brienna? —preguntó él con cautela.

Debería haber esperado aquella pregunta, sin embargo, me sorprendí ante ella.

—No, no lo he hecho —respondí, mirando al río. Pensé en los seis recuerdos que había heredado de Tristan Allenach.

El primero había sido inspirado por un viejo libro de Cartier, que resultó haber pertenecido a Tristan hacía más de un siglo. Había leído el mismo fragmento que él y eso había creado un vínculo entre los dos que ni siquiera el tiempo pudo romper.

Me había desconcertado tanto la experiencia que no había comprendido por completo lo que me sucedía y, como resultado, no se lo había contado a nadie.

Pero había ocurrido de nuevo cuando Merei había tocado una canción maevana, los sonidos antiguos de su música me vincularon vagamente a Tristan, cuando él había estado en la búsqueda de un sitio donde ocultar la gema.

Los seis recuerdos de Tristan habían aparecido en mi mente de forma tan aleatoria que me había llevado un tiempo por fin teorizar sobre *cómo* y *por qué* me sucedía. La memoria ancestral no era un fenómeno demasiado raro; el mismo Cartier me había hablado sobre ella una vez, sobre la idea de que todos conteníamos recuerdos de nuestros ancestros, pero solo unos pocos podíamos realmente experimentar la manifestación de esos recuerdos. Así que cuando reconocí que pertenecía a ese pequeño grupo de personas que accedían a las manifestaciones, comencé a comprenderlas mejor.

Debía haber una vinculación entre Tristan y yo a través de uno de los sentidos. Yo tenía que ver, sentir, oír, saborear u oler algo que él hubiera experimentado alguna vez.

El vínculo era la puerta entre los dos. El *cómo* de la cuestión.

En cuanto al *por qué*... llegué a suponer que todos los recuerdos que él me había pasado estaban centrados en la Gema del Anochecer, sino probablemente habría heredado más recuerdos de él. Tristan había sido quien robó la gema, quien la ocultó, quien comenzó la caída de las reinas maevanas, el autor de la inactividad de la magia. Y yo estaba destinada a encontrar y recuperar la gema, a devolvérsela a las Kavanagh, a permitir que la magia prosperara de nuevo.

—¿Crees que heredarás más recuerdos de él? —preguntó Jourdain.

—No —respondí después de un instante, alzando la vista del agua para mirar sus ojos preocupados—. Todos sus recuerdos estaban relacionados a la Gema del Anochecer. Que ha sido encontrada y devuelta a la reina.

Pero Jourdain no parecía estar convencido y, para ser sincera, yo tampoco.

—Bueno, esperemos que los recuerdos hayan terminado —dijo Jourdain, despejando su garganta. Llevó una mano al bolsillo, lo cual creía que era un hábito nervioso que él tenía hasta que extrajo una daga enfundada—. Quiero que la lleves de nuevo —sentenció, ofreciéndome el arma.

La reconocí. Era la misma daga pequeña que él me había dado antes de que yo cruzara el canal para activar nuestra revolución.

—¿Crees que es necesario? —pregunté mientras la aceptaba, mi pulgar tocó la hebilla que la mantendría sujeta a mi muslo.

Él suspiró.

—Tranquilizaría mi mente que la llevaras contigo, Brienna.

Vi cómo él fruncía el ceño: de pronto, parecía mucho más viejo bajo esa luz. Había más canas en su pelo castaño rojizo y líneas de expresión más profundas en su ceño y, de pronto, fui yo quien sintió preocupación por perderlo cuando acababa de ganarlo como padre.

—Por supuesto —dije, y guardé la daga en mi bolsillo.

Creí que eso era todo lo que él necesitaba decirme y que comenzaríamos a caminar de vuelta al castillo. Pero Jourdain continuó de pie ante mí, la luz del sol cubría sus hombros, y percibí que había palabras atascadas en su garganta. Me preparé.

—¿Hay algo más?

—Sí. Las acusaciones. —Hizo una pausa y respiró hondo—. Me informaron esta mañana que una gran parte de los MacQuinn, principalmente aquellos menores de veinticinco años, son analfabetos.

—¿Analfabetos? —repetí, atónita.

Jourdain permaneció en silencio, pero mantuvo los ojos en los míos. Y luego, entendí el motivo.

—Uh. ¿Brendan Allenach les prohibió acceder a la educación?

Él asintió antes de responder.

—Sería de gran ayuda para mí que comenzaras a colaborar en la recopilación de acusaciones para el juicio. Me preocupa que nos quedemos sin tiempo para reunirlas y organizarlas. Le he pedido a Luc que hable con los hombres y creí que quizás tú podrías escribir las de las mujeres. Comprendo si esto es pedirte demasiado y…

—No es pedirme demasiado. —Lo interrumpí con dulzura, percibiendo su recelo.

—Hice un anuncio esta mañana en el desayuno, para que mis súbditos comenzaran a pensar si tenían alguna acusación que hacer, si querían presentarlas en el juicio. Creo que algunos permanecerán en silencio, pero sé que otros desearían documentarlas.

Extendí el brazo para sujetar su mano.

—Haré lo que sea para ayudarte, padre.

Él alzó nuestras manos y besó mis nudillos. Me conmovió aquel acto simple de afecto, algo que aún no habíamos alcanzado como padre e hija.

—Gracias —respondió con voz ronca, colocando mis dedos en el hueco de su codo.

Caminamos uno al lado del otro de vuelta por el sendero, el castillo comenzó a aparecer a la vista. Estaba cómoda con el silencio entre nosotros (ninguno de los dos éramos famosos por ser grandes conversadores), pero, de pronto, Jourdain señaló un gran edificio en el límite este de la propiedad, y entrecerré los ojos contra el sol para ver.

—Esa es la casa de las tejedoras —explicó él, mirándome—. La mayoría de las mujeres MacQuinn estará allí. Diría que comiences por ahí.

Hice lo que me pidió y solo volví al castillo para buscar las herramientas para escribir. Mi mente trabajaba a toda velocidad mientras caminaba por el sendero en dirección a la casa de las tejedoras; mi mayor preocupación era el hecho de que todos los jóvenes MacQuinn eran analfabetos y lo devastador que era. Yo tenía esperanzas y sueños de fundar una Casa del Conocimiento entre ellos, cuando en realidad, necesitaría cambiar mi táctica. Necesitaría ofrecer clases de lectura y escritura antes de siquiera intentar educarlos para una pasión.

Me detuve en el césped ante la casa de las tejedoras. Era una estructura rectangular y larga construida en piedra, con techo de tejas y ventanas decoradas magníficamente con filigranas. La parte trasera tenía una vista clara del valle que estaba más abajo, donde había chicos arreando ovejas. La puerta principal estaba entreabierta, pero no parecía muy amistosa.

Respiré hondo, reuní coraje y entré al vestíbulo. El suelo estaba cubierto de lodo y huellas de botas, los muros estaban plagados de bufandas colgadas y capas raídas.

Oí a las mujeres hablando en alguna parte más adentro de la casa. Seguí sus voces por un pasillo angosto y estaba a punto de llegar al cuarto en donde trabajaban cuando oí mi nombre.

—Se llama *Brienna*, no *Brianna* —decía una de las mujeres. Me detuve abruptamente ante el sonido, justo antes de la entrada—. Creo que es parte valeniana. Por su madre.

—Entonces, eso lo explica —dijo otra mujer con tono más áspero.

¿Explica el qué?, pensé, con la boca seca.

—Es muy bonita —afirmó una voz melodiosa.

—Dulce Neeve. Tú crees que todo el mundo es bonito.

—¡Pero es verdad! Desearía tener una capa como la de ella.

—Esa es una capa pasionaria, cielo. Tendrías que ir a Valenia y comprar una.

—No se *compran*. Se *ganan*.

Me ruboricé por escucharlas a escondidas, pero no podía moverme.

—Bueno, al menos no se parece a *él*. —La voz áspera habló de nuevo, escupiendo las palabras—. Creo que no toleraría mirarla si se pareciera a él.

—¡Aún no me puedo creer que Lord MacQuinn adoptase a la hija de Allenach! ¡Su enemigo! ¿En qué pensaba?

—Ella lo engañó. Es la única explicación.

Hubo un ruido, como si algo hubiera caído por accidente, seguido de un insulto exasperado. Oí unos pasos que se acercaban más y volví corriendo por el pasillo, mi bolso de cuero golpeaba mi pierna; atravesé el vestíbulo fangoso y salí por la puerta.

No lloré, aunque mis ojos ardían mientras volvía a toda prisa hacia el castillo.

¿Qué había pensado? ¿Que de inmediato les gustaría a los súbditos de Jourdain? ¿Que encajaría en el tejido de un lugar que había sufrido mientras que yo había prosperado del otro lado del canal?

Cuando penetré en el patio del castillo, comencé a preguntarme si sería mejor para mí volver a Valenia.

Comencé a creer que, tal vez, de verdad no pertenecía aquí.

4

CARTIER

Los ágiles nacieron para la Noche eterna

Territorio de Lord Morgane, castillo Brígh

Desperté sobresaltado, con un tirón del cuello, me dolían las manos por el frío. Estaba acurrucado contra la pared y la luz matutina cubría el suelo, iluminando el polvo sobre mis botas. A pocos metros de distancia estaba mi manta de lana, arrugada y vacía. Parpadeé mientras recuperaba gradualmente la orientación.

Estaba en la habitación de mis padres. Y hacía un frío glacial.

Deslicé las manos sobre mi rostro y oí un golpeteo distante en las puertas principales. Aquel eco vivo avanzaba por el castillo como un corazón que recordaba su ritmo.

Me puse de pie con torpeza, preguntándome si Tomas se había escabullido durante la noche al reconsiderar su estadía aquí. A mitad de la escalera rota, escuché la voz del niño.

—¿Ha venido a ver a Lord Aodhan?

Me detuve. Allí, en el hueco de las puertas principales, estaba Tomas haciendo equilibrio en un pie, hablando con un hombre que estaba en la entrada. La luz era demasiado brillante para que pudiera discernir quién era la visita, pero no podía respirar en aquel instante.

—Está durmiendo. Tendrá que volver más tarde —afirmó Tomas y comenzó a cerrar las puertas, lo cual no serviría de mucho porque colgaban de las bisagras.

—Aquí estoy, Tomas —dije, mi voz era prácticamente irreconocible. Bajé el resto de la escalera con cuidado de no pisar las piedras rotas.

El niño retrocedió a regañadientes y abrió más las puertas hasta que golpearon el muro. Un hombre mayor estaba de pie bajo el sol, con el pelo blanco sujeto en una trenza, el rostro profundamente marcado y las prendas raídas. En cuanto me miró a los ojos, el asombro brilló en su mirada.

—Seamus Morgane —dije. Sabía quién era él. Me había sujetado en brazos cuando era niño; se había arrodillado ante mí mientras juraba lealtad. Mi padre me había hablado de él cientos de veces, de aquel hombre que había sido su noble más confiable.

—Milord Aodhan. —Se puso de rodillas ante mí, entre la maleza.

—No, no. —Sujeté las manos de Seamus y lo ayudé a ponerse de pie. Lo abracé, dejando de lado la formalidad. Sentí que las lágrimas sacudían su cuerpo mientras se aferraba a mí.

—Bienvenido a casa, Seamus —expresé con una sonrisa.

Seamus recobró la compostura e inclinó el torso hacia atrás, con sus dedos sobre mis brazos mientras me miraba con cierta perplejidad, como si aún no pudiera creer que estaba de pie ante él.

—No puedo… No puedo creerlo —dijo con voz áspera, sujetándome más fuerte.

—¿Quieres pasar? Me temo que no tengo comida o bebida, sino te ofrecería un trago.

Antes de que Seamus pudiera responder, oímos un grito desde el patio. Alcé la vista y vi a una mujer delgada, también mayor, con el pelo plateado rizado que caía sobre sus hombros como una nube, de pie junto a un carro atestado de provisiones. Tenía sobre la boca una esquina de su delantal hecho con retazos, como si también intentara reprimir el llanto al verme.

—Milord —dijo Seamus, poniéndose de pie a mi lado para extender una mano hacia la mujer—. Ella es mi esposa, Aileen.

—¡Dioses, mírese! ¡Cómo ha crecido! —exclamó Aileen, secando sus ojos con el delantal. Extendió los brazos hacia mí y yo reduje la distancia entre ambos para abrazarla. Ella apenas llegaba a mi hombro, pero sujetó mis brazos y me sacudió despacio, y solo pude reír.

Aileen se apartó para mirar mi rostro, memorizándolo.

—Ah, sí —dijo, sollozando—. Tiene la contextura de Kane. Pero ¡mira, Seamus! ¡Tiene el color de Líle! ¡Los ojos de Líle!

—Sí, amor. Es su hijo —respondió Seamus y Aileen lo golpeó.

—Sí, lo sé. Y es el chico más apuesto que he visto.

Sentí calor en mi rostro, avergonzado por el alboroto. Agradecí el rescate de Seamus, quien dirigió la conversación a asuntos más prácticos.

—¿Somos los primeros en llegar, milord?

Asentí, el calambre en mi cuello protestó.

—Sí. He mandado a llamar a mis súbditos, para que volvieran en cuanto pudieran. Pero me temo que el castillo está mucho peor de lo que esperaba. No tengo comida. No hay mantas. No hay agua. No tengo nada que dar.

—No esperábamos que lo tuviera —aseguró Aileen, señalando el carro—. Este es un regalo de Lord Burke. Nos obligaron a servirle durante los años oscuros. Afortunadamente, él fue bueno con nosotros, con sus súbditos, milord.

Caminé hasta el carro para ocultar el nudo de emociones. Había pilas de mantas y ovillos, ropa limpia, utensilios de hierro para cocinar, barriles de cerveza y sidra, hormas de queso, canastas de manzanas, piernas de carne secas. También había muchos cubos para extraer agua del pozo y papel y tinta para escribir cartas.

—Entonces, tengo una gran deuda con Lord Burke —dije.

—No, milord. —Seamus habló colocando una mano sobre mi hombro—. Este es el comienzo del pago de Lord Burke, por permanecer en silencio cuando debería haber hablado.

Miré a Seamus sin saber qué decir.

—¡Vamos! Llevemos las provisiones adentro y empecemos a ordenar este lugar —declaró Aileen; aparentemente percibió la tristeza de mis pensamientos.

Los tres empezamos a trasladar los barriles y las canastas a las cocinas y allí fue cuando noté que Tomas había desaparecido de nuevo. Estaba a punto de llamarlo cuando alguien más llamó a la puerta principal.

—¡Lord Aodhan! —Un joven de pelo oscuro y con el rostro lleno de pecas, cuyos brazos eran prácticamente del tamaño de mi cintura, me saludó con una sonrisa amplia—. Soy Derry, su mampostero.

Y así continuó progresando la mañana.

Mientras la luz aumentaba, más de mis súbditos volvían, trayendo los regalos que podían. Dos más de mis nobles y sus esposas llegaron, seguidos de los molineros, los candeleros, las tejedoras, los curanderos, los jardineros, los cerveceros, los cocineros, los mamposteros, los barrileros, los granjeros… regresaron conmigo, riendo y llorando. A algunos nunca los había visto; a otros los reconocí de inmediato como los hombres y mujeres de armas que se habían congregado para luchar a mi lado unos días atrás en el terreno del castillo. Solo que ahora traían a sus familias, a sus hijos, a sus abuelos, a su ganado. Y sus nombres invadieron mi mente y mis brazos comenzaron a doler por cargar tantos fardos de provisiones a los depósitos.

Al final de la tarde, las mujeres se habían ocupado de la limpieza y la organización del salón y los hombres habían comenzado a retirar los hierbajos y las enredaderas de los patios, a barrer los cristales rotos y a quitar los muebles destrozados de los cuartos.

Estaba cargando los restos de una silla cuando vi a Derry de pie, de espaldas a mí en el patio, mirando la piedra que tenía el nombre de Declan tallado. Antes de que pudiera pensar en algo que decir, el mampostero sujetó una cuña de hierro y extrajo con furia la piedra. Mientras la sostenía bocabajo de modo que el nombre no quedara a la vista, silbó hacia uno de los jóvenes para que se acercara y depositó la piedra en sus manos.

—Lleva esto a la ciénaga, al otro lado de ese bosque —dijo Derry—. No le des la vuelta, ¿entendido? Dásela al pantano, así como está, bocabajo.

El chico asintió y partió corriendo con expresión perpleja y el ceño fruncido, sujetando con incomodidad la piedra entre las manos.

Me obligué a continuar avanzando antes de que Derry notara mi presencia y trasladé la silla rota hasta la hoguera. Sin embargo, sentí cierta oscuridad cernirse sobre mí, incluso mientras estaba de pie bajo la luz amplia del prado.

Hice una pausa ante la hoguera apagada, el castillo a mis espaldas y una montaña de muebles viejos rotos ante mí esperaban las llamas. Pero había un susurro en el viento, frío e intenso desde las montañas. Y las palabras oscuras aparecieron como un siseo ronco proveniente del césped, como un insulto en el gemido de los robles.

¿Dónde estás, Aodhan?

Cerré los ojos, enfocado en lo que era verdad, en lo que era real… el ritmo de mi pulso, la solidez de la tierra debajo de mí, el sonido distante de las voces de mis súbditos.

La voz apareció de nuevo, joven pero cruel, acompañada por el hedor de algo ardiendo, el olor abrumador de la basura.

¿Dónde estás, Aodhan?

—¿Lord Aodhan?

Abrí los ojos y me giré, aliviado de ver a Seamus cargando los restos de un taburete. Lo ayudé a lanzar los restos a la hoguera apagada y luego volvimos juntos en silencio hasta el patio, donde Derry ya había cubierto el agujero de Declan con una roca nueva sin nombre.

—Aileen lo ha estado buscando —dijo por fin Seamus mientras me guiaba hasta el vestíbulo.

De pronto, noté lo silencioso y vacío que estaba y seguí al hombre hasta el salón.

Todos ya estaban reunidos allí esperando mi llegada.

Apenas puse un pie en el salón, me detuve en seco, sorprendido por la transformación.

Había fuego ardiendo en la chimenea y las mesas de caballetes estaban extendidas con utensilios de peltre discontinuos y platos de madera encima. Habían recolectado flores de aciano del prado y las habían entrelazado para crear guirnaldas azules para las mesas. Las velas proyectaban la luz sobre los platos de comida (la mayoría era pan, queso y vegetales encurtidos, pero alguien había encontrado tiempo para asar algunas patas de cordero) y el suelo bajo mis pies resplandecía como una moneda pulida. Pero lo que de verdad capturó mi atención fue el estandarte que ahora colgaba sobre la chimenea.

El escudo de la Casa Morgane. Era azul como el cielo de verano y tenía un caballo gris bordado en el centro.

Permanecí de pie entre mis súbditos en el salón, mirando el símbolo que había nacido para vestir, el símbolo bajo el que habían asesinado a mi madre y a mi hermana, el símbolo por el que había sangrado para revivir.

—Los ágiles han nacido para la Noche eterna —comenzó a decir Seamus, su voz resonó en el salón. Aquellas palabras eran sagradas, eran el lema de nuestra Casa, y lo observé mientras él se giraba hacia mí y colocaba un cáliz con cerveza en mis manos—. Dado que ellos serán los primeros en encontrar la luz.

Alcé el cáliz y me aferré a aquellas palabras porque sentía que caía por un túnel largo y no sabía cuándo llegaría al fondo.

—¡Por los ágiles! —gritó Derry, alzando la copa.

—Por Lord Morgane —añadió Aileen, de pie sobre un banco para poder verme por encima de la multitud.

Alzaron sus copas hacia mí y yo alcé la mía hacia las suyas.

Por el bien de las apariencias, mantuve un aspecto tranquilo y alegre y bebí a la salud de aquel salón. Pero por dentro estaba temblando debido al peso de la situación.

Oí de nuevo el susurro, surgiendo entre las sombras de la esquina. Lo oí por encima de los vítores y el ruido mientras la cena comenzaba, mientras me guiaban hasta la tarima.

¿Dónde estás, Aodhan?

¿Quién eres?, gruñí internamente como respuesta a la voz, mi mente se puso tensa mientras tomaba asiento en la silla.

La voz desapareció, como si nunca hubiera existido. Me pregunté si estaba imaginando cosas, si estaba empezando a perder la cordura por el agotamiento.

Pero luego, Aileen colocó la mejor chuleta de cordero en mi plato y observé cómo los jugos rojos comenzaban a fluir perlados sobre el plato. Y lo supe.

Aquellas palabras habían sido pronunciadas una vez en este castillo, hacía veinticinco años. Habían provenido de la persona que había destruido este castillo mientras intentaba encontrar a mi hermana, mientras intentaba encontrarme a mí.

Declan Lannon.

5

BRIENNA

Confesiones a la luz de las velas

Territorio de Lord MacQuinn, castillo Fionn

Lo último que esperaba era que una de las tejedoras llamara a mi puerta aquella noche.

Había conseguido recopilar algunas acusaciones entre las mujeres en armas, aquellas que habían luchado a mi lado durante la batalla. Pero después de escuchar a escondidas la conversación en la casa de las tejedoras, no me acerqué a ninguna más. Pasé el resto del día intentando parecer útil, procurando no comparar mi lista escasa de acusaciones con el gran tomo que Luc había acumulado.

Estaba más que preparada para ir a la cama después de la cena.

Tomé asiento ante el fuego con los calcetines de lana altos hasta las rodillas y dos cartas sobre mi regazo. Una era de Merei, pero la otra era de mi medio hermano, Sean, a quien se suponía que yo debía persuadir para que formara una alianza con Isolde Kavanagh. Ambas cartas habían llegado aquella tarde y me habían sorprendido; la de Merei porque debía haberla escrito el día después de partir de Maevana y la de Sean porque era completamente inesperada. La duda respecto a la lealtad de Allenach burbujeaba constantemente en mi cabeza, pero aún no había decidido de qué modo abordar la cuestión. Así que ¿por qué Sean me escribía por voluntad propia?

9 de octubre de 1566

Brienna:

Lamento escribirte tan pronto después de la batalla porque sé que aún intentas adaptarte a tu nuevo hogar y familia. Pero quería agradecerte... por permanecer a mi lado cuando estaba herido, por haberme apoyado a pesar de lo que los demás podían pensar de ti. Tu valentía para desafiar a nuestro padre me ha inspirado en muchos aspectos y el primero es hacer mi mayor esfuerzo por redimir la Casa de Allenach. Creo que hay buenas personas aquí, pero me abruma no saber cómo empezar a purgar la corrupción y la crueldad que han sido fomentadas durante décadas. No creo poder hacerlo solo y me preguntaba si estarías dispuesta al menos a escribirme por ahora, a intercambiar ideas y pensamientos sobre cómo debería comenzar a corregir los errores cometidos por esta Casa...

Oí un golpe vacilante y repetitivo en mi puerta. Sorprendida, plegué rápido la carta de mi hermano y la escondí dentro de uno de mis libros.

Entonces, en lo que a mi hermano respectaba, no sería demasiado difícil persuadir a los Allenach.

Dejé a un lado mi alivio mientras abría la puerta y quedé perpleja al ver a una joven del otro lado.

—¿Ama Brienna? —susurró ella y reconocí su voz. Era dulce y musical, la voz que había mencionado que yo era bonita cuando escuché la conversación a escondidas en el salón de las tejedoras.

—¿Sí?

—¿Puedo pasar? —Echó un vistazo con rapidez hacia el pasillo, como si le preocupara que la descubrieran allí.

Retrocedí y la invité a pasar sin palabras. Cerré la puerta detrás de ella y las dos tomamos asiento ante el fuego con incomodidad, una cerca de la otra.

Ella movía sus manos pálidas, torcía la boca a un lado mientras miraba al fuego, mientras yo intentaba no observarla con fijeza. Era delgada, con facciones angulosas y cabello rubio enmarañado y tenía el rostro marcado por la varicela: pequeños puntos blancos cubrían sus mejillas como copos de nieve.

Justo cuando estaba inhalando para hablar, ella me miró a los ojos y dijo:

—Debo disculparme por lo que escuchó a escondidas hoy. La vi irse deprisa a través de la ventana. Y me sentí horrible porque vino a vernos y nosotras estábamos hablando de usted de ese modo.

—Yo debo disculparme —respondí—. Debería haberme anunciado al llegar. Estuvo mal que permaneciera en la puerta sin que lo supieran.

Pero la joven movió la cabeza de un lado a otro.

—No, Ama. Eso no justifica nuestras palabras.

Pero tú fuiste la única que habló bien de mí y, sin embargo, eres la que ha venido a pedirme perdón, pensé.

—¿Puedo preguntarle por qué vino a vernos hoy? —dijo ella. Vacilé antes de responder.

—Sí, claro. Lord MacQuinn me ha pedido que lo ayude a reunir acusaciones de los súbditos. Para presentarlas en el juicio de Lannon la próxima semana.

—Uh. —Sonaba sorprendida. Alzo una mano hacia su cabello y enredó sin pensar las puntas sobre su dedo, con el ceño levemente fruncido—. Tengo quince años, así que Allenach fue el único lord que conocí hasta ahora. Pero las otras mujeres... recuerdan cómo era todo antes de que Lord MacQuinn huyera. La mayoría de sus acusaciones son contra Lord Allenach, no contra los Lannon.

Miré al fuego, un intento pobre de ocultar cuánto me afectaba aquella conversación.

—Pero usted no es hija de Allenach —dijo ella y no tuve más opción que mirarla a los ojos—. Usted es hija de Davin MacQuinn. Siempre la he considerado así.

—Me alegra oírlo —respondí, con la voz áspera—. Sé que es difícil para otras personas de aquí considerarme de aquel modo.

Una vez más, me invadió la necesidad cobarde de huir, de abandonar este sitio, de cruzar el canal y hundirme en Valenia, donde nadie sabía de quién era hija. Al diablo con fundar una Casa del Conocimiento aquí; podría hacerlo con facilidad allí.

—Me llamo Neeve —dijo ella después de un instante, en un gesto amistoso.

Mis ojos estuvieron a punto de llenarse de lágrimas.

—Es un placer conocerte, Neeve.

—No tengo una acusación para que escriba —aseguró Neeve—, pero hay otra cosa. Quería saber si podría escribir algunos de mis recuerdos de los años oscuros, para así poder algún día entregárselos a mi hija. Quiero que sepa la historia de esta tierra, cómo era todo antes de la vuelta de la reina.

—Me encantaría hacer eso por ti, Neeve —dije, sonriendo. Me puse de pie para buscar las herramientas y arrastré mi mesa de escribir ante el fuego—. ¿Qué te gustaría que escribiera?

—Supongo que debería comenzar por el inicio. Me llamo Neeve MacQuinn. Soy hija de Lara, la tejedora, e Ian, el tonelero, y nací en la primavera de 1550, el año de las tormentas y la oscuridad...

Comencé a transcribir, palabra por palabra, grabando sus recuerdos con tinta en el papel. Me sumergí en sus historias porque anhelaba comprender cómo había sido la vida durante «los años oscuros», las palabras que usaban las personas del lugar para referirse a la época de la ausencia de Jourdain. Y descubrí que estaba apenada y aliviada por igual, porque si bien a Neeve le prohibieron algunas cosas, la protegieron de otras. Lord Allenach no le había hecho daño físicamente ni una sola vez y tampoco había permitido que sus hombres lo hicieran. De hecho, ni siquiera la miró o habló con ella. Las mujeres y los hombres mayores que ella fueron quienes recibían los castigos más severos, a quienes obligaban a arrodillarse y someterse para que olvidaran a MacQuinn.

—Supongo que debería detenerme por ahora —dijo ella después de un rato—. Estoy segura de que ha escrito más que suficiente.

Me dolía la mano y mi cuello comenzaba a acumular tensión por haber estado cernida sobre el escritorio. Me di cuenta de que ella había hablado durante más de una hora y habíamos acumulado veinte páginas de su vida. Dejé mi pluma, estiré los dedos hacia atrás y me atreví a decir:

—¿Neeve? ¿Te gustaría aprender a leer y a escribir?

Ella parpadeó, estupefacta.

—Creo que no tendría tiempo para hacerlo, Ama.

—Podemos hacer tiempo.

Ella sonrió como si hubiera encendido una llama en su interior.

—Sí, sí, ¡me gustaría mucho! Solo que... —Su alegría desapareció—. ¿Podríamos mantener las clases en secreto? ¿Al menos por ahora?

No podía negar que me entristecía que ella no quisiera que otros supieran de nuestro tiempo compartido. Pero pensé de nuevo en modos en los que podía demostrar mi valía ante los MacQuinn (necesitaba ser paciente con ellos, permitirles que confiaran en mí a su propio ritmo) y sonreí mientras apilaba las páginas y se las entregaba.

—¿Por qué no comenzamos mañana en la noche? ¿Después de la cena? Y sí, podemos mantenerlo en secreto.

Neeve asintió. Abrió los ojos de par en par cuando sujetó las páginas, mientras miraba mi caligrafía y las recorría con la punta de su dedo.

Y mientras la observaba, no pude evitar pensar otra vez en lo que había escuchado a escondidas esa mañana. «Creo que es parte valeniana», había dicho una de las tejedoras sobre mí. Me veían como sureña o como una Allenach. Me preocupaba que aquello siempre fuera a separarme de los MacQuinn sin importar cuánto intentara probar mi valía ante ellos.

—Neeve —dije al tener una idea—. Quizás tú puedas enseñarme algo a cambio.

Ella alzó la vista, atónita.

—¿Eh?

—Quiero saber más acerca de los MacQuinn, acerca de sus creencias, su folclore y sus tradiciones.

Quiero convertirme en una de vosotros, supliqué prácticamente. *Enséñame cómo hacerlo.*

Ya tenía un conocimiento *general* sobre la Casa MacQuinn, cortesía de Cartier y sus enseñanzas en Casa Magnalia. Sabía su historia, todo lo que era posible encontrar en un libro viejo y polvoriento. Habían recibido la bendición de los Perseverantes, su símbolo era un halcón, sus colores eran el lavanda y el dorado, y sus súbditos eran respetados como los tejedores más habilidosos de todo el reino. Pero lo que me faltaba era conocimiento relativo al *corazón*, las costumbres sociales de los MacQuinn. ¿Cómo eran sus cortejos? ¿Sus bodas?

¿Sus funerales? ¿Qué comida servían en los cumpleaños? ¿Tenían supersticiones? ¿Cuál era su código protocolario?

—No sé si soy la mejor para enseñarle esas cosas —dijo Neeve, pero noté cuánto le alegraba que se lo hubiera pedido.

—¿Por qué no me hablas sobre una de tus tradiciones favoritas de los MacQuinn? —sugerí.

Neeve permaneció en silencio un instante y luego una sonrisa apareció en sus labios.

—¿Sabía que si decidimos contraer matrimonio fuera de la Casa MacQuinn tenemos que escoger al pretendiente con una cinta?

Inmediatamente, sentí intriga.

—¿Una cinta?

—O tal vez debería decir que *la cinta* escoge por nosotros —dijo Neeve—. Es una prueba para determinar quién es digno fuera de nuestra Casa.

Me acomodé en la silla, esperando oír más.

—La tradición comenzó hace tiempo —comenzó a relatar Neeve—. No sé si está familiarizada con nuestros tapices...

—He oído que los MacQuinn son famosos por ser los mejores tejedores de Maevana.

—Así es. Tal es así que comenzamos a ocultar una cinta dorada en la trama de los tapices mientras los tejíamos. Un tejedor habilidoso puede hacer que la cinta desaparezca en el diseño de modo que sea muy difícil de encontrar.

—Entonces, ¿cada tapiz MacQuinn tiene una cinta oculta? —pregunté, aún muy confundida porque no entendía cómo aquello estaba relacionado con escoger una pareja. Neeve amplió su sonrisa.

—Sí. Y la tradición comenzó de este modo: el primer Lord MacQuinn tenía solo una hija, una que quería tanto que no creía que ningún hombre, MacQuinn u otro, sería jamás digno de ella. Así que hizo que las tejedoras ocultaran una cinta dentro de un tapiz que estaban tejiendo, sabiendo que solo el hombre más decidido y devoto la encontraría. Cuando la hija del lord cumplió la mayoría de edad, hombre tras hombre desfilaron por el salón, desesperados por ganar su mano. Pero Lord MacQuinn pidió que trajeran el tapiz y su hija desafió a los hombres a que le entregaran la cinta dorada oculta en el tejido. Y hombre tras hombre fracasaron en hallarlo. Cuando llegó el vigésimo hombre, Lord MacQuinn creyó que el joven solo duraría una hora. Pero el hombre pasó una hora de pie en el salón buscando y después esa hora se convirtieron en dos, hasta que la noche se extendió hasta el amanecer. Con la primera luz del sol, el hombre había extraído la cinta del tapiz. Él era nada más y nada menos que un Burke y a pesar de eso, Lord MacQuinn dijo que él era mucho más que digno para contraer matrimonio con su hija si ella elegía casarse con él.

—¿Y la hija lo escogió? —pregunté.

—Por supuesto. Y por ese motivo hasta el día de hoy, los MacQuinn piensan dos veces antes de desafiar a los Burke en una competición, porque son muy testarudos.

Reí; el sonido provocó que Neeve me acompañara, hasta que comenzamos a secarnos las lágrimas delante del fuego. No podía recordar la última vez que me había sentido tan alegre, tan relajada, como si mi espíritu se hubiera elevado.

—Creo que me gusta esa tradición —concluí después de un rato.

—Sí. Y debería utilizarla si decide aceptar un pretendiente fuera del clan MacQuinn —afirmó Neeve—. A menos, claro, que el apuesto Lord Morgane ya sea su prometido secreto.

Amplié mi sonrisa y sentí calor en las mejillas. Debió haberlo notado anoche, cuando Cartier había tomado asiento a mi lado en la cena. Neeve alzó las cejas hacia mí, esperando.

—Lord Morgane es un viejo amigo mío —dije sin pensar—. Fue mi maestro en Valenia.

—¿En la pasión? —preguntó Neeve—. ¿Qué significa eso exactamente?

Comencé a hablar de ellos, con la preocupación interna de que el estudio de la pasión le pareciera frívolo. Pero Neeve parecía deseosa de oírlo al igual que yo lo había estado al oír sobre sus tradiciones. Hubiera continuado hablando durante toda la noche si no hubiéramos oído voces en el pasillo. El sonido pareció asustarla y recordarle que estaba en mi recámara en secreto, que había estado aquí durante más de una hora.

—Debería irme —dijo Neeve, abrazando la pila de papeles sobre su corazón—. Antes de que noten mi ausencia.

Nos pusimos de pie a la vez, teníamos casi la misma altura.

—Gracias, Ama, por escribir esto por mí —susurró ella.

—De nada, Neeve. Entonces, ¿te veré mañana?

Ella asintió y salió en silencio al pasillo como si no fuera más que una sombra.

Mi cuerpo estaba exhausto, pero, sin embargo, mi mente estaba llena con todo lo que había sucedido esa noche, con todo lo que Neeve me había dicho. Sabía que, si me recostaba, el sueño me evadiría. Así que lancé otro tronco al fuego y tomé asiento delante de la chimenea, con la mesa de escribir extendida delante de mí con papel, pluma y tinta. Encontré la carta de Merei y abrí el sobre con cuidado, el sello de cera con una nota musical quedó atascado bajo mi uña.

Queridísima Bri:

Sí, sé que estarás sorprendida por recibir tan pronto esta carta. Pero ¿alguien no me juró que me escribiría «a cada minuto de cada día»? (¡Porque aún estoy esperando la montaña de cartas que me prometiste!).

Ahora estoy sentada en una mesa ladeada en una taberna vieja y húmeda en la ciudad de Isotta, junto al puerto, y huele a pescado, vino y a una asquerosa colonia de hombre. Si acercas la nariz a este pergamino, probablemente podrías olerlo: es así de intensa. También hay un gato atigrado tuerto que no deja de fulminarme con la mirada, intentando lamer la grasa de mi cena. A pesar de todo este caos, tuve un momento libre antes de reunirme con mi grupo musical y quise escribirte.

Acabo de desembarcar de mi barco y es difícil creer que acabo de dejarte en Maevana como la hija de un lord, que te vi ayer, que la revolución a la que me arrastrasteis Cartier y tú ha conseguido hacer todo lo que soñabas que hiciera. ¡Ah, Bri! ¡Si tan solo hubiéramos sabido lo que vendría aquel solsticio de verano hace cuatro meses cuando las dos estábamos tan preocupadas por fallarle a nuestras pasiones! Y ahora todo eso parece haber sucedido hace mucho tiempo. Confieso que desearía que tú y yo pudiéramos volver a Magnalia, solo por un día.

Dejando a un lado los viejos recuerdos, tengo algo que contarte que creo que te resultará interesante. ¿Sabes qué hacen las tabernas para atraer a personas decentes? Bueno, escuché a muchos hablando sobre la revolución en Maevana, sobre el regreso de la reina Isolde al trono y sobre los Lannon, que están presos esperando el juicio (tuve que usar todas mis fuerzas para permanecer en silencio y beber mi vino). Muchas personas aquí creen que es maravilloso que una reina haya recuperado la corona norteña, pero algunas están nerviosas. Creo que les preocupa que el malestar se expanda hasta Valenia, que algunos aquí se atrevan a considerar la idea de hacer un golpe de Estado contra el rey Phillipe. Los valenianos son muy curiosos y estarán observando el norte las próximas semanas, deseosos de oír cómo resuelven las cosas con los Lannon. He oído conversaciones centradas en toda clase de temas, desde decapitaciones a torturas como hacer que todos los Lannon caminen por las llamas para que ardan lentamente hasta morir. Cuéntame la verdad de lo que ocurre realmente y yo te mantendré al tanto de los rumores y lo sucedido aquí, en el sur, aunque eso provoque que te eche más de menos. Necesito concluir esta carta y sabes que haré estas tres preguntas fundamentales (¡así que será mejor que las respondas todas!):

Primero, ¿cómo es tu capa?

Segundo, ¿cómo besa Cartier?

Tercero, ¿cuándo vendrás de visita a Valenia?

¡Escríbeme pronto!

Con cariño,
Merei

P.D.: ¡Uh! Por poco lo olvido. La partitura en esta carta es para tu hermano. Él me pidió que se la enviara. Por favor, entrégasela, ¡junto a mis saludos!

—M.

Leí la carta por segunda vez, alegrándome. Agarré la carta escrita a medias que había comenzado aquella mañana y luego decidí empezarla de nuevo. Le pregunté a Merei sobre su grupo musical, a dónde viajaría en el futuro y para qué clase de personas y fiestas había tocado su música. Le respondí sus tres preguntas «fundamentales» con la mayor gracia posible «mi capa es preciosa, tiene bordada la constelación de Aviana; espero visitar Valenia en algún momento de los próximos meses cuando las cosas se acomoden aquí (prepárate para que duerma contigo estés donde estés); los besos de Cartier son increíblemente buenos», y luego le conté mis quejas: que aún me resultaba difícil encajar aquí, que pensaba en ella y en Valenia prácticamente más de lo que podía tolerar. Antes de que dudara sobre mis preocupaciones, las escribí con la mayor tranquilidad posible, como si estuviera hablando con ella, como si ella estuviera sentada en ese cuarto conmigo.

Y, sin embargo, ya sabía lo que ella me diría:

«Eres hija de Maevana. Estás hecha de canciones antiguas, estrellas y acero».

Dejé de escribir, mirando las palabras hasta que perdieron forma ante mi vista cansada. Sin embargo, prácticamente podía oír el eco de la música de Merei, como si ella estuviera tocando en el pasillo, como si yo aún estuviera en Magnalia con ella. Cerré los ojos, con nostalgia de nuevo, pero entonces escuché el siseo del fuego, las risas que llegaban desde el pasillo, el aullido del viento detrás de mi ventana, y pensé: *este es mi hogar. Esta es mi familia. Y un día, perteneceré aquí; un día, me sentiré hija de MacQuinn.*

6

CARTIER

La chica de la capa azul

Territorio de Lord Morgane, castillo Brígh

—He invitado a Lady y Lord Dermott a hospedarse con nosotros la próxima semana —le dije a Aileen una mañana, el juicio de Lannon se aproximaba más cada día.

—¿*Lady* y *Lord* Dermott? —repitió Aileen, su voz era demasiado aguda para mi gusto—. ¿Aquí?

Ambos observamos las ventanas rotas y los cuartos vacíos.

Le había escrito a los Dermott para invitarlos a quedarse en castillo Brígh durante su viaje hacia el juicio. Y creí que me había concedido tiempo suficiente para terminar la restauración del castillo y así recibir adecuadamente a los visitantes, al igual que para ejecutar mi plan de conseguir que los Dermott hicieran una alianza pública con la reina. Pero a juzgar por el rostro de Aileen… comprendí que había abarcado más de lo que podía manejar.

—Discúlpame —dije con rapidez—; entiendo que en este momento no estamos preparados para recibir visitantes. —*Pero es necesario que esta alianza ocurra cuanto antes*, quería añadir, pero me contuve antes de que las palabras surgieran mientras Aileen me miraba con la ceja en alto.

—¿Acaso esto significa que está otorgándome el puesto de chambelán del castillo? —preguntó ella, con una sonrisa leve en los ojos.

—Sí, Aileen.

—Entonces no se preocupe, Lord Aodhan —dijo ella, tocando mi brazo—. Haremos que este castillo esté preparado en siete días.

Aquella misma tarde, unas horas después, estaba en el estudio con Seamus, ambos intentando decidir cómo repararíamos el hoyo en el techo, cuando Tomas entró saltando al cuarto con su pie herido recogido hacia atrás.

—Milord —dijo el niño, jalando de mi manga—. Hay una...

—Niño, *no* tires de la manga del lord —lo reprendió con gentileza Seamus y Tomas se sonrojó mientras retrocedía saltando para colocar distancia adecuada entre los dos.

—No hay problema —respondí sin pensar, mirando a Tomas. El niño había desaparecido los últimos dos días, como si hubiera estado abrumado por todas las personas que ahora estaban reunidas en el castillo—. Permíteme terminar con esto y luego tú y yo hablaremos.

Tomas asintió y salió renqueando de la habitación. Lo observé marcharse, con los hombros caídos.

—Milord Aodhan, necesita enseñarles a los jóvenes como él a respetarlo —dijo Seamus con un suspiro—. Si no, su impertinencia será constante.

—Sí, bueno, hasta donde sé, es huérfano —respondí—. Y quiero que él se sienta en casa con nosotros.

Seamus no dijo nada. Y me pregunté si estaba equivocado al pensar así (no sabía nada sobre criar niños), pero no tenía tiempo de quedarme quieto reflexionando sobre esas cosas. Comenzamos a hablar de nuevo sobre las reparaciones del techo y aparté a Tomas de mi mente.

Media hora después, Seamus se fue para supervisar las reparaciones de la cervecería, que estaba aproximadamente a quince minutos a caballo, pero aún dentro de la propiedad, después de que Aileen hubiera declarado que «no podemos recibir a Lady y Lord Dermott sin una buena cerveza como corresponde». No podía culparla por priorizar el alcohol antes que las camas y los cristales de las ventanas y salí del estudio en busca de Tomas. El niño parecía desaparecer a su antojo, escondiéndose en las sombras y hallando los mejores escondites.

Primero fui al salón, donde algunas mujeres trabajaban en las mesas de caballetes alrededor de una tetera, cosiendo cortinas y mantas para las habitaciones de los invitados. Sus risas cesaron al verme y suavizaron las miradas mientras observaban que me aproximaba a ellas.

—Buenas tardes. ¿Habéis visto a Tomas? —pregunté—. Es así de alto y tiene cabello rojo.

—Sí, lo vimos, Lord Aodhan —respondió una mujer, mientras sus dedos no dejaban de trabajar con la aguja sobre la tela—. Está con la chica de la capa azul.

Brienna.

Me sorprendí, incapaz de ocultarlo; era como si mi corazón estuviera amarrado con un hilo que jalaba de mí apenas pensaba en ella.

—Gracias —dije, y salí a toda prisa del salón, con los susurros de las mujeres pisando mis talones mientras me dirigía al patio. Desde allí, corrí a los establos, pero no había rastro de Brienna. Uno de los mozos de cuadra me informó que ella acababa de estar allí con Tomas, hablando sobre pasteles de miel, así que volví al castillo a través de la cocina, donde había sobre el alféizar de la ventana una bandeja con pasteles de miel enfriándose a la cual le faltaban evidentemente dos porciones…

Regresé al estudio, mis pasos silenciosos sobre el suelo de piedra; oí la voz de Brienna proveniente del pasillo mientras hablaba con Tomas.

—Entonces comencé a excavar debajo del árbol.

—¿Con tus manos? —preguntó ansioso Tomas.

—No, tontito. Con una pala. La había guardado en mi bolsillo y...

—¿En tu bolsillo? ¿Los *vestidos* tienen bolsillos?

—Claro que sí. ¿No crees que las mujeres necesitan un sitio donde ocultar algunas cosas?

—Supongo que sí. ¿Qué ocurrió luego? —insistió Tomas.

—Cavé hasta encontrar el relicario.

Abrí la puerta despacio, prácticamente dudando de interrumpir aquel momento. La puerta crujió, como todo lo que estaba en el castillo, y les anunció mi llegada, así que me detuve en la entrada, mirándolos.

No había muebles en el estudio. Brienna y Tomas estaban sentados en el suelo bajo un círculo de luz solar, con las piernas extendidas mientras se reclinaban sobre sus manos.

Brienna hizo silencio mientras me miraba a los ojos.

—¡Intenté decírselo, milord! —Tomas se dio prisa en hablar, como si le preocupara estar en problemas—. El Ama Brienna llegó, pero usted me pidió que me retirara antes de que pudiera contárselo.

—Sí, y me disculpo por eso, Tomas —respondí, avanzando para unirme a su ronda en el suelo—. La próxima vez, te escucharé.

—¿Está enfermo, milord? —El niño frunció el ceño mientras me observaba—. Parece tener fiebre.

Cedí ante la risa y sequé mi frente.

—No, no estoy enfermo. Solo los he estado buscando a los dos por toda la propiedad.

—La traje hasta aquí para que lo espere, milord.

—Ajá. Entonces debería haber esperado aquí. —Inevitablemente, posé mis ojos en Brienna. El cabello caía sobre sus hombros, su rostro aún estaba sonrojado por el viaje a caballo y sus ojos brillaban. Tenía la capa amarrada en el cuello; el azul oscuro se expandía a su alrededor, bañado de luz.

—Estaba contándole a Tomas la historia de cómo encontré la gema —dijo ella, divertida.

—¿Qué sucedió después? —insistió Tomas, dirigiendo de nuevo su atención a ella.

—Bueno, la Gema del Anochecer estaba dentro del relicario —prosiguió Brienna—. Y tuve que esconderla en mi... Ah, en mi vestido.

—¿Quieres decir en tus bolsillos? —sugirió Tomas, apoyando el mentón sobre su palma.

—Sí. Algo así. —Me miró rápido con una sonrisa traviesa.

—¿Cómo es la gema? —preguntó el niño.

—Como una piedra de la luna grande.

—He visto algunas piedras de la luna —comentó el niño—. ¿Qué más?

—La Gema del Anochecer cambia de color. Creo que refleja el humor de quien la lleva.

—Pero solo las Kavanagh pueden llevarla puesta sin el relicario, ¿verdad?

—Sí —dijo Brienna—. Quemaría a personas como tú y yo.

Finalmente, Tomas hizo silencio y reflexionó sobre lo que le habíamos contado. Mi mirada se detuvo de nuevo en Brienna y sugerí con tranquilidad:

—¿Tomas? ¿Por qué no vas a la cocina a ver si Cook necesita ayuda?

Tomas gruñó a modo de queja.

—Pero quiero oír el resto de la historia del Ama Brienna.

—Habrá otro día para historias. Ahora, ve.

Tomas se puso de pie resoplando y se fue dando saltitos.

—Deberías conseguirle una muleta antes de que abra los puntos que le cosiste —dijo Brienna—. Tuve que llevarlo sobre mi espalda.

—¿Que hiciste *qué*?

—No parezcas tan sorprendido, Cartier. El niño no es más que piel y huesos.

El silencio se extendió entre los dos. Sentí que la culpa me invadía.

—No sé quiénes son sus padres —dije por fin—. Lo descubrí la otra noche. Creo que ha estado quedándose aquí.

—Quizás un día él te dirá de dónde viene —respondió ella.

Suspiré, recostándome sobre mis manos, mirándola de nuevo. Oímos el eco de un golpe, seguido de los gritos distante de Cook. Escuché a Tomas gritándole desafiante a modo de respuesta y refunfuñé.

—No sé qué estoy haciendo, Brienna. —Cerré los ojos, sintiendo de nuevo aquel peso sobre mí. El peso del terreno, el peso de los súbditos, el peso de la alianza con Dermott, el peso del juicio inminente. Meses atrás, jamás habría imaginado que estaría es un estado semejante.

Brienna se acercó más a mí; escuché el susurro de su vestido, sentí cómo ella bloqueaba el sol al sentarse delante de mí, con las manos sobre mis rodillas. Abrí los ojos y vi la luz coronándola y, por un instante, solo existimos simplemente ella y yo y nadie más en el mundo.

—No hay manuales para esto —dijo ella—. Pero tus súbditos se han reunido por ti, Cartier. Son maravillosos y están comprometidos. No esperan que tengas todas las respuestas o que asumas tu rol de un día para otro. Llevará algo de tiempo.

No sabía qué decir, pero sus palabras me tranquilizaron. Sujeté sus manos con las mías; nuestras palmas alineadas; nuestros dedos entrelazados. Vi las manchas de tinta en su mano derecha.

—Veo que has estado ocupada escribiendo.

Sonrió sin alegría.

—Sí. Jourdain me pidió que comenzara a recopilar acusaciones.

Aquello me tomó en cierto punto por sorpresa. Parecía demasiado pronto para recopilar aquella oscuridad; acabábamos de volver a casa, de reconectarnos con lo que se suponía que debían ser nuestras vidas. Pero luego recordé que el juicio tendría lugar en cuestión de días. Claro, yo también debería recopilar las acusaciones de mis súbditos. Debería comenzar a escribir las mías también. Lo cual significaba que necesitaba encarar de lleno lo que había ocurrido en detalle aquella noche. Porque si bien sabía parte de la verdad, no sabía todo sobre ella. No sabía quién le había dado el golpe letal a mi hermana o hasta dónde llegó la violencia impartida sobre los súbditos de Morgane.

Y también estaba la carta de mi madre, la cual continuaba paseando en mi bolsillo, sin saber cómo interpretarla. Tenía sangre Lannon en mis venas; ¿necesitaba aceptar esa verdad o esconderla?

Salí de aquellos pensamientos para ver que Brienna me observaba.

—¿Has escrito muchas acusaciones? —pregunté.

—Luc ha recopilado un tomo grande de ellas.

—¿Y por qué tú no?

Apartó la mirada de mí y una sospecha oscura comenzó a nublar mi mente.

—Brienna... Háblame.

—¿Qué hay para contar, Cartier? —Y me dedicó una sonrisa falsa, una que no llegó a sus ojos.

—Nunca fuiste buena actuando —le recordé.

—En serio, no importa. —Intentó apartar sus manos de las mías, pero yo las sujeté más fuerte. Si ella no lo diría, entonces lo haría yo.

—Los súbditos de Jourdain no han sido cálidos contigo.

Sabía que era la verdad, porque hubo un destello de dolor en su mirada antes de que la ocultara detrás del enfado.

—¿Qué te han dicho, Brienna? —insistí, mi furia apareció ante aquella idea—. ¿Han sido groseros contigo?

—No. No es nada que no hubiera esperado —replicó, como si los defendiera, como si fuera culpa de ella, como si pudiera controlar de quién había descendido.

—¿Jourdain lo sabe?

—No. Y te pido que no se lo cuentes, Cartier.

—¿No crees que tu padre debería saber que sus súbditos están faltándote el respeto? ¿Que sus súbditos están menospreciando a su *hija*?

—No me faltan el respeto. Y si fuera así, no querría que Jourdain lo supiera. —Apartó sus manos de las mías, se puso de pie y se giró hacia la ventana—. Ya tiene suficiente de qué preocuparse. Y creo que tú entiendes eso.

Lo hacía. Sin embargo, más que nada, quería que Brienna sintiera que pertenecía aquí. Aquello era prácticamente la sombra de todos mis otros pensamientos: que ella fuera aceptada, que hallara la felicidad. Quería que ella reclamara su hogar en Maevana, esta tierra salvaje sobre la que ella y yo alguna vez habíamos hablado durante las clases. La mitad de su herencia era este suelo y no me importaba de qué territorio había surgido.

Me puse de pie y limpié el polvo de mis pantalones. Me acerqué despacio a ella, me detuve a sus espaldas, solo para sentir su calidez. Permanecimos en silencio, con la mirada puesta en la tierra que yacía al otro lado del cristal roto, los prados, los bosques y las colinas que se alzaban hasta convertirse en montañas.

—Me ven como una Allenach. No como una MacQuinn —dijo ella en voz baja—. Creen que he engañado a su lord para que me adoptara.

Y me hizo añicos oírla hacerse cargo de eso. Podría haberle respondido miles de cosas, más que nada que yo nunca la había visto como una Allenach, que solo la había visto por quien ella era: una hija de Maevana y una amiga querida de la reina. Pero contuve mis palabras.

Finalmente, ella se giró para mirarme, y clavó sus ojos en los míos.

—Solo necesitan un poco más de tiempo —susurró—. Tiempo para que el recuerdo de mi padre biológico desaparezca, para que demuestre mi valía ante ellos.

Tenía razón. Todos necesitábamos tiempo: tiempo para asentarnos, tiempo para sanar, tiempo para descubrir en quiénes debíamos convertirnos.

Y lo único que pude decir fue su nombre, como si fuera una plegaria.

—Brienna.

Alcé la mano; mis dedos recorrieron el borde de su mandíbula. Quería memorizarla, explorar sus líneas y sus curvas. Y, sin embargo, detuve los dedos en su mentón, para alzar su rostro, para observar cómo la luz del sol bailaba sobre sus mejillas.

Ella se quedó sin aliento y me acerqué para arrebatarle lo que le quedaba. La besé suavemente una vez, dos veces, hasta que abrió su boca bajo la mía y descubrí que estaba tan hambrienta como yo. De pronto, mis manos subieron a su cabello, entrelacé los dedos en sus mechones sedosos, perdido en el deseo de rendirme por completo ante ella.

—Cartier. —Intentó decir mi nombre; bebí el sonido de sus labios. Sentí sus manos moviéndose sobre mi espalda y sujetando mi camisa, jalando de ella. Estaba advirtiéndome, porque ahora escuchaba los pasos ruidosos arrastrándose al otro lado de la puerta del estudio.

Hice un esfuerzo para separarme de ella con la respiración agitada mientras, de algún modo, me recuperaba lo suficiente para susurrar:

—Sabe a un pastel de miel robado, Brienna MacQuinn.

Ella sonrió, con la risa en los ojos.

—¿Acaso nada se le escapa al Lord de los Ágiles?

—No cuando se trata de ti. —Me atreví a besarla de nuevo, antes de que quien fuera que estuviera en el pasillo nos buscara, pero algo afilado presionó mi pierna. Sorprendido, retrocedí y deslicé la mano sobre su falda, hasta su muslo. Allí estaba la silueta dura de una daga bajo la tela y la miré a los ojos sin decir una palabra, aunque estaba profundamente satisfecho de que ella llevara un arma oculta.

—Sí, bueno —tartamudeó, con las mejillas sonrojadas—. Las mujeres no podemos ocultar todo en nuestros bolsillos, ¿verdad?

7

BRIENNA

Tráeme la cinta dorada

Territorio de Lord MacQuinn, castillo Fionn

$\mathcal{P}$laneaba faltar a la cena en el salón esa noche para prepararme para la primera lección de lectura de Neeve. Transportaba una bandeja con sopa y pan hasta mi recámara, pensando en la preciosa tarde que había pasado visitando a Cartier y a sus súbditos, cuando Jourdain apareció ante mí al salir de las sombras.

—¡Santo cielo, padre! —Estuve a punto de volcar la cena sobre mi vestido—. ¡No deberías asustarme así!

—¿A dónde vas? —preguntó, mirando mi bandeja con el ceño fruncido.

—A mi cuarto —dije, arrastrando las palabras—. ¿A dónde más?

Jourdain apartó la bandeja de mis manos y se la entregó a un sirviente que pasó en aquel instante por allí de casualidad.

—Iba a comer eso.

Sin embargo, Jourdain no pareció escuchar mi irritación. Esperó hasta que el sirviente desapareció por el pasillo, luego sujetó mi mano, me llevó hasta mi recámara y cerró despacio la puerta.

—Hay un problema —dijo por fin, con voz ronca.

—¿Qué clase de problema, padre? —Intenté leer las arrugas de su ceño para prepararme para lo que fuera.

—Dime todo lo que sabes sobre la Casa Halloran, Brienna.

Permanecí paralizada ante él, boquiabierta.

—¿Los Halloran? —Despejé mi garganta, aún sorprendida por el pedido de Jourdain mientras intentaba recordar todo lo que Cartier me había enseñado—. La reina Liadan les dio el nombre de los Honestos. Son famosos por sus orquídeas y sus bienes de acero: hacen las mejores espadas de Maevana. Sus colores son amarillo y azul oscuro; su símbolo es un íbice rodeado de una corona de enebro. A su territorio se lo conoce como la bisagra de Maevana, dado que es el único cuya frontera está en contacto con los siete territorios vecinos. Históricamente tenían una alianza fuerte con los Dunn y los Fitzsimmons que se rompió cuando los Lannon ocuparon el trono. Desde entonces, han jurado lealtad a la Casa que posea todo el poder. —Hice una pausa, sintiendo de nuevo la limitación de mi conocimiento general—. Puedo recitar su linaje noble si es lo que buscas. Incluso las hijas e hijos bastardos.

—Entonces el nombre Pierce Halloran debería significar algo para ti —dijo Jourdain.

—Sí. Pierce Halloran es el menor de los tres hijos de Lady Halloran. ¿Por qué?

—Porque está aquí —gruñó mi padre.

No pude ocultar mi sorpresa.

—¿Pierce Halloran está *aquí*, en Fionn? ¿Por qué?

Pero sospechaba el motivo. Los Lannon eran nuestros prisioneros. La alianza de los Halloran con ellos había comenzado a romperse…

—Quiere echarte un vistazo —dijo mi padre, cortante.

—¿Quiere *mirarme*?

—Quiere presentarse como pretendiente para ti —explicó Jourdain, expresándolo como lo harían en Valenia.

Al principio, aquella revelación me impactó. Pero luego, la sorpresa desapareció mientras comenzaba a armar una estrategia.

—Vaya, debe creerse muy astuto —dije, lo cual por suerte alivió la tensión que había comenzado a apoderarse de Jourdain.

—Entonces, ¿ves lo mismo que yo en esto? —interrogó mi padre, con los hombros levemente caídos.

—Por supuesto. —Crucé los brazos, mirando al fuego—. Los Halloran han estado en la cama con los Lannon durante más de cien años. Y nosotros acabamos de desarmar esa cama. —Sentí a Jourdain mirándome, pendiente de mis palabras—. Los Halloran ahora están revueltos como debería ser. Buscan una alianza con la Casa más fuerte.

—Sí, sí —dijo Jourdain, asintiendo—. Y debemos ser muy cuidadosos, Brienna.

—Sí, concuerdo.

Tardé un instante en ordenar mis pensamientos, para armar un plan, mientras caminaba por mi cuarto y tocaba sin pensar las trenzas en mi cabello. Había decidido comenzar a trenzar intrincadamente mi pelo, al igual que lo hacían muchas de las mujeres MacQuinn. Me gustaba pensar en ellas como trenzas guerreras.

Cuando me detuve de nuevo frente a Jourdain, vi una sonrisa leve en su rostro.

—Por los dioses —dijo, moviendo la cabeza de un lado a otro al mirarme—. Nunca creí que me alegraría tanto ver ese resplandor confabulador en tus ojos.

Sonreí y coloqué la mano sobre mi corazón a modo de burla.

—Oh, padre. Me lastimas. ¿Por qué no estarías feliz de oír mis planes?

—Porque me sacan canas, Brienna —respondió con una risita.

—Entonces, quizás es mejor que tomes asiento para esto.

Él obedeció y ocupó la silla donde Neeve había estado la noche anterior y yo tomé asiento a su lado en mi sillón favorito; ambos extendimos las botas hacia el fuego.

—Muy bien, padre. Esto es lo que pienso. Los Halloran buscan formar una alianza con nosotros a través de un matrimonio conmigo. No puedo decir que los culpo por intentarlo. Estoy segura de que fueron herramienta de los Lannon durante los últimos veinticinco años. Y la situación política de Maevana está cambiando drásticamente. Los Halloran necesitan renovar su imagen, ganar la simpatía de la reina de algún modo. El matrimonio es una de las maneras más fáciles, pero más fuertes, de consolidar una nueva alianza; por ese motivo, Pierce ha venido a nuestra puerta.

—Brienna… por favor no me digas que estás pensando en aceptar —respondió Jourdain, cubriendo sus ojos un instante.

—¡Claro que no!

Dejó caer la mano y resopló, aliviado.

—Bien. ¡Porque no sé qué pensar al respecto! Más que nada, me gustaría escupir los regalos que Pierce nos trajo, enviarlo a casa de una patada en el trasero. Pero ambos sabemos que no podemos darnos el lujo de ser tan imprudentes, Brienna.

—No, no podemos —concordé—. Los Halloran quieren una alianza con nosotros. ¿Deberíamos permitirlo?

Los dos permanecimos en silencio, considerando todas las posibilidades.

Fui la primera en romper el silencio.

—Acabamos de comenzar a hablar sobre alianzas y rivalidades. Los cuatro nos sentamos y analizamos qué Casas ganar para Isolde. Aún intentamos decidir qué hacer con los súbditos de Lannon, pero ¿qué hay de la Casa Carran y de la Casa Halloran? —Me encogí de hombros y expuse mi inseguridad—. Prácticamente me enferma pensar en permitirles unirse a nosotros. Ellos *prosperaron* los últimos veinticinco años mientras que muchos de los nuestros sufrieron. Pero si los rechazamos... ¿qué clase de consecuencias traería?

—Es imposible estar seguros —respondió mi padre—. Lo único que puedo decir ahora es que no quiero a los Halloran en nuestra alianza. *No* confío en ellos.

—¿Crees que nos traicionarían?

Jourdain me miró a los ojos.

—*Sé* que lo harían.

Tamborileé los dedos sobre mis rodillas, ansiosa.

—Entonces, no podemos rechazarlos de modo directo. Pero de todas formas necesito darle una respuesta a Pierce Halloran.

Jourdain permaneció muy quieto, mirándome.

—Lo único que pido, si es que escuchas los consejos que doy como tu padre, es que *no* juegues con él. No hagas nada que te ponga en peligro, hija.

—No manipularía a Pierce de un modo romántico. Pero como dije, necesito responderle.

—¿No puedes simplemente decirle que estás con Aodhan Morgane? —replicó Jourdain.

—Cartier necesita mostrarse como un lord sin debilidades. —Sonaba un poco severo, pero las palabras flotaron en el aire suspendido entre mi padre y yo como la verdad; las personas a quienes amábamos siempre eran una debilidad—. Y el hecho de que Cartier básicamente no tiene nada, ni familia viva, ni esposa ni hijos, lo coloca en una posición más alta que a nosotros en este juego político.

Observé a Jourdain mientras sus ojos se humedecían por un instante. Me preocupó que estuviera pensando en sí mismo, en su esposa, Sive, en cómo la había perdido.

—Solo quiero que seas feliz, Brienna —susurró después de unos minutos y su confesión estuvo a punto de estrujar mi corazón.

Extendí las manos para sujetar las suyas.

—Y te lo agradezco, padre. Después del juicio, después de que coronen a Isolde y comprendamos mejor cómo se acomodará todo, Cartier y yo haremos pública nuestra relación.

Jourdain asintió, mirando nuestras manos unidas.

—Entonces, hija, ¿qué le responderás a Pierce Halloran esta noche?

—Lo mismo que empezaré a responderle a cada hombre ajeno a esta Casa que desee ganar mi mano.

Jourdain se paralizó, asimilando mis palabras y entendiendo lentamente mi intención. Alzó la vista, la clavó en la mía y vi el placer y la sorpresa en sus ojos.

—¿Oh? ¿Y qué será? —Pero él ya lo sabía. Una sonrisa entibió mi voz.

—Le pediré a Pierce Halloran que me entregue la cinta dorada de un tapiz.

Todos los MacQuinn asistieron a la cena en el salón aquella noche.

A duras penas había espacios vacíos en las mesas y el gran salón pronto se volvió agobiante gracias al fuego en la chimenea, a las inhalaciones de tantas personas curiosas, al hecho de que yo estaba sentada junto a Pierce Halloran en la mesa del lord.

Él era exactamente como esperaba: apuesto de un modo afilado y despiadado, con ojos que resplandecían llenos de una apatía engañosa. Y pronto descubrí que le gustaba posar aquella mirada cruel sobre mí. Recorría con los ojos las trenzas en mi cabello, el escote de mi vestido, las curvas de mi cuerpo. Analizaba mi atractivo físico como si yo fuera solo eso.

Eres un tonto, pensé en mitad de la comida mientras bebía un sorbo firme de mi cerveza, con los ojos de Pierce de nuevo sobre mí. Estaba demasiado absorto para considerar la idea de que yo podía estar planeando algo que lo perjudicara.

Sonreí dentro de mi copa por un instante.

—¿Qué es tan entretenido, Brienna MacQuinn? —preguntó Pierce al notar mi gesto.

Apoyé mi cerveza y lo miré.

—Recordé que el sastre está confeccionando un vestido nuevo para mí mañana, uno con piel blanca en el borde. Me entusiasma ver el diseño, claro.

Desde su lugar a dos sillas de distancia, Luc resopló y luego intentó ocultar el sonido golpeando su pecho como si se hubiera atragantado. Pierce miró a mi hermano alzando una ceja. Luc finalmente se tranquilizó y movió la mano a modo de disculpa y Pierce centró su atención de nuevo en mí, sonriendo con voracidad.

—Me gustaría verte con piel blanca.

Ante esa respuesta, apareció un segundo ataque de tos, esta vez por parte de Jourdain, quien estaba sentado a mi otro lado. *Pobre padre*, pensé, y casi agarré su mano; tenía los nudillos blancos mientras apretaba su tenedor.

Jourdain me miró con rapidez y vi el brillo de advertencia en sus ojos. Entonces, estaba engañando demasiado bien a Pierce.

Extendí la mano hacia el plato de pan. Pierce hizo lo mismo y nuestros dedos chocaron entre sí.

—¿Quieres que corte otra rebanada para ti? —preguntó él con amabilidad fingida y los ojos, para sorpresa de nadie, posados sobre mi escote.

Pero mis ojos estaban por completo en otro lugar. La manga de Pierce había subido un poco sobre su muñeca y vi un tatuaje oscuro sobre su piel pálida, sobre la sombra levemente azulada de sus venas. Parecía una *D* con el centro relleno. Algo raro de plasmar en la piel.

—Sí, gracias —dije, obligando a mis ojos a moverse antes de que él viera que había notado su marca.

Pierce colocó una rebanada de pan de centeno sobre mi plato y supe que ya era hora, que había permitido que la cena se extendiera lo suficiente.

—¿Podrías decirme porque has venido a visitarnos, Pierce Halloran?

Pierce bebió un trago largo de cerveza; vi el resplandor de sudor en su ceño e intenté no disfrutar el hecho de que él a duras penas ocultaba su preocupación y sus nervios.

—Te he traído un regalo —dijo él, apoyando su copa. Deslizó la mano al otro lado de la mesa, donde dos espadas amplias yacían sobre el roble, dentro de vainas doradas. Eran tal vez dos de las espadas más hermosas que jamás hubiera contemplado y tuve que recurrir a toda mi fuerza de voluntad para no tocarlas, para no desenfundar ninguna de ellas—. También traje una para tu padre.

Jourdain no respondió. Estaba ocultando muy mal su enfado hacia Pierce.

—¿Y por qué nos has traído regalos tan magnánimos? —pregunté, mi corazón comenzó a latir más rápido. Vi con el rabillo del ojo que Neeve se ponía de pie en su mesa y que otras tejedoras la imitaron. Estaban saliendo por una de las puertas laterales, preparándose para traer el tapiz al salón como habíamos planeado.

«¿Puedes traerme un tapiz cuya cinta dorada sea imposible de encontrar?», le había pedido a Neeve después de planear todo con Jourdain. Neeve había parecido sorprendida.

«Sí, por supuesto que puedo. ¿Cuándo necesita el tapiz?».

«Para la cena de esta noche».

—Espero ganar tu mano, Brienna —respondió Pierce, mirándome finalmente a los ojos.

A duras penas lo miré; aquel minuto se extendió como si fuera un año e intenté no demostrar mi incomodidad.

El rompió el contacto visual primero, porque había surgido una conmoción en el otro lado del salón.

No necesitaba mirar; sabía que las tejedoras habían traído el tapiz, que los hombres las ayudaban a colgarlo para que ambos lados fueran visibles.

—¿Qué es eso? —preguntó Pierce, con una sonrisa astuta en las comisuras de su boca—. ¿Un regalo para mí, Brienna?

Me puse de pie, sin notar que temblaba hasta que llegué al otro lado de la mesa y me detuve sobre la tarima entre Pierce y el tapiz. Tragué, de pronto tenía la boca seca, y el salón se había sumido en un silencio asfixiante. Sentía el peso de todas las miradas sobre mí. El tapiz que Neeve había escogido era exquisito: una joven en mitad de un jardín, con una espada apoyada sobre sus rodillas mientras estaba sentada entre las flores, con el rostro hacia el cielo. Estaba rodeada de luz como si los dioses la bendijeran. No podría haber escogido una imagen más apropiada.

—Lord Pierce —dije—. Primero, permítame darle las gracias por haberse tomado la molestia de venir hasta el castillo Fionn, tan pronto después de la batalla. Es evidente que ha pensado en nosotros esta semana.

Pierce aún sonreía, pero entrecerró los ojos mientras me miraba.

—No pondré más excusas. He venido a buscar su mano, Brienna MacQuinn, ganar su favor como mi esposa. ¿Acepta mi espada de regalo?

Sin duda él había traído lo mejor de su Casa, pensé, resistiendo el impulso de contemplar las espadas. Sin embargo, su carácter era muy aburrido en comparación con el acero.

—Asumiré que no conoce una de las tradiciones de nuestra Casa —proseguí.

—¿Qué tradición? —preguntó con monotonía Pierce.

—Que contraer matrimonio con alguien que no pertenece a la Casa MacQuinn requiere un desafío.

Él rio para ocultar su incomodidad.

—Muy bien. Le seguiré la corriente en sus juegos.

Estaba colocándome en el lugar de una niña. Me puse tensa ante aquel insulto y miré por encima del hombro para admirar el tapiz.

—Dentro de cada tapiz MacQuinn hay una cinta dorada que la tejedora ha escondido en la trama del tejido. —Hice una pausa y enfrenté la mirada fría de Pierce—. Tráigame la cinta dorada oculta en el tapiz y yo aceptaré su espada y le daré mi consentimiento.

Él se puso de pie de inmediato, lo cual hizo que los platos sobre la mesa tambalearan. Por su modo de caminar, él creía que esto sería muy sencillo, que él sería capaz de analizar el diseño intrincado y encontrar la cinta dorada.

Miré a mi padre, a mi hermano. Jourdain parecía tallado en piedra, su rostro rojizo estaba contorsionado con el ceño fruncido, su mano cerrada en un puño yacía junto a su plato. Luc apenas puso los ojos en blanco cuando Pierce pasó a su lado y se sirvió otra copa de cerveza mientras se acomodaba en la silla como si estuviera preparándose para un gran espectáculo.

Pierce se detuvo delante del tapiz y de inmediato sus dedos tocaron la aureola que rodeaba el rostro y el cabello de la joven, el lugar más evidente donde esconder algo dorado. Pero sus cinco minutos de observación se convirtieron en diez y diez, en treinta. Pierce Halloran tardó cuarenta y cinco minutos antes de rendirse y alzar las manos con frustración.

—Ningún hombre podría encontrar esa cinta —refunfuñó.

—Entonces lo siento, pero no puedo aceptar sus espadas —respondí.

Me miró boquiabierto; la sorpresa mutó al desdén cuando hubo un estallido repentino de aplausos. La mitad del salón, la mitad de los MacQuinn, celebraban de pie por mí.

—Muy bien entonces —dijo Pierce, con voz sorprendentemente tranquila. Volvió a la tarima y sujetó las dos espadas que había traído. Pero luego caminó hacia mí y se detuvo con su rostro demasiado cerca del mío. Podía oler el ajo en su aliento; vi sus ojos inyectados en sangre mientras susurraba—: Te arrepentirás de esto, Brienna MacQuinn.

Quería responder, susurrarle una amenaza a cambio. Pero él se giró tan rápido que no me dio tiempo y se fue a toda prisa del salón mientras su guardia de compañía se ponía de pie de sus mesas y lo seguían.

El entusiasmo brotó y los MacQuinn que me habían aplaudido tomaron asiento de nuevo para retomar su cena. Sentí la mirada de Neeve; la miré y vi que sonreía con satisfacción. Intenté devolverle la sonrisa, pero había una anciana a su lado que me observaba con tanta repulsión que sentí que mi alivio se derretía y me dejaba fría y preocupada.

—Bien hecho —susurró Jourdain, su voz cerca de mi espalda.

Me giré y vi a mi padre de pie bajo mi sombra; sujetó mi codo como si percibiera que yo estaba a punto de caer.

—Lo ofendí mucho —respondí en un susurro, las palabras raspaban mi garganta—. No me di cuenta de que se enfadaría tanto.

—¿Qué te dijo antes de marcharse? —preguntó en voz baja Jourdain.

—Nada importante —mentí. No quería repetir la amenaza de Pierce.

—Bueno, no permitas que te afecte —dijo mi padre mientras guiaba el camino hasta mi silla—. Él no es más que un cachorro con dientes de leche al que le han arrebatado su hueso. Nosotros tenemos el poder aquí.

Rogué que Jourdain tuviera razón. Porque no sabía si acababa de pisotear la cabeza o la cola de la serpiente.

8

CARTIER

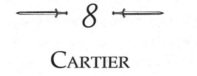

Territorio de Lord Morgane, castillo Brígh

$\mathcal{E}$ra hora de que escribiera mis acusaciones contra los Lannon; sin embargo, no sabía por dónde comenzar.

Después de la cena, volví a mis aposentos y tomé asiento en el escritorio de mi madre (uno de los pocos muebles que había insistido en conservar durante la purga del castillo) y miré el pergamino en blanco, con la pluma en mano y un tintero abierto a la espera.

Mi habitación estaba helada; las ventanas aún estaban rotas porque había decidido primero reemplazar otras ventanas más importantes. A pesar de que Derry había tapiado las aberturas por ahora, podía oír el aullido infinito del viento. Sentía la dureza del azulejo en el suelo, la oscuridad que parecía sujetar mis tobillos.

Soy mitad Lannon. ¿Cómo soportaré estas acusaciones?

—Lord Aodhan.

Me giré en mi silla, sorprendido al ver Aileen sosteniendo una bandeja de té. Ni siquiera la había oído llamar a la puerta o había percibido su ingreso.

—Creí que le vendría bien algo caliente —dijo ella mientras avanzaba para apoyar la bandeja cerca de él—. Parece que el rey del invierno vence al príncipe del otoño esta noche.

—Gracias, Aileen. —Observé mientras ella me servía una taza y allí fue cuando noté que no había traído solo una taza, sino dos.

Apoyó mi té junto a la página en blanco, luego sirvió una taza para ella y acercó un taburete para tomar asiento.

—No fingiré que ignoro lo que intenta recopilar, milord.

—Entonces debes saber por qué me resulta tan difícil —dije, sonriendo con tristeza.

Ella permaneció en silencio mientras me miraba, la angustia marcaba su ceño.

—Sí. Solo eras un bebé aquella noche, Aodhan. ¿Cómo podrías recordarlo?

—Desde que he vuelto aquí, parece que he comenzado a recordar algunas cosas —respondí.

—¿Eh?

—Recuerdo el olor de algo quemándose. Recuerdo oír a alguien llamándome, buscándome. —Miré la pared, las líneas de concreto entre los ladrillos—. *¿Dónde estás, Aodhan?*

Aileen permaneció en silencio.

Cuando la miré de nuevo, vi lágrimas en sus ojos. Sin embargo, ella no lloraría. Estaba llena de furia al recordar aquella noche terrible.

—Aileen… —susurré—. Necesito que me digas las acusaciones de los Morgane. Dime lo que ocurrió la noche en que todo cambió. —Alcé mi pluma, deslizándola entre mis dedos—. Necesito saber cómo murió mi hermana.

—¿Tu padre nunca te lo contó, joven?

La mención de mi padre abrió otra herida. Había muerto ya hacía prácticamente ocho años y, sin embargo, aún sentía su ausencia, como si hubiera un agujero en mi cuerpo.

—Me dijo que Gilroy Lannon mató a mi madre —dije, con la voz tambaleante—. Me contó que el rey le cortó la mano en la batalla y luego la arrastró hasta el salón del trono. Mi padre aún estaba en el terreno del castillo y no pudo alcanzarla antes de que el rey colocara su cabeza en una pica. Sin embargo... mi padre jamás pudo contarme cómo murió Ashling. Quizás no conocía los detalles. Quizás sí y lo hubiera matado hablar al respecto.

Aileen permaneció en silencio un instante mientras yo sumergía la pluma en la tinta, esperando.

—Todos nuestros guerreros estaban ausentes esa noche —dijo ella, con voz ronca—. Estaban con tu padre y tu madre, luchando en el terreno del castillo. Incluso Seamus estaba con tus padres. Permanecí en Brígh, para cuidaros a ti y a tu hermana.

No escribí. Aún no. Permanecí sentado y posé los ojos en la página, con miedo de mirar a Aileen mientras la escuchaba, mientras imaginaba su recuerdo.

—No recibimos la advertencia a tiempo —prosiguió ella—. Hasta donde sabía, el golpe de Estado había sido un éxito y tus padres y los guerreros Morgane volverían a casa victoriosos. Estaba sentada en este mismo cuarto junto al fuego; te sujetaba entre mis brazos mientras dormías. Allí fue cuando escuché el ruido en el patio. Lois, una de las mujeres de armas de tu madre, había cabalgado de vuelta a casa. Estaba sola, golpeada y desangrándose, como si hubiera utilizado toda su fuerza para volver, para advertirme. Me reuní con ella en el vestíbulo, justo cuando perdió la conciencia. «Esconde a los niños», susurró. «Escóndelos ya». Murió en el suelo y me dejó presa de un pánico frío. Debíamos haber fallado; mi lord y mi lady debían haber muerto y los Lannon ahora vendrían por ti y por Ashling.

»Dado que te tenía en brazos, pensé en esconderte primero. Tendría que ocultaros por separado a ti y a tu hermana en caso de que, si descubrían a uno, el otro estuviera a salvo. Así que le pedí a uno de los sirvientes que buscara a Ashling en su cama. Y luego permanecí allí, con la sangre de Lois creando un charco en el suelo y miré tu rostro dormido y me pregunté... ¿Dónde podría esconderte? ¿En qué lugar donde los Lannon nunca buscarían podía dejarte?

Hizo una pausa. Mi corazón latía desbocado; aún no había escrito ni una palabra, pero la tinta goteaba sobre la página.

—Y entonces Sorcha me encontró —susurró Aileen—. Sorcha era una curandera. Debió haber oído las palabras de Lois porque trajo un ramillete de hierbas y una vela. «Hazlo inhalar esto» dijo mientras encendía las hierbas. «Esto lo mantendrá dormido por ahora». Así que te drogamos y te llevé al único lugar que se me ocurrió. A los establos, a la pila de excrementos. Allí te dejé; te cubrí de suciedad y te escondí, sabiendo que no te buscarían en un lugar semejante.

El hedor... el olor a la basura... Ahora lo entendía. Deslicé las manos sobre mi rostro, deseando callarla, temiendo escuchar el resto.

—Cuando volví corriendo al patio, los Lannon habían llegado —dijo Aileen—. Deben haber venido primero con nosotros, antes de los MacQuinn y los Kavanagh. Gilroy estaba sobre su caballo con la corona sobre su cabeza despreciable, rodeado de todos sus hombres con sangre en el rostro, antorchas en las manos y acero en la espalda. También estaba Declan junto a su padre. Lo habían comprometido con tu hermana. Así que pensé con certeza, *convencida*, que tendrían piedad.

»Pero Gilroy miró a Declan y dijo «Encuéntralos». Y lo único que pude hacer fue permanecer allí de pie sobre los adoquines, observando a Declan desmontar y entrar en el castillo junto a un grupo de hombres para buscarte, para buscar a tu hermana. Me quedé allí, con los ojos del rey sobre mí. No podía moverme; solo podía rogar que

Ashling estuviera tan bien escondida como tú. Y luego comenzaron los gritos y los alaridos. Pero de todas formas... No podía moverme. Apenas la oía, su voz temblaba mucho. Apoyó su té y solté mi pluma, me puse de rodillas ante ella y sujeté sus manos entre las mías.

—No tienes que contármelo —susurré, las palabras eran espinas en mi garganta.

Aileen tenía las mejillas húmedas por las lágrimas y acarició con dulzura mi cabello; estuve a punto de llorar ante la suavidad del gesto, al saber que aquellas manos me habían escondido, me habían mantenido vivo.

—Declan encontró a tu hermana —susurró ella, cerrando los ojos, con los dedos aún posados sobre mi pelo—. Observé como la arrastraba hasta el patio. Ella lloraba desconsolada, aterrada. No pude evitarlo. Corrí hacia ella para apartarla de Declan. Uno de los Lannon me golpeó. Lo siguiente que recuerdo es estar en el suelo, mareada, con sangre en el rostro. Vi que Gilroy había desmontado y que habían convocado a todos los Morgane al patio. Estaba oscuro, pero recuerdo todos sus rostros mientras estábamos de pie, en silencio y aterrados, esperando. «¿Dónde está Kane?» gritó el rey. Y fue cuando lo entendí... Habían matado a tu madre en la rebelión, pero tu padre había sobrevivido. Y Gilroy no sabía dónde estaba.

»Aquello me dio esperanza, solo la ínfima esperanza de que tal vez sobreviviríamos a esa noche. Hasta que el rey comenzó a preguntar sobre ti. «Ya tengo a la hija de Kane» se mofó Gilroy. «Ahora traedme a su hijo y tendré piedad». Ninguno de nosotros le creyó un instante a aquel rey de la oscuridad. «¿Dónde escondéis a su hijo?», insistió. Solo yo sabía dónde estabas. Y nunca se lo habría dicho; podía hacerme pedazos y de todas formas nunca le habría dicho dónde te había escondido. Así que él avanzó al frente con tu hermana, la sostuvo ante nosotros y dijo que rompería cada uno de sus huesos hasta que uno de nosotros revelara dónde te habíamos escondido y dónde estaba oculto Kane. Abrió los ojos y ahora tuve que cerrar los míos. Mi fuerza se convirtió en polvo; me incliné hacia adelante para ocultar mi rostro en su delantal como si fuera un niño, como si pudiera esconderme de nuevo.

—Ver cómo torturaron a tu hermana fue el momento más difícil de mi vida —susurró ella—. Me odié, odié haberle fallado a ella, odié no haberla escondido a tiempo. El rey hizo que Declan comenzara con la tortura. Le grité. Le grité a Declan que no tenía que hacerlo. No dejaba de pensar en que él era solo un niño. ¿Cómo es posible que un niño sea tan cruel? Y, sin embargo, hizo exactamente lo que su padre ordenó. Declan Lannon sujetó un mazo y rompió los huesos de tu hermana, uno por uno, hasta que ella murió.

Ya no podía contenerme. Lloré sobre su delantal, derramé las lágrimas que debían haber estado escondidas en mi interior toda mi vida. Mi hermana había muerto para que yo pudiera vivir. *Si tan solo hubiera sido yo...*, pensé. Si tan solo me hubieran encontrado a mí y ella hubiera sido la que sobrevivía.

—Aodhan.

Aileen me llamó y me sacó de la oscuridad. Alcé la cabeza; abrí los ojos y la miré.

—Tú fuiste mi única esperanza —dijo, secando las lágrimas en mi rostro—. Tú fuiste la única razón por la cual viví día tras día los últimos años, por la que la desesperanza no me mató. Porque sabía que volverías. Tu padre tuvo que entrar a hurtadillas al castillo después de que los Lannon se fueran esa noche; nunca he visto en la vida un hombre más destrozado hasta que te dejé en brazos de tu padre y lo obligué a jurarme que él escaparía contigo. No me importó a dónde fue Kane o qué hizo; pensé: este niño ha escapado de las garras de los Lannon y él será el que volverá y terminará con su reinado.

Sacudí la cabeza de un lado a otro para negar que fuese yo, pero Aileen sujetó mi rostro entre las manos para mantener quieta mi cabeza. Ya no había lágrimas en sus ojos. No, ahora había fuego, un odio ardiente, y sentí que encendía una chispa en mi propio corazón.

—Daré testimonio de todas nuestras acusaciones para que las lleves al juicio —dijo ella—. Cuando terminen de leerlas, quiero que mires a Declan Lannon a los ojos y que lo maldigas a él y a su Casa. Quiero que seas el comienzo de su fin, que seas la venganza de tu madre y de tu hermana.

No dije nada al respecto. ¿Acaso mi madre no era una Lannon? ¿Aún tenía familiares lejanos entre ellos? No tuve el valor de preguntarle a Aileen, de hablar sobre la carta de Líle que había encontrado. Pero mi conformidad, el entusiasmo por hacer lo que ella pidió, debía haber estado presente en mis ojos.

Aún estaba de rodillas en el suelo cuando escuché de nuevo la voz en el aullido del viento.

¿Dónde estás, Aodhan?

Esta vez, le respondí a la oscuridad.

Estoy aquí, Declan. Y voy a buscarte.

— 9 —

BRIENNA

El filo de la verdad

Territorio de Lord MacQuinn, castillo Fionn

*L*a mañana siguiente, guardé mis herramientas de escritura y volví a la casa de las tejedoras.

Esta vez, entré en el vestíbulo y golpeé sobre el dintel para anunciar mi presencia mientras mis ojos recorrían el amplio salón de tejer y las mujeres que ya estaban muy ocupadas trabajando.

—Buenos días —saludé con la mayor alegría que pude.

Después de anoche, las tejedoras sin duda hablarían sobre mí. Y había decidido no esconderme de aquellas conversaciones, sino enfrentarlas directamente.

Había aproximadamente sesenta mujeres en total trabajando en diversas tareas. Algunas estaban en los telares, manipulando el tejido para formar tapices. Otras estaban sentadas en una mesa, dibujando el diseño que después reproducirían con hilos sobre el tapiz. Otras aún estaban hilando lana. Allí estaba Neeve, sentada en una rueca bajo un rayo de luz matutina que cubría su cabello con un matiz dorado encantador. Noté que sus ojos se iluminaron al verme y a juzgar por la sonrisa que tiraba de sus comisuras, supe que quería invitarme a pasar al salón de tejer. Pero no se movió, porque a su lado estaba aquella anciana de nuevo, la que me había fulminado con la mirada anoche después de que Pierce hubiera partido.

—¿Podemos ayudarte? —preguntó la mujer con voz cauta, pero no muy hospitalaria. Tenía un gran mechón gris en el pelo y el ceño fruncido en su rostro anguloso. El único movimiento que hizo fue para colocar su mano agrietada por el frío sobre el hombro de Neeve, como para mantenerla en su lugar.

Inhalé hondo, mi mano no dejaba de tocar mi bolso de cuero.

—Mi padre me ha pedido que ayude a recopilar las acusaciones de los MacQuinn para llevarlas al juicio de Lannon.

Nadie habló y comencé a comprender que la mujer junto a Neeve era la jefa de las tejedoras, que no podía obtener acceso a aquel lugar sin su permiso.

—¿Por qué deberíamos contarte nuestras acusaciones? —preguntó la mujer.

Durante un instante, me quedé sin palabras.

—Sé amable con la chica, Betha. —Otra tejedora, cuyo cabello blanco estaba trenzado en una corona, habló desde el extremo opuesto del salón—. Sería prudente que recordaras que es la hija de Lord MacQuinn.

—Y cómo ocurrió eso, ¿eh? —me preguntó Betha—. ¿Lord MacQuinn sabía de quién eras hija realmente cuando te adoptó?

Permanecí de pie en silencio, mi corazón golpeaba el pecho como un puño. Sentía el calor subiendo a mi rostro; lo único que quería darles a los MacQuinn era honestidad. Sin embargo, si respondía la pregunta de Betha parecería que había engañado a Jourdain. Porque él no había sabido que era la hija de Brendan Allenach cuando me adoptó, pero yo tampoco lo había sabido. Pero sabía que, si decía eso, aquellas mujeres creerían que mentía.

—Vine a recopilar acusaciones por pedido de mi padre —repetí, con voz tensa—. Estaré sentada al otro lado de la puerta principal.

Si alguna quiere que escriba por vosotras, podéis encontrarme allí.

Evité mirar a Neeve, preocupada de que mi fachada se hiciera añicos si lo hacía, y volví por el pasillo, salí a la antecámara y atravesé la puerta principal hacia la luz matutina. Encontré un tronco para tomar asiento, justo debajo de las ventanas, y me senté allí, con las botas perdidas en el césped alto.

No sé cuánto tiempo esperé contra el viento mordiendo mi rostro, mi capa pasionaria cerrada con firmeza sobre mí, mi pila de papeles bajo una roca para permanecer en su lugar, mi tinta y mi pluma listas. Oía a las mujeres hablar, sus palabras eran indescifrables a través del cristal de las ventanas. Esperé hasta que las sombras se alargaron y hasta que ya no podía sentir las manos mientras la verdad atravesaba mi corazón como una púa.

Ninguna de las tejedoras vino a verme.

Las tejedoras no querían que documentara sus acusaciones, así que me sorprendí cuando uno de los peones vino a buscarme.

Me encontró después de la cena, se reunió conmigo en el sendero hacia el establo mientras yo daba un paseo con mi perra.

—¿Ama Brienna? —El peón se detuvo delante de mí, alto y delgado; llevaba el pelo oscuro con las trenzas tradicionales maevanas. No sé por qué parecía muy preocupado hasta que noté que tenía los ojos sobre Nessie, quien comenzaba a gruñirle.

—Tranquila, Nessie —dije y el pelaje de su cuello descendió. La perra tomó asiento a mi lado y miró al peón una vez más.

—Sé lo que está haciendo por Neeve —susurró él—. Debo darle las gracias por enseñarle a leer, por escribir sus memorias.

Si él estaba al tanto, Neeve debía haber decidido contárselo.

—Neeve es muy inteligente —respondí—. Me alegra enseñarle todo lo que pueda.

—¿Estaría dispuesta a escribir algo por mí?

Su pedido me tomó por sorpresa. Al principio, no sabía qué decir y una ráfaga de viento frío pasó entre los dos y coqueteó con el borde de mi capa.

—No se preocupe —dijo él y comenzó a alejarse.

—Sería un honor escribir también por usted —afirmé y el peón se detuvo—. Pero me pregunto por qué acudió a mí en vez de a mi hermano.

Él volteó y me miró de nuevo.

—Prefiero que usted escriba por mí, Ama.

Sus palabras me dejaron perpleja, pero asentí.

—¿Dónde?

Él señaló al otro lado de la pared del establo hecho de piedras ásperas y concreto, donde había una puerta angosta entre dos ventanas.

—Esa habitación pequeña es el guadarnés. No habrá nadie allí esta noche. ¿Nos encontramos ahí en una hora?

—De acuerdo. —Nos separamos; él volvió a los establos mientras yo continuaba mi camino hacia el castillo. Pero me pregunté… ¿por qué acudía a mí en vez de a Luc?

Una hora después, ya había llegado la noche y fui hasta el guadarnés con mis herramientas de escritura empacadas en mi bolso de cuero. El peón me esperaba adentro con una lámpara encendida sobre una mesa torcida delante de él.

Se puso de pie cuando entré, la puerta crujió al cerrarse detrás de mí.

Apoyé mi bolso sobre la mesa, tomé asiento en la pila de sacos de granos que él había preparado para mí a modo de silla y saqué mi papel, mi tinta y mi pluma bajo la escasa luz de la vela. Cuando estaba lista, lo miré en el otro extremo de la mesa mientras inhalaba el olor intenso a tierra, caballo, cuero y granos, esperando.

—No sé por dónde empezar —dijo, tomando asiento de nuevo.

—Quizás podría empezar diciéndome su nombre —sugerí.

—Soy Dillon. Me llamo así en honor a mi padre.

—¿Dillon MacQuinn?

—Sí —respondió—. Siempre hemos usado el apellido del lord como propio.

Escribí la fecha y luego su nombre. Una vez más, Dillon parecía atascado. Pero mordí mi lengua; le permití hurgar en sus pensamientos. Después de un rato, comenzó a hablar. Y yo comencé a transcribir.

Mi nombre es Dillon MacQuinn. Nací en el primer año oscuro, un año después de la huida de Lord MacQuinn y el asesinato de Lady MacQuinn. No recuerdo un tiempo en el que Allenach no gobernara sobre nosotros y nuestras tierras. Siempre he estado en los establos, incluso antes de caminar, así que oía muchos rumores y sabía cómo era Allenach.

Él era bueno con aquellos que se arrodillaban ante él, que lo alababan, que obedecían cada una de sus órdenes. Mi padre era una de esas personas, era el caballerizo mayor de los establos. Cuando Allenach decía que comiera, mi padre comía. Cuando decía que llorara, mi padre lloraba. Cuando decía que saltara, mi padre saltaba. Y cuando dijo que mi padre debía entregarle a su esposa, él también obedeció.

Hice una pausa, intentando mantener el pulso firme. Por un instante, mi garganta se cerró tanto que creí que era imposible tragar y comprendí que mi coraje me había confundido. Quería ayudar, escribir las historias y las acusaciones, permitir que los súbditos de Jourdain purgaran sus mentes y corazones de aquellos años oscuros. Pero esto... solo hacía que detestara aún más mi sangre.

—Ama Brienna —susurró Dillon.

Me esforcé por mirarlo a los ojos, las palabras en la página subían como humo para quemar mi vista.

—Le prometo, Ama, que querrá oír el final de esta historia.

Inhalé con profundidad. Tenía que confiar en él, en que había algo dentro de esa historia que yo necesitaba escuchar. Lentamente, sumergí la pluma en la tinta, lista para transcribir de nuevo.

Mi madre era preciosa. Llamó la atención de Allenach desde el inicio y destruyó a mi padre saber que la obligaban a someterse a la cama del lord. Yo tenía solo tres años; no tenía noción de por qué mi madre ya no estaba tanto tiempo con nosotros.

Mi madre fue amante del lord durante dos años. Cuando Allenach notó que ella no quedaba embarazada, él la mandó a matar en secreto. Mi padre murió poco después; era un hombre tan destrozado que no había posibilidad de curarlo.

Pero en el año 1547... algo raro ocurrió. Allenach comenzó a pasar más tiempo en Damhan, en sus propias tierras, y nos dejó en paz. Nuestras mujeres comenzaron a relajarse, pensando que él no las escogería a continuación. Los rumores decían que Allenach quería una hija, incluso una ilegítima. Porque lo único que él tenía era dos hijos y un lord sin una hija es considerado, sin duda, débil.

Un rumor de otra clase llegó a nosotros el otoño siguiente. Allenach tuvo una hija con una mujer valeniana, una mujer llamada Rosalie Paquet, y planeaba en algún momento reclamar esa hija. Pero luego, tres años después, algo debió salir mal en su plan. Porque él volvió a Fionn y escogió otra mujer como amante, decidido a tener una hija propia.

Él escogió a la tejedora más bella de todas. Nos destrozó a todos ver cómo se la llevaba. Lara le dio un bebé. Sí, fue una hija, como la codicia de Allenach quería. Sin embargo, la pequeña contrajo varicela cuando tenía un año, lo cual dejó su rostro marcado y se llevó la vida de Lara. La pequeña debería haber muerto, debería haber seguido a Lara al límite del reino, pero luchó por sobrevivir. Ella quería vivir. Y cuando Allenach comprendió que su hija no moriría, sino que llevaría sus cicatrices como un estandarte orgulloso, de pronto actuó como si la niña no fuera de él y la dejó con las tejedoras para que la criaran como propia.

Mi mano temblaba. Ya no podía escribir porque las lágrimas nublaban mi vista.

Pero Dillon continuó hablando. Habló para que lo escuchara, no para que escribiera.

—Las tejedoras la adoraban y la aceptaron como una hija propia. La llamaron Neeve y decidieron en aquel momento que nunca le dirían quién era su padre biológico, que le dirían a Neeve que su padre había sido un tonelero bueno.

»Y una vez más, comenzamos a preguntarnos por qué Allenach dejó en paz a nuestras mujeres después de eso. No tocó a ninguna otra después del nacimiento de Neeve. Pero ahora imagino por qué: nuestras mujeres estaban protegidas por la vida de alguien más, por la promesa de la otra hija del otro lado del canal.

Dillon se puso de pie e inclinó el cuerpo sobre la mesa para sujetar mis manos. Yo lloraba como si me hubieran atravesado con una lanza, como si nunca fuera a recuperarme de esto.

Neeve era mi media hermana. *Mi hermana.*

—Sé que ahora te resienten, Brienna —susurró Dillon—. Pero un día, cuando el tiempo cure sus heridas, te querrán tanto como quieren a Neeve.

10

CARTIER

Ya no más huérfano

Territorio de Lord Morgane, castillo Brígh

Lady y Lord Dermott llegaron antes del atardecer con una guardia compuesta por siete hombres. No estaba en el mejor estado mental aquella noche después de la historia de Aileen; sin embargo, tenía que sellar una alianza para la reina. Seguí los pasos de un lord, esperando que hacerlo despertara algo en mí; me lavé en el río y no recorté mi barba; trencé mi cabello y coloqué la tiara dorada sobre mi cabeza; vestí la ropa nueva que los sastres habían confeccionado: pantalones negros y un jubón azul con un caballo gris bordado en el pecho; me aseguré de que la mesa del salón rebosara de flores salvajes y peltre pulido, que faenaran un cordero y que prepararan un barril de nuestra mejor cerveza.

Luego, esperé a los Dermott en el patio.

Esto es lo que sabía sobre la Casa Dermott: eran huraños, evitaban a las otras familias nobles. No tenían alianzas; tampoco rivales de público conocimiento. Eran famosos por sus minerales; su territorio era rico en minas de sal y canteras. Pero quizás más que nada... era una Casa de mujeres líderes. Conocía su linaje noble y sus primogénitos eran siempre hijas. Y en Maevana, el primogénito era quien heredaba.

No era necesario decir que tenía mucha curiosidad por conocer a Lady Grainne de Dermott y a su lord consorte.

Ella entró al patio de Brígh cabalgando un percherón, vestida con cuero y terciopelo rojo oscuro con el escudo de su Casa: un águila pescadora con un sol coronando la punta de sus alas. Una funda cruzaba su pecho y contenía una espada amplia enfundada en su espalda. Su cabello negro y largo formaba rizos debajo de su tiara y sus ojos brillantes pero cautos me observaban. Por un instante, simplemente nos miramos (me sorprendió ver lo joven que era, quizás tenía solo unos pocos años menos que yo) y luego su marido se detuvo a su lado.

—Así que este es el Lord de los Ágiles, quien ha regresado de los muertos —dijo Grainne y por fin sonrió, los restos de luz brillaron sobre sus dientes—. Debo decir, Lord Aodhan, que le doy las gracias por su invitación.

—Es un placer para mí recibirlos en castillo de Brígh —dije; estuve a punto de hacer una reverencia ante ella como lo habría hecho en Valenia. Pero luego, Grainne desmontó y extendió su mano y yo la estreché, un saludo propiamente maevano.

—Mi marido, Lord Rowan —dijo ella, girándose hacia el lord que estaba de pie apenas detrás de ella.

También extendí mi mano hacia él.

—Por favor, pasen al salón —solicité y los guie hacia la calidez y la luz del fuego.

La cena comenzó con cierta incomodidad. No quería hacerles demasiadas preguntas personales y parecía que ellos pensaban lo mismo. Pero cuando Aileen sirvió una porción de tarta especiada y té caliente, superé mi cortesía.

—¿Cómo han estado últimamente su Casa y sus súbditos? —pregunté.

—¿Se refiere a cómo sobrevivieron los Dermott los últimos veinticinco años? —respondió con ironía Grainne—. Yo acabo de heredar la Casa de mi madre, quien falleció la primavera pasada. Ella era sabia y permaneció fuera de la vista de Lannon. Nuestros súbditos rara vez abandonaban nuestras fronteras y mi madre solo asistía a la corte una vez por estación, mayormente debido al hecho de que era mujer e incomodaba a Gilroy. Ella le enviaba sal y especias; él nos dejaba prácticamente en paz.

—Nuestra ubicación en el extremo norte ayudó —añadió Rowan, mirando a su esposa—. La fortaleza de Lannon estaba en el sur, aunque tuvimos que lidiar con los Halloran.

—Sí. —Grainne asintió—. Los Halloran fueron nuestro mayor problema durante las últimas décadas, no los Lannon.

—¿Qué han hecho los Halloran? —pregunté en voz baja.

—Saqueos, más que nada —respondió ella—. Era fácil para ellos, dado que compartimos una frontera territorial. Robaban ganado de nuestros prados y comida de los depósitos. Quemaban nuestras aldeas si nos resistíamos. En ciertas ocasiones, violaron a nuestras mujeres. Hubo varios inviernos en los que estuvimos a punto de morir de hambre. Sobrevivimos a esos tiempos gracias a los MacCarey, quienes compartieron sus provisiones con nosotros.

—Entonces, ¿tiene una relación cercana con los MacCarey? —pregunté, ante lo cual Grainne rio.

—Ah, Lord Aodhan, puede preguntar directamente.

—¿Tiene una alianza con ellos?

—Sí —respondió ella—. Una alianza de hace solo cinco años. Pero una que no se romperá con facilidad. —Me pregunté si intentaba decirme que sería difícil formar una alianza entre los dos, dado que los MacQuinn y los MacCarey aún estaban históricamente enfrentados.

Me moví en la silla y aparté a un lado el plato de postre.

—No me atrevería a pedirle que rompa una alianza que la ha mantenido a usted y a sus súbditos con vida, Lady Grainne.

—Entonces, ¿qué pide, Lord Aodhan?

—Que le jure lealtad públicamente a Isolde Kavanagh para darle su apoyo como reina legítima de este reino.

Grainne solo me miró un instante, pero tenía una sonrisa en las comisuras de los labios.

—Isolde Kavanagh. Cuánto he anhelado pronunciar su nombre los últimos años. —Miró a su marido, quien la observaba con atención. Parecían tener una conversación en sus mentes, en sus miradas—. Aún no puedo jurar nada, Lord Aodhan. —Dirigió su atención de nuevo hacia mí—. Lo que pido es una conversación privada con ella; después, anunciaré mi apoyo, en caso de otorgarlo.

—Entonces, me ocuparé de que hable con la reina.

—¿Ya la llama así? —No había burla en su tono, solo curiosidad.

—Siempre la he visto como tal —respondí—. Desde que éramos niños.

—¿Y confía en ella... y en su magia?

La pregunta de Grainne me sorprendió.

—Confío en Isolde con mi vida —respondí con sinceridad—. Aunque, ¿podría preguntar qué le preocupa sobre su magia?

Grainne hizo silencio. Pero miró de nuevo a Rowan.

La luz de las velas osciló, aunque no había corrientes de aire. Las sombras comenzaron a extenderse sobre la mesa, como si cobraran vida. Con el rabillo del ojo, la luz y la oscuridad se entrecruzaban y se movían como si fuera un baile. Y el vello de mis brazos se erizó; tuve el presentimiento repentino de que los Dermott hablaban, mente a mente. Que había una corriente invisible entre ellos, y la única otra experiencia con la que podía asociarlo era el momento en el que Brienna había colocado la Gema del Anochecer sobre el cuello de Isolde, el momento en el que la magia había despertado.

—Quizás pregunta sobre la magia porque ha percibido un acontecimiento raro en las últimas dos semanas —susurré y Grainne entrecerró los ojos al mirarme—. Que cuando Isolde Kavanagh comenzó a llevar puesta la Gema del Anochecer... usted también sintió algo.

Grainne rio, pero noté que la mano de Rowan se dirigió a la daga de su cinturón.

—Supone una teoría excéntrica, Lord Aodhan —dijo Lady Grainne—. Una sobre la que le advertiría que no hablara tan abiertamente.

—¿Por qué tendría que advertirme de no hablar al respecto? —pregunté, extendiendo los brazos—. Los Lannon están en prisión.

—Pero los Lannon aún no están muertos —corrigió Grainne, e hizo una pausa de aprehensión—. Y los Halloran aún están fuera de control. Oí que intentaban acercarse a los MacQuinn.

Cambió el tema de conversación tan rápido que supe que no podría volver a hablar de la magia y mis sospechas de que los Dermott tenían un rastro de ella en su interior. Pero sabía exactamente lo que ella quería decir. Jourdain me había escrito el día previo describiendo la desastrosa propuesta que Pierce Halloran le había hecho a Brienna.

—Los MacQuinn *no* se aliarán a los Halloran —dije para tranquilizarla.

—Entonces, ¿qué sucederá con los Halloran? ¿Podrán seguir adelante bajo una nueva reina sin recibir castigo alguno?

Quería decirle: «tú y yo deseamos lo mismo». Deseábamos justicia, deseábamos la protección de una reina, deseábamos respuestas respecto a la magia. Y, sin embargo, no podía prometérselo; aún había demasiada incertidumbre en el aire.

—El destino de los Halloran, al igual que el de los Carran y los Allenach, se decidirá pronto. Después del juicio de los Lannon —respondí.

Grainne movió los ojos hacia el salón, hacia el estandarte Morgane colgado sobre la chimenea. Permaneció en silencio un segundo y luego susurró:

—Siento mucho saber que su Casa ha sufrido tanto.

No dije nada mientras pensaba inevitablemente en mi hermana. Sentía agonía cada vez que recordaba a Ashling. Este castillo, estas tierras, deberían haber sido suyas. Ella habría sido igual a Grainne, una Lady Morgane a cargo.

Grainne suspiró y me miró mientras su mano buscaba la de Rowan bajo la mesa, para apartarla discretamente de la daga.

—Espero que usted y los suyos vuelvan a estar en pie pronto.

—Ella se incorporó antes de que pudiera dar una respuesta adecuada. Rowan y yo nos levantamos junto a ella, la luz de las velas centelleó—. Gracias por la cena, Lord Aodhan. Estoy bastante cansada por el viaje. Creo que nos retiraremos.

—Por supuesto.

Aileen avanzó para escoltar a los Dermott hasta sus aposentos.

—Lo veremos por la mañana —dijo Grainne, sujetando el brazo de Rowan.

—Buenas noches a ambos. —Esperé unos instantes antes de retirarme a mi propio cuarto, exhausto y sintiendo que no había conseguido nada.

Tomas ya estaba allí, sentado en su catre delante de la chimenea, jugando con un mazo de cartas. El chico había insistido en dormir en mi cuarto, sin importar cuánto insistiera en que él durmiera junto al resto de los niños. No estaba creando vínculos con los otros niños Morgane, lo cual en cierto modo me preocupaba.

—¿Está el Ama Brienna aquí? —preguntó él, ansioso.

—No, niño —respondí, desamarrando las tiras de mi jubón. Me desplomé en la silla, gruñendo mientras retiraba mis botas.

—¿Se va a casar con el Ama Brienna?

Permanecí sentado un instante, intentando decidir cómo responderle. Tomas, por supuesto, estaba impaciente.

—¿Lo hará, milord?

—Quizás. Ahora, en caso de que lo hayas olvidado, viajaré a Lyonesse mañana. No sé cuándo volveré a Brígh, pero Aileen dijo que te cuidaría. —Alcé la vista y vi a Tomas sentado en su cama, fulminándome con la mirada.

—¿Por qué me miras así? —pregunté.

—¡Dijo que podía ir a Lyonesse con usted, milord!

—Nunca prometí eso, Tomas.

—¡Sí! ¡Lo hizo! Hace tres noches, en la cena. —Para darle crédito, el niño mentía bien. Por un instante me preocupé, creyendo que había prometido llevarlo, y hurgué entre mis recuerdos.

Pero luego pensé que no se me podría haber ocurrido llevar a un niño a ese viaje, y nivelé mi mirada con la suya.

—No, no lo hice. Necesito que permanezcas aquí con Aileen y los otros y que…

—¡Pero soy su *mensajero*, milord! —protestó Tomas—. No puede marcharse sin su mensajero.

Mi mensajero *autoimpuesto*. Suspiré, sintiéndome derrotado en muchos aspectos, y me moví para tomar asiento al borde de la cama.

—Un día, serás mi mensajero, mi mejor mensajero sin duda —le dije con dulzura—. Pero tu pie necesita curarse, Tomas. No puedes hacer recados por mí ahora mismo. Necesito que te quedes aquí, donde sé que estarás a salvo.

El niño me fulminó con la mirada un instante más antes de envolver su cuerpo con una manta y recostarse sobre su cama ruidosa, de espaldas a mí.

Que los dioses me ayuden, no estoy hecho para esto, pensé mientras me recostaba y subía las mantas hasta mi mentón. Observé la luz del fuego bailando en el techo, intentando apaciguar mi mente.

—¿El Ama Brienna irá a Lyonesse? —preguntó Tomas somnoliento.

—Sí.

Silencio. Solo era audible el lamento del viento detrás de las ventanas tapiadas, el crujir del fuego, y luego oí a Tomas moviéndose.

—Se supone que ella tiene que terminar de contarme la historia. —Bostezó—. Sobre cómo encontró la gema.

—Prometo que ella te contará el final, Tomas. Pero tendrás que esperar un poco más.

—Pero ¿cuándo la veré de nuevo?

Cerré los ojos y recurrí al último atisbo de paciencia que me quedaba.

—La verás muy pronto, Tomas. Ahora, duerme.

El niño gruñó, pero por fin hizo silencio. Pronto, escuché sus ronquidos llenando la habitación. Y, sorprendentemente, hallé un poco de consuelo en el sonido.

Desperté temprano por la mañana para prepararme para mi marcha hacia Lyonesse. Guardé mis propias maletas, envolví con cuidado las acusaciones de los Morgane en una hoja de cuero encerado y las amarré con un cordel antes de vestirme para una cabalgata veloz. Tardaría menos de un día de viaje en llegar a la ciudad real y me aseguré de que hubieran guardado provisiones suficientes para mí y para los Dermott, quienes me saludaron con sonrisas cordiales en el salón.

—¿Desayunará con nosotros, Lord Aodhan? —preguntó Grainne mientras me acercaba a ellos en su mesa. Parecía que ellos estaban en mitad de la comida y me detuve en los escalones de la plataforma, sintiéndome como si yo fuera una visita y ella fuera la anfitriona.

—Por supuesto —dije, aunque mi estómago estaba cerrado en un nudo—. ¿Confío en que durmieron bien?

Pero Grainne nunca tuvo oportunidad de responder. Sentí un tirón repentino en mi manga y vi como la mirada de Grainne se deslizaba desde mi rostro hasta mi codo mientras su sonrisa desaparecía.

Ya sabía quién era. Bajé la vista y encontré a Tomas a mi lado, apoyado sobre una muleta de madera que mi carpintero había hecho para él, con una pequeña alforja colgando de su hombro.

—Iré con usted, milord —insistió el niño, con voz temblorosa—. No puede dejarme atrás.

Mi corazón se ablandó y me puse de rodillas para poder hablarle en voz baja.

—Tomas. Estoy dándote una orden importante. Necesito que permanezcas aquí en Brígh, para que cuides del castillo mientras no estoy.

Antes de que las palabras salieran de mi boca, él sacudía la cabeza de lado a lado y su cabello rojo caía sobre sus ojos.

—No. No, no puedo permanecer aquí.

—¿Por qué no, niño? ¿Por qué no puedes quedarte?

Tomas alzó la vista hacia Lady Grainne, finalmente notando su presencia. Se quedó muy quieto antes de posar de nuevo sus ojos en mí.

—Porque soy su mensajero.

Su comportamiento comenzaba a fastidiarme, su incapacidad para hacerme caso. Inhalé, preguntándome qué podría ser la raíz de esa insistencia y dije:

—¿Alguien no ha sido amable contigo aquí, Tomas? Puedes contármelo si ha sido así. Lo solucionaré antes de irme.

Sacudió la cabeza de nuevo, pero noté las lágrimas en sus ojos.

—Necesito ir con usted.

—Por el amor de los dioses, Tomas —susurré, con mi furia en aumento—. No puedes venir conmigo esta vez. ¿Lo entiendes?

Para mi asombro, Tomas rompió en llanto. Avergonzado, me lanzó la muleta y se marchó corriendo antes de que pudiera detenerlo.

Permanecí de rodillas un instante más antes de sujetar la muleta de Tomas y caminar hasta la silla que estaba junto a Grainne. Suspiré y me serví una taza de té, intentando pensar en algo relajado que decirle a los Dermott, quienes me miraban fijamente.

—¿Lord Aodhan? —dijo Grainne, su voz era tan baja que prácticamente no la escuchaba—. ¿No sabe quién es ese niño?

Dejé caer demasiada leche en mi té, aún molesto.

—Es un huérfano que encontré escondido en el castillo. Pido disculpas por su exabrupto.

Ella no dijo nada. Su silencio hizo que la mirara, que viera la sorpresa y el pavor en sus ojos.

—No es un huérfano —susurró Grainne—. Se llama Ewan. Y es el hijo de Declan Lannon.

PARTE 2

EL JUICIO

— ✦ 11 ✦ —

BRIENNA

El clan de la medialuna

*Camino a Lyonesse, frontera entre el territorio
MacQuinn—Morgane*

—¿Por qué Morgane tarda tanto?

La respiración impaciente de Jourdain creaba nubes, la escarcha matutina aún resplandecía en el suelo mientras esperábamos la llegada de Cartier y los Dermott. Estaba sentada en silencio sobre mi yegua entre Luc y mi padre, cuatro de nuestros guardias también montados a caballo, esperando detrás de nosotros a una distancia respetuosa. Habíamos guardado el equipaje y estábamos listos, nuestros pensamientos nerviosos concentrados en el viaje, en el juicio que nos esperaba. Y a medida que los minutos avanzaban lentamente y permanecíamos quietos bajo los árboles en la frontera entre los territorios de MacQuinn y Morgane, comencé a sentir que mis preocupaciones aumentaban. Cartier llevaba un retraso de aproximadamente media hora. Y él nunca llegaba tarde.

—Acordamos reunirnos aquí, ¿verdad? —preguntó Jourdain mientras hacía avanzar a su caballo. Miró con el ceño fruncido el camino que llevaba al castillo de Brígh. No podía ver demasiado lejos; la niebla aún era espesa y resplandecía como un velo sobre el amanecer.

—¿Creéis que algo salió mal anoche? —preguntó Luc—. ¿Con los Dermott?

Era la única explicación factible que se me ocurría e intenté tragar el nudo de miedo en mi garganta.

Mi yegua alzó las orejas hacia adelante.

Clavé los ojos en la niebla, esperando, mi corazón aceleró el pulso cuando por fin oí el coro de pezuñas golpeteando el camino. Tenía una espada envainada en la espalda; mi mano estuvo a punto de ir hacia la empuñadura, pero Cartier atravesó la niebla primero, el sol cubrió la tiara dorada sobre su sien. Durante un instante, no lo reconocí.

Tenía el cabello rubio trenzado. El rostro sin afeitar. Vestía con cuero y el pelaje de un animal en vez de su capa pasionaria. Parecía frío como una piedra, con el rostro cautelosamente inexpresivo de forma que era imposible saber qué sentía, qué pensaba.

Y luego me miró y vi que algo en él se relajó solo un poco, que un nudo se deshizo, como si por fin pudiera respirar.

—Disculpad la tardanza —dijo mientras su caballo se detenía.

No tuvimos oportunidad de responder porque los Dermott estaban detrás de él.

La mirada de Grainne se dirigió directamente hacia la mía, como si hubiera un canal invisible entre las dos.

—He estado deseando conocer a la mujer que encontró la gema —dijo ella, sonriendo. Le devolví la sonrisa.

—Al igual que yo deseaba conocer a la Lady de la Casa Dermott.

—Entonces, ¿cabalgarías a mi lado?

Asentí y alineé mi yegua con su imponente caballo de tiro. Jourdain decía algo, pero no conseguí comprender sus palabras; sentí los ojos de Cartier sobre mí y alcé la vista para encontrar su mirada.

¿Por qué has llegado tarde?, quería preguntarle.

Él debió haber visto la pregunta en mis ojos porque apartó la vista como si no quisiera responder.

Comenzamos nuestro viaje, Jourdain marcó un paso riguroso. Lo bueno de cabalgar rápido era que no dejaba lugar para conversaciones y podía hundirme por completo en mis pensamientos.

Intenté encontrar un motivo para la frialdad de Cartier y cuando aquello hizo que me doliera demasiado el corazón, pasé al siguiente pensamiento doloroso. Neeve.

Mi hermana. Tengo una hermana.

A duras penas me había sentido yo misma desde que Dillon reveló quién era Neeve.

Quería sujetar su mano, mirarla con atención, oír su voz. Y sin embargo no había tenido la oportunidad de hablar con ella desde la revelación de Dillon.

Me pregunté si eso era en cierta forma lo mejor para darme tiempo a adaptarme al hecho de que estaba vinculada a Neeve a través de Allenach, que Neeve era mía a medias. Y Dillon había insistido en que no le contara nada a ella.

«Cuando sea el momento oportuno, se lo diremos a tu hermana. Le contaremos quién es su padre».

Después de un tiempo, ralentizamos el paso para permitir que nuestros caballos descansaran al caminar y noté que estaba avanzando sola con Lady Grainne, los hombres estaban un poco más adelante.

—Tu capa es preciosa —dijo Grainne, recorriendo con los ojos mi capa pasionaria.

—Gracias. —Me esforcé en pensar en un cumplido que devolverle, pero al final decidí que era mejor esperar y ver sobre qué deseaba hablar Grainne realmente, porque había bajado la voz como si no quisiera que los hombres nos escucharan sin querer.

—¿Tal vez fundará una Casa de pasión aquí? ¿En el norte? —preguntó cuando Cartier miró por encima del hombro, con los ojos directamente hacia mí.

—Espero hacerlo —respondí, mirando a Cartier de nuevo antes de que él se girara sobre su montura. Él le dijo algo a Rowan Dermott, quien cabalgaba a su lado.

—¿Hace cuánto tiempo conoce a Lord Aodhan?

—Ocho años —respondí.

—Lo conoce hace bastante —comentó Grainne—. Entonces, ¿él te ayudó a encontrar la Gema del Anochecer?

—No. —Dudaba si era buena idea hablar demasiado; aún no sabía si Grainne se uniría a nosotros o no y me ponía un poco nerviosa, como si cada palabra que dijera pudiera hacer que tomara una u otra postura.

Sonrió al percibir mi vacilación.

—Estoy poniéndola incómoda. No es mi intención. Solo siento curiosidad por saber cómo encajan ustedes, los rebeldes, para conocerlos mejor.

La miré a los ojos con una sonrisa.

—No me incomoda, lady. —Acomodé mi cuerpo en la montura; ya me dolían las piernas—. MacQuinn me adoptó cuando supo que yo sabía algo sobre el paradero de la gema. Luc se convirtió en mi hermano y parece como si siempre lo hubiéramos sido. Lord Aodhan fue mi instructor durante varios años. No descubrí su verdadera identidad hasta hace pocas semanas.

—Eso debe haber sido bastante impactante —comentó Grainne con alegría. Estuve a punto de reír.

—Sí.

Permanecimos en silencio un instante, la voz de Luc llegó a nuestros oídos mientras les contaba teatralmente una historia a los hombres.

—Solo quiero que sepa —susurró Grainne—, que cualquier mujer que deteste a Pierce Halloran es mi aliada instantánea.

Su confesión me sorprendió. La miré a los ojos de nuevo, mi corazón se zambulló en la oferta de camaradería y ahora yo era la que estaba llena de preguntas.

—Ah, se enteró. Entonces, ¿lo conoce bien? Grainne resopló.

—Por desgracia, sí. Él y su banda de forajidos han aterrorizado a mis súbditos durante los últimos años.

—Odio oír algo semejante —respondí, afligida. Hice una pausa, recordando lo último que Pierce me dijo: «Te arrepentirás de esto»—. ¿Puedo preguntarle... si es la clase de hombre vengativo?

Grainne permaneció en silencio un instante, pero luego dirigió su atención a mí y vi que no había disfraces o máscaras entre nosotras, que ella respondería con honestidad.

—Es un cobarde. Nunca ataca por su cuenta, solo cuando tiene apoyo detrás. Muchas veces, pensé en él como un títere y quizás había otro hombre al timón, dándole órdenes, jalando de sus hilos. Porque él no es la bestia más inteligente con la que me he cruzado, pero habiendo dicho todo esto... él nunca olvida una ofensa.

Sopesé sus palabras, mi pavor aumentó.

—Vi que él tenía una marca en el interior de su muñeca.

—Sí —dijo Grainne—. La marca de la medialuna. Es un símbolo de la bendición de los Lannon. A aquellos que aceptaron llevar la marca permanentemente en la piel les garantizaron que tendrían el apoyo de Gilroy sin importar de qué Casa eran. Se las dieron después de que hicieran un juramento de lealtad. Son los seguidores más devotos del rey.

Pierce debía serlo. Sentí revuelto el estómago.

—Y si analiza los escudos de armas de los Halloran, los Carran y los Allenach... —Hizo una pausa momentánea y supuse que ella sabía que yo era la hija bastarda de Brendan Allenach—. Hicieron una pequeña adición a sus emblemas. Es algo difícil de encontrar, oculto entre la ornamentación, pero le prometo que, si mira con atención, verá la medialuna. Es su manera de declarar una alianza principal con los Lannon, incluso por encima de sus propias Casas.

—Entonces debería ser fácil encontrar a quienes disiden con la reina —susurré—, solo hay que alzar sus mangas.

Grainne asintió con un resplandor en sus ojos oscuros.

—Sí, Brienna MacQuinn. Empezaría con ellos si es que teme que haya oposición a Isolde Kavanagh.

Nuestros caballos prácticamente se habían detenido en el sendero.

Le debía información a cambio. Y sentía en el aire entre las dos la deuda pendiente.

—Pregúnteme lo que quiera —susurré—. Y se lo diré.

Grainne no vaciló.

—La Gema del Anochecer. ¿Ha quemado a alguno de ustedes?

Hacía referencia a la historia legendaria de cómo la gema quemaba a aquellos carentes de magia, el modo más simple de probar si alguien era o no Kavanagh.

—La llevé dentro de un relicario mientras la cargaba y aun así sentía su calor por momentos —respondí—. Nadie más intentó tocarla aparte de Isolde, así que no puedo responderle por completo.

Ella quería decir algo más, pero nos interrumpió Jourdain, quien había trotado hasta nosotras.

—¿Damas? ¿Estamos listos para proseguir?

—Por supuesto, Lord MacQuinn —respondió Grainne suavemente con una sonrisa—. Lo seguiremos.

Mi padre asintió y me dirigió una mirada rápida antes de volver a su caballo.

—En cuanto a Pierce Halloran —dijo Grainne, sujetando sus riendas mientras nuestros caballos comenzaban a trotar. Tuve que instar a mi yegua a ir más rápido para mantener el paso de su caballo, para oír la última parte de su consejo—... Tenga cuidado, Brienna.

12

CARTIER

Las partes amargas

Castillo real de Lyonesse, territorio de Lord Burke

Tomas era el hijo de Declan. *He tenido al hijo de Declan bajo mi techo.* Lo cual significaba que había estado (sin saberlo) hospedando a un Lannon la última quincena.

Cuando Grainne me había contado quién era el niño en realidad, había abandonado la mesa a toda velocidad para ir a buscarlo, sin saber qué haría al respecto. Qué haría con él. Pero Tomas (cuyo verdadero nombre era *Ewan*) había desaparecido a toda prisa entre las sombras del castillo. Había sentido la tentación de mover cada mueble para encontrarlo, para hablar con él. Y luego había comprendido a quién estaba imitando con exactitud, como si este castillo estuviera maldito, y me había sentido terriblemente mal.

¿Dónde estás, Ewan?

Permití que permaneciera oculto y fui a buscar a Aileen preguntándome… ¿ella lo sabía? ¿Sabía que el hijo de Declan era mi mensajero? ¿Que el hijo de Declan se había acercado a mí?

—¿Cuidarías a Tomas mientras no estoy? —le había preguntado, intentando parecer cómodo.

—Por supuesto, Lord Aodhan. Me aseguraré de que lo cuiden —había respondido ella—. No se preocupe por él.

Oh, sin duda me preocuparía por él. Estaba protegiendo al hijo de mi enemigo. Estaba comenzando a sentir afecto por el chico, fingiendo que era parte de los míos, un joven huérfano Morgane que me necesitaba. Le permití dormir en mi recámara y comer en mi mesa, permití que me siguiera como una sombra. Estaba cuidándolo cuando se suponía que él debía estar encadenado con el resto de su familia, encerrado en el calabozo del castillo.

Dioses.

Aileen no sabía quién era Ewan. Notaba que no lo sabía. Y creo que nadie de mi entorno lo reconoció, probablemente porque todos los Morgane habían permanecido en la fortaleza de Lord Burke y nunca habían ido al castillo real, donde habrían visto al nieto del rey.

Pero Grainne Dermott sin duda lo había visto. Y ahora que ella conocía su paredero, tenía un secreto oscuro sobre mi cabeza, uno que no sabía si soltaría para aplastarme.

Fui directo a mi estudio para tomar asiento en privado durante un momento. Aún había un agujero en el techo. Me recosté sobre el suelo sucio. Y permanecí allí durante lo máximo que pude, analizando mis pensamientos. Estaba obligado por mi honor a cuidar al niño que había acudido a mí en busca de ayuda (a quien había *prometido* proteger) y, sin embargo, sentía la responsabilidad terrible de entregar a Ewan, de llevarlo al calabozo junto a su familia, de hacer que enfrentara el juicio con ellos.

¿Qué debía hacer?

Consideré las opciones, preguntándome si debería llevarlo a Lyonesse como él suplicaba con fervor, si debía entregarlo a manos de Isolde y decir: «Aquí está. El príncipe Lannon perdido del que nadie habla. Encadénenlo con su padre».

Eso era lo que debía hacer, lo que un Lord Morgane haría.

Y, sin embargo, no podía hacerlo.

Si no puedes encontrarlo, no puedes llevarlo.

Había convocado a los Dermott en mi estudio. No importaba que aún no hubiera muebles donde sentarlos, o fuego encendido en la chimenea rota o que era posible ver el cielo desde adentro.

Grainne había notado todas las partes rotas de la habitación, aquellos fragmentos que yo me había esforzado por esconder. Sin embargo, no dijo nada del estado de abandono o de Ewan. Permaneció de pie junto a Rowan y me miró, esperando.

—No sabía que era él —dije, con voz tensa.

—Lo sé, Lord Aodhan. —Creí que sentía pena por mí hasta que cedí a mirarla y vi que había un poco de compasión en sus ojos—. Rowan y yo no hablaremos de esto: actuaremos como si nunca lo hubiéramos visto si es que cree que eso es lo mejor para su Casa.

Quería creerle. Sin embargo, sabía que ella bien podría estar guardando mi peligroso secreto para usarlo más adelante, para exponerme.

—¿Cómo puedo confiar en usted? —pregunté con voz ronca, sabiendo que la mañana estaba a punto de terminar, que se suponía que debíamos estar en el sendero reuniéndonos con los MacQuinn.

—¿Cómo confiamos en alguien estos días? —respondió—. Que mi palabra sea suficiente para usted.

No era la respuesta que quería. Pero luego recordé nuestra conversación de la noche anterior, cómo ella había evitado mi suposición de que los Dermott habían descubierto recientemente que su sangre tenía un rastro de magia. Era un pálpito alocado, pero era lo único que tenía como garantía.

Grainne también lo sabía. Había cierta rigidez en su postura y me desafiaba a mencionar el tema de nuevo.

Fue un día de viaje muy largo.

El clima había empeorado cuando llegamos a Lyonesse. Una tormenta al final de la tarde había llegado desde el oeste; estábamos empapados y taciturnos mientras cabalgábamos hacia el castillo, la carretera era prácticamente un pantano por toda la lluvia y el fango.

Tenía los ojos sobre Brienna mientras atravesábamos las puertas del castillo y nos deteníamos finalmente en el patio real. Su capa pasionaria tenía manchas de lodo, las trenzas en su largo cabello castaño estaban empapadas de lluvia y, sin embargo, ella sonreía, riendo con Grainne.

Isolde estaba de pie debajo del arco del patio, desafiando la lluvia, con un vestido verde sencillo que tenía un cinturón de plata tejida en la cintura. La Gema del Anochecer colgaba de su cuello, luminosa bajo la tormenta, y su cabello rojo estaba recogido en un peinado realizado con trenzas pequeñas. La observé mientras ella sonreía y estrechaba las manos de Grainne y Rowan como si fuera una vieja conocida y no una mujer a punto de asumir el trono. Había cierta humildad en ella, al igual que un aire de misterio, que me hicieron recordar cómo había sido ella cuando éramos niños, cuando ella y yo habíamos descubierto quiénes éramos realmente, que yo era el heredero de Morgane y ella estaba destinada a convertirse en la reina norteña.

Había sido silenciosa y amable, la clase de niña que observaba mucho más de lo que revelaba. La clase de niña que nadie sospecharía que desenvainaría su espada. Debido a eso, ella y yo forjamos con rapidez una amistad, y la tradición de escuchar a escondidas a nuestros padres cuando se reunían en secreto una vez por año para discutir estrategias y planes para volver a casa en Maevana.

—Quieren hacerme reina, Theo —me había susurrado Isolde, aterrada.

Yo tenía once años, ella tenía trece, y estábamos sentados en un armario escuchando los planes de nuestros padres, su agonía por nuestro hogar perdido. Luc había estado con nosotros, por supuesto, aburrido hasta las lágrimas y quejándose de la naftalina. Pero en aquel momento todos comprendimos... Si nuestros padres tenían éxito, Isolde sería reina.

—Se suponía que sería mi hermana —había proseguido ella—. No yo. Se suponía que Shea sería reina.

Su hermana mayor que había muerto junto a su madre durante la primera rebelión fallida.

—Serás la mejor reina que el norte haya visto —le había dicho yo.

Y allí estábamos, quince años después, de pie en terreno real, a punto de coronarla.

Isolde debía haber leído mi mente porque miró mis ojos a través de la lluvia y sonrió.

—No nos servirá de nada que se resfríe por esta lluvia, lady —dije.

Ella rio. La Gema del Anochecer centelleaba en cerúleo y dorado, como si sintiera las oleadas de entretenimiento en Isolde.

—Olvidas, Aodhan, que tengo magia que favorece la curación.

—No olvido nada —le recordé, pero sonreí mientras caminaba a su lado.

Seguimos el camino de los demás, nuestras botas resonaban sobre el suelo mojado.

—¿Cómo han ido las cosas por aquí? —pregunté en voz baja mientras nos adentrábamos más en el castillo, hacia el ala de huéspedes.

—Ha estado tranquilo, aunque a duras penas ha habido tiempo de descanso —respondió la reina, en voz igual de baja para evitar que nos oyeran—. Tengo noticias para compartir con vosotros. Le dije a los MacQuinn que he convocado una reunión después de que se aseen.

Nos detuvimos cuando llegamos a una bifurcación en el pasillo, había faroles colgando de ganchos de hierro en la pared. Oía a los MacQuinn y a los Dermott, sus voces desaparecían a medida que continuaban caminando hacia sus recámaras asignadas.

—Lady Dermott ha pedido hablar en privado contigo —susurré, escuchando la lluvia caer de mi ropa.

—Lo sé —respondió Isolde—. Lo vi en sus ojos. Me aseguraré de que ocurra por la mañana.

Quería decirle más, pero me detuve, recordando que había muchos oídos en aquel castillo, que no debería mencionar mis pensamientos en los pasillos.

—Vaya a prepararse, Lord Morgane —dijo la reina y luego añadió, divertida—: Antes de que se resfríe y me vea obligada a curarlo.

Resoplé, pero hice una reverencia de derrota burlona y me di prisa en ir por el pasillo hacia mi recámara.

Había sido considerada; Isolde ya había hecho que me prepararan un baño y un plato con refrigerios sobre la mesa. Me quité la ropa empapada y tomé asiento en el agua tibia, intentando desarmar la maraña de mis pensamientos. Ewan, para sorpresa de nadie, era mi preocupación principal. Aún no había decidido qué hacer respecto a él, si decirle o no a Isolde que estaba hospedado conmigo.

Había pensado en una teoría durante el viaje. Ewan sin duda había escapado el día de la rebelión, probablemente cuando nuestra batalla comenzó. Había ido al norte en busca de un lugar seguro donde esconderse. Se había topado con Brígh y había dormido allí uno o dos días antes de que yo llegara y lo encontrara.

No creía que Ewan fuera culpable de nada, más que de intentar sobrevivir.

Y me resultaba difícil imaginar cómo sería crecer siendo el hijo de Declan, en una familia tan terrible. ¿Acaso Ewan no había sido piel y huesos como si no lo hubieran alimentado diariamente? ¿Acaso no me había tenido miedo al esperar un castigo físico de mi mano?

¿Lo protegería? ¿Desafiaría a su padre y lo adoptaría como propio? ¿Podía sinceramente llegar a querer al hijo de mi enemigo?

—Lo decidiré después de la reunión. —Lo dije en voz alta, como si me hubiera dividido en dos personas diferentes, como si mi izquierda necesitara convencer a mi derecha.

Me aseé y salí del agua sin sentirme mejor sobre el dilema y me vestí con el azul y el plateado de los Morgane. Fui a la mesa, comí unos bocados de fruta y pan y allí fue cuando por fin me di cuenta. En algún lugar bajo mis pies, en las capas profundas de aquel castillo de piedras antiguas y concreto, los Lannon estaban sentados en celdas oscuras, encadenados, aguardando su destino. En algún lugar bajo mis pies estaba Declan, respirando, esperando.

No pude comer más.

Me puse de pie ante el fuego y esperé hasta que Brienna llamó a mi puerta.

Luc y Jourdain estaban con ella, sino la hubiera hecho pasar a mi recámara; hubiera permitido que mis dedos se entrelazaran en su pelo y le hubiera contado mis preocupaciones, todas. Le hubiera suplicado que me dijera qué hacer, rindiéndome ante ella como si ella fuera fuego y yo hierro.

Ella me miró con un resplandor raro en los ojos mientras comenzamos a caminar juntos por el pasillo; sabía que tenía preguntas para mí. Y no tuve ni siquiera un segundo para susurrar en su oído, para pedirle que viniera a verme esa noche, porque Isolde y su padre nos esperaban en la sala del consejo.

Nunca había estado en aquella habitación. Era una sala octogonal carente de ventanas, lo cual la hacía parecer oscura hasta que noté que los muros poseían mosaicos resplandecientes. Las piedras diminutas reflejaban la luz del fuego y hacían parecer que los muros respiraban, como si fueran las escamas de un dragón. No podía ver el techo, pero la sala parecía infinita, como si continuara hacia arriba hasta las estrellas.

Los únicos muebles en la habitación eran una mesa redonda y un anillo de sillas. Y en el corazón de la mesa ardía un círculo de fuego para iluminar los rostros de todos los reunidos.

Tomé asiento entre Brienna y Jourdain. Luc estaba junto a ella al otro lado, seguido por Isolde y su padre, Braden Kavanagh. Éramos el círculo de confianza de la reina, sus consejeros más confiables y su apoyo.

—Debo decir que es un placer veros de nuevo, mis queridos amigos —comenzó a decir Isolde con dulzura—. Espero que las últimas dos semanas hayan sido alegres y que volver a vuestros hogares y reunir a vuestros súbditos haya sido el comienzo de la sanación y la restauración. Pero, sobre todo, debo expresar mi gratitud hacia cada uno de vosotros por volver a Lyonesse, por ser mi apoyo y mis ojos, por ayudarme a prepararme para este juicio.

»Antes de comenzar con mis noticias, quería daros la oportunidad de compartir cualquier preocupación o pensamiento que deseen.

Jourdain empezó a hablar brevemente de nuestro plan de sellar una alianza pública para Isolde, de nuestras dudas entre aliados y rivales. Lo cual fue una transición perfecta para que yo hablara sobre los Dermott.

—Creo que Lady Grainne te dará su apoyo —dije, mirando a Isolde a los ojos por encima de las llamas—. Pero para prepararte para tu conversación con ella mañana… los Dermott han sufrido una persecución asidua por parte de los Halloran.

—Eso temía —dijo Isolde con un suspiro—. Confieso que estoy muy insegura respecto a cómo es necesario castigar a quienes apoyaban a los Lannon.

—Hablando de eso —comentó Brienna—, he descubierto algo en el viaje hasta aquí, gracias a Lady Grainne.

Centré la atención en ella. Me había preguntado mucho de qué habían hablado las mujeres durante la cabalgata.

—¿Sería posible traer el escudo de armas de los Lannon, los Carran, los Halloran y los Allenach?

Isolde alzó las cejas, sorprendida.

—Sí. Están colgados en la sala del trono.

Esperamos mientras Isolde le pedía a un sirviente que trajeran los estandartes. Cuando los apoyaron sobre la mesa, Brienna se puso de pie y deslizó un dedo sobre el diseño tejido. El símbolo de la Casa estaba en el centro: un lince para Lannon, un ciervo saltarín para Allenach, un íbice para Halloran, un esturión para Carran. Luego estaban los diseños de los escudos seguidos de la típica corona de flores entrelazada con fauna más pequeña.

—Aquí está —susurró Brienna y detuvo el dedo sobre algo. Los cinco nos pusimos de pie e inclinamos el torso sobre la mesa, para ver qué la tenía embelesada—. Todos ellos tienen la marca, como Lady Grainne dijo que sería. Una medialuna.

Finalmente la vi, oculta entre las flores del emblema de Halloran.

Brienna comenzó a contarnos su conversación con Lady Grainne y yo solo permanecí de pie mirándola, maravillado de que ella hubiera conseguido esa información con tanta facilidad.

—Es increíble —susurró la reina, observando el escudo de Carran y encontrando la medialuna oculta—. Ni siquiera puedo comenzar a expresar lo vital que será esto para nosotros en los próximos días.

—¿Ha habido alguna oposición, lady? —pregunté. Era la pregunta que todos habíamos temido hacer.

Brienna plegó los estandartes y los dejó caer bruscamente al suelo. Luego, tomamos asiento de nuevo, esperando que la reina hablara.

—No abiertamente —dijo Isolde y su padre tomó su mano. Miré a Braden y vi la tristeza en los ojos de ambos—. He descubierto que la Casa Kavanagh ha sido aniquilada por Gilroy Lannon. No creo que haya otros Kavanagh con vida.

El humor entre todos cambió de inmediato y se sumió profundamente en la tristeza. Con el rabillo del ojo, vi a Brienna entrelazar sus dedos sobre el regazo con tanta fuerza que se volvieron blancos.

—Isolde... —susurró Jourdain, con voz temblorosa.

—Ha sido una verdad difícil de encarar —dijo la reina, cerrando los ojos por un instante breve—. Gilroy tenía un libro con el recuento de todas las vidas que tomó. Hay muchos nombres escritos. Poco después de la primera rebelión fallida, el rey envió soldados al territorio Kavanagh y quemó la mayoría de las ciudades y los pueblos hasta los cimientos. Me han dicho que solo quedó ceniza y restos quemados. No hay nada allí a lo que regresar. Pero mi única esperanza es que tal vez haya otros Kavanagh aún ocultos. Y que, tal vez, una vez que los Lannon se marchen, ellos vendrán y se reunirán con mi padre y conmigo.

No pude evitar pensar en los Dermott, en mis sospechas. En que una chispa de los Kavanagh yacía en su interior, pero no dije nada. Correspondía a Grainne compartirlo con la reina, no yo. Pero aquello me dio esperanza de que aún sería posible la restauración para Isolde, su padre y sus súbditos.

—Ahora, la segunda cuestión —dijo Isolde—. Uno de los Lannon está desaparecido.

Jourdain se sorprendió a mi lado.

—¿Cuál?

—El hijo de Declan, Ewan —respondió Isolde—. Nunca lo encontramos después del derrocamiento.

—Es solo un niño —dijo Braden Kavanagh cuando su hija hizo silencio—. Creemos que está oculto en alguna parte de Lyonesse.

No, ni siquiera cerca, mi sangre latió. Comenzaba a sentir un entumecimiento, mis pensamientos daban vueltas y vueltas. *Habla*, gritaba uno de ellos, que fue tragado por *Silencio*. Así permanecí sentado allí, inmóvil, sin ceder.

—¿Ha habido intentos de encontrarlo? —preguntó Luc, aún boquiabierto.

—Hemos buscado, pero con mucha discreción —respondió Isolde—. Cuando noté que faltaba un Lannon, decidí que era necesario mantenerlo en secreto. Por ese motivo ahora lo comparto con vosotros y no confié en siquiera mandaros la noticia por carta. Nadie más que nosotros necesita saber que el hijo está desaparecido porque eso podría alentar a los seguidores de Gilroy.

—¿Confías en los sirvientes de aquí? —preguntó Jourdain con astucia—. ¿Alguien de aquí te ha dado motivos para dudar o preocuparte?

—He creado una guardia muy leal con los hombres y las mujeres de Lord Burke —dijo Isolde—. Una amplia parte de los sirvientes de este castillo ha venido y me ha jurado lealtad. Muchos también han dado testimonios y si bien sé que algunos tal vez no son completamente confiables, siento que las historias que surgen están todas alineadas. Todas prueban que Gilroy Lannon oprimió brutalmente a las personas aquí.

Ninguno de nosotros habló. La oscuridad parecía cernirse sobre nosotros.

—Dicho todo esto —continuó Isolde mirando a Brienna, como si su fuerza y su valentía estuvieran dentro de ella—, hay una gran lista de denuncias contra los Lannon en general, no solo en contra del antiguo rey. Su esposa, Oona, también participó de torturas y palizas, al igual que su hijo, el príncipe Declan. Mi padre y yo hemos recopilado las acusaciones, al igual que hicisteis todos vosotros, y no tengo duda de que esta lista continuará creciendo a medida que más personas hablen. No habrá esperanza para esta familia.

—Lady, ¿está diciendo que no es necesario llevar a juicio a los Lannon? —preguntó con cautela Jourdain.

—No, milord —respondió Isolde—. Ellos pasarán por las etapas de un juicio para tener un cierre y para dar ejemplo de justicia. Queremos distinguirnos de la oscuridad de Lannon convirtiéndonos en una era de luz.

La sala estaba en silencio. Luc fue quien lo rompió.

—¿Pasarán por las etapas?

—Hay que oír la voz del pueblo, no la mía —dijo la reina. Su rostro se había vuelto pálido como un hueso—. Y el pueblo ya ha decidido el destino de los Lannon.

Y supe lo que ella estaba a punto de decir. Sabía lo que vendría porque así era la historia, así eran «las partes amargas» como lo llamaban las viejas baladas, así era cómo se hacía en Maevana. ¿No había hablado de aquel sentimiento con Jourdain, Luc y Brienna noches atrás, cuando habíamos comenzado a planear la segunda etapa de nuestra revolución?

Sin embargo, me sentí afligido esperándolo.

Había una llama oscura en la mirada de Isolde; era una mezcla de piedad y justicia, veinticinco años de escondites, oscuridad y terror, veinticinco años de madres y hermanas muertas, de Casas y personas destruidas, de vidas que nunca podrían recuperarse.

Pero cómo comenzaban a fragmentarse las cosas cuando tu enemigo ya no era solo un nombre, sino un rostro, una voz, un niño con pelo rojo.

Isolde me miró directamente, como si percibiera mi conflicto interno, que estaba derrumbándome entre el deseo de contarle y el deseo de ocultar al niño…

—Es necesario ejecutar a toda la familia Lannon.

13

BRIENNA

Dilemas nocturnos

A tres días del juicio

Después de finalizar nuestra reunión, Isolde me acompañó de vuelta a mi habitación. Tomamos asiento delante del fuego de mi chimenea, escuchando como la tormenta azotaba las ventanas.

—Sé que estás cansada por haber viajado todo el día así que seré breve —dijo Isolde—. Pero deseaba hablar contigo sobre algunas cosas. Sobre todo, acerca de la coronación. Sé que toda nuestra atención está puesta en el juicio, pero solo faltan pocas semanas para la coronación y necesito ayuda para planearla.

—Por supuesto. —Agarré mi bolso y extraje mis herramientas de escritura. Mientras la reina comunicaba sus ideas, yo las escribía intentando organizarlas. Cartier una vez me había dicho que las reinas de Maevana siempre eran coronadas en el bosque y estaba a punto de compartir esa información con ella cuando escuché un ruido fuerte al otro lado de la ventana. Isolde se puso tensa. Mi recámara estaba dividida en dos habitaciones, una para visitantes, donde estábamos sentadas; y una para dormitorio, que era de donde había provenido el ruido.

—¿Qué ha sido eso? —Apoyé el papel y la pluma y abandoné la silla; el golpeteo apareció de nuevo, más fuerte. Sonaba prácticamente como si alguien intentara abrir la ventana del dormitorio...

Saqué mi espada, que estaba enfundada sobre el diván, e Isolde desenfundó una daga de su bota.

—Quédate detrás de mí —le susurré a Isolde mientras se ponía de pie.

La reina me siguió hasta la oscuridad de mi habitación, nuestro acero reflejaba el destello de los relámpagos.

Lo vi de inmediato: la ventana abierta se golpeaba en la ráfaga de la tormenta y la lluvia mojaba el alféizar y el suelo. Alguien estaba en la habitación; oía sus jadeos intensos mientras avanzaba más en la oscuridad. Cuando el relámpago apareció de nuevo, el destello plateado dibujó una pequeña silueta agazapada junto a la cama, delante de mis pies. Un niño con una maraña de pelo rojo.

—¿Tomas? —susurré, sorprendida.

—¡Ama Brienna! Por favor... Por favor no me mate.

Enfundé la espada de inmediato y me acerqué a él.

—¿Lady Isolde? ¿Podría traer algo para iluminar la habitación?

Ella fue a la sala contigua, volvió con un candelabro y permitió que la luz cubriera al niño. No dijo nada mientras yo me daba prisa por cerrar la ventana y casi me resbalaba en el suelo. Me detuve un instante para mirar con esfuerzo contra la lluvia y bajar la vista hacia el muro del castillo antes de cerrar la ventana contra la tormenta.

—Por todos los santos, Tomas. ¿Cómo has subido hasta aquí? —pregunté, girándome para mirarlo.

Para sorpresa de nadie, él estaba mirando embelesado a Isolde, quien tenía la Gema del Anochecer resplandeciendo sobre su pecho.

—¿Tomas? —repetí y por fin me escuchó y me miró con los ojos abiertos de par en par e inyectados de sangre—. ¿Lord Aodhan sabe que estás aquí?

El niño se paralizó. Por un instante, creí que huiría corriendo de la habitación.

Me acerqué a él despacio y sujeté su mano. Era tan delgado, tan pequeño para un chico de su edad. Sentí un nudo en la garganta, pero sonreí para ayudarlo a tranquilizarse.

—¿Por qué no te vistes con ropa seca? Me temo que por ahora tendrá que ser una de mis camisas. Te quedará como una túnica. ¿Te parece bien?

Él observó sus prendas mojadas y manchadas. La ropa que Cartier le había dado, con el color azul de los Morgane, tenía heno y restos de flores encima, como si hubiera estado oculto en el fondo de una carreta.

—Sí, Ama Brienna.

—Muy bien —dije con alegría y me acerqué a mi armario. Había traído algunos vestidos, pantalones de seda, un par de camisas de lino, mi capa y un jubón de cuero con el interior de lana. Seleccioné una de las camisas, la llevé hacia Tomas y la apoyé en la cama—. Quiero que te pongas esto. Lady Isolde y yo esperaremos al otro lado de la puerta.

Parecía que Tomas preferiría morir antes que vestir mi ropa. Pero, afortunadamente, no hizo escándalo alguno. Asintió a regañadientes mientras limpiaba el heno de sus prendas sucias.

—¿Y supongo que tienes hambre? —pregunté—. ¿Qué te parece un cuenco de sopa y una copa de sidra?

—Me gustaría, Ama Brienna —dijo Tomas.

—Bien. Ven a vernos en la habitación contigua cuando estés listo.

Isolde y yo abandonamos el cuarto. Cerré la puerta sin hacer ruido para que él pudiera cambiarse y estaba a punto de llamar a un sirviente para que trajera una bandeja con la cena cuando sentí que Isolde sujetaba mi brazo con sus dedos y me mantenía a su lado.

—Brienna —dijo la reina con voz áspera—. ¿Quién es ese niño?

La miré, pocos centímetros separaban nuestros rostros. Y allí fue cuando la vi: la sospecha en sus ojos, un matrimonio entre la desconfianza y la amargura.

—No —respondí en un susurro—. No, no puede ser…

Las piezas comenzaron a unirse y a encajar. Un huérfano escondido en Brígh. Cartier sin tener idea de dónde provenía el niño y de quién era de verdad.

Pero Cartier *no* hubiera hospedado a un Lannon por voluntad propia. Era imposible que supiera que Tomas era Ewan, que era el hijo de Declan.

Inhalé para decir eso, pero el picaporte se movió y la reina y yo nos separamos y adoptamos una expresión de neutralidad agradable, aunque nuestros corazones latían como un trueno en el pecho.

Llamé a un sirviente para pedir la cena para Tomas y cuando me volví lejos de la puerta principal, él había entrado a la sala de recepción, intentando ocultar su cojera.

—¿Estás herido? —preguntó Isolde, quien también la notó.

Tomas tomó asiento al borde del diván sin responder.

Me pregunté si Isolde lo curaría. ¿Curaría por voluntad propia al hijo de su enemigo? ¿Al niño que se le había escapado de manera frustrante y que no la había dejado dormir?

La reina se puso de rodillas delante de él.

—¿Puedo ver tu pie, Tomas?

Él vaciló; él sabía con exactitud quién era ella. ¿Cómo podría no saberlo? La reina que había derrocado a su familia estaba de rodillas ante él. Contuve el aliento y las palabras de contención que quería darle a él para que confiara en ella, sabiendo que él necesitaba tomar aquella decisión solo.

Después de un momento cedió y asintió para dar su consentimiento.

Permanecí de pie junto al fuego y observé mientras Isolde quitaba las botas de Tomas y sus manos accedían con suavidad al corte en su pie.

—Ah, parece que los puntos se descosieron —dijo ella—. Sangra bastante. Puedo curarte, Tomas.

—¿Puede…? ¿Cómo? —preguntó Tomas, frunciendo la nariz—. ¿Con más puntos?

—Con puntos no. Con mi magia.

—No. —Él se apartó despacio de ella—. No, no. Mi padre... Mi padre dice que la magia es maligna.

Isolde aún estaba de rodillas delante de él, pero yo sabía que ella sentía el impacto de las palabras de Tomas como si le hubieran lanzado lodo a la cara.

—¿Tu padre sabe mucho sobre magia? —preguntó ella con cautela.

Tomas cruzó los brazos y me miró como si aquella fuera la manera de escapar de la situación. Me acerqué, tomé asiento en el diván y sujeté su mano fría con la mía. Noté que la sangre de su pie caía en el suelo y que había manchas de sangre en el vestido de Isolde.

—Hace algunas semanas —comencé en voz baja—, yo también estaba lastimada. Tenía una herida en el brazo. —Por supuesto que *no* mencioné que la herida había sido provocada por una flecha que Gilroy Lannon había ordenado que dispararan contra mí al comienzo de la batalla de nuestra rebelión—. Isolde usó su magia para curarme. Y ¿sabes qué? No dolió ni un poco. Sentí como la luz del sol sobre la piel. Y estuve muy agradecida porque de otro modo mi brazo aún sería débil y sentiría dolor.

Tomas miró su ropa, mi camisa llegaba hasta sus rodillas. Había algunas magulladuras curándose lentamente en sus piernas y un patrón de cicatrices cruzadas en su piel. Isolde también las vio y el resentimiento que había estado en sus ojos hacia unos instantes desapareció y se transformó en tristeza.

—Si la dama me cura —dijo Tomas alzando la vista hacia la mía—, ¿la magia me contaminará?

—No, claro que no —respondí, preguntándome a qué se refería con eso—. Pero si te preocupa… Mírame. ¿Crees que parezco contaminada?

Tomas sacudió la cabeza de lado a lado.

—No, Ama. Usted me gusta.

—Y tú también me gustas, Tomas —dije, sonriendo.

Él mordió su labio y miró a Isolde.

—Me… me gustaría que me curase, lady.

Isolde extendió las manos y Tomas colocó con cautela su talón entre los dedos de la reina. Sujetó mi mano con más fuerza; sentí la tensión en su cuerpo, su respiración saltando como un guijarro sobre el agua mientras observaba cómo Isolde colocaba la palma contra el arco de su pie. Él debía estar esperando sentir dolor porque Isolde apartó las manos y él la miró parpadeando sorprendido.

—¿Lo ha hecho? —preguntó.

Isolde sonrió ante el asombro del niño.

—Sí. Tu pie está curado.

Él soltó mi mano para sujetar su pie, para girarlo y así poder inspeccionarlo. No había rastros de sangre o de sus costuras. Solo quedaba una cicatriz rosada como evidencia de que la herida había estado allí.

—Pero ¡no he sentido nada! —exclamó él.

—Te dije que no dolería —dije, colocando un mechón suelto de su pelo detrás de su oreja.

Los tres hicimos silencio, Tomas y yo aún sentados, uno al lado del otro, Isolde aún de rodillas delante de nosotros, la tormenta aun desatándose detrás de las ventanas. Mientras Tomas continuaba tocando su pie, maravillado, miré a Isolde a los ojos.

Quería saber qué pensaba, qué haría.

Ella miró el diseño dibujado por la sangre sobre su vestido, dejando entrever un instante de desconcierto.

No estábamos completamente seguras de que él fuera el hijo de Declan. Pero algo en mi corazón decía que lo era.

—¿Ama Brienna? —Tomas rompió el silencio—. ¿Esa es la gema sobre la que me habló? ¿La que encontró excavando debajo de un árbol? —Señaló con timidez la Gema del Anochecer y en parte me sentí aliviada por la distracción.

—Sí. Es esa —respondí justo cuando alguien llamó a la puerta.

Isolde se puso de pie antes de que siquiera pensara en moverme.

—Apuesto que es tu cena, Tomas —dijo ella con la mayor alegría que pudo, pero vi la advertencia en sus ojos.

No permitas que nadie lo vea, me dijo su mirada mientras ella caminaba hacia la puerta.

—Ven, vayamos a la habitación —le susurré a Tomas—. Puedes comer en la cama. —Lo llevé al cuarto contiguo, fuera de la vista de la puerta principal, y aparté una pila de mantas.

—Pero esta es su cama —replicó él.

—Dormiré en el otro cuarto. Vamos, Tomas. A la cama. —Lo alcé y lo dejé sobre el colchón.

—Nunca he dormido en una cama tan grande —dijo, sacudiendo el cuerpo—. ¡Es tan suave!

Su inocencia estuvo a punto de hacerme llorar. Quería preguntarle en qué clase de camas había dormido. Si había sido un príncipe, ¿no debería haber tenido lo mejor?

Quizás estábamos equivocadas. Quizás él realmente era solo un huérfano sin una gota de Lannon en él.

Esperaba que así fuera.

Isolde volvió con una bandeja llena de sopa, pan con mantequilla y una taza de lata con sidra. La apoyó con cuidado delante de él y los ojos de Tomas se abrieron de par en par ante la generosa porción. Comenzó a llenar su boca, demasiado concentrado en comer para prestarnos atención alguna a Isolde y a mí.

Seguí a la reina hasta el otro cuarto, fuera de la vista de Tomas. Nos detuvimos cara a cara; ella parecía una diosa con su cabello castaño rojizo y la gema brillante, y yo parecía una sombra, con mis trenzas oscuras y mi temor creciente.

—Necesito saber qué está haciendo él aquí, si es realmente quien creemos que es —susurró Isolde—. ¿Puedes hablar más con él para obtener una confirmación?

—Sí, claro —respondí.

—Debes mantenerlo oculto, Brienna. Si lo descubren... No tendré más opción que encadenarlo en el calabozo.

Asentí, pero una duda rondaba mi mente. Tomé un minuto para estabilizar mi voz antes de preguntarle:

—¿Qué ocurre con Cartier?

Isolde suspiró, frotando su sien.

—¿Qué ocurre con Aodhan?

Ella no lo sabía. Claro, cómo iba a saberlo.

—Cartier ha estado cuidándolo en castillo Brígh porque creyó que era un huérfano Morgane.

La reina hizo silencio un instante, con las manos en la cintura, su postura comenzaba a deshacerse, como si yo acabara de colocar una carga sobre sus hombros.

—¿Se ha encariñado con el niño?

—Sí.

—Si crees que a Aodhan le resultará difícil mi decisión final, entonces ocúltale esto.

Intenté imaginar cómo sería el juicio, cómo se desarrollaría. Intenté imaginar qué haría Cartier si llevaban inesperadamente a Tomas a la tarima, después de haber creído todo ese tiempo que el niño estaba a salvo en Brígh. Él tendría que decidir si Tomas merecía vivir y aun así... no sería suficiente si el pueblo de Maevana quería que ejecutaran al niño.

—¿Estoy pidiéndote demasiado, Brienna? —susurró con dulzura la reina. La miré a los ojos.

—No, lady.

Ella tenía que ser la prioridad. Y yo tenía que apoyarla, sin importar cuál fuera su decisión.

—Averigua la verdadera identidad del niño —dijo ella—. Esta noche si es posible. Y luego, cuéntame la verdad mañana temprano.

Asentí; le hice una reverencia, con la mano sobre el corazón para demostrar mi sumisión absoluta.

Pero Isolde tocó mi rostro; sujetó mi mentón bajo sus dedos para alzar mis ojos de nuevo hacia la luz, hacia ella. Me pregunté si la Gema del Anochecer se reflejaba en mi mirada, en mi expresión.

—Confío en ti, Brienna, más que en cualquier otra persona.

Su confesión me conmovió, pero me tragué la emoción, permití que se colocara en alguna parte profunda de mí, donde no crecería para convertirse en orgullo.

Fue entonces que supe lo que intentaba hacer. Estaba convirtiéndome en su mano derecha, estaba convirtiéndome en su consejera, un puesto que Brendan Allenach una vez había ocupado para Gilroy Lannon.

La ironía de la situación me quitó el aliento.

Isolde dejó caer sus dedos y se fue, silenciosa y ágil como los últimos restos de sol en el atardecer.

Ahora solo quedábamos Tomas y yo, y un vasto océano de preguntas entre los dos.

Tomas había vaciado todo el cuenco de sopa y lamía la mantequilla de sus dedos cuando yo volví al cuarto con un segundo candelabro. Tomé asiento al borde de la cama pensando en las preguntas.

—¿Le dirá a Lord Aodhan que estoy aquí? —preguntó él, sombrío.

Alisé las arrugas de la manta, recorriendo los hilos con mis dedos.

—Creo que necesito saber *por qué* estás aquí, Tomas. —Hice una pausa y lo miré, esperando que él me mirara—. Estoy segura de que Lord Aodhan te dijo que permanecieras en Brígh. Así que ahora mismo, estoy intentando comprender por qué viniste a Lyonesse a pesar de lo que él dijo. Por qué trepaste el muro de un castillo y entraste a escondidas por una ventana.

Él hacía silencio, incapaz de sostener mi mirada.

Comencé a sentir cómo el sudor caía sobre mi espalda. Pero no aparté la vista de él; tenía los ojos clavados en su cara y lentamente hallaba similitudes con los Lannon en sus facciones... Tenía el pelo castaño rojizo, lo cual era inusual, pero sus ojos eran del mismo celeste que el de todos los Lannon que había enfrentado y la forma de sus facciones era aristocrática.

Tomas estaba a punto de hablar cuando oí un golpeteo distante en mi puerta. Sabía quién era y sentí que me invadía una tristeza y un deseo tan grande que parecía que había una batalla librándose en mi corazón.

—¿Tomas? —susurré—. Quiero que permanezcas aquí. No te muevas. No hagas ruido, ¿entiendes?

Él solo asintió mientras su rostro palidecía.

Abandoné mi lugar en el colchón y cerré la puerta del cuarto al salir. Temblaba mientras caminaba, arrastrando el dobladillo de mi vestido sobre el suelo.

La puerta crujió bajo mi mano; solo la abrí un poco, el aire fresco del pasillo golpeó mi rostro.

Allí estaba Cartier de pie, con el hombro apoyado sobre el marco de la puerta, sus ojos sobre mí, su rostro prácticamente oculto en las sombras. Pero vi el resplandor en sus ojos, como brasas ardiendo en la oscuridad al verme.

—¿Puedo pasar? —preguntó.

Debía decirle que volviera más tarde. Debía decirle que estaba exhausta. Debía hacer todo por evitar que él entrara a mi habitación.

Sin embargo, el modo en que estaba de pie, el modo en que respiraba... era como si tuviera una herida debajo de la ropa.

Abrí la puerta de par en par y él caminó hacia la chimenea. Esperó hasta que yo cerré con llave la puerta y me acerqué a él junto a la luz.

—¿Va todo bien con la reina? —preguntó él, observando mi rostro.

—Sí.

Me miró un instante más, como si la verdad fuera a cambiar mi expresión.

Lentamente, extendí la mano, tocando el oro en su barba con los nudillos, sorprendida por su aspereza.

—¿Estás enfadado conmigo? —susurré.

Él cerró los ojos, como si mi tacto le hiciera daño.

—¿Cómo puedes pensar algo semejante?

—Apenas me miraste en todo el viaje.

Cartier abrió los ojos. Estaba a punto de dejar caer la mano, pero él la sujetó con la suya y la mantuvo contra su rostro.

—Brienna. Apenas podía mantener los ojos *lejos* de ti. ¿Por qué crees que me obligué a cabalgar delante de ti?

Apartó su mano de la mía. Deslizó los dedos sobre mi brazo, hasta mi hombro y luego hacia abajo, por mi espalda hasta descansar en mi cintura; oía la seda de mi vestido susurrando bajo su tacto y ahora fui yo la que cerró los ojos.

—Aunque parece que estás reacia a mirarme ahora —dijo él.

—No estoy reacia —respondí, mi voz no era más que un susurro. Pero mis ojos aún estaban cerrados y aún temblaba por el peso de esa noche. Él lo percibía; tenía sus dedos extendidos sobre mi cintura, sobre mis costillas.

—Brienna. ¿Algo te preocupa?

—¿Por qué llegaste tarde esta mañana? —La pregunta salió disparada como una flecha, mucho más afilada de lo que era mi intención.

Cuando él hizo silencio, abrí los ojos.

—Llegué tarde —dijo Cartier, por fin apartando su mano de mí—, porque por fin descubrí quiénes son los padres de Tomas. Y por ese motivo he venido a verte esta noche, porque no puedo cargar solo con esto.

Permanecí de pie allí mirándolo boquiabierta, mi corazón se detuvo. Aquello era lo último que esperaba que dijera.

Por fin comprendí su frialdad, el vacío en sus ojos. Él sabía que Tomas era un Lannon, que él lo había escondido sin saberlo. No sabía si debía sentir alivio porque Cartier sabía el impacto de la revelación.

—¿Quiénes son sus padres? —Me obligué a preguntar, mi mano frotaba mi cuello como si pudiera tranquilizar mi pulso desbocado.

Hubo un ruido detrás de mi puerta, el sonido de un cuenco al caer. Tomas debía estar escuchando a escondidas. Tuve que tragar un insulto, el dilema desafortunado en que se había convertido esa noche.

Cartier se puso tenso y posó los ojos en mi puerta.

Y yo solo pude permanecer quieta, sintiendo que acababa de quedar atascada en una telaraña.

—¿La reina aún está aquí? —preguntó él con cautela, mirándome de nuevo. Preguntó, pero él sabía que no era Isolde. Y yo no podía mentirle.

—No.

—¿Quién está en tu cuarto? —susurró Cartier.

El destino debía haber decidido que aquel encuentro debía ocurrir. Inhalé hondo y apoyé las manos sobre su pecho. Sentía su corazón latiendo tan acelerado como el mío. La herida en su interior... Ahora la comprendía y me odié a mí misma por estar a punto de profundizarla.

—Estarás enfadado, Cartier —comencé a decir—. Pero debes jurar que no lo expresarás, que mantendrás la tranquilidad.

Sus manos parecían hielo mientras sujetaba mis dedos y los apartaba de su corazón.

—¿Quién está en tu cuarto, Brienna? —repitió.

No podía responder con mi voz. Entrelacé mis dedos con los suyos, lo llevé a mi habitación y abrí la puerta.

Allí estaba Tomas, agazapado en el suelo. Estaba de camino a la ventana, la bandeja de su cena tirada en el suelo.

Cartier se detuvo al verlo.

—¿*Tomas?*

—Milord, ¡por favor no se enfade conmigo! —tartamudeó Tomas—. Tuve que venir. Intenté decirle que necesitaba venir y usted no me escuchaba.

Miré a Tomas con los ojos abiertos de par en par para advertirle. Aquella *no* era la manera de ablandar el corazón de Cartier. Tomas lo miró, luego a mí y después a Cartier de nuevo, como si no estuviera seguro de quién de los dos sería su salvación.

Y si bien sentía la tensión en Cartier, su sorpresa y su furia, él avanzó con un suspiro y tomó asiento al borde de mi cama.

—Ven aquí, niño.

Tomas volvió a la cama, vencido mientras tomaba asiento junto a Cartier. Continué de pie en la entrada, como si estuviera abarcando dos mundos distintos a punto de colisionar.

—¿Por qué necesitabas venir conmigo? —preguntó en voz baja. Tomas vaciló y luego dijo:

—Porque soy su mensajero.

—¿Hay otro motivo, Tomas? ¿Uno que te asusta decirme?

—Noooo.

Cartier se movió en su lugar y supe que aquello lo hacía agonizar.

—Tomas, quiero que confíes en mí. Por favor. Dime la verdad para que sepa cómo ayudarte.

El niño estaba en silencio. Sujetó la manta y luego balbuceó.

—Pero ya no le caeré bien.

—Tomas —dijo Cartier con tanta dulzura que supe que las palabras le hacían daño—: no hay nada que puedas hacer que haga que no me caigas bien.

—¿Aún puedo ser su mensajero si le digo la verdad?

Cartier me miró a los ojos. Él no sabía que Isolde sabía que el niño estaba aquí. Y si Cartier decía que sí, estaría mintiéndole a Tomas. Él no era capaz de garantizarle la vida, que era lo que Tomas preguntaba de un modo sutil. Pero si Cartier decía que no, lo más probable era que el niño se negaría a confiar en él.

—Lo prometo, Tomas —dijo él, mirándolo. Apenas podía respirar al escucharlo hacer esa promesa—. Siempre serás mi mensajero durante el tiempo que desees serlo.

Cartier quería que Tomas viviera, que sobreviviera al juicio.

Y si me pedía que ocultara a Tomas de la reina... tendría que negarme. Me sentía dividida entre los dos y tuve que caminar en la habitación y tomar asiento en una silla porque era incapaz de permanecer de pie.

—Quería venir contigo porque mi hermana está aquí —confesó Tomas en un susurro.

—¿Tu hermana?

—Sí, milord. Cuando ocurrió la batalla, él... Es decir, *intenté* decirle a ella que viniera conmigo. Porque sabía que estaríamos en problemas por nuestro padre y nuestro abuelo.

—¿Quiénes son tu padre y tu abuelo, Tomas? —preguntó Cartier.

Me preparé en silencio, con las manos sobre el apoyabrazos, hundiendo las uñas en la madera.

—Mi abuelo es, *era*, el rey —respondió Tomas, desconsolado—. Mi padre es el príncipe Declan. Y mi nombre no es Tomas. Es Ewan.

Sentí frío y no pude disipar el escalofrío. Ewan me miró con sus ojos grandes y afligidos.

—¿Me odia ahora, Ama Brienna?

No podía tolerarlo. Me puse de pie, tomé asiento a su lado libre y sujeté su mano.

—No, en absoluto, Ewan. Eres mi amigo y creo que eres un niño valiente.

Aquello pareció consolarlo y miró de nuevo a Cartier.

—Mi hermana está en el calabozo. Necesito sacarla.

Cartier deslizó una mano sobre su pelo. Sabía que él luchaba por mantener la compostura, por permanecer tranquilo. Apretaba la mandíbula, lo que significaba que estaba evaluando sus respuestas.

—¿Cómo se llama tu hermana? —pregunté con dulzura, para darle a Cartier un poco más de tiempo para elaborar su respuesta.

—Keela. Es dos años mayor que yo. Y apuesto que Tomas puede ayudarlo, milord.

—¿Y quién es el verdadero Tomas, Ewan? —preguntó Cartier.

—Es un noble de mi abuelo, pero siempre ha sido amable conmigo —respondió Ewan—. Él fue quien me ayudó a escapar durante la batalla. Me dio unas monedas y me dijo dónde ir, que fuera al norte al castillo Brígh y dijera que mi nombre era el suyo para que nadie supiera quién era en verdad.

—Entonces, ¿dónde puedo encontrar a Tomas?

Ewan se encogió de hombros.

—No lo sé, milord. Supongo que tal vez está muerto, que lo mataron durante la batalla.

Intercambié una mirada cautelosa con Cartier. Si el noble Tomas había luchado contra nosotros, sin duda estaba muerto o en el calabozo.

—No puedo prometerte nada, Ewan —expresó por fin Cartier, con voz tensa—. Tu hermana está en el calabozo con tu familia. No sé cuánto puedo hacer...

—¡Por favor, milord! —estalló Ewan—. ¡Por favor ayúdela! ¡No quiero que la maten!

—Shh. —Intenté tranquilizarlo, pero Ewan abandonó mis brazos para arrodillarse delante de Cartier.

—Por favor, Lord Aodhan —suplicó—. Por favor. Nunca más le desobedeceré si la salva.

Cartier sujetó los brazos de Ewan y lo ayudó a ponerse de pie. Debía haber notado que Ewan ya no cojeaba; miró el pie descalzo de Ewan antes de obligarse a mirar los ojos del niño.

—Nunca es bueno hacer promesas que no podemos cumplir. Y si bien no puedo hacerla, te doy mi palabra de que haré todo lo posible por salvar a tu hermana. Siempre y cuando me des tu palabra de que permanecerás en mi habitación, escondido y en silencio, Ewan. Nadie debe saber que estás aquí.

Ewan asintió con vehemencia.

—Le doy mi palabra, milord. Nadie lo sabrá. Soy bueno para esconderme.

—Sí, lo sé —suspiró Cartier—. Ahora, ya ha pasado tu hora de ir a la cama. Necesitas venir conmigo, a mi recámara. —Los tres nos pusimos de pie. Y las preguntas debían ser obvias en mis ojos porque Cartier le pidió a Ewan que saliera del cuarto un momento.

—¿Crees que es mejor que permanezca en tu habitación? —susurré, intentando ocultar mi preocupación. Quería confiar en Cartier, pero ¿y si él decidía esconder a Ewan? ¿Qué le diría a Isolde?

—¿Qué opinas, Brienna? —Él se acercó a mí para poder aproximar sus labios y susurrar directo en mi oído. Su voz calentó mi cabello mientras preguntaba—: la reina sabe que él está aquí, ¿verdad?

—Ella quiere hablar conmigo sobre él por la mañana —respondí en el mismo tono—. Para confirmar quién es él.

—Entonces, permíteme que yo lo haga, Brienna.

Retrocedí para mirarlo a los ojos.

—Imagino que Isolde está en guerra con su decisión esta noche —continuó Cartier, su voz a duras penas era más que un murmullo—. Con qué hacer con el hijo de su némesis.

—¿Y qué harías *tú*?

Me observó un instante y luego dijo:

—Haré lo que sea que me ordene. Es mi reina. Pero quiero la oportunidad de hablar con ella al respecto, de persuadirla en el modo que me parece mejor.

No podía culparlo por ello, por querer la oportunidad de hablar en privado con Isolde, de defender la vida de Ewan.

Tampoco pude evitar las lágrimas que llenaron mis ojos. No sabía de dónde provenían, quizás de un pozo oculto en mi corazón, uno que el dilema de Ewan acababa de crear en mi interior.

Intenté girarme antes de que Cartier lo notara, pero él sujetó mi rostro entre sus manos y me sostuvo ante él.

Una lágrima rodó sobre mi mejilla. Cartier la besó y el modo en que sus manos acariciaron mi pelo, el modo en que mi corazón comenzó a saltar y a arder… si no fuera porque Ewan estaba en el cuarto contiguo, no sé qué habría ocurrido entre nosotros, aunque podía imaginarlo. Ya lo había imaginado.

Cuando él me miró, vi lo mismo en sus ojos, el deseo insaciable de tener nada más que la noche entre nosotros, las estrellas sobre nosotros, quemando secretos hasta el amanecer.

Sin embargo, la realidad era como una cubeta de agua fría en mi rostro. Porque estábamos allí con un niño de los Lannon entre los dos, con un juicio inminente, con la incertidumbre esperándonos.

Me pregunté si alguna vez habría tiempo para él y para mí.

—Buenas noches, Cartier —susurré.

Él se fue sin decir ni una palabra más una vez que estuvo seguro de que el pasillo estaba vacío. Ewan a su sombra.

Y de pronto, estaba sola.

— ✦ 14 ✦ —

CARTIER

Una vez Lannon, siempre un Lannon

A dos días del juicio

No dormí esa noche. Le cedí la cama a Ewan, me recosté en el diván y observé el fuego convertirse en brasas, pensando hasta tarde en la noche. Pensando en qué le diría a Isolde, en cómo la convencería para que permitiera que este niño viviera. Y luego, ya no era solo Ewan; ahora también estaba Keela.

Y solo faltaban dos días para el juicio.

Cuando amaneció, supe que necesitaba hablar con Isolde y luego hablar con Keela en el calabozo.

Cité a la reina a media mañana, después de garantizar que Ewan se quedaría en mi habitación con un cuenco de avena y un libro de la biblioteca que había seleccionado para él.

—Pero no sé leer, milord —protestó Ewan al ver aquel libro inmenso.

El chico bien podría haberme clavado una daga en el estómago a juzgar por el dolor que sus palabras causaron en mí.

—Entonces mira las ilustraciones —respondí y me marché decidido antes de que pudiera hacer más preguntas inquisitivas sobre la infancia de Ewan.

¿Tu padre te golpeaba, Ewan? ¿Tu abuelo te hizo pasar hambre? ¿Por esa razón no te gusta estar solo en la oscuridad? ¿Por qué nunca te enseñaron a leer?

Esperé para reunirme con Isolde en el solario de la reina, una habitación que aún estaba en proceso de ser despojada de la presencia de Lannon. Los muros ahora estaban vacíos (antes habían estado atiborrados de cornamentas y cabezas de animales) y me pregunté si la reina les pediría a las tejedoras de Jourdain que crearan tapices para decorar los muros.

—¿Querías hablar conmigo?

Me giré y vi a Isolde entrar en la habitación.

—Sí, lady.

—De hecho, vengo de otra reunión privada —dijo la reina mientras daba unos pasos más hacia mí—. Con Lady Grainne.

—Entonces, ¿confío en que fue una reunión buena?

—Sí —asintió Isolde, sonriendo.

—¿Y ella aceptó darte su apoyo total?

—De hecho, no hablamos sobre el apoyo o las alianzas entre nosotras.

—¿En serio? —No pude ocultar mi sorpresa. Y aunque quería saber los detalles, no me correspondía preguntar, así que mantuve los labios sellados.

Pero cuando miré a Isolde, la luz en sus ojos, vi el fuego de los secretos, el brillo resplandeciente de un dragón escupiendo fuego sobre su oro acumulado. Quizás sabría la verdad en los próximos meses.

—Por favor, dime en qué piensas, Aodhan.

—Quisiera pedir permiso para ir al calabozo, para hablar con varios Lannon.

Su sonrisa desapareció, su tono alegre también.

—¿Puedo saber con qué Lannon quieres hablar?

—Con Keela.

—¿La princesa? Me temo que he intentado hablar con ella, Aodhan. La joven no hablará.

—De todas formas, quisiera intentarlo —dije—. También esperaba hablar con un noble Lannon que se hace llamar Tomas. ¿Está en el calabozo?

—Sí, está cautivo.

Inhalé hondo y reuní valor para añadir:

—Y necesito hablar con Declan.

La reina permaneció callada, mirando el muro cubierto de ventanas. La tormenta por fin había pasado y había dejado atrás un sol débil y tierra suave, pero pronto las nubes se apartarían y veríamos otra vez el cielo.

Isolde caminó lentamente hacia las ventanas, su vestido violeta se reflejaba en los cristales torcidos mientras se detenía y contemplaba la ciudad de Lyonesse. Su cabello era de un tono de rojo más oscuro que el de Ewan; lo tenía recogido hacia atrás con una cinta sencilla, sus rizos parecían un escudo sobre su espalda.

—No quiero decapitar a Keela Lannon —dijo la reina—. Solo es una niña y está aterrada. Quiero que viva, que sane, que crezca y se convierta en una bonita joven. Pero la verdad del asunto es… que el pueblo exigirá la sangre de *todos* los Lannon. Y si permito que los nietos sobrevivan, entonces, ¿qué ocurrirá si las semillas del resentimiento crecen en ellos por ser los últimos de su linaje? ¿Otras Casas les darán la bienvenida o los odiarán y los evitarán? ¿Alguna vez pertenecerán aquí? ¿La furia se convertirá en algo más oscuro que nos condenará a enfrentar otra guerra en unas décadas?

Cuando dejó de hablar, caminé hacia ella y me detuve a su lado.

—Tus miedos están justificados, lady —aseguré—. Yo también los tengo. Pero Keela solo es una niña. No debería cargar con el peso de los pecados de su padre y sus abuelos.

—Pero ¿acaso no es así la tradición de Maevana? ¿Extinguir familias enteras que se oponen a la reina? —preguntó Isolde—. ¿Las partes amargas?

—Y, sin embargo, tú misma dijiste ayer que queríamos salir de una era oscura; queremos que nos guíes hacia la luz.

La reina permaneció en silencio.

—Isolde —dije por fin, pero ella aún no me miraba. Tenía los ojos clavados en la ciudad, así que proseguí—: tengo a Ewan Lannon bajo mi cuidado. Él es el chico que entró por la ventana de Brienna anoche.

—Sabía que era él —susurró—. Lo supe cuando lo vi, cuando lo curé. —Cerró los ojos—. Soy débil, Aodhan.

—No es debilidad querer curar a un niño herido, proteger a los niños del gran precio que tiene la maldad de su familia, Isolde —respondí—. Keela y Ewan son inocentes.

Ella parpadeó y clavó los ojos en mí.

—Keela Lannon no es inocente, Aodhan.

El golpe de sus palabras me obligó a hacer una pausa momentánea.

—Tiene una lista de acusaciones en su contra —continuó la reina—. Son pocas en comparación con las de su padre y sus abuelos, pero aun así existen. Varias de sus criadas han hablado y dicho que ella había ordenado castigos crueles para ellas.

—Apuesto a que la obligaron a hacer esas cosas, Isolde —dije con voz áspera. Pero mi duda permanecía allí como una magulladura.

—Aún no soy reina —dijo en voz tan baja que a duras penas la escuché—. Y no deseo atestiguar el juicio con una corona, sino como una más del pueblo. Quiero ser una igual con ellos, hombro a hombro, cuando den el veredicto. No quiero que parezca que esta es mi propia justicia. Es *nuestra* justicia. —Comenzó a caminar, con las manos juntas apretadas como si su corazón estuviera consumido en plegarias—. Debido a esto, si el pueblo exige la cabeza de Keela Lannon… No tengo voz para anular su pedido. Ella ya está en el calabozo; el pueblo la ha puesto allí y no puedo sacarla.

Sabía que esto sería así. Permanecí de pie en silencio, esperando, observándola caminar.

—Debido a esto —susurró Isolde y se detuvo ante mí—, quiero que acojas y protejas a Ewan Lannon. Mantenlo oculto hasta después del juicio. Quiero que lo críes como un hijo propio, como un Morgane. Quiero que lo críes para que sea un buen hombre.

—¿Estás dándome tu bendición? —No estaba completamente sorprendido; había imaginado que Isolde escogería la piedad, pero aun así no podía negar el hecho de que siempre me sentía humilde en su presencia.

—Estoy dándote mi bendición, Aodhan —respondió—. Como reina de Maevana, encontraré el modo de indultarlo. Hasta mi coronación, mantenlo oculto y a salvo.

—Entonces, lo haré, lady —susurré, colocando una mano sobre mi corazón en sumisión.

—Enviaré órdenes para que los guardias te permitan pasar al calabozo —dijo—. Puedes hablar con Keela, Tomas y Declan, pero no olvides esto… —La reina me acompañó a la puerta, inclinando a un lado la cabeza, como si reviviera un recuerdo oscuro, uno que quería disolver—. Declan Lannon es terriblemente hábil con las palabras. No permitas que te exaspere.

Una hora después, descendía hacia las entrañas oscuras del castillo.

El suelo de piedra bajo mis pies era más resbaladizo a cada paso. Creí oír el rugido distante del agua.

—¿Qué es ese ruido? —pregunté.

—Un río corre debajo del castillo —respondió el jefe de guardias, Fechin.

Inhalé hondo, saboreando el hilo distante de sal y bruma.

—¿Dónde desemboca?

—En el océano. —Fechin echó un vistazo por encima del hombro para mirarme a los ojos—. Así fue como los Lannon se deshicieron de los cuerpos desmembrados durante años, los enviaban «por la corriente».

Sus palabras prácticamente rebotaban contra mí, era muy difícil asimilarlas. Pero aquella maldad había ocurrido allí, en esos túneles, durante *años*. Me obligué a reflexionar sobre esa verdad mientras continuaba acercándome a las celdas de los Lannon.

Caminamos más, hasta que el murmullo del río desapareció y el único sonido restante era el agua goteando entre las grietas superiores. Y luego apareció otro ruido, uno tan raro que me pregunté si lo estaba imaginando. Era el sonido de alguien barriendo, un ruido persistente una y otra vez.

Finalmente, llegué a la fuente de modo inesperado, como si hubiera florecido en la piedra delante de mí. Una silueta envuelta en velos negros de pies a cabeza, con el rostro oculto, barría el suelo. Estuve a punto de tropezar con ella, pero me moví a un lado para evitar la colisión.

Se detuvo y un hormigueo recorrió mi piel mientras mi antorcha quemaba la oscuridad entre la silueta y yo.

—El barredor de huesos —explicó casualmente Fechin—. No le hará daño.

Resistí la tentación de mirar al barredor por última vez, mi piel aún estaba erizada. Solo había caminado por los túneles durante quizás media hora, pero ya deseaba salir de allí. Me esforcé por recobrar la compostura cuando el guardia se detuvo ante una puerta angosta con una ventana pequeña y torcida con barrotes de hierro.

—¿La dama dijo que primero quería ver a Keela Lannon? —Fechin colocó su antorcha en el candelero para extraer su anillo lleno de llaves.

—Sí. —Noté que había salpicaduras de sangre sobre los muros de cal. Que el resplandor del suelo era sin duda huesos y que el barredor tenía un motivo por el cual bajar a los túneles con una escoba.

Fechin abrió el cerrojo y pateó la puerta con un gruñido áspero.

—Lo esperaré aquí.

Asentí y entré en la celda, mi antorcha centelleaba al ritmo de mi pulso.

No era un cuarto grande, pero había una cama, muchas mantas, una mesa angosta con una pila de libros y una hilera de velas. Había una chica de pie contra el muro, su pelo rubio y su piel pálida estaban mezclados con la oscuridad, sus ojos resplandecían aterrados al verme entrar en la celda.

—No temas —dije cuando Fechin cerró la puerta con un ruido fuerte.

Keela corrió a su mesa para arrancar una de sus velas a medio derretir de la madera y blandió la llama como un arma. Jadeaba de miedo y me detuve, mi propio corazón latía desbocado.

—Keela, por favor. He venido a ayudarte.

Me enseñó los dientes, pero había lágrimas brillando en sus mejillas.

—Soy Aodhan Morgane y conozco a tu hermano pequeño, Ewan —proseguí con dulzura—. Él me pidió que viniera a verte.

El sonido del nombre de su hermano la ablandó. Esperaba que aquel fuera el punto medio entre los dos y continué hablando, manteniendo la voz baja para que mis palabras no atravesaran la puerta.

—Encontré a tu hermano en mi castillo. Creo que abandonó Lyonesse durante la batalla en busca de un sitio seguro donde quedarse. Me pidió que viniera a hablar contigo, Keela, para ver qué podemos hacer para ayudarte los próximos días. —Aquello era lo que más me preocupaba después de descubrir que Keela tenía acusaciones en su contra. Necesitaba pensar en un modo de hacerla hablar al respecto, para poder ayudarla a formular una respuesta cuando leyeran las acusaciones ante una multitud enfurecida—. ¿Estarías dispuesta a hablar conmigo, Keela?

Permaneció en silencio.

Creí que estaba considerando mis palabras cuando emitió un grito que erizó el vello de mis brazos.

—¡Mientes! ¡Mi hermano está muerto! ¡Vete de aquí! —Agitó la vela. A duras penas conseguí apartarme de su camino mientras continuaba gritando—: ¡Vete de aquí! *¡Vete!*

No tuve opción.

Llamé a la puerta y Fechin abrió.

Salí de la celda de Keela y permanecí de pie apoyado contra las manchas de sangre en el muro, y escuché como ella lloraba. Me destrozaba las entrañas oírla, saber que era la hermana de Ewan, que estaba encerrada en la oscuridad, aterrada solo de verme.

—Actuó de la misma forma con la reina —dijo el guardia—. No se aflija.

No me consolaron sus palabras.

Me sentía mal mientras seguía al guardia por el túnel, el aire se volvía rancio y putrefacto.

Llegamos a la celda de Tomas, el noble. Una vez más, Fechin abrió la cerradura y yo entré en la celda, sin saber con qué me encontraría.

Aquella celda estaba relativamente limpia. Un anciano estaba sentado en su cama, con los tobillos y las muñecas encadenados, mirándome. A pesar de su edad, aún era robusto y de contextura poderosa. No había emoción en su rostro o en sus ojos, solo severidad, y era difícil mirarlo. Su pelo rubio era casi completamente gris, lacio y enmarañado hasta los hombros y su rostro estaba demacrado, como si fuera más espectro que hombre.

—¿Tomas, el noble?

No dijo nada. Percibía que él no emitiría palabra, que se negaría a hablar conmigo.

—Me topé con su tocayo en mi castillo —proseguí en voz baja—. Un niño pelirrojo.

Como esperaba, la mención de Ewan despertó algo en él. Aún tenía la boca cerrada, pero sus ojos se ablandaron.

—¿Supongo que ahora lo tienes encadenado? —gruñó el noble.

—Al contrario. Lo tengo oculto.

—Entonces, ¿qué quieres de mí?

—¿Es leal a Gilroy y Oona?

El noble anciano rio. Escupió el suelo entre los dos y cruzó sus brazos, sus cadenas tintinearon.

—Han estropeado el nombre Lannon. Lo han arruinado por completo.

Tuve que esconder mi placer al oír su odio. Y guardé su nombre en mi mente como un aliado potencial. Podría ser un Lannon que podríamos poner a nuestro favor, quien nos podría ayudar en la reconstrucción. Si se preocupaba por Keela y Ewan lo suficiente para arriesgar su propia vida en batalla para ayudar al niño a escapar, entonces tenía que valer más que cualquier Lannon que hubiera conocido.

Comencé a partir, pero alzó la voz de nuevo.

—Eres el hijo de Líle.

Su afirmación me detuvo en seco. Lentamente, me giré para mirarlo de nuevo, para encontrar sus ojos sobre los míos.

—No tienes idea de quién soy, ¿verdad? —prosiguió Tomas.

Pensé en la carta de mi madre, en cómo intentaba reprimir la verdad de su revelación. Pero antes de que pudiera responder, él habló de nuevo.

—La dulce Líle Hayden. Ella era una luz entre nosotros, una flor que floreció entre la escarcha. No me sorprendí cuando Kane Morgane se la llevó a sus tierras para coronarla como su dama.

—¿Y cuál es su relación con ella? —repliqué. Sus palabras me hacían daño; no quería imaginar a mis padres, pensar en mi pérdida.

Tomas estaba serio cuando susurró:

—Soy su tío.

Me tambaleé hacia atrás, incapaz de ocultar mi sorpresa.

—Soy el último de los Hayden, la única familia que te queda del lado Lannon —anunció con más suavidad ahora, como si percibiera mi agonía.

Y deseé que él no me lo hubiera dicho. Deseé no saber que él era un familiar, que un tío abuelo mío estaba encadenado en el calabozo del castillo.

—No puedo liberarte —dije. Pero mi mente ya estaba buscando un modo; mi corazón era un traidor que deseaba dejarlo libre.

—Lo único que pido es que traigan un taco y un hacha nueva para mí. Que no manchen mi cuello con la sangre de ellos.

Asentí y me fui, e hice un esfuerzo por recobrar la compostura mientras esperaba que Fechin cerrara la celda del noble antes de llevarme a mi última parada. Consideré volver a la luz y olvidarme de Declan. Tenía la ropa mojada por el sudor, me sentía a punto de enfermar. Y luego oí la voz de mi padre, como si estuviera de pie detrás de mí, diciendo: «Eres Aodhan Morgane, el heredero de la Casa Morgane y sus tierras».

Nunca había sido un Lannon.

Aquella idea me centró, permitió que continuara adelante.

Había más sangre seca desparramada sobre las paredes, sobre el suelo, cuando nos acercamos a la celda de Declan. Fechin abrió el cerrojo y por un instante miré la puerta, la entrada abierta. Estaba a punto de atravesarla y encarar cara a cara al príncipe que una vez había estado comprometido con mi hermana, el príncipe que había aplastado sus huesos. Que la había asesinado.

Esta vez apareció la voz de Aileen, un susurro en mi mente. *Quiero que mires a Declan Lannon a los ojos y que lo maldigas a él y a su Casa. Quiero que seas el comienzo de su fin, que seas la venganza de tu madre y de tu hermana.*

Me adentré en la celda.

Aquel cuarto estaba vacío, salvo por las esquinas cubiertas de telarañas y donde había huesos desparramados. Había una cama para que el prisionero se recostara y durmiera, una manta y una cubeta para orinar. También, dos antorchas clavadas en los muros, siseando de luz. Y allí, encadenado a la pared por los tobillos y las muñecas, estaba sentado Declan Lannon, su cabello rubio oscuro caía enmarañado y grasiento sobre su frente, su gran contextura hacía que la cama pareciera pequeña. La barba cubría la parte inferior de su rostro y una sonrisa malvada la interrumpió como una luna creciente cuando nuestros ojos se encontraron.

Heló mi sangre; de algún modo me reconoció. Tomas, el noble, lo había hecho. Declan sabía con exactitud quién era yo.

Permanecí de pie y lo miré; él me devolvió la mirada sentado, la oscuridad se movía a nuestro alrededor como una criatura salvaje y hambrienta, y el único poder que tenía para hacerla retroceder era la antorcha en mi mano y el fuego que ardía en mi pecho.

—Eres igual que ella —dijo Declan, rompiendo el silencio.

No parpadeé, no me moví, no respiré. Era una estatua, un hombre tallado en piedra que no sentía nada. Sin embargo, una voz me dijo: *se refiere a tu madre.*

—Tienes su cabello, sus ojos —continuó el príncipe—. Heredaste lo mejor de ella. Pero ¿quizás ya lo sabías? Eres mitad Lannon.

Lo miré, el filo azul del hielo en sus ojos, los mechones rubios de su cabello, el resplandor pálido de su piel. Mi voz estaba perdida, así que él continuó hablando.

—Tú y yo podríamos ser hermanos. Quería a tu madre cuando era un niño. La quería más que a mi propia madre. Y una vez sentí resentimiento hacia ti porque eras el hijo de Líle y yo no. Porque ella te quería más que a mí. —Declan se movió y cruzó los tobillos. Las cadenas rayaron la piedra y tintinearon, pero el príncipe no parecía incómodo en absoluto—. ¿Sabías que ella fue mi maestra, Aodhan?

Aodhan.

Ahora que él había mencionado mi nombre, que me había reconocido por completo, encontré la voz en mi garganta, alojada como una astilla.

—¿Qué te ha enseñado, Declan?

Expandió más su sonrisa, satisfecho de haberme tentado a hablar. Me odié por ello, por anhelar saber más sobre ella, y por haber recurrido a preguntarle *a él.*

—Líle era pintora. Fue lo único que le supliqué a mi padre. Que me permitiera aprender cómo pintar.

Pensé en la carta de mi madre. Ella mencionó que le había estado enseñando algo a Declan…

Mi padre nunca me había dicho que mi madre había sido artista.

—Entonces, ¿qué hizo que abandonaras las clases?

—Líle —respondió y odié el modo en que su nombre sonaba en la lengua de Declan—. Ella anuló mi compromiso con tu hermana. Ese fue el comienzo del fin. Ya no confiaba en mí. Comenzó a dudar de mí. Lo veía en sus ojos cuando me miraba, cuando lo único que yo quería pintar era muerte y sangre. —Hizo una pausa, haciendo chocar sus uñas entre sí, una y otra vez. El sonido invadió la celda como el ruido de un reloj, de modo enloquecedor—. Y cuando la persona que quieres más que a nada en el mundo te tiene miedo… Eso te cambia. No lo olvides. No sabía qué decirle. Apretaba mi mandíbula, la furia latía con un dolor sutil en mi sien.

—Intenté decírselo, claro —prosiguió Declan, su voz parecía humo. No pude bloquearlo; no pude resistirme a inhalarlo—. Le dije a Líle que solo pintaba lo que veía día a día. Cabezas y lenguas cortadas, que mi padre me había escogido para gobernar y que él estaba criándome a su propia imagen y semejanza. Creí que tu madre lo entendería; después de todo, ella era de la Casa Lannon. Conocía nuestros sentimientos.

»Mi padre confió en Líle. Era la hija de su noble favorito, aquel anciano, Darragh Hayden. Dijo que Líle no nos traicionaría. Pero Gilroy olvidó que cuando una mujer contrae matrimonio con un lord, adopta un nuevo apellido. Adopta una Casa nueva y su lealtad cambia, casi como si nunca hubiera estado vinculada por sangre. ¡Y cuánto la adoraba Kane Morgane! Apuesto que hubiera dado cualquier cosa por mantenerla con él.

Finalmente, hizo silencio el tiempo suficiente para que yo procesara lo que acababa de decir.

—¿Asumo que el viejo Kane murió? —preguntó Declan.

Decidí ignorar su duda preguntando:

—¿Dónde están los Hayden ahora? —Ya sabía dónde estaba un Hayden: a varias celdas de distancia.

Él rio con la humedad atascada en sus pulmones.

—Ya te gustaría saberlo. Están muertos, por supuesto, excepto por uno. El viejo y leal Tomas. Su hermano, tu abuelo, se rebeló después de ver a Líle rebelarse, después de ver una cabeza bonita en una pica. Escogió a su hija por encima del rey. Hay un castigo especial para los Lannon que les dan la espalda a los suyos.

Necesitaba marcharme. En ese momento. Antes de que esa conversación avanzara más, antes de que perdiera la compostura. Comencé a darle la espalda, a dejarlo en la oscuridad.

—¿Dónde te escondió tu niñera, Aodhan?

Mis pies se paralizaron en el suelo. Sentí cómo la sangre abandonaba mi rostro mientras lo miraba a los ojos, su sonrisa parecía plata sin pulir bajo la luz de la antorcha.

—Hice trizas ese castillo intentando hallarte —susurró Declan—. Me he preguntado con frecuencia dónde te escondiste esa noche. Cómo fue posible que un niño escapara de mí.

¿Dónde estás, Aodhan?

Las voces se alinearon, se agudizaron. El joven Declan y el viejo Declan. El pasado y el presente. El olor a hierbas quemadas, el eco distante de los gritos, el olor frío a estiércol, el llanto de mi padre. El olor húmedo de esta celda, la pila de huesos, el hedor a excremento en la cubeta, el resplandor en los ojos de Declan.

—Ya te gustaría saberlo —dije.

Él reclinó la espalda hacia atrás y rio hasta que pensé que lo mataría. La sed de sangre debió haber brillado en mi mirada porque bajó los ojos hacia mí y dijo:

—Es una pena que no ocultaran a tu hermana tan bien como a ti.

Busqué mi daga oculta antes de poder evitarlo. Esta esperaba en mi espalda, bajo mi camisa. La saqué con tanta agilidad que Declan estuvo momentáneamente sorprendido y alzó las cejas, pero luego sonrió, observando la luz reflejada en el acero.

—Vamos, adelante. Apuñálame hasta que mi sangre llene la celda. Estoy seguro de que el pueblo de Maevana apreciará no tener que desperdiciar su tiempo decidiendo sobre mi vida.

Yo temblaba, mi respiración entraba y salía a través de mis dientes.

—Adelante, Aodhan —provocó Declan—. Mátame. Merezco morir bajo tu mano.

Di un paso, pero no fue hacia él; fue hacia la pared. Ahora tenía su atención; me movía y actuaba de modo inesperado.

Él permaneció en silencio, observando mientras yo caminaba hacia la pared, justo sobre su catre.

Sujeté la punta del cuchillo y comencé a tallar mi nombre en la piedra.

Aodhan.

Él tendría que mirarlo al menos dos días más. Mi nombre grabado en la piedra de su celda. Cerca pero lejos de su alcance.

Declan estaba entretenido. Debía estar recordando la noche en que talló su nombre en la piedra de mi patio, creyendo que sobreviviría a los Morgane.

Abrió la boca para hablar de nuevo, pero me giré y me agazapé para esconder cuánto temblaba. Miré a Declan y esta vez, yo sonreí.

—Tengo a tu hijo, Declan.

Él no lo esperaba. En absoluto.

Toda esa confianza, esa diversión, se desvaneció en sus ojos. Me miró, y ahora era él quien parecía haberse convertido en piedra.

—¿Qué harás con él?

—Planeo enseñarle a leer y escribir —comencé, mi voz era cada vez más firme—. Planeo enseñarle a blandir palabras al igual que espadas, a respetar y honrar a las mujeres como respeta y honra a su nueva reina. Y luego, lo criaré como propio. Y él maldecirá al hombre del que proviene, a la sangre de la que desciende. Él será quien borre tu nombre de los libros, el que convertirá a tu tierra en algo bueno después de no haber sido más que podredumbre desde que naciste allí. Y tú te convertirás en una mancha distante en su mente, algo en lo que tal vez pensará de vez en cuando, pero no te recordará como su padre, porque nunca lo fuiste. Cuando piense en su padre, pensará en mí.

Terminé. Tenía la última palabra, la última réplica.

Me puse de pie y comencé a caminar hacia la salida; guardé mi daga y flexioné mis dedos rígidos. Estaba a punto de llegar a la puerta de la celda, por llamar para que la abrieran, para salir de ese pozo ciego, cuando la voz de Declan Lannon rompió la oscuridad, pisando mis talones.

—Olvidas algo, Aodhan.

Me detuve, pero no me giré.

—Una vez Lannon... siempre un Lannon.

—Sí. Mi madre lo comprobó, ¿verdad?

Abandoné la celda, pero la risa de Declan, las palabras de Declan, me atormentaron hasta mucho tiempo después de haber vuelto a la luz.

15

BRIENNA

Hermanos y hermanas

A dos días del juicio

—Sé que no tendré un juicio como los Lannon —dijo Sean Allenach mientras caminaba a mi lado en los jardines del castillo—. Pero eso no significa que mi Casa no debería pagar por lo que ha hecho.

—Estoy de acuerdo —respondí, saboreando la luz matutina—. Sé que cuando este juicio termine, Isolde se reunirá contigo para hablar de las indemnizaciones. Creo que ella espera que tu Casa le pague a los MacQuinn durante los próximos veinticinco años.

—Haré lo que sea que ella considere mejor—asintió Sean.

Hicimos silencio, cada uno perdido en sus propios pensamientos.

Sean nació tres años antes que yo. Compartíamos a Brendan Allenach como padre, pero más que el apellido y la sangre, comenzaba a comprender que compartíamos la esperanza de un futuro para nuestra Casa corrupta. Que esperábamos que la Casa Allenach fuera redimida.

Fue un alivio que Sean llegara a la ciudad real tal como él le había prometido a la reina después de que ella lo hubiera curado en el campo de batalla y que me buscara de inmediato al llegar.

—Me pregunto si la reina creerá que es adecuado llevar a los Allenach a juicio —dijo Sean, interrumpiendo mis pensamientos.

Si Brendan Allenach no hubiera sido asesinado por Jourdain en el campo de batalla, la Casa Allenach sin duda enfrentaría un juicio similar al de los Lannon: Brendan Allenach habría sido decapitado. Y aunque Sean le había dado su apoyo a la reina y le había suplicado a su padre que se rindiera en la batalla, no tenía dudas de que Isolde convocaría otro juicio después de la coronación para los Allenach, los Carran y los Halloran.

Pero yo no quería mencionar eso todavía. Me detuve, el jardín a nuestro alrededor estaba marchito debido a los años de descuido bajo los Lannon.

—No querrán solo dinero y bienes de tus súbditos y de ti, Sean. Tenías razón cuando me escribiste la semana pasada: tendrás que inculcar nuevos pensamientos en tu Casa, dogmas que crecerán para convertirse en bondad y caridad, no en miedo y violencia.

Me miró a los ojos; él y yo apenas nos parecíamos, salvo por nuestra contextura alta y delgada, pero reconocí que había un magnetismo entre los dos, como siempre existía entre hermanos y hermanas. Y eso me hizo pensar en Neeve, que era de Sean tanto como mía. ¿Él conocía su existencia? Parte de mí creía que él no tenía idea de que poseía otra media hermana, porque las tejedoras de Jourdain la habían protegido cautelosamente a lo largo de los años. Y parte de mí anhelaba decirle que no éramos solo dos, sino tres.

—Sí, estoy de acuerdo por completo —respondió Sean con tranquilidad—. Y vaya tarea será, después del liderazgo de mi padre.

Sonaba abrumado y sujeté su mano.

—Lo haremos paso a paso. Creo que te ayudará a encontrar hombres y mujeres que piensen parecido en tu Casa, en quienes puedas confiar y a quienes puedas nombrar líderes —manifesté.

Él sonrió.

—Supongo que no puedo pedirte que vuelvas y me ayudes, ¿no?

—Lo siento, Sean. Pero lo mejor es que ahora permanezca con mis súbditos.

No quería decirle que necesitaba la mayor distancia posible de la Casa Allenach y sus tierras, que mi primera necesidad, además de proteger y apoyar a la reina, era permanecer con Jourdain y sus súbditos.

—Lo entiendo —dijo él en voz baja, asintiendo.

Bajé la vista hacia nuestras manos, al borde de sus mangas. Él vestía con bermellón y blanco, los colores de los Allenach, y tenía el ciervo saltarín bordado en el pecho. Y sin embargo... sus muñecas. Odiaba imaginarlo, pero ¿y si mi hermano estaba marcado? ¿Y si tenía el tatuaje de la medialuna en la muñeca, debajo de su manga? ¿Tenía derecho a buscar la marca?

—¿Qué piensas de la alianza? —pregunté en voz baja. Sean alzó los ojos y me miró.

—Planeo jurarle lealtad a Isolde antes de la coronación.

—¿Y tus nobles? ¿Te apoyarán en esto?

—Cuatro de ellos lo harán. No estoy muy seguro sobre los otros tres —respondió—. No ignoro el hecho de que hablan sobre mí cuando les doy la espalda. Que sin duda piensan que soy débil; creen que sería fácil eliminarme y reemplazarme.

—¿Se atreverían a planear en tu contra, Sean? —pregunté, con un destello de furia en la voz.

—No lo sé, Brienna. No puedo negar que sus conversaciones están centradas en que tú vuelvas con los Allenach.

Me quedé sin habla.

Sean sonrió con tristeza y presionó mi mano.

—Creo que te consideran superior a mí porque eres la única hija de Brendan. Y una hija equivale a diez hijos. Pero más que eso...

Mientras tú conspirabas y derrocabas a un tirano, yo estaba sentado en casa en el Castillo Damhan, sin hacer nada, permitiendo que mi padre pisoteara a sus propios súbditos.

—Entonces debes hacer *algo*, Sean —dije—. Lo primero que yo haría es retirar la medialuna del emblema de Allenach.

—¿Qué medialuna? —A duras penas parpadeó, perplejo, y comprendí que él estaba en la oscuridad absoluta respecto a la intervención de nuestro padre.

Respiré hondo.

—Después del juicio, vuelve al Castillo Damhan —le pedí, soltando su mano para que continuáramos caminando—. Quiero que convoques a tus siete nobles juntos en el salón delante de todos tus súbditos. Haz que se arremanguen y coloquen sus manos sobre la mesa con las palmas hacia arriba. Si poseen el tatuaje de una medialuna en la muñeca, quiero que los despidas. Y si los siete tienen la marca, encuentra siete nobles nuevos, siete hombres o mujeres en los que confíes y a quienes respetes.

—No estoy seguro de comprender —respondió mi hermano—. ¿La marca en forma de medialuna...?

—Significa lealtad hacia los Lannon.

Él permaneció en silencio, asimilando todas las órdenes que le daba.

—Después de que hayas depurado a tus nobles —proseguí—, quiero que convoques de nuevo a cada Allenach en tu salón. Quita el escudo de armas y corta la marca de la medialuna. Quémala. Ordena que confeccionen un emblema nuevo con su omisión. Diles a tus súbditos que jurarás lealtad hacia Isolde antes de su coronación y que esperas que sigan tu ejemplo. Si tienen dudas al respecto, deben acercarse y hablar contigo. Tú tendrás que escucharlos, por supuesto. Pero también deberás ser firme en caso de que se opongan a la reina.

Sean resopló. Al principio, creí que estaba burlándose de mí y alcé la vista hacia él abruptamente. Él sonreía y movía la cabeza de lado a lado.

—Creo que mis nobles tienen razón, hermana. Eres mucho más capaz de liderar esta Casa que yo.

—Creencias como esa no te llevarán lejos, hermano —respondí y luego suavicé mi voz—. Serás mejor lord de lo que Brendan Allenach jamás ha sido.

Estaba a punto de preguntarle más sobre sus nobles cuando Cartier se reunió con nosotros en el césped, con la camisa manchada como si hubiera estado apoyado contra una pared sucia, con el cabello lacio y enmarañado. De inmediato me preocupé; debía haber tenido una conversación larga con Isolde sobre Ewan y debía haber salido mal.

—¿Te importa si te la robo por ahora? —le preguntó Cartier a Sean.

—No, en absoluto. De todos modos, tengo una audiencia con la reina —dijo mi hermano inclinando la cabeza antes de marcharse y dejarnos a Cartier y a mí con el viento y las nubes.

—¿Algo va mal? —pregunté alarmada—. ¿Qué dijo Isolde?

Cartier sujetó mi mano y comenzó a guiarme lejos de la amplitud de los jardines hacia una sombra privada.

—Isolde me ha encargado que cuide a Ewan. Debo mantenerlo oculto hasta que termine el juicio. —Buscó en su bolsillo y extrajo un trozo de papel plegado. Observé mientras lo abría y exponía una bella ilustración de una princesa—. Hay algo que debo pedirte, Brienna.

—¿Qué necesitas que haga?

Cartier miró la ilustración y luego la pasó lentamente hacia mis manos.

—Necesito que hables con Keela Lannon en el calabozo. Ewan arrancó esta página de un libro, diciendo que le recordaba a la época en que Keela quería ser «una princesa de la montaña». Él cree que tú debes ir a verla con este mensaje, que ella confiará en ti y te escuchará.

Observé la ilustración. Era preciosa, mostraba una princesa montada en un caballo con un halcón sobre el hombro.

—¿Debería ir ahora? —pregunté, sintiendo la mirada de Cartier sobre mi rostro.

—Aún no. Hay algo más. —Sujetó mi mano de nuevo y me guio hasta el ala de huéspedes del castillo. Permití que me llevara hasta su cuarto y allí fue cuando vi por primera vez la lista de acusaciones contra Keela.

—La reina me entregó esta lista —dijo él mientras tomábamos asiento en la mesa, compartíamos una taza de té, leyendo y planeando cómo combatirlos.

Eran acusaciones graves, con fechas exactas y los nombres de los denunciantes. Una gran mayoría hablaba sobre cómo Keela había ordenado que azotaran a sus criadas y que luego les afeitaran la cabeza. Sobre cómo ella había organizado comidas y había hecho que sus sirvientes hicieran cosas ridículas y humillantes, como lamer leche del suelo y arrastrarse por el castillo como si fueran perros.

—¿Crees que Keela hizo estas cosas? —le pregunté a Cartier, con el corazón apesadumbrado.

Cartier estaba callado, mirando la lista.

—No. Creo que Declan Lannon la obligó a hacer estas maldades. Y cuando ella se negaba, le hacía daño. Así que comenzó a acceder para sobrevivir.

—Entonces, ¿cómo actuamos?

—Brienna… Ese calabozo es quizás el sitio más oscuro en el que he estado. Keela estaba demasiado aterrada y furiosa para hablar conmigo. —Apartó las acusaciones y me miró a los ojos—. Si puedes encontrar un modo de mantenerla tranquila, de garantizarle que puede confiar en ti, que hay una posibilidad de redención para ella... Quizás eso le dará la confianza que necesita para compartir su historia y el pueblo le permitirá vivir. Necesitan saber que ella es igual que ellos, que ella ha sufrido mucho toda su vida debido a su padre y su abuelo.

—Iré esta tarde —dije, aunque no sabía qué esperar, aunque me resultaba difícil asimilar todo lo que Cartier intentaba decirme.

Pocas horas después, me encontré con el jefe de guardias, Fechin, para que me guiara por la oscuridad del calabozo. Llegué a la celda oscura y fría de Keela Lannon, miles de piedras en el techo parecían aplastar el aire de mis pulmones, la esperanza de mi corazón. Y finalmente comprendí las palabras de Cartier.

No pude evitar temblar cuando vi a Keela correr hasta su mesita y agarrar una vela, como si la llama diminuta pudiera protegerla.

—¿Te importa si tomo asiento? —pregunté, pero no esperé que respondiera. Bajé al suelo de piedra, crucé las piernas y extendí el vestido a mi alrededor. Tenía la ilustración de la princesa en el bolsillo, con las palabras que Ewan quería que le dijera guardadas en mi memoria.

—Vete —gimoteó Keela.

—Me llamo Brienna MacQuinn. —Hablé en un tono tranquilo, como si Keela y yo no estuviéramos en una celda bajo tierra, sino sentadas en un prado—. Pero no siempre he sido una MacQuinn. Antes de eso, pertenecí a otra Casa. Era la hija de Brendan Allenach.

Keela se paralizó.

—Lord Allenach nunca tuvo una hija.

—Sí, eso creían, porque yo era ilegítima y era hija de una mujer valeniana del otro lado del canal. —Incliné la cabeza, mi pelo cayó sobre mi hombro—: ¿Quieres oír mi historia?

La mente de Keela trabajaba a toda velocidad. Lo noté por el modo en que sus ojos se movían mientras me observaba, y luego miraba la puerta, que estaba cerrada con llave, y luego a mí de nuevo y después al catre cercano. Quería hacerle saber que yo era como ella, que había nacido en una Casa opresiva y cruel, pero que nuestros apellidos y nuestra sangre no nos definían completamente. Había otras cosas, más profundas, como creencias y elecciones, que eran más poderosas.

Y si a Keela alguna vez le había encantado la idea de convertirse en princesa de la montaña, entonces sabía que era una soñadora al igual que una amante de las historias. Como yo.

—Bueno —cedió, acercándose a su cama.

Comencé a contarle mi vida: cómo perdí a mi madre cuando tenía tres años, que mi abuelo me envió a un orfanato con un apellido diferente porque él temía que Lord Allenach me encontrara.

Le conté cuando cumplí diez años, que me aceptaron en Casa Magnalia, y cómo más que nada, quería convertirme en pasionaria.

—¿Cuántas pasiones hay? —preguntó Keela, apoyando lentamente su vela a un lado.

—Son cinco —respondí con una sonrisa—. Arte. Teatro. Música. Astucia. Conocimiento.

—¿Cuál eres tú?

—Soy ama del conocimiento.

—¿Quién te enseñó conocimiento? —Keela alzó las rodillas hacia el pecho y apoyó su mentón sobre ellas.

—El Amo Cartier, quien es más conocido como Aodhan Morgane.

Ella hizo silencio, mirando el suelo entre las dos.

—Creo que él intentó visitarme hoy, hace unas horas.

—Sí, fue él. Él y yo queremos ayudarte, Keela.

—¿Cómo pueden ayudarme? —susurró ella furiosa—. Mi abuelo es un hombre horrible. Dicen que lo llevo en mi rostro, así que, si vivo, ¿cómo soportarán otras personas mirarme?

Mi corazón latía más rápido a medida que la escuchaba. Ella había considerado la posibilidad de sobrevivir al juicio, había pensado cuánto la denigrarían. Y no podía mentirle: llevaría tiempo que otros maevanos confiaran en ella y la aceptaran, al igual que estaba llevando tiempo que los súbditos de Jourdain me dieran por completo la bienvenida.

—Permíteme que te cuente el resto de mi historia, Keela, y luego podemos intentar responder ante esas preocupaciones —dije.

Le hablé sobre los recuerdos que había heredado de mi ancestro, Tristan Allenach, sobre su traición, sobre cómo había escondido la Gema del Anochecer y había obligado a la magia a dormir, cómo asesinó a la última reina de Maevana. Le hablé sobre la revolución, cómo crucé el canal para recuperar la piedra, cómo Brendan Allenach había descubierto que yo era su hija y había intentado tentarme para que rechazara a mis amigos y me uniera a él, para reclamar la corona para mí misma con él a mi lado.

Aquello capturó su atención, más que mi historia con las pasiones, porque vi como ella nos comparaba, a ella y a mí, dos hijas intentando romper con sus Casas de sangre.

—Pero siempre seré una Lannon —argumentó—. Siempre me odiarán, sin importar si vivo o muero.

—Pero Keela —respondí con dulzura—, ¿es solo la sangre lo que hace a una Casa? ¿O son sus creencias? ¿Qué une más a las personas? ¿El rojo en sus venas o el fuego en sus corazones?

Ella movía la cabeza de un lado a otro, las lágrimas caían de sus ojos.

—Keela, quiero que vivas. Al igual que tu hermano Ewan. —Saqué la ilustración de mi bolsillo y alisé las arrugas del papel cuando la apoyé en el suelo—. Él quería que yo te diera esto, porque le recordaba a la época en que deseabas convertirte en princesa de la montaña.

Ella se echó a llorar y si bien quería consolarla, permanecí donde estaba, sentía las piernas entumecidas por la dureza de la piedra. Permití que ella se pusiera de pie y se arrastrara hasta donde yo había puesto el papel. Lo sujetó entre sus manos y secó las lágrimas de sus ojos antes de volver a su cama, tomar asiento y contemplar la ilustración.

—¿No está muerto? Mi padre me dijo que lo estaba —dijo cuando se tranquilizó—. Que la nueva reina lo había cortado en pedazos.

—Ewan está muy vivo —respondí, maldiciendo las mentiras con las que su padre la había alimentado—. Aodhan Morgane y yo lo protegemos y también te protegeríamos a ti.

—Pero ¡el pueblo me odia! —lloró—. Quieren mi sangre. ¡Quieren la sangre de todos nosotros!

—¿Hay alguna razón por la cual deberían querer tu sangre, Keela?

Parecía a punto de llorar de nuevo.

—No. Sí. ¡No lo sé!

—¿Cómo fue para ti vivir como princesa en un castillo?

Hizo silencio, pero percibí que mi pregunta había encontrado su blanco.

—¿Te golpeaban, Keela? ¿Te obligaban a hacer cosas crueles? —Hice una pausa, pero mi corazón latía desbocado—. ¿Fue tu padre quien te ordenó hacerle daño a tus criadas?

Keela comenzó a llorar escondiendo su rostro en el hueco de su brazo. Creí que la había perdido hasta que alzó la cabeza y susurró:

—Sí. Mi padre… Mi padre me hacía daño si yo no hacía daño. Me encerraba en mi armario, que estaba oscuro, y pasaba hambre. Sentía que estaba allí dentro durante días. Pero él decía que solo me haría más fuerte, que su padre le había hecho cosas semejantes a él para hacerlo inquebrantable. Mi padre dijo que no podía confiar en mí a menos que hiciera exactamente lo que él ordenaba.

Escuchándola, me sentía dividida entre el hambre de justicia, de ver el derramamiento de sangre después de todo lo que los Lannon habían hecho, y el deseo doloroso de piedad cuando se trataba de Keela Lannon. Porque vi una sombra de mí misma en ella y yo había sido bendecida.

—Eso es lo que necesitas decirles a las personas cuando estés en juicio, Keela —susurré, dolida por ella—. Debes decirles la verdad. Debes contarles cómo fue para ti ser la nieta del rey Lannon. Y prometo que te escucharán, y algunos comprenderán que eres igual que ellos. Que quieres las mismas cosas para Maevana.

Me puse de pie, sentía agujas y alfileres en los pies. Keela alzó la vista hacia mí, con los ojos inyectados en sangre abiertos de par en par, prácticamente idénticos a los de Ewan.

—El juicio comenzará en dos días —dije—. Te llevarán a la tarima ante la ciudad, para responder las preguntas del juez, para que el pueblo decida si vives o mueres. Yo estaré de pie al frente y, si sientes miedo, quiero que me mires y sepas que no estás sola.

— ✦ 16 ✦ —

CARTIER

Que rueden sus cabezas

Día del juicio

*N*o había ni una sola nube en el cielo el día del juicio.

Fui el primer lord en llegar al patíbulo aquella mañana, con una tiara dorada sobre la sien y el caballo de Morgane bordado sobre mi corazón. Tomé asiento en mi silla asignada y observé cómo los jardines del castillo comenzaban a llenarse de personas.

Miré el podio de madera en el centro del patíbulo, las sombras ya reunidas a su alrededor, donde Gilroy Lannon, Oona Lannon, Declan Lannon y Keela Lannon estarían de pie en cuestión de horas. Intenté imaginar a Ewan de pie entre ellos, sangre de su sangre, hueso de sus huesos.

Una vez Lannon, siempre un Lannon.

Odiaba aquellas palabras, la duda que Declan había plantado en mi cabeza.

Gradualmente, los otros lores y damas llegaron para ocupar sus lugares a mi alrededor. Jourdain atravesó el patíbulo con el ceño fruncido y ocupó una silla a mi lado, y los dos permanecimos sentados en aquel silencio antinatural, con los corazones acelerados a medida que el juicio se aproximaba.

—¿Cómo estás? —susurró después de un rato Jourdain.

Pero mi voz desapareció en aquel momento, hasta que vi a Brienna. Ella estaba de pie junto a Luc al frente de la multitud, con un vestido lavanda, el color de los MacQuinn, y tenía el cabello castaño recogido en una corona trenzada. Sus ojos me encontraron al igual que los míos la habían hallado.

—Estoy bien —respondí y mantuve la vista en ella.

Los jardines del castillo estaban atestados de personas cuando Isolde, sus guardias y el juez llegaron al patíbulo. Los lores y las damas se pusieron de pie ante ella (Lady Halloran y Lord Carran incluidos) a pesar de que Isolde no llevaba corona puesta, solo una tiara dorada como los demás nobles. Tomó asiento en el centro de los nobles acomodados como Lady Kavanagh, con vista directa al estrado. La Gema del Anochecer descansaba sobre su corazón, irradiando una luz azul tenue.

El juez, un anciano con barba blanca que rozaba su pecho, se puso de pie ante la multitud y alzó las manos. El silencio que se apoderó de las personas era espeso; el sudor comenzó a cubrir mi ceño mientras me movía en la silla.

—Mi pueblo de Maevana —exclamó el juez, su voz viajó en la brisa—. Hoy hemos venido a hacer justicia con el hombre que una vez se atrevió a autoproclamarse rey.

De inmediato, abucheos y gritos de furia brotaron entre los presentes. El juez alzó las manos de nuevo para insistir en que hicieran silencio y la multitud se tranquilizó.

—Cada miembro de la familia Lannon subirá al estrado —prosiguió—. Estarán de pie ante ustedes mientras leo la lista de acusaciones contra ellos. Estas acusaciones han provenido de aquellos que tuvieron la valentía suficiente para compartir sus historias. Por lo tanto, leeré algunos de sus nombres en voz alta junto a cada acusación como prueba de testigo. Cuando termine, cada Lannon tendrá oportunidad de hablar y luego ustedes tendrán el poder de juzgarlos. Alzar un puño implica la ejecución. No alzarlo equivale a la piedad.

El juez miró por encima de su hombro hacia Isolde.

Isolde asintió, pálida, su pelo rojizo parecía sangre bajo el sol. Sentía mi corazón latiendo desbocado en lo profundo de mi pecho. En aquel momento de silencio, pensé en mi padre, mi madre, mi hermana.

El juez se giró y gritó:

—Traigan al frente a Gilroy Lannon.

El sonido proveniente de la multitud era ensordecedor. Sentía el sonido temblando a través de la madera debajo de mí, a través de mis dientes. Tomé asiento y observé mientras arrastraban con brusquedad a Gilroy Lannon sobre el patíbulo bajo infinitas cadenas.

El antiguo rey parecía miserable. Su lacio cabello rubio estaba apelmazado con sangre seca; parecía que había intentado romper su cabeza contra el muro de la celda y había fallado. Tenía las prendas sucias, apestaba a su propia suciedad y apenas tenía fuerzas para permanecer erguido mientras los guardias lo llevaban al estrado para enfrentar al pueblo.

Los gritos, los insultos y la furia hirvieron entre la multitud. Durante un momento, temí que corrieran hasta el estrado y lo hicieran añicos. Hasta que el juez frunció el ceño, alzó las manos y el pueblo obedeció a regañadientes la llamada a silencio.

—Gilroy Lannon, estás frente al pueblo de Maevana con una larga lista de acusaciones en tu contra —dijo el juez mientras un niño traía un rollo de pergamino grueso.

Observé, atónito, mientras comenzaban a desenrollar el aparentemente infinito pergamino, que se extendía sobre el patíbulo. El juez comenzó a leer, su voz se imponía sobre los murmullos, sobre el viento, sobre el latido salvaje de mi corazón.

—Gilroy Lannon, el 25 de mayo de 1541, le ordenó a Brendan Allenach que asesinara violentamente a Lady Sive MacQuinn mientras estaba desarmada. Luego procedió a quemar el terreno de MacQuinn y asesinar a tres nobles de MacQuinn y a sus familias mientras dormían en la noche. Siete de estas vidas eran niños. Les ordenó a sus hombres que violaran a las mujeres MacQuinn y que colgaran a los hombres que luchaban por defender a sus esposas e hijas. Después procedió a tomar a los súbditos de MacQuinn y a desparramarlos y los entregó a Lord Brendan Allenach para que los gobernara despiadadamente. Esta acusación es de Lord Davin MacQuinn.

Miré a Brienna, quien aún estaba de pie con una expresión estoica en el rostro. Pero notaba que su furia aumentaba.

—El mismo día, capturó a Lady Líle Morgane y cortó su mano. La arrastró...

Me obligué a mirar a Gilroy Lannon mientras leían mi acusación. Lannon temblaba, pero no por miedo o arrepentimiento. Reía mientras el juez decía:

—La acusación es de Lord Aodhan Morgane.

—¡MacQuinn y Morgane *me* desafiaron! ¡Desafiaron a su rey! —gritó Lannon, sus cadenas chocaron cuando golpeó la mano sobre el borde del estrado—. ¡Se rebelaron en mi contra! ¡Sus mujeres merecían el castigo que recibieron!

Me puse de pie antes de pensar en lo que hacía, en que estaba a punto de extraer mi daga oculta y atacar a Gilroy Lannon. Pero Jourdain fue más rápido y sujetó mi brazo, y me retuvo mientras la multitud gritaba de furia, con cada puño ya en alto dando su veredicto.

—*¡Que ruede su cabeza!*

El coro arrolló a las personas como la marea, rompiendo contra la tarima, contra mí.

Gilroy aún reía cuando se giró para mirar por encima de su hombro, con sus ojos clavados en los míos.

—Si supieras, pequeño Morgane —siseó—, todo lo que le hice a tu madre.

Mi rostro se contorsionó de agonía, de furia. Entonces había más. Más que no sabía. Había estado aterrado de aquella posibilidad desde que me había reunido con Declan en la celda, sus palabras aún estaban presentes en mi mente. *Hay un castigo especial para los Lannon que les dan la espalda a los suyos.*

—¡Amordácenlo! —ordenó el juez y dos guardias lucharon por controlar a Gilroy Lannon y colocaron un trapo sucio en su boca.

Y en lo único que podía pensar era... ¿qué más le había hecho? ¿Qué más le había hecho a mi madre?

—Siéntate, joven —susurró con urgencia Jourdain en mi oído, apenas capaz de retenerme un instante más—. No debes permitir que este hombre se adueñe de ti.

Asentí, pero temblaba, destrozado. Sabía que Brienna me observaba; sentía el magnetismo de su mirada. Sin embargo, no podía soportar mirarla.

Tomé asiento y cerré los ojos. La mano de Jourdain permaneció en mi brazo, como un padre que intentaba consolar a su hijo. Sin embargo, mi padre estaba muerto. Toda mi familia había muerto.

Nunca me había sentido tan solo y desorientado.

—Aquel mismo día... —El juez continuó leyendo—... decapitó a Lady Eilis y a Shea Kavanagh, descuartizó sus cuerpos para exhibirlos en los parapetos del castillo. Luego, procedió a atacar y asesinar a los miembros de la Casa Kavanagh...

El juez tardó otra hora en leer todas las acusaciones contra Gilroy Lannon. Pero cuando por fin llegó al final del pergamino, el pueblo ya había votado. Cada lord y lady en la tarima alzó el puño. Al igual que prácticamente todos los espectadores en la multitud.

—Gilroy Lannon —anunció el juez, entregándole el rollo de pergamino al niño—, el pueblo de Maevana lo ha juzgado y lo ha declarado culpable. Será ejecutado por la espada en tres días. Que los dioses se apiaden de su alma.

Los guardias arrastraron a Gilroy Lannon y se lo llevaron. Y él rio todo el camino mientras descendía del patíbulo.

Su esposa, Oona, fue la próxima en pasar al frente.

Ocupó el estrado encadenada con una inclinación arrogante del mentón, tenía pinceladas grises en su largo pelo castaño rojizo. Ewan había heredado su cabello.

La lista de acusaciones en su contra no era tan extensa como la de su marido, pero también era larga, llena de testimonios de tortura, flagelación y quemas. No tenía nada que decir cuando terminaron la lectura (era evidente que era demasiado orgullosa para bajar la cabeza) y una vez más, el pueblo y los nobles a mi alrededor alzaron los puños.

Ella moriría después de Gilroy, por la espada, en tres días.

Ya era prácticamente el mediodía cuando llevaron a Declan Lannon al estrado.

Lo miré a los ojos cuando el príncipe caminó encadenado por la tarima. Declan me sonrió; no miró a ninguno de los otros nobles, ni siquiera a Isolde. Solo a mí.

Mi temor aumentó; veía en los ojos del príncipe que tenía algo planeado.

—Declan Lannon, está ante el pueblo de Maevana con una amplia lista de acusaciones en su contra —dijo el juez con voz ronca mientras sujetaba el pergamino correspondiente al príncipe.

Era una lista larga, un reflejo de la de sus padres. Mientras escuchaba, confirmaron mis creencias; Declan disfrutaba de atormentar y manipular a otros. Había supervisado la mayoría de las torturas que ocurrieron en el calabozo del castillo. Con razón había parecido cómodo en la oscuridad de su celda; estaba familiarizado con las mazmorras.

—Ahora tiene la oportunidad de hablar, Declan Lannon —dijo el juez, secando el sudor de su frente—. Para rogar por piedad o para explicar su causa.

Declan asintió y luego habló fuerte y claro.

—Buen pueblo de Maevana, solo hay una cosa que deseo decirles antes de que me envíen a mi muerte. —Hizo una pausa, alzando las palmas hacia arriba—. ¿Dónde está mi hijo, Ewan? ¿Lo han perdido? ¿O quizás uno de ustedes ha estado escondiéndolo? ¿Alguno de sus propios lores ha traicionado su confianza al protegerlo? —Y allí, Declan miró por encima de su hombro, directo hacia mí.

Me paralicé en la silla, pero leí la mueca, el triunfo en el rostro de Declan.

Si me hundo, te hundes conmigo, Morgane.

La multitud comenzó a abuchear. Los lores y las damas sentados a mi alrededor comenzaron a murmurar furiosamente. Isolde y Grainne estaban sentadas inmutables, mirando a Declan.

—Juez —dijo por fin Isolde, su voz era filosa como una espada—. Ponga orden de nuevo en este juicio.

El juez parecía aturdido y nos miraba a Declan y a mí.

Declan estaba a punto de abrir la boca, pero la multitud gritaba, cantaba, alzando los puños.

—¡Que ruede su cabeza!

Los gritos del príncipe quedaron ahogados por las protestas y el juez se dio prisa en recitar el destino de Declan, que era igual al de su padre y su madre. Decapitado con la espada, en tres días.

Mi puño aún estaba en el aire cuando llevaron a Declan fuera de la tarima. Y cuando la mirada siniestra del príncipe encontró la mía, no presumí. Pero había una promesa para él en mis ojos.

Tu Casa se convertirá en polvo.

Y Declan la comprendió. Gruñó y tropezó en los escalones del patíbulo antes de desaparecer de nuevo en el castillo con su escolta armada.

Mi pulso aún estaba acelerado cuando hicieron subir a Keela Lannon. La multitud ya estaba cansada y extenuada, su paciencia era frágil. Y el aire estaba lleno de sus abucheos mientras ella caminaba por la tarima. No tenía cadenas, pero se acobardó del mismo modo cuando los guardias la dejaron en el estrado, con su vestido muy sucio y el cabello rubio pálido enmarañado.

Desde atrás, su pelo era del mismo tono que el de su abuelo; percibí que las cosas no irían bien para ella. Deberíamos haberla juzgado primero, antes de Gilroy, antes de que la larga lista de acusaciones contra su familia fuera trasladada a ella.

—Keela Lannon —dijo el juez, carraspeando mientras sujetaba el trozo de papel. La única hoja de sus acusaciones—. Estás ante el pueblo de Maevana con una lista de acusaciones en tu contra.

Keela temblaba, aterrada, sus hombros cedían como si solo deseara desaparecer.

Busqué a Brienna, mi corazón continuaba latiendo alarmado.

Brienna aún estaba de pie al frente, con los ojos abiertos de par en par mientras sentía la marea de la multitud apartándose más y más de la piedad.

—El 20 de diciembre de 1563, le negaste comida a unos niños pobres en la calle y, en vez de darles pan, les diste piedras para comer.

—No fui yo… Él me obligó. —Keela sollozaba y cubría su rostro con las manos mientras el pueblo continuaba abucheándola.

—Keela, debes permanecer en silencio mientras leo las acusaciones en tu contra —le recordó el juez—. Tendrás tu momento para hablar cuando termine con la lista.

Mantuvo el rostro cubierto mientras el juez continuaba leyendo.

—El 5 de febrero de 1564, hiciste que azotaran a tu criada por haber cepillado tu cabello de modo demasiado brusco. El 18 de marzo…

Keela continuó llorando y el pueblo solo estaba cada vez más revuelto y furioso.

El juez terminó la lectura y luego le preguntó a Keela si deseaba hablar con el pueblo.

En aquel momento, Keela necesitaba decir la verdad para dar sus argumentos.

Por favor, Keela, supliqué en silencio. *Por favor, diles la verdad.*

Y, sin embargo, ella se acobardaba y lloraba, apenas capaz de alzar la cabeza y encarar la disconformidad de la multitud.

—¡Permitidle hablar! ¡Permitidle hablar! —gritaba Brienna, para bloquear lo que yo sabía que venía a continuación. Hasta que vi por fin a Keela enderezar la espalda, hasta que Keela por fin halló a Brienna en la multitud.

—Mi abuelo me obligó a hacer esas cosas —dijo, pero su voz aún era demasiado débil—. Al igual que mi padre. Ellos… me golpeaban si desobedecía. ¡Amenazaban con hacerle daño a mi hermano pequeño! No nos dejaban comer si decíamos que no. Nos encerraban en la oscuridad toda la noche…

—¡Mentiras! —gritó una mujer en la multitud, lo cual causó de nuevo la aparición de abucheos y gritos.

Uno por uno, los lores y las damas en la tarima alzaron los puños, aprobando su muerte. Todos excepto cuatro de ellos.

Morgane. MacQuinn. Kavanagh. Dermott.

¿Cómo era posible que las cuatro Casas que habían sufrido tanto bajo los Lannon fueran las únicas cuatro que mostraron piedad hacia Keela?

Isolde, Grainne, Jourdain y yo permanecimos sentados con las manos apretadas sobre el regazo. Con el rabillo del ojo, vi que Isolde dejó caer su cabeza, triste ante el veredicto. Y en la multitud, entre el mar de puños, estaba Brienna, aún sobre los hombros de Luc, con lágrimas en los ojos.

—Keela Lannon —anunció el juez e incluso su voz estaba cargada de decepción—. El pueblo de Maevana te ha juzgado y te ha declarado culpable. Serás ejecutada con la espada en tres días. Que los dioses se apiaden de tu alma.

17

BRIENNA

Revelaciones oscuras

La noche siguiente al juicio

Tomamos asiento juntos en la recámara de Jourdain esa noche, mi padre, mi hermano, Cartier y yo, todos exhaustos y silenciosos mientras compartíamos una botella de vino, demasiado alterados para comer.

Era difícil explicar cómo me sentía después de oír las acusaciones, en especial aquellas de MacQuinn y Morgane, sobre las cuales no había conocido los detalles exactos. No había palabras que pudieran describir apropiadamente el dolor que sentía por ellos. Y no podía imaginar cómo se sentía escribir esas acusaciones y luego escucharlas leídas ante cientos de testigos.

Era aún más difícil decir qué sentía después de ver al pueblo condenar a muerte a Keela. Sabía que tendría que presenciar su decapitación y era tormentoso respirar cada vez que lo imaginaba.

—Así que el reinado de Lannon ha llegado a su maldito final —dijo Jourdain cuando nuestro silencio fue demasiado opresivo, cuando habíamos acabado el vino.

—Así caen —expresó Luc haciendo un saludo con su copa vacía, con la rodilla presionada cerca de la mía mientras compartíamos el diván.

Miré a Cartier a los ojos bajo la luz del fuego. Compartíamos el mismo pensamiento, la misma emoción.

No todos ellos caerán. Aún teníamos a Ewan, a quien protegeríamos, a quien criaríamos desafiando a su padre y a su abuelo.

—Sin embargo, ¿por qué siento que nos han derrotado? —susurró Luc—. ¿Por qué no siento que es una victoria? Quiero que mueran. Quiero causarles tanto dolor como sea posible. Decapitarlos es demasiado rápido para ellos. Quiero verlos sufrir. Pero ¿acaso eso no hace que sea igual que ellos?

—No te pareces en nada a ellos, hijo —susurró Jourdain.

Cartier apoyó sus codos sobre las rodillas, mirando el suelo. Pero cuando habló, su voz era firme.

—Los Lannon me robaron a mi hermana, a mi madre. Nunca conoceré el sonido de la voz de mi hermana. Nunca sabré cómo es que mi madre me abrace y me quiera. Siempre sentiré su pérdida, como si una parte de mí faltara. Y, sin embargo... mi propia madre era una Lannon. Era Líle Hayden, hija de un noble Lannon. —Miró a Jourdain, a Luc, a mí. Me sorprendió su confesión—. No creo que la justicia en este momento siga una línea recta clara. Hemos sufrido con nuestras pérdidas, pero también lo han hecho las personas de aquí. Por todos los dioses... Keela Lannon, una niña de *doce años* que ha sido maltratada por su padre está a punto de ser decapitada después de él porque el pueblo no la escuchará; no la mirarán, no podrán separarla de él.

Luc se tragó sus lágrimas, pero mantuvo la calma escuchando a Cartier. Jourdain también lo observaba con los ojos brillantes.

—¿Creo que Declan merece ser decapitado? —preguntó Cartier, extendiendo las manos—. No. Preferiría ver cómo le rompen cada uno de sus huesos, uno por uno, despacio, hasta que muera, al igual que hizo con mi hermana. Y no me arrepiento de confesarlo. Pero quizás más allá de lo que *yo* siento y lo que *yo* quiero... tengo que descansar sabiendo que hoy se ha hecho justicia. Que el pueblo habló y decidió el destino de una familia que por fin ha enfrentado las consecuencias. Que todos hemos vuelto a nuestros hogares. Que, en los días venideros, Isolde Kavanagh será coronada reina. Lo único que podemos hacer en este momento es seguir adelante. Atestiguaremos la decapitación de los Lannon. Coronaremos a Isolde. Y luego, decidiremos qué hacer con los súbditos que ahora se quedaron sin lord y lady.

Hicimos silencio de nuevo, atravesados por las palabras de Cartier. Él era mitad Lannon y, sin embargo, eso no cambiaba cómo lo veía. Porque yo era mitad Allenach. Ambos habíamos nacido de sangre traicionera. Y si mirábamos con atención nuestros corazones... todos encontraríamos oscuridad en nuestro interior.

Fui a la cama poco después de medianoche, después de besar a Jourdain y Luc en la mejilla y de acariciar suavemente el hombro de Cartier cuando pasé a su lado al salir. Mi cuerpo pedía que me recostara e intentara dormir, pero más que eso, quería escapar de la realidad solo durante una hora y tener sueños dichosos.

Estaba dormida cuando oí la conmoción en el pasillo.

Me incorporé parpadeando en la oscuridad. Estaba saliendo de la cama cuando abrieron mi puerta de par en par y Luc apareció en la entrada.

—Rápido, hermana. La reina ha convocado una reunión en el cuarto de nuestro padre —dijo él, dándose prisa en encender mi vela.

Encontré mi espada y mi voz mientras lo perseguía y salía al pasillo, el acero desenfundado en mi mano y el camisón cayendo de mi hombro.

—¿Qué ocurre? ¿Qué ha pasado?

Jourdain y Cartier estaban de pie en la recámara de mi padre, esperando. Me uní a ellos con Luc, mientras intentaba tranquilizar mi respiración.

Antes de que pudiera hacer otra pregunta, Isolde entró a la habitación, aún con el vestido que había usado para el juicio, una luz veloz en su mano, con dos de sus guardias acompañándola. Tenía el rostro inexpresivo, su mirada era terriblemente sombría.

—Siento mucho haberos despertado —susurró ante los cuatro, mientras permanecíamos de pie en las sombras oscuras y la luz centelleante.

—¿Qué ha ocurrido, Isolde? —preguntó Jourdain.

Isolde bajó la vista hacia su vela, como si no pudiera soportar mirarnos.

—Declan y Keela Lannon han escapado del calabozo.

—¿*Qué?* —gritó Luc, porque el resto habíamos perdido la voz.

Isolde contempló nuestra perplejidad con amargura en los ojos.

—Creo que escaparon hace una hora. Aún no los han encontrado.

—¿Cómo? —preguntó Jourdain.

Isolde no dijo nada, pero miró a Cartier, quien me miró. Nuestros pensamientos se alinearon, como la luna eclipsando el sol, proyectando una sombra larga entre nosotros.

Ewan.

Cartier se giró y atravesó a toda prisa el pasillo hasta su puerta. Lo seguí hasta sus aposentos principales. Vi las sábanas y la almohada arrugadas en el diván, donde Cartier había dormido. Y mis manos estaban frías como el hielo cuando lo seguí hasta su dormitorio, el lugar donde Ewan supuestamente estaba oculto.

Allí estaba, durmiendo en la cama. O eso creí hasta que Cartier apartó bruscamente las sábanas y expuso una almohada estratégicamente puesta en el sitio donde debería haber estado el cuerpo de Ewan.

Y caminé hasta la ventana, que estaba abierta: la ruta original de Ewan hacia el castillo. No sentía las manos, pero escuché cuando la espada golpeó el suelo con su ruido metálico. Pasé sobre el acero y miré hacia la noche, al cielo plagado de estrellas, una de ellas era mi constelación.

—No, *no.*

La voz de Cartier, la negación dolorosa de Cartier.

Era el latido de mi propio corazón, mi propia negación. Debía haber una explicación. Debía ser un error.

Pero llegué a la verdad primero.

Me volví. Y cuando vi a Cartier hundido sobre sus rodillas delante de mí, aferrándose a la maraña de mantas... comprendí lo que había ocurrido.

Yo también caí de rodillas, junto a mi espada en el suelo, porque de pronto no podía mantenerme en pie.

¿Qué hemos hecho?

—Brienna, Brienna...

Mi nombre era lo único que Cartier susurraba, una y otra vez, mientras la verdad nos abrumaba.

Lo miré a los ojos. Estaba paralizado, congelado, pero yo ardía.

Ewan Lannon nos había engañado.

PARTE 3

LA CACERÍA

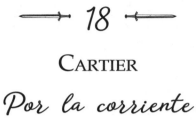

CARTIER

Por la corriente

$\mathcal{F}$ue imposible dormir esa noche.

Después de haber comprendido que había sido engañado por un niño, Luc y Brienna se pusieron a trabajar sobre mapas de la ciudad, rastreando posibles rutas de escape; mientras que yo seguí a la reina y a Jourdain hasta el calabozo, con antorchas y acero y la guardia de la reina cerca de nosotros. Estaba jadeando cuando terminamos de cruzar los tres niveles; el frío en el piso inferior de las mazmorras era tan intenso que sentía que pisaba hielo.

Isolde guio velozmente el camino hacia la celda de Keela. La puerta estaba abierta de par en par, las velas aún ardían en su mesa. Miré la celda vacía, aún incapaz de creer lo que había ocurrido.

La reina nos llevó adelante sin decir ni una palabra, hasta el lugar donde yacían dos guardias en un charco de su propia sangre, con un corte limpio en la garganta. Me repetí una y otra vez que era imposible que Ewan hubiera matado a esos hombres hasta que por fin llegamos a la celda de Declan. La puerta también estaba abierta de par en par, como una boca en mitad de un bostezo. Había dos guardias más muertos en la entrada, su sangre parecía un lago oscuro debajo de ellos.

Isolde se puso de rodillas y tocó con suavidad sus rostros pálidos. Allí fue cuando lo oí: el tintineo débil de las cadenas, el eco del movimiento que provenía del interior de la celda de Declan.

La reina se paralizó de rodillas cuando también lo oyó. Alcé la mano, pidiéndole sin palabras que esperara, y sujeté mi antorcha y mi espada y entré a la celda.

No podía negar que esperaba fervientemente que fuera Ewan. Incluso después del dolor de su traición, esperaba que fuera él.

Lo que encontré fue una persona envuelta en velos negros, con el rostro completamente oculto y la muñeca derecha amarrada en una de las cadenas de Declan que lo sujetaban al muro.

Me detuve, mirando al barredor de huesos con sorpresa. Del mismo modo, el barredor de huesos dejó de luchar y acercó sus rodillas al pecho como si pudiera ovillarse y desaparecer.

—¿Quién es? —preguntó Jourdain cuando llegó a mi lado.

Esperé hasta que Isolde también hubiera entrado a la celda. Los tres estábamos de pie en arco, mirando al barredor de huesos en silencio.

—El barredor de huesos —dije—. Te vi el otro día en los túneles.

No se movió. Pero vi que el velo sobre su rostro subía y bajaba debido a su respiración agitada.

Isolde guardó su espada y se puso de rodillas. Su voz era amable cuando preguntó:

—¿Puedes contarnos qué ocurrió aquí? ¿Cómo escapó Declan?

El barredor de huesos hizo silencio. Comenzó a luchar contra su atadura; tiraba con tanta fuerza de su mano derecha que vi como el metal lo hería. Vi un destello de piel pálida cuando su manga se movió; la sangre brotaba de su muñeca. Era delgado, al igual que Ewan. Su mano era flaca y estaba cubierta de suciedad. La vista me generó una angustia inexplicable.

—Por favor. Necesitamos tu ayuda… —dijo Isolde, pero su voz desapareció. Nos miró a Jourdain y a mí, y añadió—: Pedidle a mis guardias que encuentren la llave de esta celda y traigan herramientas de escritura.

Jourdain se movió para cumplir con sus órdenes antes que yo y mientras esperábamos, miré mi nombre tallado en la pared, resplandeciendo bajo la luz del fuego.

Aodhan.

Tuve que apartar la vista de él, como si mi propio nombre hubiera creado aquella maldición, como si hubiera desencadenado todo.

Y quizás lo había hecho, al persuadir a Isolde para que tuviera piedad hacia Ewan.

Uno de los guardias trajo una llave, un trozo de pergamino, una pluma y un pequeño frasco de tinta. Se lo entregaron a la reina e Isolde se aproximó con cautela al barredor de huesos, que aún estaba de rodillas.

—Te liberaré —susurró la reina—. Y luego necesito que me ayudes. ¿Puedes escribir lo que ocurrió esta noche?

El barredor de huesos asintió con un movimiento breve: impactó en mí como un golpe que no pudiera hablar, que Isolde lo había sabido desde el instante en que entró en la celda.

Isolde acortó la distancia entre ellos y deslizó la llave en el grillete. Noté que Jourdain se ponía tenso; percibí que estaba a punto de avanzar, desconfiado del barredor de huesos. Y si él hacía siquiera un movimiento repentino en dirección a ellos, sabía que aquella extensión de confianza frágil se rompería. Lo retuve discretamente y lo obligué a esperar, a permitir que Isolde se encargara. Jourdain me miró, con un insulto en los ojos, pero permaneció en silencio y quieto.

El grillete cayó; el barredor de huesos retrocedió levemente, como si la presencia de Isolde lo abrumara.

—¿Has visto a quién liberó a Declan? —preguntó Isolde mientras abría la tinta y mojaba la pluma en ella.

El barredor de huesos no hizo ningún movimiento.

La reina le ofreció la pluma y colocó despacio el papel entre ellos.

No sabe nada, quería decir. *Necesitamos darnos prisa; hemos desperdiciado demasiado tiempo aquí.*

—Isolde... —Jourdain estaba a segundos de expresar mis pensamientos exactos.

Pero Isolde no lo miró. Su atención estaba consumida por la persona envuelta en velos delante de nosotros.

Finalmente, el barredor de huesos sujetó la pluma. La sangre goteaba de su mano, temblorosa, mientras comenzaba a escribir.

Esperé, forzando la vista para intentar descifrar qué escribía. Su caligrafía era un desastre: nunca seríamos capaces de leer su testimonio. Y, sin embargo, descubrí que estaba enfundando la espada sin pensar; que estaba poniéndome de rodillas junto a Isolde, donde podía ver mejor. Una a una tragué sus palabras; tragué sus palabras como si fueran mi última cena.

Ewan vino en busca de su hermana. Me pidió que distrajera a los guardias mientras la liberaba de su celda. Él ya tenía la llave maestra; no sé cómo la consiguió. Hice lo que él quería; distraje a los guardias que estaban en la celda de Declan, a punto de darle la cena. Pero uno de los guardias sospechó. Oyeron el ruido en el túnel: la puerta de Keela. Fueron a investigar. Allí fue cuando vi a Fechin, el jefe de guardias. Él abrió la celda de Declan y entró. No sabía qué estaba haciendo hasta que los dos salieron. Fechin liberó a Declan y allí fue cuando me vio en las sombras. No podía huir de él. Me arrastró a su celda y me encerró en su lugar. Solo pude escucharlo mientras él se marchaba. Oí que hubo un altercado, el sonido de cuerpos al caer al suelo. Oí a Ewan y Keela gritar. Oí que Ewan gritó: «¡Ahora soy un Morgane!». Y luego, silencio. Hubo silencio un rato antes de que llegara la segunda ronda de guardias y descubriera que los prisioneros habían huido.

Estaba agitado cuando terminé de leer el testimonio. El alivio estuvo a punto de abrumarme, de derretir mi fuerza, al saber que Ewan solo había ido en busca de su hermana. Que Ewan no había participado del escape de Declan. Que Ewan me había elegido por encima de su propio padre.

—¿Sabes cómo escaparon Declan y los niños de las mazmorras? —preguntó Isolde—. Porque no atravesaron las puertas.

El barredor de huesos sumergió la pluma en la tinta y escribió dolorosamente: *por la corriente.*

—¿Por la corriente? —repitió Isolde—. ¿Qué significa eso?

—Hay un río que fluye debajo del castillo y a través del calabozo —expliqué al recordar que había oído su sonido distante. Miré al barredor de huesos y pregunté—: ¿puedes llevarnos allí?

Asintió y se puso de pie lentamente.

Nos guio por un pasillo, luego otro, el espacio era cada vez más angosto y superficial. Y después se abría en una caverna de modo tan repentino que uno podría caer del borde directo en los rápidos. Nos detuvimos y alumbramos la zona; vi que la piedra bajo mis pies estaba manchada por los años de sangre acumulada. Y más adelante estaba el río, rugiendo en la oscuridad. No era amplio, pero era evidente que era profundo y poderoso.

—Se fueron por la corriente —dijo Isolde, incrédula—. ¿Es posible que alguien sobreviva a esto?

—Si alguien puede hacerlo, ese es Declan. —Jourdain se aproximó lo máximo que se atrevía al borde.

—El río los llevará al océano —dije, mi corazón comenzaba a acelerar su pulso—. Debemos cabalgar hasta la orilla. Ahora.

Me giré, buscando al barredor de huesos para darle las gracias por su guía.

Pero no había nada más que sombras y aire frío y vacío donde antes él había estado de pie.

Las estrellas comenzaban a desaparecer en el amanecer cuando Isolde, Jourdain, los guardias y yo llegamos a la costa maevana. La ciudad de Lyonesse estaba construida sobre una colina, donde el océano se encontraba con la tierra. Durante cientos de años, las olas habían golpeado los muros de cal de la orilla, siempre los alcanzaban, pero nunca conseguían cruzar la gran muralla que mantenía los elementos divididos, el muro que protegía la ciudad de sus profundidades. Pero aquel río subterráneo llevaría a Declan directo a la bahía, directo al agua. Él escaparía a través de una pequeña abertura en aquel muro natural. Parecía prácticamente imposible, pero esa era una tierra construida sobre desafíos y probabilidades infranqueables. Nada estos días debería sorprenderme.

Mi mayor temor era que Declan y los niños hubieran navegado la corriente hasta la bahía, que luego hubieran abordado de inmediato un barco en el puerto y que hubiéramos llegado demasiado tarde para capturarlos. Podían navegar al oeste, a las tierras gélidas de Grimhildor. O podían navegar al sur, o a Valenia o Bandecca. Tal vez nunca los encontraríamos.

Vi el mismo temor en Jourdain mientras nos aproximábamos al puerto, los botes y los barcos se balanceaban en silencio en el embarcadero. Así fue como él y Luc habían escapado hace veinticinco años. Así fue como Braden Kavanagh e Isolde habían huido. Como mi padre y yo habíamos huido. Un capitán Burke nos había llevado a los seis a bordo de su barco mientras que Gilroy Lannon estaba ocupado cazándonos en el norte, en el corazón de nuestros propios territorios. Solo fue necesario un hombre valiente y su barco para que alcanzáramos la libertad.

—Revisa los registros de salida —le pidió Isolde a Jourdain mientras buscábamos en el muelle.

Me detuve y miré al horizonte. El sol subía, y forjaba un sendero dorado sobre el océano. El agua estaba tranquila, gentil esa mañana. No había rastros de un barco, ninguna sombra distante de un mástil o unas velas.

Moví la mirada hacia un extremo de la bahía. La marea estaba baja y exponía la arena, los cimientos de los muros de cal.

Comencé a caminar hacia allí, más y más rápido, hasta que comencé a correr. Oí que Isolde gritaba mi nombre, pero no podía apartar mis ojos de aquella arena, de las huellas hundidas en ella, porque la marea subía y comenzaba a llenarlas. Llegué junto a ellas, los pasos se desplegaban ante mí. Eran las huellas de Ewan, estaba prácticamente seguro. Y luego había otro par que avanzaba a su lado. Keela. Y también estaban las de Declan, como si hubiera sido el último en salir del agua. El príncipe era un hombre corpulento y había aplastado la arena con prisa. Parecía haber capturado a sus hijos y haberlos arrastrado.

Sus huellas no llevaban al puerto.

Dejé de caminar, mis botas se hundían en la arena, la marea comenzaba a rozar mis tobillos.

—¡Aodhan! —llamó Isolde. Oía que ella corría hacia mí, a través del rugir de las olas.

Mis ojos siguieron las huellas hacia el muro. Y luego hacia arriba, sobre la cal, donde yacía la ciudad que recién despertaba.

Isolde por fin llegó a mi lado, jadeando, con el cabello enmarañado por el viento.

—¿Qué ocurre? ¿Qué ves?

No podía responderle. Aún no. Mi mente estaba plagada de posibilidades y seguí las huellas hasta el muro, la marea ahora subía a un ritmo veloz y alarmante. Encontré una grieta en una piedra de la que sujetarme y luego otra. Comencé a trepar por el muro, mis dedos y las puntas de mis botas avanzaban con esfuerzo sobre huecos y ranuras.

No me atrevía a ir más alto, pero me aferré al muro y miré hacia arriba, hacia aquella extensión de muralla intimidante, observando las nubes surcando el cielo.

¿Era siquiera posible?

Me solté, salté de vuelta a la arena y el agua y aterricé con un temblor doloroso en mis tobillos. Caminé por el agua hasta donde Isolde y sus guardias esperaban, Jourdain corría para unírsenos desde el muelle.

—Revisé los registros —anunció Jourdain—. Ningún barco zarpó o llegó anoche, lady.

—No huyeron por barco —afirmé.

—Entonces, ¿dónde están? —preguntó Jourdain.

Miré de nuevo la bahía, la arena había sido prácticamente engullida por la marea entrante.

—La corriente los depositó en alguna parte por aquí. Declan arrastró a los niños desde el agua hasta el muro.

—¿El muro? —Jourdain alzó la vista hacia él. Se quedó boquiabierto—. No puedes hablar en serio.

Pero Isolde me miraba, creyendo cada palabra.

Y alcé los ojos de nuevo, hacia el cielo, hacia la ciudad de Lyonesse, hacia el castillo asentado en la cima de una colina como un dragón durmiente.

¿A dónde te llevaría tu padre, Ewan?

La luz era más intensa; Declan ya debía haber encontrado un sitio donde esconderse. Hasta que la oscuridad le otorgara la habilidad de moverse sin ser detectado. Mi única esperanza era que Ewan hubiera dejado alguna pista para que lo encuentren.

Ahora soy un Morgane...

—Declan trepó el muro con los niños en la espalda —dije, mirando a Isolde a los ojos—. Está en la ciudad.

No perdimos tiempo; volvimos a toda prisa al castillo, mi mente dividida en varias direcciones. Estaba tan distraído que no noté a los

Halloran de pie en el patio hasta que estuvimos prácticamente encima de ellos.

Lady Halloran y Pierce parecían absortos en una conversación hasta que la dama nos vio. Era imposible ocultar que teníamos prisa, que la reina y yo aún estábamos mojados por la búsqueda a lo largo de la orilla.

—¡Lady Kavanagh! —exclamó Lady Halloran mientras se movía para interceptarnos en los adoquines. Llevaba los colores de su Casa, dorado y azul oscuro, y su vestido era tan elaborado que podría haber competido con la moda hiperbólica de Valenia.

—Lady Halloran —respondió Isolde con amabilidad, intentando mantener el paso veloz.

—¿Ha sucedido algo?

Isolde redujo la velocidad, pero no fue para adaptarse a Lady Halloran; lo hizo para mirar con rapidez a Jourdain y a mí.

—¿Por qué pensaría eso, lady? —preguntó Isolde—. Lord MacQuinn, Lord Morgane y yo solo estábamos tomando aire antes de la reunión del consejo.

Nos pedía que uno de los dos fuera en busca de Luc, Brienna y su padre. Y por el modo en que Jourdain estaba de pie junto a Isolde, fulminando con la mirada a Lady Halloran como si sus pies hubieran echado raíces… Supuse que yo sería el que iría a preparar al consejo.

Solo Pierce apresuró el paso para unírsenos. No podía ocultar el desagrado que sentía hacia él y tuve que permanecer quieto un instante más para observarlo. Tenía los ojos fijos en Isolde, en la luz de la Gema del Anochecer, pero debió haber sentido mi mirada. Movió los ojos hacia mí mientras yo me detenía junto a su madre, y allí mantuvo la mirada, evaluando qué tipo de amenaza era yo para él.

No debí haberle parecido peligroso, porque resopló y sonrió y luego escogió ignorarme y mirar de nuevo con lujuria a la reina.

—Quería pedir una reunión privada con usted, lady —decía Lady Halloran—. ¿Quizás hoy más tarde? ¿Cuándo tenga tiempo?

—Sí, claro, Lady Halloran —respondió Isolde—. Podría reunirme con usted en algún momento de la tarde, después de mi reunión con *el consejo*. —Estaba dándome la orden de nuevo, su paciencia disminuía y esta vez, me moví y los dejé sin decir ni una palabra más.

El castillo estaba alarmantemente silencioso. Había guardias armados en cada esquina, pero el silencio flotaba pesado en el aire, aquel intento de mantener el orden y ocultar el hecho de que tres Lannon habían huido. Pero, en algún momento, la información se filtraría, y no estaba seguro de cómo reaccionarían los nobles ante la noticia. Tampoco estaba seguro de cómo responderían los seguidores de Lannon.

Aquello me llenaba de aprehensión mientras caminaba hasta los aposentos de Jourdain, donde habíamos dejado a Brienna y a Luc analizando mapas de la ciudad, rastreando posibles rutas de escape que Declan podría haber tomado. Ya no estaba allí; parecía que el cuarto había estado vacío hacía un rato, así que fui a los aposentos de Brienna y luego a los de Luc. Aún no podía encontrarlos y volví por el pasillo en dirección al comedor, creyendo que tal vez habían ido a comer.

Me topé con el padre de Isolde en el camino. Parecía exhausto; tenía sombras violáceas bajo los ojos y su cabello blanco aún estaba recogido en las trenzas de ayer. Sabía que él había estado supervisando la búsqueda encubierta de Fechin en el castillo, el jefe de guardias que había desaparecido, y varios de los guardias del castillo seguían la sombra de Kavanagh, esperando la próxima orden.

Braden Kavanagh alzó una ceja al verme y detecté la pregunta esperanzada en su expresión. *¿Los han encontrado?*

Moví la cabeza de un lado a otro.

—Reunión del consejo ahora mismo. Estoy intentando localizar a los MacQuinn.

—Están en la sala de archivos, un piso hacia abajo en el ala este.

Asentí y continuamos nuestros caminos separados, Braden hacia los almacenes para buscar y yo hacia la sala de archivos. Encontré a Luc y Brienna sentados en una mesa redonda, con libros de registros, mapas y papeles extendidos ante ellos, como si hubiera caído una fuerte nevada. Brienna aún vestía su camisón, su cabello escapaba de su trenza y escribía algo que Luc le decía.

Ambos alzaron la vista cuando entré, con la misma esperanza en los ojos, que había llegado para darles buenas noticias. Cerré la puerta, me acerqué a ellos y Brienna interpretó mi expresión. Apoyó la pluma derrotada mientras Luc susurraba con urgencia:

—Por favor, dime que los habéis encontrado.

—No. —Mis ojos se posaron lejos de ellos en la arcada abierta, un pasaje que llevaba a un laberinto de depósitos; veía partes de los estantes llenos de documentos, cargados con el peso de rollos de pergamino, tomos y registros de impuestos.

Brienna, una vez más, leyó mis pensamientos.

—No hay peligro en este cuarto.

—¿Estás segura?

Me miró a los ojos.

—Sí. Luc y yo somos los únicos aquí dentro.

Moví una silla y tomé asiento frente a ellos, sin notar lo exhausto que estaba. Me detuve un instante para deslizar las manos sobre mi rostro; aún olía al calabozo en mis palmas, aquella oscuridad fría, húmeda y mohosa.

Comencé a contarles todo, sobre el barredor de huesos y su testimonio, de la corriente subterránea, de la búsqueda por la orilla.

Brienna apoyó la espalda en su asiento, tenía una mancha de tinta en el mentón, y dijo:

—Entonces Ewan no te traicionó como creíamos.

—No, no lo hizo —respondí, incapaz de ocultar mi alivio—. Me desobedeció, lo cual es esperable, para salvar a su hermana cuando yo no pude hacerlo. Y creo que ahora él y Keela corren gran peligro.

—¿Crees que Declan les haría daño? —preguntó Luc, horrorizado.

—Sí.

Brienna movió el cuerpo en su silla, inquieta. Observé mientras ella comenzaba a organizar los papeles frente a ella y mi curiosidad se encendió como una llama.

—¿Qué eso?

—Bueno... —Ella carraspeó—... Luc y yo comenzamos a pensar como un Lannon. Analizábamos los mapas pensando... ¿A dónde iría Declan? Si aún está en la ciudad, ¿dónde podría esconderse? Por supuesto, no estábamos seguros. Pero nos hizo pensar de nuevo en nuestros propios planes revolucionarios.

—Teníamos refugios —añadió Luc—. Casas y tiendas donde sabíamos que nos aceptarían inesperadamente si teníamos problemas.

—Exacto —dijo Brienna—. Y dado que sabemos que los Lannon tienen simpatizantes, el clan de la medialuna, pensamos que podríamos intentar descubrir dónde están ubicados dado que creemos que Declan buscará refugio con uno de ellos.

—Pero ¿cómo vais a descubrir sus localizaciones? —pregunté.

—Analizar un mapa no es suficiente —prosiguió ella—. Y no tenemos tiempo de ir puerta a puerta y de registrar cada casa en Lyonesse alzando mangas. Necesitamos algo que nos direccione. Luc y yo decidimos buscar en los registros de impuestos de Gilroy Lannon, para ver con quienes era menos severo. Creo que será el modo más ágil de comenzar.

—Déjame ver —dije, pidiéndole la lista.

Había once establecimientos anotados, desde tabernas y platerías a una carnicería. Todos eran leales a la Casa Lannon y cuatro de ellos se encontraban en el sector sur de la ciudad, donde presentía que Declan estaba en ese momento. Mi corazón comenzó a latir rápido.

—Todos estos lugares han conseguido obtener indultos tributarios ridículos —dijo Brienna—. Y creo que es debido a que tenían alguna clase de acuerdo con Gilroy.

Alcé la vista hacia ella, hacia Luc.

—Esto es increíble. Necesitamos reunirnos con Isolde para contarle lo que habéis descubierto.

—Tal vez será mejor reunirnos aquí con ella, para que podamos continuar revisando los registros —sugirió Brienna y se puso de pie con un gruñido—. Aunque estoy famélica. No sé cuánto más puedo planear sin té y comida.

—¿Por qué no despejáis la mesa mientras pido que alguien traiga el desayuno? —dijo Luc caminando hacia la puerta—. Yo le diré a la reina y a padre que nos reunamos aquí.

—De acuerdo —dijo Brienna antes de que Luc partiera. Pero dejó la tarea de despejar la mesa a mi cargo mientras ella se estiraba y caminaba hasta la única ventana en toda la habitación, una abertura de vidrio diminuta. El sol reflejó su luz en el lino de su camisa y la iluminó. Olvidé la lista en mis manos mientras la miraba, olvidé que Declan Lannon siquiera existía.

Mi silencio la hizo voltear para mirarme. Y no sé qué clase de expresión tenía en el rostro, pero camino hacia mí para tocar mi pelo.

—¿Estás bien? —susurró.

Volví a mi tarea de reunir papeles y documentos, y ella apartó los dedos de mí.

—Estaré bien cuando arreglemos todo esto.

Me observó un instante y luego se aproximó a la mesa para ayudar a apilar los documentos. Su voz prácticamente se fundió con el sonido del papel reunido, pero oí que dijo:

—Los encontraremos, Cartier. No pierdas la esperanza.

Suspiré, anhelando tener su optimismo.

Apoyé la espalda en mi silla y la miré, de pie delante de mí. Aún había un hilo de sol atravesando su atuendo, dorando su cabello. Parecía etérea, como si no perteneciera allí. Me hacía sufrir y bajé los ojos hacia el suelo, donde ella estaba descalzada sobre la piedra.

—¿No tienes frío, Brienna? —susurré, solo para poder tragar los anhelos que no me atrevía a pronunciar.

Ella sonrió, entretenida.

—Ahora que lo mencionas, sí. No he tenido tiempo antes de pensar en ello.

Tomó asiento a mi lado, coloqué mi capa cubierta con piel sobre sus piernas y permanecimos sentados en compañía silenciosa, esperando a los demás.

El desayuno llegó primero y escogí una taza de té mientras que Brienna llenaba su plato con queso, jamón salado y una galleta. Estaba en mitad de su comida cuando Isolde, Jourdain, Luc y Braden llegaron, agradecidos por la comida. Todos estábamos cansados y andrajosos, pero aquella comida compartida nos otorgó un momento para recuperarnos.

Escuché mientras Brienna y Luc explicaban su lista, lo cual iluminó el semblante de la reina. Ella la leyó de nuevo, agarramos un mapa y colocamos una moneda sobre las once locaciones.

—Deberíamos comenzar con los cuatro establecimientos al sur —sugerí—. Si Declan realmente escaló el muro, entonces tendría que estar en alguna parte de aquella área.

—Estoy de acuerdo —dijo Brienna—. Creo que los lugares más probables son esta taberna o esta posada. —Los señaló en el mapa—. Creo que dos de nosotros deberíamos aventurarnos dentro como huéspedes, con un tatuaje temporal de medialuna en la muñeca en caso de que nos cuestionen. Y probablemente deberíamos ser Luc y yo, dado que sería muy fácil reconoceros a vosotros.

—No, absolutamente no —dijo Jourdain, prácticamente antes de que Brienna pudiera terminar. Estaba pálido del disgusto, pero ella no parecía en lo más mínimo desalentada por su oposición—. No quiero que vayas a lugares tan oscuros, Brienna.

—Pero ¿acaso ya no he ido a lugares oscuros, padre? —respondió ella.

Jourdain hizo silencio, como si pensara en qué respuesta dar, intentando encontrar una que fuera a disuadirla. Después de un momento, susurró:

—Todas las tragedias clásicas terminan del mismo modo, Brienna. En cuanto la heroína está a un paso de la victoria, la asesinan. Cada vez. Y aquí estamos, a un paso de coronar a Isolde en el trono. No quiero estar a un paso de la victoria solo para que maten a uno de nosotros.

—Tu padre tiene razón —dije, ante lo cual Brienna arrastró la vista hacia mí, entrecerrando los ojos con nerviosismo—. Pero lo peor de todo ya *ha ocurrido*, MacQuinn. Declan Lannon está suelto en las calles y tiene apoyo. Esto tiene el potencial de descontrolarse rápido. Debemos ocuparnos de este asunto de inmediato del mejor modo posible.

—Entonces enviamos a mis hijos a esos lugares corruptos —dijo Jourdain, un poco sarcástico—. ¿Y luego qué?

—Los rastreamos y vemos si podemos encontrar a Declan —respondió Luc.

—¿Y cómo lo atraparéis? —insistió Jourdain, aún furioso—. El príncipe es un hombre fuerte y poderoso. ¡Escaló una muralla con dos niños sobre la espalda, por todos los dioses!

Isolde apoyó su taza y todos la miramos.

—MacQuinn y Morgane, habrá soldados esperando en el exterior de esos lugares. Si Lucas y Brienna encuentran a Declan, les darán una señal y vosotros estaréis listos para capturarlo. Quiero a Declan con vida y quiero que los niños no sufran daño alguno.

—¿Qué soldados, lady? —pregunté—. La mayoría de nuestros hombres y mujeres de armas están en nuestro hogar.

—Hablaré con Lord Burke —respondió Isolde—. Él luchó a nuestro lado el día de la rebelión; no deberían faltarle hombres y mujeres capaces y espero que mantenga la boca cerrada y no pregunte por qué se los pido.

—Tengo otra idea para derribar a Declan —dijo Braden Kavanagh, quien había estado en silencio hasta ahora—. Creo que deberíamos utilizar una flecha envenenada. Asignar un arquero cuyo único objetivo sea dispararle en el muslo para dejarlo inconsciente. Eso nos permitirá amarrarlo y trasladarlo.

—Me parece inteligente —sostuvo la reina—. Aodhan, ¿puedes encontrar un veneno capaz de aturdir, pero no matar a un hombre del tamaño de Declan?

Asentí, pero me preguntaba cuánto tiempo tendríamos para este plan. Tenía la necesidad incesante de moverme con rapidez, de vestir mi armadura y partir ya mismo, antes de que Declan tuviera tiempo de desplazarse.

—Tendremos que esperar hasta el anochecer —dijo Isolde para mi gran decepción—. No quiero que se propague la noticia del escape de Declan, así que necesitamos ser lo más discretos posibles. La oscuridad será nuestra mayor aliada. Mientras tanto, Jourdain y yo hablaremos con Lord Burke para conseguir guerreros. Aodhan encontrará el veneno para la flecha. Brienna y Luc se prepararán para infiltrarse en la taberna y en la posada. Mi padre continuará buscando al guardia traicionero del calabozo. Nos reuniremos de nuevo bajo el pretexto de cenar en mis aposentos privados, para que otros nobles no sospechen.

Hicimos silencio, asimilando sus órdenes.

—¿Estamos de acuerdo? —preguntó Isolde.

Uno por uno, colocamos la mano sobre el corazón para expresar sumisión.

—Bien —dijo la reina y bebió el resto de su té. Apartó un mechón de cabello rojo de sus ojos y apoyó las palmas sobre la mesa—. Entonces, vayamos a prepararnos para esta noche, y esperemos que cuando la luna esté en lo alto, Declan Lannon esté de vuelta en el calabozo.

— 19 —

BRIENNA

En la marca de la medialuna

$\mathcal{E}$staba nerviosa mientras Luc y yo nos acercábamos a la taberna esa noche, un edificio de ladrillos hundido y encastrado entre dos cervecerías. El techo estaba cubierto de liquen y moho; las ventanas eran angostas y centelleaban por la luz de las velas mientras mi hermano y yo nos acercábamos, con las capas negras amarradas en el cuello y las capuchas sobre la cabeza. Habían dibujado una medialuna temporal en el interior de nuestras muñecas. También habían escondido dos dagas bajo orden de Isolde. No entraríamos a esa taberna o a la posada desarmados y tampoco debíamos sacar el acero y causar revuelo. Si podíamos evitarlo.

A una calle de distancia, Jourdain y Cartier esperaban en un carruaje cubierto, con vistas a la puerta de la taberna. Y una calle detrás de ellos se encontraba una tropa de guerreros de Lord Burke. Ellos aguardarían a ver si Jourdain les daba la señal de actuar y Jourdain esperaría a ver si Luc y yo le dábamos la señal de la presencia de Declan, la cual indicaríamos encendiendo un ramo de fuebela.

Luc y yo teníamos un pequeño ramo de la hierba en el bolsillo de nuestras chaquetas. Cartier había escogido aquella planta en particular porque era muy inflamable y emitía chispas azules al arder.

Sería difícil para los hombres no vernos en caso de que necesitáramos encenderlas en la calle.

Resistí la urgencia de echar un vistazo hacia el carruaje, sabiendo que mi padre y Cartier observaban mi entrada. Luc sujetó mi brazo en un gesto de solidaridad y nos adentramos en la taberna como uno entra en un estanque turbio.

Era un sitio con poca iluminación, el aire apestaba a hombres sucios y a cerveza barata derramada. Había distintas mesas desparramadas por la sala y hombres reunidos en ellas jugando a las cartas y bebiendo de jarras de metal. Yo era una de las pocas mujeres en la sala y tomé asiento junto a Luc en una mesa alejada, donde apoyé las manos, nerviosa, sobre la superficie pegajosa antes de colocarlas sobre mi regazo.

Habíamos atraído miradas; no pertenecíamos allí y parecíamos sospechosos con las capuchas aún puestas.

—Quítate la capucha —le susurré a Luc, atreviéndome a retirar la mía y a exponer mi rostro. Me había tomado el trabajo de delinear mis ojos y pintar mis mejillas. También había decidido deshacer la trenza de mi cabello para permitir que cayera como una cascada sobre el lateral derecho de mi cara.

Luc imitó lo que hice y apoyó el mentón sobre la palma de su mano, con los ojos entrecerrados como si estuviera aburrido. Pero vi el modo en que observaba a cada persona en la taberna.

Una joven nos trajo cerveza agria y fingí beberla mientras recorría el lugar con los ojos. Había un hombre del tamaño de un oso detrás del mostrador, reclinado sobre la madera pulida, observándome con desconfianza.

En el interior de su muñeca, tenía un tatuaje oscuro. Mi corazón dio un vuelco cuando reconocí la medialuna.

Mis suposiciones habían sido correctas. Aquella era una guarida de Gilroy. Pero si Declan estaba allí, ¿dónde estaba? Era una sala grande con una única puerta redonda en la parte trasera que llevaba a lo que supuse que era el sótano.

El dueño de la taberna vio que estaba observando la puerta trasera. Se giró y chasqueó los dedos en el aire, como si fuera una mala señal.

—Creo que deberíamos irnos —le susurré a Luc.

—Creo que tienes razón —respondió mi hermano en el mismo tono cuando un hombre alto y delgado con una cicatriz irregular sobre el ceño se acercó a nosotros.

—¿Casas? —preguntó el hombre y apoyó los puños sobre nuestra mesa, lo que hizo temblar nuestros vasos llenos.

—Lannon —dijo Luc sin vacilar—. Igual que tú.

Sus ojos nos contemplaron a ambos, pero se detuvieron en mí.

—No pareces Lannon.

Luc y yo teníamos el pelo oscuro. Pero había visto a Lannon con todo tipo de color y forma, como Ewan con sus rizos castaños rojizos y Declan con su cabello rubio.

—Solo queríamos una cerveza —dije, alzando mi vaso, para que mi manga subiera un poco por el brazo. El borde de mi medialuna quedó expuesto y los ojos del hombre se posaron allí, como un perro sobre un hueso—. Pero podemos irnos si es lo que quieres.

Él me sonrió, tenía los dientes amarillos y las encías podridas.

—Disculpad mi rudeza. Nunca los hemos visto antes. Y conozco a la mayoría de los nuestros.

Para mi horror, acercó una silla y se unió a nuestra mesa. Luc se puso tenso en consecuencia; sentí que el pie de mi hermano tocaba el mío como advertencia.

—Decidme… ¿son del norte o del sur? —preguntó él y le hizo señas a una camarera para que le trajera un vaso de cerveza.

Tuve que usar todas mis fuerzas para no mirar a Luc.

—Del norte, por supuesto.

No sabía si eso le gustaba a nuestro compañero Lannon o no. Continuó observándome e ignorando por completo a Luc.

—Debería haberlo supuesto. Tienes ese aspecto.

La camarera entregó la cerveza, lo cual me dio un instante breve para descansar de su mirada. Pero luego, posó los ojos otra vez en mí, incluso mientras bebía, y dijo:

—Entonces, ¿os ha enviado el Cuerno Rojo?

El Cuerno Rojo... El Cuerno Rojo...

Pensé en aquel extraño nombre en clave, intentando descifrar a quién se refería. Oona Lannon tenía cabello rojizo, como Ewan. ¿Hablaba sobre ella? ¿Ella enviaba mensajes desde el calabozo de alguna manera?

—Aunque a él le gusta mantener cerca a las chicas bonitas —prosiguió, contrariado.

Entonces, el Cuerno Rojo era un hombre.

—Él no nos envió —me atreví a decir, bebiendo cerveza para ocultar el temblor en mi voz. Luc presionó su pie contra el mío más fuerte. Quería que nos fuéramos antes de quedar expuestos.

—Uh. —Nuestro amigo Lannon resopló y rascó su barba—. Qué sorpresa. Estamos esperando recibir noticias de él. Creí que tal vez ustedes tenían alguna.

Sin duda el Cuerno Rojo no era Declan...

Pero si lo era, entonces Declan no estaba allí.

De cualquier modo, mi capacidad de actuación estaba a punto de llegar al límite. Sentía el temblor en mi cara por intentar mantener la compostura.

—Lamento decirte que no traemos ningún mensaje. Solo queríamos disfrutar de una cerveza con los nuestros —dijo Luc.

El Lannon miró a Luc con fastidio antes de observarme de nuevo. La camisa debajo de mi jubón estaba prácticamente empapada de sudor. Intentaba pensar en una forma de salir de esto, una forma que no pareciera agresiva...

El dueño de la taberna silbó y el Lannon en nuestra mesa se giró. Intercambiaron más movimientos de manos y luego nuestro desagradable amigo nos miró y dijo:

—Quiere saber sus nombres.

Luc bebió un gran sorbo de cerveza para intentar tener tiempo de inventar uno. Lo cual significaba que yo tenía que hablar…

—Rose —dije improvisadamente, cambiando el nombre de mi madre, Rosalie—. Y él es mi marido, Kirk.

Ante la mención de la palabra «marido», el Lannon se hundió un poco en la silla y su interés en mí disminuyó.

—Bueno, tómense su tiempo y disfruten su cerveza, Rose —dijo él—. Yo invito a esta ronda.

—Gracias —respondí, pensando que sin duda alguna *no* habría una segunda ronda.

Alzó su vaso hacia mí y me obligué a alzar el mío para brindar con él. Finalmente, nos dejó solos y permanecimos sentados allí durante diez minutos más.

—De acuerdo, vamos —le susurré a Luc después de haber fingido pasar un buen rato.

Él me siguió. Saludamos con un movimiento de cabeza a nuestro Lannon amigo, que estaba jugando a las cartas en una mesa, e incluso me atreví a alzar la mano hacia el dueño de la taberna para exhibir mi medialuna.

Luc y yo salimos bajo el manto de la noche con las rodillas temblorosas y no dejamos de caminar hasta que las sombras nos habían cubierto por completo.

—Dioses —jadeó Luc, apoyando el cuerpo sobre el edificio más cercano—. ¿Cómo nos has sacado de esa?

—Estudié la pasión del teatro durante un año —dije, mi propia voz estaba ronca. Parecía imposible recobrar el aliento—. En ese momento tenía un terrible pánico escénico, pero les haré saber al Amo Xavier y a Abree que mi habilidad ha mejorado drásticamente.

Luc rio, delirando un poco.

Apoyé el cuerpo en la pared junto a él, para reír sobre las piedras, para permitir que la tensión abandonara mis huesos.

—De acuerdo —dijo mi hermano después de haber recobrado la calma—. ¿Vamos al próximo sitio?

La posada no estaba lejos, solo a dos calles, y era incluso menos acogedora en el exterior. Parecía hundida en el suelo y Luc y yo descendimos por una escalera desgastada hasta la puerta principal, que estaba custodiada por un hombre armado.

Le enseñé mi muñeca, mi corazón latía desbocado mientras esperaba, y el guardia alzó mi capucha para ver mi rostro.

—¿Tienes dagas encima? —me preguntó, recorriendo mi cuerpo con los ojos.

Vacilé un segundo demasiado largo. Si mentía, él lo sabría.

—Sí. Dos dagas.

Extendió la palma de la mano. Tenía el presentimiento de que solo le pedía las armas a aquellos que no reconocía.

—Sin duda permitirá que mi esposa conserve sus dagas —dijo Luc, su voz rozó mi pelo porque estaba de pie directamente detrás de mí.

Sabía lo que insinuaba. Yo era una mujer a punto de entrar en una taberna que probablemente estaba atestada de hombres borrachos. Si alguien merecía conservar sus cuchillos, esa era yo. El guardia me observó un instante más, pero por fin aceptó. Señaló la puerta con su cabeza y me permitió pasar.

Me detuve en la entrada intentando inhalar la mayor cantidad de aire limpio posible antes de bajar hacia el humo y los vapores de la cerveza, observando cómo Luc exhibía su muñeca. Pero antes de que pudiera unirse a mí, el guardia sujetó el cuello de su camisa y lo retuvo.

—Entra con sus dagas o contigo. No con ambos, joven.

Miré a Luc a los ojos. Él intentaba no asustarse porque los dos sabíamos que Isolde nos había dado la orden estricta de llevar dagas escondidas.

Y observé cómo la preocupación de Luc aumentaba cuando dije:

—Volveré en breve, amor.

El guardia rio, divertido de que yo hubiera escogido a las dagas por encima de mi marido, y entré a la taberna antes de que Luc destrozara mi papel.

La posada era más grande de lo que creía. Desde el salón principal brotaban otras habitaciones, algunas estaban cerradas con cortinas colgantes de cuentas y cristales de colores. Oía el tintineo del peltre, las risas y las voces mezcladas mientras caminaba por las mesas, intentando decidir dónde ir, dónde tomar asiento. También había más mujeres allí y noté que no estaba vestida adecuadamente. Parecía más bien una asesina en vez de las clientas femeninas reunidas en las mesas, con escotes pronunciados de seda y encaje negro.

Algunas notaron mi presencia, pero solo sonrieron para darme la bienvenida.

Caminé hacia la barra para intercambiar una moneda por un vaso más de cerveza desagradable y luego caminé sin rumbo por las salas, abriendo las cortinas de cuentas. Finalmente, escogí un banco en una esquina, desde donde podía ver con facilidad dos habitaciones diferentes conectadas, y recliné la espalda hacia atrás para observar a sus ocupantes.

Al principio, no lo reconocí.

Estaba de espaldas a mí, con el cabello castaño suelto cubriendo su rostro mientras abandonaba una de las mesas. Tenía un bolso de cuero colgado sobre el hombro y el único motivo por el cual llamó mi atención fue porque me hizo pensar en Cartier. Él tenía un bolso muy similar.

El hombre se giró y recorrió inexpresivamente el cuarto con la vista hasta que posó los ojos en mí. Tenía una mandíbula angosta, con un lunar en el borde de su pómulo. Intercambiamos miradas antes de que pudiera esconder mi rostro, antes de que pudiera ocultarme de él.

Él se paralizó de pie, mirándome a través de las volutas de humo, con los ojos abiertos de par en par, aterrorizado. Era el guardia que me había llevado hasta el calabozo unos días atrás, cuando fui a hablar con Keela Lannon. El jefe de guardias que había andado por el calabozo del castillo con facilidad y destreza.

El traidor que había liberado a Declan.

Fechin.

Permanecí sentada como una estatua, con los nudillos blancos mientras le devolvía la mirada. Solo se me ocurrió sonreírle y alzar mi vaso hacia él a modo de saludo, como si fuera una de los suyos.

El guardia desapareció, se movió con mucha rapidez.

Comencé a perseguirlo sin pensar y volqué mi vaso de cerveza entero mientras avanzaba entre las mesas y las sillas e iba de un cuarto al otro. Vi un atisbo de su cabello cuando él entró a la habitación contigua y atravesé furiosa la cortina de cuentas mientras lo perseguía. A esa altura ya había llamado la atención, pero solo podía pensar en mis dagas, en el latido de mi corazón y en el traidor que perseguía por las venas profundas de la taberna.

Mi lado imprudente insistía en que lo siguiera antes de perderle el rastro. Mi lado racional suplicaba que siguiera el plan original, que sería salir de la taberna y encender la fuebela en la calle para permitir que Cartier y los hombres de Lord Burke irrumpieran en el lugar.

En aquel medio segundo, escogí la primera opción, porque sabía que Ewan y Keela estaban cerca en alguna parte.

Perdí a Fechin de vista cuando el pasillo se volvió más angosto, había puertas talladas en los muros de cada lado, cerradas y oscuras. Estaba agitada cuando extendí la mano hacia mi espalda para sacar una de mis dagas. Recorrí cada puerta con los ojos, detrás de algunas brillaba una luz centelleante que se escurría por los bordes para mordisquear la oscuridad.

Temblaba, expectante, cuando oí el golpe.

Seguí el sonido hasta la habitación que estaba al final del pasillo y abrí la puerta de una patada.

Era un cuarto pequeño, vacío. Había una cama angosta con sábanas revueltas y una bandeja con comida a medio ingerir. Pero más que nada… había un trozo de papel roto en el suelo. Me puse de rodillas y lo alcé con mis dedos. Era la mitad de la ilustración de la princesa, la misma que Ewan me había pedido que le entregara a Keela en el calabozo.

Acababan de estar allí. Declan y los niños. Sentía las sombras persistentes que aquel hombre había proyectado sobre las paredes; olía la sal del océano y la suciedad de las mazmorras.

Había una ventana, con vista hacia la noche, las velas centelleaban con intensidad ante la ráfaga repentina.

Corrí hacia allí, salí a un callejón angosto cubierto de basura y estuve a punto de torcerme el tobillo por la prisa. Mis ojos observaron la oscuridad a la derecha, hasta que lo escuché.

—¡Ama Brienna! —gritó Ewan y alcé la vista hacia la izquierda justo a tiempo para ver a Declan bajo la luz de la luna a una piedra de distancia, con Keela y Ewan en los brazos.

Miré a los ojos al príncipe mientras él se detenía. Rio, provocándome a que lo persiguiera antes de desaparecer por uno de los callejones aledaños en la oscuridad absoluta, los gritos amortiguados de Ewan y el llanto de Keela eran un eco para que los siguiera.

—¡Luc! —grité, esperando que él pudiera oírme desde la fachada principal de la taberna mientras comenzaba a correr tras Declan.

El príncipe era un hombre corpulento y fuerte, no era tan tonta de
creer que podría desafiarlo con mis dagas, pero correr con dos niños
en brazos lo haría avanzar más despacio inevitablemente. Mi único
deseo era recuperar a Keela y a Ewan. Si Declan escapaba esa noche,
que así fuera.

Pero en el frenesí de mi persecución había olvidado a Fechin.

El guardia apareció de la oscuridad delante de mí y golpeó mi
cuello con su brazo. Aterricé sobre mi espalda, con la laringe aturdida, sin aire en los pulmones.

Él se cernió sobre mí. Jadeé, desesperada por respirar, incapaz
de hablar mientras se agazapaba para deslizar su dedo grasiento
sobre mi brazo y exponer mi medialuna ahora difuminada.

—Eres astuta —dijo—. La próxima vez tendremos más cuidado
contigo.

Se puso de pie para dejarme tirada en el callejón. Pero él había
olvidado que yo tenía una daga.

Lo ataqué por la espalda, hundí mi cuchilla en su pantorrilla, la
arrastré hacia abajo con un corte violento y corté su músculo hasta el
hueso. Él gritó, se giró y me devolvió el favor golpeando mi rostro
con su bota. Escuché el crujir de mi nariz mientras caía hacia atrás de
nuevo y el dolor se expandía sobre mis mejillas. Aterricé sobre los
adoquines cubiertos de suciedad y basura y permanecí recostada
allí, incapaz de respirar bien, ahogándome en mi sangre.

—¡Brienna! *¡Brienna!*

Ni siquiera había notado que perdía la consciencia hasta que
Luc me sacudió tan fuerte que mis dientes chocaron entre sí y el dolor de mi nariz agudizó mi atención.

Abrí los ojos un poco, esforzándome por discernir el rostro frenético de mi hermano en la oscuridad.

—Los... Los niños... —Mi voz no era más que polvo en mi garganta. Luc me sujetó en sus brazos y comenzó a llevarme por el callejón hasta el carruaje donde Jourdain y Cartier esperaban.

El brío de su paso hizo que mi estómago subiera hasta mi garganta y cerré los ojos, reprimiendo la necesidad de vomitar sobre su camisa.

—¿Brienna? Brienna, ¿qué ha ocurrido? —susurró Jourdain, sujetándome en sus brazos.

—Yo... —Una vez más, mi voz salió como un silbido de aire doloroso. Estaba derrumbada junto a mi padre y Cartier estaba agazapado entre mis rodillas en el carruaje, con los ojos cruelmente oscuros mientras me miraba. Mi sangre estaba en sus manos.

—¿Declan te ha hecho esto? —susurró Cartier.

Sacudí la cabeza.

—Pero ¿lo viste?

Asentí y sujeté el frente de su camisa para apartarlo, para instarlo a que se fuera.

El carruaje no se movía; aún estábamos aparcados en el callejón. Y Cartier apoyó las manos sobre las mías porque comprendió lo que le decía. Él era quien supuestamente debía liderar a los hombres de Burke, y yo los oía gritando y hablando mientras recorrían cada calle sinuosa a nuestro alrededor, en busca del príncipe que había huido, una vez más.

—Llévala de vuelta al castillo —le ordenó Cartier a Jourdain, su voz era suave, pero firme. Nunca lo había oído hablar así, y temblé mientras observaba como bajaba del carruaje y Luc ocupaba su lugar.

En cuanto el carruaje comenzó a volver al castillo, Jourdain le gruñó a Luc:

—¡Creí que teníais órdenes de no atacar!

Y Luc me miró, sin saber qué debía decir. Porque *yo* había sido la que había desafiado las órdenes.

—Estoy seguro de que Brienna tenía un buen motivo para hacerlo —insistió Luc.

Cuando llegamos al patio del castillo, Jourdain hervía y Luc movía las manos con nerviosismo. Mi padre y mi hermano me siguieron hasta mi habitación y no perdí tiempo. Aún no había recuperado la voz, parecía que el brazo de Fechin había aplastado mi laringe. Así que saqué un frasco de tinta y una hoja de papel y comencé a escribir a toda velocidad mi explicación.

—Brienna —suspiró Jourdain cuando terminó de leer. Sabía que él por fin comprendía por qué yo había decidido estropear los planes, pero también sabía que él se revolcaría en su frustración durante horas.

Isolde entró a toda prisa al cuarto antes de que Jourdain pudiera proseguir con su regaño.

—Fuera —les ladró la reina a los hombres.

Cuando posó sus ojos furiosos en mí, experimenté mi primer momento de miedo absoluto hacia ella. Vi a los hombres marcharse con rapidez y me preparé para recibir el castigo que ella escogiera.

Pero pronto comprendí que Isolde no había venido a regañarme. Estaba allí para prepararme un baño y curar mi rostro golpeado.

Tomé asiento en el agua tibia y permití que la reina limpiara la suciedad de la taberna de mi piel, la mugre de mi pelo y la sangre de mi rostro. Me llenó de humildad que ella cuidara de mí, buscando heridas mientras me aseaba. Con mucha suavidad, sujetó mi nariz y al principio, hice una mueca, esperando sentir dolor. Pero su magia era gentil, como el sol cálido sobre mi rostro... Como el roce de las alas de una libélula... Como absorber la fragancia de una noche de verano. Su magia reparó mi nariz, hasta que lo único que quedó fue un pequeño bulto, apenas perceptible bajo mis dedos mientras lo tocaba a tientas.

—¿Dónde más te hizo daño? —preguntó ella, mientras vertía agua sobre mis hombros para limpiar los restos de jabón.

Señalé mi garganta. Isolde deslizó sus dedos sobre ella y el huevo doloroso que había estado presionando mi laringe se encogió y dejó atrás el aura de un hormigueo sobre la zona.

—Gracias, lady —dije con voz ronca.

—Tendrás la voz débil unos días —respondió Isolde, ayudándome a salir de la bañera para envolverme con una toalla—. Intenta no usarla demasiado.

Tuve que apretar la mandíbula para mantener las palabras dominadas y en silencio, pero fue en vano. Porque quería decirle que lo había encontrado, que Declan estaba huyendo a los refugios, tal como habíamos supuesto, que había visto cara a cara a Fechin.

Me vestí con un camisón limpio y fui a la cama mientras hablaba sobre lo que había ocurrido y le contaba cada detalle, incluso el nombre en código: el Cuerno Rojo.

La reina permaneció en silencio después, deslizando los dedos sobre el diseño de mi manta.

—Lo siento —dije con voz ronca—. No debí salirme del plan.

—Entiendo tu intención —respondió Isolde, mirándome a los ojos—, con toda sinceridad, yo habría sentido la tentación de hacer lo mismo que tú. Pero si vamos a atrapar a Declan Lannon, debemos ser calculadores. Debemos movernos juntos. Nunca deberías haber estado sola en esa taberna. Sé que os ordené a Luc y a ti que permanecieran armados, pero habría sido mejor que te hubieras negado a entrar. Nunca deberías haber perseguido a Declan sola.

Acepté su corrección con las mejillas ruborizadas y ojos arrepentidos. Mi único consuelo era pensar en la herida profunda que le había causado a Fechin. Era la única información que podía darle ahora.

—Le causé a Fechin una cojera permanente. Deberías buscar entre los médicos y los curanderos cercanos, porque él debe haber acudido directamente a uno de ellos.

—Lo haré. —Isolde sonrió. De pronto, ella parecía exhausta y sin fuerzas, y me pregunté si su magia la había drenado, si el curar a otros hacía que ella estuviera débil y vulnerable.

Alguien llamó a mi puerta y Jourdain atravesó la entrada hecho una furia. Sabía que sería imposible huir de él.

Su mirada era severa hasta que deslicé mi cuerpo de nuevo sobre mis almohadas. Isolde se despidió de mí y le di las gracias mientras Jourdain ocupaba el lugar de la reina a mi lado y tomaba asiento al borde de la cama; el colchón cedió debajo de su peso.

—¿Cartier ha vuelto? —pregunté, esforzándome por ocultar el temblor en mi voz.

—Sí.

Y por la tensión de aquel «sí», supe que no habían encontrado a Declan. Dejé caer la cabeza hasta que él habló de nuevo.

—Te enviaré a casa, Brienna.

Me sorprendí y parpadeé mientras lo miraba.

—No quiero volver a casa.

—Lo sé. Pero quiero que estés a salvo, hija. —Él percibió mi consternación y tomó mi mano—. Y necesito que vuelvas y seas Lady MacQuinn por mí.

Aquello era lo *último* que esperaba oír de su boca.

—Padre —susurré—. No puedo hacer eso por ti. Tus súbditos…

—Mis súbditos te apoyarán y te obedecerán, Brienna. Eres mi hija.

No quería discutir con él, pero tampoco podía imaginar volver al castillo Fionn e intentar ejercer el liderazgo sobre los súbditos que me trataban con cautela perpetua.

Jourdain suspiró y deslizó la mano sobre su cabello castaño.

—Recibí una carta de Thorn hoy. ¿Lo recuerdas?

—Tu chambelán malhumorado.

—Ese mismo. Escribió preguntando si Luc puede volver para ocuparse de un asunto con el que él necesita ayuda. Ha habido problemas con una de las jóvenes y Thorn no sabe qué hacer. Y siento que no debo enviar a Luc a casa. Sino que debo enviarte a ti, Brienna.

—No sé nada sobre cómo ser Lady MacQuinn —protesté en voz baja.

—Aprenderás. —Una respuesta tan sencilla y típica de hombre. Notó que me irritaba porque suspiró y añadió—: A veces, es necesario exponerte a la fuerza a ciertas cosas, o sino nunca las harías.

Aquel era un modo muy maevano de enseñanza, aquella idea de lanzarte a un río agitado para aprender a nadar. En Valenia, nos tomábamos tiempo para aprender una habilidad nueva. Por ese motivo llevaba un promedio de siete años dominar cada pasión.

—Solo intentas apartarme del medio —afirmé.

Jourdain alzó la ceja la fruncir el ceño.

—Cuando pido que me ayudes, hija, lo digo con sinceridad. Que tú supervises este problema con la joven me quitará un peso inmenso de los hombros. Pero más que eso... Quiero que te alejes de este desastre; quiero que estés a salvo. No podría soportar que algo te ocurriera, Brienna. Perdí a mi mujer por culpa de los Lannon. No veré cómo hacen lo mismo con mi hija.

No había nada que pudiera decir para refutarlo.

Aquel había sido su temor desde el comienzo de mi participación y, si él se hubiera salido con la suya, yo nunca habría cruzado el canal hasta Maevana para recuperar la Gema del Anochecer. Él habría aceptado mi información y se la habría dado a Luc, solo para mantenerme lejos de los peligros de la rebelión.

Y yo quería discutir con él; quería decirle que no era justo encerrarme mientras Luc continuaba persiguiendo a los Lannon. Quería decirle que me necesitaba; que todos me necesitaban. Y las palabras surgieron y empujaron mis dientes, desesperadas por salir con firmeza y furia hasta que vi cómo Jourdain suavizaba su expresión, hasta que vi el brillo en sus ojos. Me miraba como si realmente me quisiera; me miraba como si fuera su hija de carne y hueso, como si hubiera nacido MacQuinn, como si parte de su esposa estuviera en mi interior.

¿Acaso eso no era algo que había anhelado? ¿Algo que había deseado toda mi vida?

Y escogí aquel momento para convertirme en ella, para ser su hija, para permitirle que me protegiera.

Escogí en ese momento volver como Lady MacQuinn, para hacer lo que él me había pedido.

—De acuerdo —dije en voz baja—. Iré.

La decepción aún dolía y bajé la vista hasta que Jourdain sujetó con cariño mi mentón para que lo mirara de nuevo a los ojos.

—Quiero que sepas que estoy orgulloso de ti, Brienna. No hay mujer en la que confíe más para guiar a mis súbditos mientras no estoy.

Asentí para que él creyera que estaba de acuerdo.

Pero por dentro, estaba molesta por irme de Lyonesse, avergonzada por haber fastidiado los planes de la noche. Era un honor que Jourdain confiara lo suficiente en mí para otorgarme el poder de ser Lady MacQuinn, pero también me aterraba imaginar las expresiones que me recibirían cuando los súbditos de Jourdain vieran que él me había enviado de vuelta para liderar.

Jourdain besó mis mejillas y aquel acto simple hizo que echara de menos Valenia con tanta intensidad que tuve que cerrar los ojos para reprimir las lágrimas. Él se puso de pie y estaba a punto de llegar a la puerta cuando carraspeé para preguntar:

—¿Cuándo me iré, padre?

Creí que me quedaría al menos uno o dos días más allí. Hasta que él miró por encima de su hombro hacia mí con un resplandor de tristeza en los ojos.

—Te marcharás al amanecer, Brienna.

20

CARTIER

Una princesa ensangrentada

Estaba de pie en la oscuridad del pasillo cuando Jourdain salió del cuarto de Brienna. Ahora que mi furia había disminuido, estaba exhausto, sucio y sudoroso por haber recorrido las calles en busca de Declan, una cacería que había resultado en vano. Habíamos estado tan cerca. Tan cerca de capturar al príncipe y de recuperar a los niños.

Me enfurecía pensar que él se había escurrido entre nuestros dedos.

Miré a Jourdain a los ojos. Él no parecía sorprendido de verme esperando allí.

—¿Qué ha dicho? —pregunté.

—Dijo que irá a casa, como yo quiero. Se irá al amanecer.

—¿Cómo la convenciste?

—Mi chambelán necesita ayuda con una de las jóvenes en casa —respondió Jourdain—. En vez de enviar a Luc, quiero enviarla a ella.

Después de observar cómo la noche había salido absolutamente mal, Jourdain me había dicho de inmediato que no quería a Brienna en Lyonesse. Quería enviarla a casa, al castillo Fionn, donde estaría a salvo. Y si bien lo había escuchado, sabía que eso le haría daño a Brienna porque sentiría que estábamos apartándola.

Además, Brienna era el único miembro de nuestro círculo que era una estratega nata. Le había enseñado todo lo que yo sabía, desde historia y poesía hasta donde estaban todas las venas vitales del cuerpo. Pero no le había enseñado cómo conspirar, cómo mover peones en un tablero, cómo crear estrategias y sacarle ventaja a los demás. Esa era su fortaleza, la característica de su Casa biológica, la bendición de los Allenach que los colocaba por encima del resto.

Podría haberle dado buenos argumentos a Jourdain, decirle que Brienna fue quien encontró las localizaciones de los refugios, quien descubrió el significado de la medialuna. Que Brienna era esencialmente la mente detrás de nuestra rebelión.

Podría haberle recordado todo eso a Jourdain, pero me contuve. Porque en lo profundo de mi ser, quería que ella estuviera lo más lejos posible de Declan Lannon. No quería que él supiera su nombre, mirara su cara, oyera el sonido de su voz. No quería que ni siquiera supiera que ella existía.

Así que le seguí la corriente a Jourdain y a Luc, porque él sin duda apoyó la decisión de su padre, a pesar de que enviar a Brienna lejos clavó una espina en mi corazón.

Permanecí contra la pared, prácticamente muerto de pie; no había dormido más que unas pocas horas las últimas dos noches.

—Ve a dormir —dijo Jourdain con amabilidad—. Me aseguraré de despertarte cuando sea hora de que ella se vaya.

Asentí. Tenía los pies entumecidos mientras caminaba hacia mi cuarto y cerraba la puerta.

Tomé asiento en la cama, la cama en la que no había dormido ni una sola vez desde mi llegada. Recliné la cabeza hacia atrás hasta encontrar la almohada y me sumí en sueños dolorosos de mi madre, de mi hermana. Nunca supe cómo serían, porque la única palabra que mi padre había usado para describirlas era «preciosas». Pero vi a Líle y a Ashling Morgane esa noche, caminando entre los prados de Brígh, el viento montañoso absorbía sus risas. Las vi como deberían ser ahora, mi madre tenía el pelo rubio con canas y Ashling, de apenas treinta años, de color oscuro como nuestro padre.

Desperté al amanecer con lágrimas en los ojos, el fuego convertido en cenizas.

Me cambié de ropa y me limpié el sueño de mis ojos, deslizando los dedos a través de mi pelo mientras buscaba a Brienna.

Ella ya había salido de su habitación y después de un rato la encontré en el patio con los hombres de armas de Jourdain, esperando a que trajeran su yegua de los establos. En cuanto me acerqué a ella, noté que no había dormido mucho esa noche. Tenía los ojos inyectados en sangre y las magulladuras comenzaban a florecer sobre su rostro y su cuello, causados por el altercado con Fechin.

—Lo sé —dijo ella, al notar que yo había visto sus heridas—. Pero al menos mi nariz ya no está torcida.

—¿Aún te duele? —pregunté.

—No, gracias a Isolde.

Me obligué a sonreír para esconder cuánto me molestaba ver sus magulladuras. Sujeté su mano y la acerqué a mí. Ella apoyó su cuerpo sobre el mío con un suspiro; sus brazos me rodearon. La abracé y ella me abrazó, mis dedos tocaban la seda suelta de su pelo, el largo de sus hombros debajo de su capa pasionaria, la curvatura elegante de su espalda.

Sentí sus palabras cálidas sobre mi camisa mientras ella decía:

—¿Estás de acuerdo con él? ¿Con que debo irme?

Moví la mano hacia su pelo para reclinar despacio su cabeza hacia atrás, para que me mirara.

—No. No te habría enviado lejos de mi lado.

—Entonces, ¿por qué me dejas ir? —susurró, como si supiera que yo había accedido, como si supiera que yo tenía el poder de persuadir a Jourdain y que no lo había usado—. ¿Por qué me dejas ir cuando sabes que debería estar aquí?

No podía responderle porque hacerlo sería exponer mi preocupación más profunda, darle forma a mi miedo, permitir que la oscuridad de mi corazón que no quería que ella conociera saliera a la superficie.

Ella me miró, sus ojos eran indescifrables.

Y me pregunté por qué sentía que esta era una despedida de mal agüero, como si un río estuviera a punto de aparecer entre los dos.

Incliné la cabeza, mis labios rozaron el borde de los suyos. No debía besarla allí, en el patio, donde todos podían vernos. No debía hacerlo, sin embargo, ella acercó su boca a la mía. Me entregó su respiración y yo le di la mía, hasta que mi corazón latía en sus manos, hasta que sentí que ella había tragado todos mis secretos, todas esas noches en las que yací despierto con ella en mis pensamientos, todas esas mañana en las que caminé por los prados de Brígh con los ojos clavados en el este, en aquel sendero del bosque que unía nuestras tierras, esperando que ella apareciera, esperando que la distancia entre los dos desapareciera.

—*Brienna*.

Su padre la llamaba con voz firme, para despertarnos a ambos.

Ella se apartó de mí, se giró sin hablar. Pero quizás ella y yo ya no necesitábamos palabras. Permanecí allí y observé a la mañana reflejarse en las estrellas plateadas bordadas en su capa. Ella se subió a su yegua en el centro del patio. Liam O'Brian, el noble de Jourdain, y dos hombres MacQuinn la acompañarían a su hogar.

Luc y Jourdain se acercaron a su lado para despedirse. Brienna sonrió, pero la alegría no llegó a su mirada. Sujetó sus riendas y Jourdain le dio una palmadita en la rodilla como despedida.

Aún estaba de pie en el mismo lugar cuando ella trotó y desapareció del patio. Mis ojos la siguieron a través de la luz del sol, a través de las sombras, hasta que se desvaneció debajo del arco de piedra.

No se volvió hacia mí ni una sola vez.

Horas más tarde, estaba sentado en la sala del consejo de la reina, mirando el mapa de Lyonesse extendido sobre la mesa. Seis de nosotros nos habíamos reunido para planear la próxima redada: Isolde, su padre Braden, Jourdain, Luc, Lord Derrick Burke y yo. Habíamos omitido el desayuno para leer detenidamente más libros de contabilidad de los Lannon y, al llegar la tarde, habíamos escogido cuatro refugios potenciales más para Declan. Todos se encontraban en el cuadrante sur de la ciudad, cerca de la taberna y la posada en la que Brienna y Luc habían estado la noche anterior.

La noticia finalmente se filtró; Declan Lannon había escapado del calabozo y estaba oculto en Lyonesse. E Isolde no tuvo más opción que declarar un toque de queda, que las tiendas y los mercados suspendieran sus actividades hasta que él fuera capturado, que cerraran las puertas de la ciudad y las custodiaran atentamente, que los residentes permanecieran en sus hogares con las puertas cerradas y las ventanas tapiadas. También les había pedido a los ciudadanos que estuvieran preparados para que registraran sus hogares.

Además, pusimos una recompensa importante para capturar a Declan Lannon. La suma sería duplicada si también traían a los niños a salvo frente a la reina. Creía que sin duda alguien traicionaría a Declan, incapaces de resistir la promesa de la riqueza. Pero a medida que las horas continuaban pasando, parecía que el clan de la medialuna no estaba tentado con el dinero.

Tomé asiento y miré el mapa, tamborileando los dedos sobre la mesa mientras observaba los lugares en donde estábamos a punto de buscar. Declan había estado en la posada. Pero ¿dónde se escabulliría a continuación? ¿Seguiría en movimiento o intentaría permanecer en un sitio? ¿Cuánto tiempo pensaba ocultarse con dos niños? ¿Cuál era su objetivo final? ¿Liberar a toda su familia del calabozo? ¿Incitar una rebelión contra Isolde? ¿Era él realmente «el Cuerno Rojo»?

Como si hubiera leído mi mente, Lord Burke preguntó desde el extremo opuesto de la mesa:

—¿Qué es lo que él quiere?

—Aún no está claro —respondió Isolde—. Declan no nos ha pedido nada aún.

—Pero lo hará, tarde o temprano —dijo Jourdain—. Los Lannon siempre lo hacen.

—Sin importar cuáles sean sus exigencias —expresó Isolde, carraspeando—, no las aceptaremos. No negociaré con un hombre que ha sembrado el terror y la violencia durante años, quien ha sido juzgado por el pueblo y condenado a la ejecución.

—Eso lo hace incluso más peligroso, lady —comenté—. Ahora mismo, él no tiene nada que perder.

Braden Kavanagh se movió en su silla, preocupado mientras miraba a su hija.

—No me sorprendería si Declan pone una recompensa para capturar a Isolde. Quiero que esté custodiada permanentemente.

—Padre —dijo Isolde, incapaz de ocultar su impaciencia—, ya poseo una guardia permanente. Rara vez estoy sola.

—Sí, pero ¿podemos confiar en tus guardias? —se atrevió a preguntar Jourdain.

Lord Burke se alteró. La guardia de la reina eran hombres y mujeres de su Casa. Ya habían demostrado su lealtad hacia nosotros, pero eso no apaciguaba por completo nuestra preocupación de que alguno pudiera ser persuadido para traicionarnos.

—El jefe de guardias que la traicionó —dijo Lord Burke—, era un Lannon, no un Burke. Y puedo jurar que los hombres y mujeres que he asignado como su guardia son de confianza. Ninguno de ellos tiene la marca de la medialuna.

—Y le doy las gracias, Lord Burke —dijo Isolde con rapidez—. Sus mujeres y hombres han sido un apoyo inmenso y una gran ayuda para nosotros desde que hemos vuelto.

Alguien golpeó despacio y repetitivamente la puerta de la sala del consejo.

Isolde le hizo una seña con la cabeza a su padre, quien retiró los marcadores que indicaban los refugios de Lannon en el mapa antes de atender la puerta.

Sean Allenach estaba de pie incómodo con un papel plegado en las manos.

—Ah, Sean. Por favor, pasa.

—Discúlpenme por la interrupción —dijo él mientras entraba en la sala—, pero creo que tengo algo que puede resultarles útil, lady.

—Le ofreció el papel a ella e Isolde lo sujetó.

—¿Dónde encontró esto, Lord Sean? —Ella leyó el contenido y luego apoyó sobre la mesa lo que aparentemente era una carta muy breve con caligrafía inclinada.

—Lamento decir que estaba en posesión de mi sirviente. La carta estaba dirigida a él. No hay ningún indicio de quién la escribió.

—¿Qué es esa carta? —preguntó Jourdain y por la tensión en su tono, supe que él no confiaba en Sean Allenach, al igual que yo.

Isolde hizo circular el papel en la mesa. Uno por uno, lo leímos. Yo fui el último y mi interés no despertó hasta la última oración: «Tal vez tendremos que posponer la reunión por el clima de hoy».

La *D* estaba rellena de tinta. Parecía la marca de la medialuna.

—¿Tu sirviente sabe que tienes su carta? —preguntó Isolde.

—No, lady.

—Su sirviente... Daley Allenach era su nombre, ¿verdad? ¿Dónde está Daley actualmente?

—En la cocina del castillo, comiendo con los demás —respondió Sean.

Intercambié una mirada con Jourdain. Otra rata Lannon dentro del castillo, moviéndose con libertad.

Luc extrajo una hoja de la pila de papel junto a su codo para copiar la carta, palabra por palabra, y luego le entregó la original a Sean.

—Sé que la mayoría no confían en mí debido a mi padre —dijo Sean—. Pero cuando digo de corazón que deseo ayudar, lo digo en serio. Por mi honor y mi nombre, que significa apenas más que la mugre estos días. Lo que sea que pueda hacer para ayudarlos a capturar a los Lannon, lo haré.

Braden Kavanagh parecía a punto de decir algo malicioso, pero Isolde habló antes de que su padre pudiera hacerlo.

—Lord Sean, sería de gran ayuda que devolviera esta carta con las posesiones de su sirviente, antes de que él note su falta. Si hay más correspondencia, infórmenos de inmediato. Mientras tanto, le pediré que tome nota detallada de los lugares a los que va Daley Allenach, incluso bajo sus órdenes.

Sean asintió, colocó la mano sobre su corazón, se fue y nos dejó a los seis descifrando qué significaba aquella carta extraña.

—Los secuaces de Lannon están intercambiando cartas —dijo Luc.

—Y uno de ellos es el sirviente de Lord Allenach —añadió Braden—. ¿Qué nos dice eso sobre la confianza?

—Sean Allenach ha demostrado su lealtad hacia mí —afirmó la reina—. Desafió a su padre el día de nuestra rebelión para luchar por mí. Recibió un corte en el torso para proteger a su hermana. Le pediría ya mismo que se uniera a este círculo si supiera que la mayoría de vosotros no se opondría con vehemencia.

Hicimos silencio.

—Eso pensé —dijo la reina con ironía—. Ahora, si los miembros del clan de la medialuna intercambian cartas, eso tal vez pueda llevarnos directamente a la ubicación de Declan. No quiero asustar a Daley Allenach *aún*, pero tendremos que rastrearlo a él si hoy no encontramos a Declan en uno de sus refugios.

Saqué la copia de la carta de nuevo, la leí por encima y luego comencé a leer más allá de las palabras.

—Utilizan un código bastante sencillo. «No hay más cerveza» aparentemente es una advertencia contra la posada y quizás la taberna, dado que nos expusimos en uno de esos sitios anoche. «¿Puedes traerme un poco por la mañana con algo de cordero?» está claramente preguntando si es posible alojar a Declan en un refugio nuevo. En cuanto al clima... No sé qué significa. Podría ser cualquier cosa, desde nuestra observación al toque de queda hasta el momento del día en que Declan pretende moverse.

—Lo cual significa que Declan no está oculto en un solo lugar —dijo Lord Burke—. Y tendrá que trasladarse de noche, debido al toque de queda.

—Lo cual implica que ahora mismo debe estar encerrado —añadió Luc con urgencia—. Necesitamos atacar. Ahora.

Isolde vaciló y supe que le faltaba la opinión de Brienna.

—No quiero que nadie se aparte del plan —dijo la reina, mirándonos a cada uno—. Lord MacQuinn, irá con cinco guerreros con el sastre. Lord Burke, llevará cinco más con el herrero. Lord Lucas, llevarás cinco guerreros con el tonelero. Y Lord Aodhan, llevará cinco más con el carnicero. Pedirán permiso para entrar, revisarán el edificio y saldrán si Declan no está presente. Si está allí, ordénenles a sus arqueros asignados que le disparen con la flecha envenenada para derribarlo. La seguridad de Ewan y Keela es primordial, así que tengan cuidado con cualquier decisión que tomen. Porque no desearéis volver y decirme que los niños han sido heridos debido a vuestra decisión, ni siquiera con un rasguño.

Esperé un instante para asimilar sus indicaciones antes de hablar.

—¿Lady? Quiero pedirle si es posible que uno de mis cinco guerreros sea un Lannon.

Todos me miraron, incrédulos. Todos excepto Isolde, que me contempló con interés.

—¿De qué Lannon hablas, Aodhan?

—Me gustaría retirar al noble Tomas Hayden del calabozo, para que me ayude en esta misión.

—¿Has perdido la cabeza, Morgane? —gritó Lord Burke—. ¿Cómo podrías confiar en él?

Incliné el cuerpo sobre la mesa.

—Veréis, esa mentalidad dividirá este país en dos. Y sí, no mentiré: odio a los Lannon. Los odio tanto, que a veces siento que el peso de mi odio convertirá mis huesos en ceniza. Pero he descubierto que no podemos etiquetar a cada Lannon como un Gilroy, una Oona o un Declan. Hay personas buenas en esa Casa, que han sufrido mucho. Y necesitamos aliarnos con ellos y apartar a los corruptos.

Un silencio incómodo invadió la sala.

—Si saco a Tomas Hayden del calabozo —dijo Isolde—, ¿qué garantía puedes darme de que él te obedecerá y no te traicionará, Aodhan?

—Tomas Hayden quiere mucho a Ewan Lannon —respondí—. Él es la razón por la cual el niño escapó el día de nuestra rebelión. Creo que Tomas no dudaría en absoluto si tuviera que traicionar a Declan para salvar a Ewan y Keela.

—No debes tener duda alguna, joven —dijo Jourdain—. No puedes creer que lo hará. Debes saberlo con certeza.

Lo miré, intentando apaciguar mi fastidio.

—Tomas Hayden es el tío de mi madre. Es mi pariente de sangre. —Aquello silenció a Jourdain. Cuando miré a Isolde, enderecé la espalda y dije—: Sacadlo del calabozo y permitidme que hable con él de nuevo. Si lo considero demasiado impredecible, lo enviaré de vuelta a su celda.

Isolde asintió y los demás hombres se pusieron de pie, uno por uno, sus sillas rechinaron sobre el suelo de piedra. Se fueron hasta que solo quedamos la reina y yo, esperando que los guardias trajeran a Tomas Hayden.

Y cuanto más tiempo pasaba sentado allí, más me preguntaba si estaba equivocado, si estaba a punto de cometer un error irrevocable.

El guardia entró con Tomas a la estancia, estaba sucio y cerraba los ojos ante la luz. Pero nos reconoció a mí y a Isolde y permaneció de pie muy quieto, con la vista en ella.

—¿Tienes la marca? —le pregunté.

—Tendrás que quitarme las cadenas para verlo —dijo él.

Me puse de pie para pedirle la llave al guardia y yo mismo abrí sus grilletes, con la daga lista en mi cinturón en caso de que el noble intentara atacarme. Pero cuando los grilletes cayeron de sus muñecas, él solo permaneció de pie, esperando mi orden.

—Muéstranos tus muñecas.

Obedeció, alzó sus mangas raídas y giró las muñecas hacia arriba. Estaba limpio. No había rastros de una medialuna o siquiera de un intento de quitarla de su piel.

—Sé que ayer debes haber oído la conmoción en el calabozo —le dije y él posó de nuevo sus ojos azules lechosos sobre mí—. Que Declan y Keela huyeron. Declan está suelto en Lyonesse y tiene a sus propios hijos como rehenes. Lideraré un grupo de guerreros para buscarlo y encontrarlo a él y a los niños. Y quiero saber si te unirías a mí, si jurarías ayudarme a hallarlos.

—¿Y qué harán con Keela y Ewan cuando los encuentren? —preguntó Tomas—. ¿Cortarán sus cabezas después de hacer lo mismo con su padre?

—Noble Tomas —dijo Isolde con paciencia—. Comprendo que estima mucho a los niños. Le prometo hacer todo lo que esté en mi poder para cuidarlos y protegerlos, para encontrar un modo de absolverlos.

—¿Por qué haría eso? —preguntó—. Son los hijos de su enemigo.

—Son niños inocentes —lo corrigió Isolde—. Y me llena de una gran tristeza que todo Maevana haya condenado a Keela.

Tomas pareció dudar, preso de sus pensamientos.

—Sí, Gilroy, Oona y Declan Lannon destruyeron mi Casa al igual que la de la reina —dije—. Pero sé que también destruyó la tuya, Tomas. Llevará muchos años a los súbditos de Lannon recuperarse de esto.

Me miró a los ojos y vi la furia y el arrepentimiento en los suyos.

—Únete a mí para cazar a Declan —le ofrecí—. Proporciónanos la sabiduría y el conocimiento que puedas. Ayúdame a encontrar a Ewan y Keela.

—¿Qué piden a cambio? —dijo con voz ronca, mirando a Isolde.

—Júrame lealtad como tu reina —respondió Isolde—. Y permitiré que salgas del calabozo y ayudes a Aodhan.

Creí que él necesitaría un instante para considerar sus opciones. Así que me sorprendió cuando se puso de rodillas de inmediato, colocó la mano sobre su corazón y miró a Isolde.

—Juro lealtad ante ti, Isolde Kavanagh. No me arrodillaré ante nadie, salvo ante ti como mi reina.

Era un juramento bastante vulgar, pero sonaba verdadero. Isolde sujetó las manos de Tomas y le indicó que se pusiera de pie. La voz de la reina fue firme cuando le dijo al noble:

—Si nos traicionas, no te mataré, sino que te encerraré en el calabozo durante el resto de tus días. ¿Lo entiendes, Tomas Hayden?

Tomas frotó sus muñecas y la miró a los ojos.

—Lo entiendo, lady. Pero no necesita temer una traición de mi parte.

—Muy bien. —Isolde asintió—. Los dos podéis marcharos y preparaos para la misión.

Estaba entusiasmado. Demasiado entusiasmado. Solo podía pensar en capturar al hombre que me había causado tanto sufrimiento. Mi pulso latía desbocado cuando Isolde alzó la mano y nos detuvo.

—Una última cosa. —La reina clavó sus ojos en los míos, a través de las sombras y la luz de las velas—. Quiero que me traigáis a Declan Lannon. Con vida.

Recurrí a todas mis fuerzas para colocar la mano sobre mi corazón, en un gesto de sumisión absoluta ante su orden. Porque cuando salí de la sala del consejo, con Tomas a mi lado, permití que mi confesión invadiera mi mente.

Lo que más deseaba era ser la persona que llevara a Declan Lannon a su sangriento final.

Mis cuatro hombres y mujeres de armas esperaban mi llegada en mis aposentos. Tenían las armaduras puestas, las espadas y las dagas en sus cinturones, el pelo trenzado lejos de sus ojos. Se sorprendieron cuando vieron a Tomas Hayden conmigo, pero obedecieron cuando les dije que trajeran una armadura y una espada para él. Rápidamente me vestí con la pechera y las muñequeras de cuero, mis dedos temblaban mientras amarraba las tiras.

Seleccioné a mi arquero y reuní a mis cinco guerreros en un círculo para explicarles el plan.

En cuestión de minutos, salimos del castillo hacia las calles vacías.

El sol de la tarde acababa de comenzar a hundirse detrás de los techos, proyectando barras doradas sobre los adoquines. El viento frío perseguía a las nubes por el cielo, trasportando la salmuera del mar y el humo de las forjas. La brisa mordisqueaba mi rostro y hacía arder mis ojos mientras me acercaba a la carnicería designada.

Me detuve delante de la tienda, evaluándola. Tomas hizo lo mismo levemente detrás de mí y me giré para preguntarle:

—¿Este sitio te parece familiar?

Él movió la cabeza de un lado a otro.

Posé de nuevo los ojos en el edificio. Estaba cerrado, cumpliendo con la orden de la reina. Las moscas revoloteaban cerca de charcos de sangre seca sobre el suelo y los ganchos colgantes para exhibir trozos de carne estaban enredados como flecos.

Avancé, golpeé los nudillos sobre el marco de la puerta y esperé.

El carnicero la abrió levemente. Bajo la luz tenue, parecía un hombre alto con el pelo gris lacio. Tenía la nariz torcida al igual que sus ojos, que parpadeaban hacia mí como un roedor bajo la luz.

—Está cerrado. —Intentó cerrar la puerta, pero coloqué el pie y trabé la madera.

—¿Podemos pasar? Sin duda ha escuchado que todos los buenos ciudadanos de Lyonesse están dispuestos a que inspeccionen sus hogares y sus tiendas hoy.

—Por supuesto, pero mi mujer está enferma… —El carnicero tartamudeó, pero yo había entrado a la fuerza seguido de mis cinco guerreros.

La habitación principal estaba oscura; todas las ventanas estaban cerradas y olía a sangre y a carne rancia. Pisé algo que crujió y reprimí la necesidad de vomitar.

—Ilumina la habitación —ordené, mientras el carnicero buscaba a tientas las ventanas.

—Señor... De verdad que no quiero que me molesten hoy. Mi mujer está enferma, al igual que mis hijos, y usted solo los afligiría con esta búsqueda innecesaria. —Abrió las ventanas apenas una fracción, para que un poco de luz entrara en la tienda.

Había una mesa larga, oscurecida por cortar carne y había más ganchos colgados de las vigas. Un cuenco con agua tibia, un bloque de madera plagado de cuchillos, cubetas llenas de entrañas, huesos desparramados por el suelo.

Resistí la necesidad de cubrir mi nariz y me obligué a respirar por ella. Según los registros, Gilroy Lannon no había cobrado impuestos de aquel lugar. Y no comprendía por qué. Era igual que cualquier carnicería, no había nada especial en ella. De hecho, rozaba lo desagradable. Había estado en tiendas mucho más limpias y organizadas.

—Como puede ver, señor, solo soy un humilde carnicero —prosiguió balbuceando el hombre, moviendo las manos con nerviosismo en el aire—. ¿Tal vez puedo enviar algo de carne al castillo? ¿Para la nueva reina? ¿Le gustaría un poco de cordero?

Cordero.

Mi atención permaneció en esa palabra, la misma que habían usado en la carta que Sean había entregado.

Mi corazón aceleró su pulso mientras me adentraba en la habitación, hacia la parte trasera de la sala. Mis guerreros siguieron mi paso, sus botas apenas hacían ruido sobre el suelo de madera torcido, sus respiraciones eran medidas, preparados para lo que fuera. Y luego, vi algo raro.

Al principio, creí que mis ojos me engañaban, porque algo se deslizaba gradualmente por el techo. Enredaderas con hojas marchitas se extendían despacio, como si tuvieran vida propia, como si estuvieran desesperadas por llamar mi atención expandiéndose sobre el ladrillo y el concreto.

—¿Qué es eso? —susurró uno de mis hombres, perplejo.

Ellos también lo veían. No estaba solo imaginándolo.

—¿Señor? ¿Qué le parece un costillar para enviar junto al cordero? —El carnicero balbuceaba, desesperado—. ¡Mire, aquí! ¡Puede elegir el que quiera!

Pero apenas oía su voz porque estaba observando esas enredaderas que crecían hacia una puerta interna que nunca habría notado, cuyo paso estaba cubierto por una manta mugrienta.

—Es un encantamiento —susurré y permanecí momentáneamente atascado entre el asombro y el miedo ante aquel rizo de magia que había cobrado vida. ¿De dónde había salido? ¿Quién lo hacía?

En aquel instante breve, decidí seguir mi instinto, confiar en él.

—¡Señor! ¡Señor, mire! ¡También puedo darle jamón!

Aparté la manta de la puerta para exponer un pasillo que llevaba a una escalera serpenteante. Aquellas enredaderas mágicas continuaban expandiéndose, formando un sendero ocre y verde para que lo siguiera.

—Flecha preparada —le dije a mi arquera.

Oí cómo ella seleccionaba en silencio la flecha envenenada de su carcaj, la cuerda del arco gruñó suavemente en sus manos.

Desenfundé mi espada primero, mis guerreros lo hicieron al unísono conmigo. Subimos la escalera; era una tormenta de botas ruidosas, corazones acelerados y los gritos frenéticos del carnicero. Las enredaderas desaparecieron y se fundieron con las sombras. Verlas marcharse me llenó de incomodidad.

En el segundo piso solo había un pasillo angosto con seis puertas diferentes, todas cerradas.

Escogí la primera y la abrí de una patada con la arquera lista a mis espaldas.

Era una habitación poco iluminada, sin ventanas. Pero había un grupo de velas y una niña temblando en una cama, vestida con harapos. Me sorprendió tanto verla que no noté que estaba encadenada al pilar de la cama hasta que ella gimoteó.

—No me haga daño. Por favor...

Perplejo, avancé a la próxima habitación. Patada, rotura, abertura. Otra chica, también encadenada. Y luego otra. Mi mente trabajaba a toda velocidad, mi corazón ardía con una furia que nunca había sentido. Aquello no era solo una carnicería. Era un burdel encubierto.

En la cuarta habitación, la chica estaba agazapada sobre la cama, lista para mi llegada. No lloró o se acobardó; el alivio en su rostro fue evidente cuando me miró a los ojos, como si hubiera estado esperando que llegara y derribara la puerta para encontrarla.

Y entonces, vi las enredaderas de nuevo. Se entrelazaban alrededor de los postes de su cama, fluían sobre el suelo como serpientes, resplandeciendo con escamas doradas. Me detuve en seco antes de pisar una y noté que la enredadera estaba a un segundo de rodear mi tobillo.

La magia, el encantamiento, provenía de la chica.

Era una Kavanagh. Y no podía respirar mientras la miraba, con lágrimas en los ojos, mientras ella me miraba.

—¿Aodhan Morgane? —susurró ella.

Permanecí de pie paralizado, observando su cuarto destrozado. Y a pesar de la oscuridad, sentí la primera chispa de luz.

—¿Me conoces? —pregunté.

—El chico dijo que vendrías. —Con una mano temblorosa, me ofreció un trozo de papel. Una vez más, sus enredaderas se convirtieron en sombras para permitirme pasar.

Me aproximé a ella con timidez y extendí la mano para sujetar el papel entre sus dedos. El pergamino se desplegó en mi mano, la mitad de la ilustración de la princesa, ahora roto y manchado de sangre. La sangre de la niña. Su muñeca era una herida abierta alrededor del grillete, como si hubiera estado luchando por años para liberarse.

—El príncipe Declan estuvo aquí con la chica y el chico —susurró ella—. Se fue esta mañana. Al amanecer. No sé a dónde fue. No quería decírmelo.

Sentí que me derrumbaba; mis piernas temblaban mientras arrugaba la ilustración de la princesa en la mano.

—Milord —dijo la arquera desde el pasillo—. El carnicero huye. ¿Quiere que lo persigamos?

—Por favor —susurró la chica y recobró mi atención—. Por favor, ayúdanos.

Tragué con dificultad, esforzándome por equilibrar mi voz mientras le prometía:

—Juro que tienes mi protección, al igual que la de la reina. —Me giré hacia mi arquera, quien había guardado de nuevo su flecha en el carcaj—. Libera a estas mujeres. Quiero que traigan un carruaje cerrado para llevarlas al castillo de inmediato.

La arquera asintió mientras yo pasaba a su lado. Miré a Tomas a los ojos en el pasillo; no parecía impactado por esto, pero había una tristeza profunda en su mirada y tenía los hombros caídos.

Bajé las escaleras, mi mandíbula dolía por contener mi furia.

La puerta principal estaba abierta de par en par, el carnicero había desaparecido.

Enfundé mi espada mientras salía de nuevo a la calle, bajo la luz menguante del sol y la burla del viento. Oí el ruido de las botas y miré hacia la derecha, donde vi al carnicero corriendo.

Lo seguí, tomándome mi tiempo. Necesitaba ese tiempo para tranquilizarme; de otra forma, lo mataría.

Él miró nervioso por encima del hombro hacia mí y luego tropezó y cayó de bruces en la calle. Se arrastraba y gimoteaba cuando llegué a él; alzaba sus manos sucias a modo de rendición.

—Por favor, milord. Soy solo un carnicero humilde. No sabía... El rey me entregó esas chicas.

Si no hubiera estado cumpliendo órdenes, habría golpeado a aquel hombre hasta que perdiera la conciencia. En cambio, me agazapé a su lado. Con una mano, sujeté su cuello, con la fuerza suficiente para prácticamente asfixiarlo. Con mi otra mano, rompí su manga.

Allí estaba. Una medialuna de tinta.

—¿Qué va a hacer conmigo? —silbó, con el rostro manchado.

Disfruté del miedo que resplandecía en sus ojos mientras me miraba.

Así que le dediqué una sonrisa afilada y amenazante.

—¿Qué otra cosa iba a hacer con una porquería como tú? Te llevaré ante la reina.

21

BRIENNA

Lady MacQuinn

Territorio de Lord MacQuinn, castillo Fionn

*L*legué al castillo Fionn empapada por una tormenta al final de la tarde con dos magulladuras en los ojos, en absoluto preparada para ejercer el poder de Lady MacQuinn. Sabía que estaba horrible cuando mi caballo entró en el patio, Liam le daba indicaciones a los sirvientes que miraban boquiabiertos desde las puertas, para que prepararan una bañera y un fuego para la hija del lord.

El peón, Dillon, vino a toda prisa desde los establos para llevarse a mi caballo; tenía los ojos abiertos de par en par, sorprendido de ver que era yo, y solo yo, la que había vuelto.

—¿Su padre y su hermano están bien, Ama Brienna? —preguntó Dillon mientras la lluvia mojaba mi rostro y oía la preocupación que yacía debajo de sus palabras. Una preocupación que los súbditos de Jourdain sin duda experimentarían al verme.

¿Nuestro lord ya nos ha abandonado? ¿Está bien nuestro lord? ¿Lo hemos recuperado solo para perderlo?

—Sí, están bien, Dillon. Mi padre me ha enviado en lugar de mi hermano —respondí mientras desmontaba.

Le di las gracias a mi escolta y luego procedí a avanzar entre los charcos de fango y mugre, mi capa pasionaria se arrastraba por el suelo detrás de mí, hasta llegar al vestíbulo. Thorn, gruñón como esperaba, estaba allí para recibirme.

—Ama Brienna —me saludó, alzando con perplejidad sus cejas canosas—. No la esperábamos. ¿Debo ocuparme de que enciendan también el fuego de la habitación de Lord Lucas esta noche o solo el suyo?

—Solo el mío, Thorn. Gracias.

—¿Y cuándo debería encender el fuego del lord? Mañana, ¿sin duda? Porque he pedido específicamente que él volviera para ocuparse de este… problema. —Parecía sorprendido por las magulladuras en mi cara; notaba que él sentía curiosidad por saber qué las habían causado.

—Mañana no. Y tampoco el día siguiente —respondí con un suspiro mientras desenredaba la tela de mi capa—. Mi hermano o mi padre no volverán pronto. Probablemente, dentro de una semana más, como pronto.

Comencé a subir la escalera mientras Thorn me seguía.

—Oímos que hubo problemas en la ciudad real —dijo él, aun intentando obtener respuestas por mi parte—. Que varios Lannon escaparon.

—Sí. —Estaba a punto de llegar a mi cuarto, deseosa de lanzar a Thorn por la ventana.

—¿Lord MacQuinn está en peligro?

—No. Y Lord Lucas tampoco.

—Entonces ¿por qué milord la envió aquí? ¿No debería haber permanecido junto a él? Pedí específicamente que viniera…

—Lord Lucas. Sí, lo escuché la primera vez, Thorn —interrumpí cansada. Finalmente llegué a mi puerta y posé los dedos sobre el picaporte de hierro. Hice una pausa para mirar los ojos astutos del chambelán—. Su lord me envió a mí en vez de a Luc. Sé que eso lo sorprende y que como chambelán está familiarizado con los asuntos del castillo. No lo molestaré ni me interpondré en su camino, pero, de todas formas, estoy aquí porque ese es el deseo de mi padre, así que si hay un problema mientras él no está, dígamelo directamente a mí.

Thorn presionó sus labios, inclinó la cabeza y se fue, y yo entré en mi cuarto con un suspiro.

Las criadas aún intentaban frenéticamente encender el fuego de mi chimenea y calentar un baño para mí. Una de las chicas dio un grito ahogado cuando vio las heridas que cubrían mi rostro y sonreí mientras colocaba mi capa sobre el respaldo de una silla.

—Parece peor de lo que es —dije, esperando aliviar la preocupación en sus expresiones.

Las chicas no dijeron nada; solo trabajaron con más rapidez para poder salir de mi habitación. Cuando por fin estuve sola, me desvestí y me hundí en el agua caliente, cerrando los ojos, escuchando la lluvia golpear las ventanas. El tiempo desapareció, como el vapor alzándose de mi piel, y pensé en Ewan, Keela y Cartier hasta que sentí que me ahogaba.

Me pregunté qué sucedía en Lyonesse, si en este preciso instante en el que estaba sentada dentro de la bañera, Cartier, Luc y Jourdain habían encontrado a Declan y a los niños. Pensé en Isolde, en su seguridad y su coronación. Me pregunté cuál era mi lugar en esta tierra, la hija de un lord que no encajaba por completo en ninguna parte. ¿Dónde estaba mi hogar? ¿Estaba allí, en castillo Fionn, entre los MacQuinn, quienes aún no confiaban en mí? ¿Estaba en Lyonesse, al lado de la reina? ¿Estaba del otro lado del canal, en Valenia, donde por fin podría establecer mi Casa del Conocimiento? Pensé en Merei, me pregunté dónde estaba, cómo estaba, si debería ir a visitarla.

—¡Ama Brienna!

Me sobresalté, lo que causó que el agua, ahora tibia, saltara. Neeve estaba a varios pasos de distancia, con la boca abierta de horror mientras observaba mis magulladuras. Ni siquiera la había oído entrar por lo perdida que había estado en mis pensamientos. Y mi corazón comenzó a acelerar el pulso al verla. Mi hermana. Me pregunté si alguna vez habría un momento en el que podría decirle quién era yo en verdad; anhelaba ese instante tanto como le temía.

—¿Ninguna de las chicas se quedó para ayudarla con el baño? —preguntó mientras se ponía de rodillas junto a la bañera.

—No, pero no fue necesario. —Y sin duda no quería que ella se sintiera obligada a ayudarme. Comencé a ponerme de pie, pero Neeve había sujetado la esponja y mi mano, y comenzó a limpiar la suciedad de mis uñas.

—Se ha roto la nariz, ¿verdad? —susurró, mirándome a los ojos.

Contuve el aliento, sin saber cómo responder.

—Está bien —susurré cuando ella intentó sujetar mi otra mano—. No necesito que me ayudes.

—Si van a tratarla como Lady MacQuinn, tal como Liam nos ha informado a todos que debería ser… —Comenzó a limpiar con vigor mis uñas, como si estuviera molesta. Me pregunté si era por mí hasta que prosiguió—: Entonces, todos nosotros deberíamos ofrecerle nuestro servicio de cualquier manera posible.

Intenté relajarme, pero mi espalda dolía, tenía un calambre en el cuello y ganas de llorar. Después de un momento, pregunté:

—¿No deberías estar en la casa de las tejedoras, Neeve?

Sumergió la esponja en el agua turbia y sujetó el jabón con sus manos.

—Sí, bueno, todo está revuelto ahora.

Fruncí el ceño.

—¿A qué te refieres?

Cuando Neeve hizo silencio, me giré dentro de la bañera, para poder mirarla a los ojos. De pronto, sentí un peso raro en la boca de mi estómago mientras unía las piezas. Jourdain había dicho que hubo un problema con una de las chicas, lo cual creí que era una mentira para obligarme a volver a casa. Pero luego, Dillon había parecido sorprendido de verme y Thorn estaba particularmente molesto porque él había pedido que Luc volviera y lidiara con lo que sea que había ocurrido...

—¿Qué ha ocurrido?

Neeve suspiró y centró la atención en los mechones mojados de mi cabello.

—Se enterará pronto.

—¿Por qué no puedes contármelo?

—Porque no me gusta el cotilleo.

Fruncí los labios hasta que me sonrió. Estaba preciosa con el pelo escapando de su trenza, con sus ojos color ámbar oscuro. Me percaté de las cicatrices en su rostro, las marcas en su cuello, las cicatrices en el dorso de sus manos mientras me limpiaba, la evidencia de que había luchado y vencido contra una enfermedad que debería haberle quitado la vida.

—¿Debería preocuparme? —pregunté mientras me ayudaba a salir de la bañera y rodeaba mi cuerpo con una toalla.

—No —respondió Neeve mientras buscaba mi peine—. Pero permítame decir que la chica en cuestión está aliviada de que usted haya vuelto en lugar de Lord Lucas.

La intuición de Jourdain, pensé. Y en silencio, me maravillé al imaginar cómo mi padre había sabido de modo innato que debía enviarme a mí en vez de a mi hermano.

—He practicado mis letras mientras no estaba —anunció con orgullo, cambiando el flujo de la conversación.

Sonreí y le pregunté más al respecto mientras tomaba asiento en un taburete para permitirle hablar y cepillar mis nudos, hasta que mi pelo húmedo estuvo suave, cayendo sobre mi espalda como una capa de seda.

Neeve me ayudó a vestirme y amarró las cintas en la espalda de mi atuendo, ropa que supe con certeza que duraría lo suficiente para enfrentar el resto del día. Trenzó mi pelo, calzó mis pies y yo me coloqué un chal sobre mis hombros antes de salir de mi habitación para buscar a Thorn.

No tuve que buscar demasiado tiempo. Me encontró en los pasillos superiores y me llevó al estudio de Jourdain.

Tomé asiento en la silla de mi padre, un trono pequeño tallado en roble y cubierto con lana de oveja.

—¿Con qué precisas mi ayuda, Thorn?

El chambelán resopló y eligió no tomar asiento.

—Solo necesito una guía. No hemos tenido una situación semejante en mucho tiempo.

—De acuerdo. ¿Cuál es la situación?

No tuvo oportunidad de explicar. Abrieron las puertas del estudio de par en par y Betha, la tejedora en jefe, entró con el rostro enrojecido y húmedo por la lluvia. Me observó ocupando la silla de Jourdain y comenzó de inmediato a sacudir la cabeza de un lado a otro.

—Creí que Lord Lucas volvería —le dijo ella a Thorn.

—Lord MacQuinn envió a su hija en su lugar.

Betha me miró. Sentí cómo el calor subía por mi rostro.

—¿En qué puedo ayudarte, Betha? —pregunté.

—No quiero hablar con ella sobre esto —le manifestó a Thorn.

Thorn parecía nervioso.

—Me temo que tendrá que acudir al Ama Brienna o esperar a que Lord MacQuinn vuelva.

—Entonces, esperaré. —Betha se giró para marcharse. Estaba prácticamente en la puerta cuando una joven apareció entre las sombras y se interpuso en su camino.

—Vamos, Neeve.

Al principio creí que había oído mal, que había otra Neeve. Hasta que vi el cabello de color crema de mi hermana y oí la cadencia dulce de su voz.

—No, Betha —dijo Neeve—. Quiero hablar sobre esto con el Ama Brienna.

Mi pulso aceleró su ritmo al descubrir que la chica en cuestión era mi hermana. Intenté tragar mi sorpresa mientras Neeve ingresaba a la habitación, retorciendo las manos, hasta detenerse ante mí con una mirada nerviosa.

Me pregunté por qué ella no había dicho algo antes cuando había estado en mi habitación. Y me cuestioné si había deseado hacerlo y simplemente había perdido su coraje.

—Neeve —dije con dulzura—. Dime. ¿Qué ha pasado?

Una vez más, las palabras parecieron desaparecer, porque ella separó los labios, pero no salió ningún sonido.

—Se niega a trabajar —dijo Betha, la decepción era evidente en su voz—. Neeve siempre ha sido una de mis mejores tejedoras. Tiene un talento natural; lidera a las demás con su habilidad. Y se negó a trabajar la semana pasada. Y ahora, algunas de las otras chicas se han unido a esta... rebelión.

Esto no era *en absoluto* lo que esperaba. La miré, incapaz de ocultar mi sorpresa.

—¿Hay un motivo para esto, Neeve?

Betha emitió un gruñido, pero la ignoré y concentré toda mi atención en mi hermana.

—Sí, Ama Brienna. Una buena razón —respondió mi hermana.

—Simplemente estás siendo testaruda, joven —replicó Betha, pero incluso a través de este conflicto, oía en el tono de voz de Betha cuánto cariño sentía por Neeve. Incluso la forma en que miraba a la joven... La severidad de Betha parecía suavizarse—. Dificultas las cosas para las demás tejedoras, que ahora deben trabajar el doble para compensar la diferencia.

—Las otras tejedoras tampoco deberían hacer este trabajo —dijo Neeve obstinadamente. No cedería, ni siquiera cuando Betha la había llevado ante la hija del lord.

—Cuéntame qué trabajo es —pedí.

—Es un tapiz por encargo de Pierce Halloran —dijo Neeve.

El mero sonido de su nombre tensó mi cuerpo.

—Y me niego a contribuir a hacerlo —prosiguió mi hermana, con un brillo desafiante en los ojos—. Me niego siquiera a tocarlo por el modo en que la trató la semana pasada, cuando él creyó que era mejor que usted.

Estaba maravillada, por ella y su resistencia, su devoción hacia mí. Y me pregunté si ella sentía el vínculo entre las dos, incluso sin saber que yo era su media hermana.

—Y si bien lo comprendo, Neeve —dijo Betha, severa—, eres joven y no comprendes cómo tus acciones impactarán en *toda* la Casa MacQuinn.

—Por favor, explica tu razonamiento, Betha —dije.

Betha me fulminó con una mirada breve, como si resintiera mi ignorancia.

—Si nos negamos a hacer este tapiz que Pierce ha encargado… las cosas serán muy difíciles para nosotros. Los últimos veinticinco años, los Halloran fueron nuestro mayor apoyo.

—¿Apoyo? —Mi pánico comenzaba a crecer…

—Sí. Nos mantuvieron con vida con su asistencia. Si no fuera por ellos, habríamos muerto de hambre bajo Brendan Allenach. Verá, Lady Halloran tiene un gusto muy extravagante y *solo* compra nuestra lana y nuestro lino para sus prendas. Nos mantuvo ocupadas las últimas décadas con sus encargos y, por supuesto, los de sus hijos. Rechazarlos ahora de pronto… Creo que causará problemas tremendos para nosotros a largo plazo.

Tomé un instante para tranquilizar mi corazón, para evaluar mi respuesta.

—Comprendo tu preocupación, Betha. Pero Brendan Allenach se ha ido. Davin MacQuinn es tu verdadero y único lord de nuevo. Y no necesitamos acobardarnos y consentir a personas como los Halloran. No tenemos alianzas con ellos, así que no necesitamos sentir la obligación de complacerlos.

Betha rio, pero la risa nació del odio.

—Ah, ¿ve? ¿Cómo podría entenderlo? No tiene idea de cómo fue la vida durante los años oscuros, cuando despertaba cada mañana sin saber si viviría para ver el atardecer.

Sus palabras me dieron una lección de humildad; ella tenía razón. No lo sabía. Pero también quería que confiara en mí, que viera que estábamos abandonando los años oscuros.

—¿Puedo hablar contigo a solas, Betha? —pregunté.

Me miró con insolencia, creí que se negaría a mi pedido, pero me sorprendió cuando asintió hacia Neeve.

Neeve y Thorn, cuya presencia había olvidado, se fueron y me dejaron a solas con ella.

Permanecimos en silencio un instante, las dos incómodas. Oí al fuego crepitar en la chimenea; miré hacia su luz para encontrar la empuñadura de mi coraje en su danza. Pero antes de que pudiera decir una palabra, Betha habló.

—Neeve es mi nieta —dijo y me sorprendió aún más con su confesión—. Es la única hija de mi hija Lara. Así que haré todo lo que esté a mi alcance para proteger a Neeve, porque, a fin de cuentas, no pude proteger a su madre. Y si hacerlo significa obligarla a trabajar en el tapiz de los Halloran, entonces lo haré por amor, para mantenerla lejos del daño. Y te pediré que la castigues para que termine con esta rebelión, con esta tontería.

Permanecí en silencio, impactada por su pedido.

—No quiero que sea como usted —dijo con voz ronca la tejedora, sus palabras eran más afiladas que una daga en mi costado—. No quiero que se le suban las ideas a la cabeza y que crea que puede ir por ahí enfureciendo a ciertos individuos.

—No olvides, Betha —dije, y gracias a los dioses soné tranquila—, que Pierce acudió *a mí*. Yo no lo busqué a él.

—¡Y eso es lo que no comprende, Brienna! —Alzó las manos en el aire—. No sé exactamente de dónde viene, pero es evidente que podía hacer lo que desease sin sufrir consecuencias. Aquí... es muy distinto.

—Entonces ¿quieres que le ordene a Neeve que actúe en contra de su conciencia? —repliqué—. No me parece bien, Betha.

Ella resopló, pero permaneció callada y me pregunté si estaba haciéndome caso, solo un poco. Después de un momento, abandoné la silla de mi padre para nivelar mis ojos con los suyos.

—Entiendo tus miedos —susurré—. Odio oír que viviste en una época en la que enfrentaste un mal tan terrible. Pero tu lord ha vuelto. Tu reina ha regresado. Y ella es una luz incandescente en la oscuridad. Y los Halloran lo saben y tiemblan ante esa luz, porque los expone. No son tus dueños. Nunca lo serán. Y si los enfrentas esta vez, prometo que yo te apoyaré si hay represalias. Mi padre también lo hará, al igual que mi hermano.

Me fulminaba con la mirada. Pero veía el resplandor de las lágrimas en sus ojos, como si hubiera inhalado mis palabras, como si las sintiera asentándose en su interior.

—Creo que Pierce está poniéndote a prueba al hacer este encargo tan pronto después de que uno de tus tapices lo avergonzara. No tengo dudas de que él intenta expresar su poder, a pesar de no poseer ninguno aquí —susurré—. Entonces, ¿lo elegirás a él o me elegirás a mí?

Betha no dijo nada.

Se giró y salió de la habitación, golpeando la puerta al pasar.

Pero yo permanecí allí, sentada sola en el estudio de mi padre hasta que el fuego comenzó a morir y la oscuridad floreció en la habitación.

No supe la noticia hasta el mediodía del día siguiente. Pero los rumores comenzaron, nacieron de la casa de las tejedoras, llegaron a los pasillos del castillo, pasaron de un edificio al otro como una enredadera, hasta llegar a mí en el sótano, donde ayudaba a la cocinera a colgar ramilletes de hierbas para secarlas.

El tapiz para Pierce había sido cancelado.

Y tomé asiento entre los frascos de frutas encurtidas, las canastas de cebollas y patatas, las hierbas arrugadas sobre mi delantal, y sonreí con alegría en las sombras.

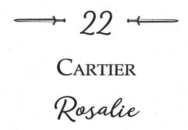

22

CARTIER

Rosalie

Ciudad real de Lyonesse, territorio de Lord Burke

Al llegar la noche, estaba de pie lo más cerca posible de las estrellas, en las almenas del castillo, permitiendo que el viento me golpeara hasta desdibujar mis pensamientos y quemar mi rostro de frío. La ciudad de Lyonesse se expandía ante mí, como un pergamino escrito con secretos oscuros, las casas resplandecían con la luz de las velas.

No había encontrado a Declan Lannon.

Jourdain tampoco. Ni Luc. Ni Lord Burke.

El príncipe no había estado oculto en los cuatro refugios que habíamos recorrido y Tomas no sabía dónde iría Declan a continuación.

Estaba constantemente un paso delante de mí.

Suspiré, preparado para volver a mi cuarto cuando sentí la presencia de alguien. En la oscuridad, Isolde estaba de pie a pocos metros de distancia, sus ojos también estaban absortos en la belleza de la ciudad a nuestros pies. Ella avanzó hasta quedar hombro a hombro conmigo y apoyó las manos sobre el muro del parapeto.

—¿Cómo están las chicas? —pregunté.

—He curado sus cuerpos lo mejor que pude —respondió Isolde—. Por ahora, descansan. —Hizo una pausa y supe que había algo más—. Aodhan... Las seis jóvenes son Kavanagh.

Lo había sospechado. La única chica que había creado la ilusión de las enredaderas para guiarme hacia allí... Había sabido que era una Kavanagh, que era uno de los súbditos de Isolde. Había llegado a la conclusión de que las otras cinco chicas también lo eran y quizás su magia aún estaba oculta en lo profundo de su sangre, aún no se había manifestado.

—¿Te lo dijeron? —interrogué en voz baja.

—No. No fue necesario —respondió la reina, triste—. Lo supe en cuanto sujeté sus manos. Sentí el fuego en su interior, el fuego que prácticamente se había extinguido entre cenizas hoy. Sentí que mi alma las llamaba y las suyas respondían. Cinco de ellas no lo saben: creo que su magia aparecerá gradualmente, una vez que sientan que están a salvo y que descansen. Sus padres y sus familias murieron. Gilroy dejó a las chicas vivas para encadenarlas en el burdel.

Sentí nauseas al recordar la vista, el olor, la oscuridad, la sangre y las cadenas. ¿Cuánto tiempo habían estado cautivas esas muchachas? ¿Presenciaron lo que había sucedido con sus familias?

—Que los dioses se apiaden, Isolde.

Ella hizo silencio un instante. Y luego, susurró:

—Sabía que mi Casa estaba casi extinta, que Lannon la atacó intencionalmente durante los últimos veinticinco años. Esperaba que llevara tiempo encontrar a mis súbditos, si es que hallaba a alguno con vida. Pero lo que no esperaba era identificarlos solo sujetando sus manos, tocándolos.

Pensé en ellos, deseando saber qué decir para consolarla. Isolde me miró.

—Lo sé, debes creer que todo esto suena raro, pero mi padre y yo continuamos intercambiando teorías, frustrados por no tener un manual para conocer mejor las reglas de la magia.

—No es raro, Isolde —respondí.

Veía que sus pensamientos cambiaban mientras bajaba el ceño.

—El carnicero nos contó todo, menos donde fue Declan esta mañana. Afirma que no sabe cuál es el próximo refugio del príncipe, pero que un carruaje apareció en el almacén de la carnicería para transportar a los Lannon. Y si bien no hay nada que desee más que golpear y torturar a un hombre tan cruel... No me convertiré en lo mismo que intento purgar de este castillo.

Permanecí en silencio, porque si ella pedía mi consejo en aquel instante, diría que golpeara al carnicero hasta obligarlo a hablar. Y a duras penas creía que fuera posible encontrar ese deseo en mi interior, después de haber sido criado en Valenia, donde la justicia siempre era medida y sensata.

Isolde habló con voz trémula.

—¿Alguna vez te preguntas por qué tú, Luc y yo sobrevivimos cuando deberíamos haber muerto? ¿Cuando nuestros huesos deberían estar bajo el césped junto a los de nuestras madres y hermanas? ¿Alguna vez te odias a ti mismo? —prosiguió, mientras las lágrimas caían sobre sus mejillas—. ¿Por haber crecido en Valenia? ¿Por haber sido cuidado, protegido y amado? ¿Por vivir en una ignorancia bendita mientras nuestros súbditos vivían en el miedo y la brutalidad? ¿Que mientras yo dormía en una cama cálida y segura esas chicas estaban encadenadas en cautiverio, siendo abusadas cada noche? ¿Que mientras yo me quejaba por aprender a leer, escribir y blandir una espada, esas chicas estaban demasiado asustadas para pronunciar una sola palabra, por miedo a que las golpearan o las mutilaran?

—Isolde limpió sus lágrimas, su pelo cayó sobre su cara—. No merezco ser reina. No merezco ocupar un trono cuando no tengo idea de lo que han sufrido estas personas. No debería haber sobrevivido a aquel día de oscuridad.

Sujeté con suavidad su hombro para girarla hacia mí.

—Hubo un momento en mi vida en el que pensé que nunca cruzaría el canal, en el que creí que permanecería en Valenia y fingiría ser Cartier Évariste, que era un amo del conocimiento y que no había súbditos, o Casa Morgane, o madre y hermana enterradas en un prado norteño. —Hice una pausa, porque me odié en aquel instante. Odiaba admitir que había intentado vivir la vida como yo quería—. Pero no lo hice. Tú tampoco. Reunimos la poca fuerza que teníamos y cruzamos el canal y recuperamos esta tierra. Luchamos y sangramos. Sí, yo también fui ignorante e inocente. No comprendía lo oscuras y corruptas que eran las cosas hasta hoy, cuando descubrí a esas chicas. Y si tú y yo retrocedemos ahora, si decidimos que abandonaremos esta lucha, entonces más niñas serán arrebatadas de sus familias y encadenadas, y más niños serán criados para ser crueles.

Finalmente, me miró a los ojos.

—Tú y yo debemos continuar avanzando —susurré—. Debemos continuar arrancando de raíz la oscuridad y la corrupción y reemplazándola con bondad y luz. Llevará tiempo. Requerirá de nuestros corazones enteros y de toda nuestra vida, Isolde. Pero no deseamos estar muertos. No deseamos ser individuos diferentes, a pesar de lo que los santos o los dioses han escogido para nosotros.

Ella cerró los ojos y solo podía preguntarme si estaba maldiciéndome en su interior o si estaba de acuerdo conmigo. Pero cuando me miró de nuevo, había una luz distinta en sus ojos, como si mis palabras la hubieran renovado.

Fui el primero en volver a la calidez del castillo y dejé a Isolde alzando sus plegarias hacia las estrellas. Y supe lo que me esperaba: otra noche sin dormir. Otra noche revisando los libros de contabilidad de Lannon, buscando con desesperación otro sitio corrupto que atrajera a Declan.

Pasaron dos días llenos de búsquedas y persecuciones que no rindieron fruto alguno.

Habíamos rastreado el movimiento de carruajes y curanderos, aún intentábamos encontrar a Fechin. Pero cada sendero que seguíamos terminaba y nos dejaba sin respuestas o pistas. Y cada día que pasaba era otro día para que Declan recobrara sus fuerzas.

Isolde no tuvo más opción que comenzar a hacer arrestos. Cualquiera que tuviera la marca de la medialuna iría al calabozo, para ser interrogado y detenido hasta que Declan apareciera.

Estaba realizando uno de los interrogatorios, sentado en el calabozo junto al dueño de una de las tabernas, quien se negaba obstinadamente a responder cualquier pregunta cuando Luc apareció.

—Rápido, Morgane. Te necesitamos en el consejo.

Le entregué mi papel y pluma a uno de los hombres de Burke para que terminara el interrogatorio y seguí a Luc por las escaleras serpenteantes. Noté que él avanzaba con velocidad sin precedentes, que tenía el cabello erizado en todas direcciones, como si hubiera deslizado sus dedos sobre él.

—¿Tenemos una pista? —pregunté, esforzándome por mantener el paso.

—El sirviente de Sean Allenach recibió otra carta. Vamos, entra.

—Luc abrió la puerta del consejo, donde el fuego ardía en el corazón de la mesa y los demás estaban reunidos.

Había una rara palidez en el rostro de Sean cuando me miró. Creí que era debido a la luz del fuego, que las sombras hacían trucos sobre su rostro. Hasta que noté que Jourdain tenía el rostro enterrado entre las manos, como si hubiera perdido la determinación.

Mi primer temor fue que habían encontrado los cuerpos de Ewan y Keela.

Miré directamente a Isolde, que estaba de pie quieta como una estatua, y le pregunté:

—¿Qué ha ocurrido? ¿Son los niños?

No tuvimos problemas, pero ha habido un cambio de planes. El elegido previamente mencionado no nos visitará este otoño. En su lugar, hospedaremos a Rosalie. Preparaos para enviar mucho vino y pan.

Me encogí de hombros y lo leí de nuevo.

—Bueno. ¿Por qué esto ha alborotado a todos?

Jourdain aún no se movía, así que miré a Luc, pero él estaba de espaldas, mirando la pared. Incluso Isolde no observaba mis ojos y su padre tampoco. Lord Burke apartó con suavidad la carta de mis dedos rígidos, hasta que no tuve más opción que posar los ojos en Sean Allenach.

—¿Sean?

—Creí que lo sabías —dijo con voz ronca.

—¿*El qué*? —respondí con impaciencia.

—Quién era Rosalie.

De inmediato, mi mente comenzó a pensar en nombres, rostros y personas que había conocido en Valenia. Porque Rosalie era un nombre valeniano. Después de un momento, alcé las manos, fastidiado, y cedí.

—No tengo ni idea. ¿Quién es?

Sean miró a Jourdain, quien aún estaba inmóvil. Lentamente, como si Sean me temiera, movió la vista hacia mí y susurró:

—Rosalie era el nombre de la madre de Brienna.

Al principio, quise negarlo (Sean Allenach no sabía *nada*), hasta que comprendí que yo no sabía el nombre de la madre de Brienna. Y debería haber conocido ese nombre, debería haber sabido quién le había otorgado la vida, a quién ella echaba de menos, a quién ella anhelaba recordar.

Pero ¿por qué Sean sabía eso?

Estaba indignado, hasta que los hilos de la vida de Brienna comenzaron a entretejerse en mi mente frenética.

Sean conocía el nombre porque Rosalie una vez había visitado el castillo Damhan. Sean lo conocía porque Rosalie se había enamorado de Brendan Allenach. Sean lo conocía porque Rosalie era la mujer con la que Brendan Allenach había querido contraer matrimonio, porque estaba embarazada de una hija.

En su lugar, hospedaremos a Rosalie…

Rosalie era el nombre en código para Brienna.

—No. —Apoyé las manos sobre la mesa para no perder el equilibrio, mi negación era ágil, dolorosa. Sentía que tenía un hueso atascado en la garganta—. No, no puede ser. No pueden referirse a Brienna.

—Aodhan… —dijo Isolde y era el sonido del consuelo, como si alguien hubiera muerto y ella intentara expresar cuánto sentía mi pérdida.

—MacQuinn la envió a su hogar en Fionn, para que estuviera a salvo —balbuceé, mirando a Jourdain.

Jourdain por fin dejó caer sus manos del rostro y me miró con los ojos inyectados en sangre.

—MacQuinn… —susurré, pero mi voz desapareció, porque en aquel instante supe la razón por la cual no podíamos encontrar a Declan Lannon. Porque Declan Lannon ya no estaba en Lyonesse. Declan Lannon había huido de la ciudad la misma mañana que Brienna. Y ahora parecía que el clan de la medialuna tenía planes para capturarla.

—Sí —susurró Jourdain—. La envié a casa. Para que estuviera a salvo.

Solo que no estaba a salvo. Si aquel mensaje robado contenía algo de verdad… ella era el nuevo objetivo. Y si Declan y los miembros del clan de la medialuna la capturaban, entonces intentarían usarla para su ventaja, para negociar con nosotros con el precio de la vida de Brienna.

Mis pensamientos giraban a toda velocidad; ¿qué querría Declan a cambio de ella? ¿Su familia? ¿Su libertad? ¿La reina?

—¿Dónde está Daley Allenach? —pregunté, centrando la atención en Sean.

—Mi sirviente ha huido, Lord Aodhan —respondió Sean, apenado—. Sabe que tengo su correspondencia.

Podría haber aplastado el rostro de Sean contra la pared al oírlo.

—¿Has recibido noticias de Brienna? —Miré a Jourdain—. ¿Ha mantenido el contacto desde Fionn?

—Recibí novedades ayer —respondió Jourdain—. Llegó a casa a salvo.

Exhalé despacio, creyendo que, si ella estaba en casa, entonces sin duda estaba a salvo. Estaba en una fortaleza que había sobrevivido a antiguas redadas y guerras entre clanes. Estaba rodeada de personas que odiaban a los Lannon. Era astuta y era fuerte.

Y, sin embargo, ella no lo sabía. No sabía que Declan había huido de Lyonesse. La sorprendería con la guardia baja; el clan de la medialuna tendría que atacarla por sorpresa si querían capturarla.

Y quizás, más que eso… los miembros del clan de la medialuna parecían distribuidos por todas partes, no se limitaban solo a los Lannon, los Allenach, los Halloran y los Carran. ¿Y si uno de los MacQuinn era un miembro del clan de la medialuna dispuesto a traicionarla?

Miré a Jourdain; él me devolvió su mirada. El espacio entre los dos estaba plagado de miedo, furia y preocupación. En lo profundo de mi mente, solo escuchaba la voz de Brienna, sus palabras de despedida hacia mí...

¿Por qué me dejas ir cuando sabes que debería estar aquí?

Jourdain y yo habíamos cometido un gran error al enviarla a su hogar.

Si Declan conseguía capturarla, tendría mi corazón en sus manos. Podría destruirme; podría pedir cualquier cosa y yo se la entregaría sin vacilar.

Me aparté de la mesa, caminé hacia la puerta hecho una furia, incapaz de hablar, abrumado por el deseo de cabalgar a toda prisa hacia Fionn, de llegar a ella antes que Declan.

—Aodhan. Aodhan, espera —ordenó Isolde.

Me detuve abruptamente, con la mano sobre los anillos de hierro de la puerta, respirando sobre la madera.

—Brienna MacQuinn es una de las mujeres más inteligentes que conozco —prosiguió la reina—. Si alguien puede escapar de Declan, es ella. De todas formas, es hora de ponernos en movimiento.

Me giré. Los demás se habían reunido en un círculo cerrado y esperaban que me uniera. Me adentré de nuevo a la luz del fuego. Por fuera, parecía controlado y frío, pero por dentro, estaba destrozado. Estaba haciéndome añicos.

—Declan Lannon planea capturar a Brienna, para usarla sin duda como su peón para negociar —dijo Isolde—. Si él la ha capturado antes de que lleguemos al castillo Fionn... pedirá mi vida a cambio de la de ella. He jurado no negociar con un hombre semejante, así que eso implica que necesitamos descubrir dónde está oculto Lannon y rescatar a Brienna con la mayor rapidez posible.

—No la capturará en Fionn —protestó Jourdain—. No podrá con mis súbditos.

Isolde asintió.

—Por supuesto, Lord MacQuinn. —Pero la reina me miró y el mismo pensamiento cruzó nuestras mentes. Brienna era Allenach por nacimiento. Los MacQuinn aún tenían que aceptarla como propia, sin importar que ella fuera la hija del lord.

—Padre, te pediré que permanezcas aquí en Lyonesse con Lord Burke, para cuidar la ciudad y custodiar al resto de los Lannon prisioneros —dijo Isolde—. Lord MacQuinn, Lord Aodhan, Lord Lucas y Lord Sean cabalgarán conmigo hasta el castillo Fionn de inmediato. Desde allí, comenzaremos a analizar pistas posibles del paradero de Declan, pero tengo la sospecha de que él estará oculto en el territorio de uno de los miembros del clan de la medialuna.

La reina nos miró uno a uno, para observar cómo colocábamos las manos sobre el corazón. Cuando sus ojos tocaron los míos, vi el fuego que ardía en su interior, un fuego antiguo, como si ella fuera un dragón que acababa de despertar. Un dragón a punto de alzar vuelo, de borrar al clan de la medialuna con sus alas y sembrar el terror.

Coloqué la mano sobre mi corazón, lo sentí latiendo contra mi palma y permití que mi furia aumentara en silencio junto a la de ella.

23

BRIENNA

La Bestia

Territorio de Lord MacQuinn, castillo Fionn

—¡*H*a habido un accidente, Ama! —gritó Thorn, irrumpiendo en el estudio.

Me puse tensa, alcé la vista de los libros de contabilidad de MacQuinn y vi las manchas de sangre sobre su jubón.

—¿Qué tipo de accidente?

—De caza. Me temo que dos hombres han muerto y otro está...

Abandoné la silla y salí al pasillo antes de que él pudiera terminar y seguí la conmoción hasta el salón. No sabía qué esperar, pero mi determinación disminuyó cuando vi que cargaban a Liam y lo apoyaban sobre una mesa, con el rostro destrozado, y una flecha sobresaliendo del lado derecho de su pecho.

Los hombres que lo habían traído sintieron mi presencia y se giraron para verme con los ojos abiertos de par en par y llenos de pánico. Se apartaron para permitir que me acercara y coloqué despacio los dedos sobre el cuello de Liam, donde un pulso débil aún latía.

—Traed a Isla —dije con voz ronca, sabiendo que necesitaría la ayuda de una curandera con esta herida. Mientras una de las mujeres corría nerviosa a buscar a la curandera, me volví hacia los hombres y dije—: Ayudadme a llevarlo a uno de los cuartos.

Alzamos a Liam a la vez con cuidado, fuimos al pasillo y entramos en la habitación vacía más cercana. Cuando lo acostamos despacio sobre el colchón, corté su jubón y su camisa para exponer su torso y evaluar la posición de la flecha. Toqué su pecho con cuidado, palpando las costillas. Creía que la punta de la flecha estaba alojada en su cuarta costilla. Quitarla sería difícil; había estudiado heridas de flecha con Cartier como alumna y si bien nunca había tenido oportunidad de curar una, sabía que las heridas en el pecho eran prácticamente letales si el pulmón estaba afectado. También sabía que era en extremo difícil extraer una flecha si estaba clavada en el hueso.

Observé su rostro a continuación, que parecía haber recibido cortes de garras. Su piel colgaba en jirones sobre su mejilla y se veían sus dientes. Estuve a punto de apartar la mirada porque mi estómago se revolvió ante la escena.

—Necesito agua limpia, miel de rosas y muchos vendajes —susurré, girándome para hablarle a una de las mujeres que me había seguido hasta el cuarto—. Y ocúpate de que las chicas enciendan el fuego en esta chimenea. Rápido, por favor.

En cuanto la mujer se había marchado, sus gritos urgentes resonaban por el pasillo, centré la atención en el hombre que me había ayudado a llevar a Liam al cuarto, que tenía los ojos fijos en mí, esperando mi próxima orden.

—¿Qué ocurrió? —susurré.

—Ama… no lo sabemos. Asesinaron a los otros dos hombres que estaban con Liam.

—¿Quiénes eran?

—Phillip y Eamon.

Phillip y Eamon. Dos hombres de armas que me habían acompañado de vuelta a casa desde Lyonesse.

Isla entró en la habitación y me sacó de mi perplejidad. La había visto por el salón durante las comidas, pero nunca había hablado con ella. Era una mujer mayor con pelo largo y blanco y ojos del color del mar. Apoyó su bolso y analizó las heridas de Liam.

Después de un instante, me miró y preguntó:

—¿Te impresiona la sangre?

—No —respondí—. Y sé cómo curar heridas.

Isla no respondió mientras hurgaba en su bolso. Observé mientras ella comenzaba a extraer herramientas pequeñas hechas en madera de saúco, de diversos largos y tamaños. Luego, extrajo las pinzas, que eran suaves y angostas, específicamente diseñadas para extraer una punta de flecha.

Le hizo una señal a dos hombres para que sujetaran a Liam. No me moví, aún no, y solo observé mientras ella intentaba torcer el cuerpo de la flecha. Esta se negó a rotar y se rompió inesperadamente en sus manos.

—La punta está clavada en su hueso —dijo Isla, lanzando el fragmento de flecha al fuego.

—Puedo localizarla y extraerla —ofrecí mientras avanzaba.

Trabajé a la par con ella, envolviendo herramientas con lino, mojando las puntas en miel de rosas. Ella les pidió a los dos hombres que habían permanecido en la habitación con nosotras que continuaran sujetando a Liam, uno por los hombros y otro por la cintura, y la curandera y yo comenzamos gradualmente a abrir la herida de flecha con los instrumentos. Estaba empapada de sudor cuando encontramos la punta de la flecha, un resplandor oscuro de metal cubierto de sangre, alojado en la costilla de Liam.

Sujeté las pinzas e introduje su punta en la herida hasta que encontré la flecha. Me preparé, me agazapé junto a la cama a su lado y tiré. El metal se soltó, salí disparada, caí al suelo, y golpeé la mesa con un ruido. Pero sostuve las pinzas y en ellas estaba la punta de flecha.

Ah, si Cartier hubiera estado allí para verme hacer esto... Estaría triste por habérselo perdido.

Isla asintió brevemente hacia mí, se volvió hacia Liam para quitar sus herramientas y comenzar a limpiar la herida. Los dos hombres aún lo sujetaban, pero inclinaron la cabeza hacia mí con un respeto que nunca había visto o sentido antes.

Me puse de pie, apoyé las pinzas y le entregué a Isla el lino mientras sujetaba el frasco de miel.

—Tendremos que esperar y ver si el pulmón está comprometido —dijo ella al terminar de preparar su ungüento curativo—. En cuanto a su rostro... tendré que intentar repararlo. ¿Sabe de hierbas, Ama Brienna?

—Sí. ¿Qué necesita?

—Cardo estrellado —respondió—. Crece en grupos en el bosque al este, junto al río.

—Iré y traeré algunas. —Salí rápido de la habitación, atravesé el pasillo y entré en el salón.

No esperaba ver la multitud reunida allí, los hombres y mujeres sentados en silencio en las mesas, esperando sombríamente novedades sobre Liam. Todos se pusieron de pie cuando entré y me detuve en seco mientras sentía que sus miradas se posaban sobre la sangre en mis manos, la sangre desparramada sobre mi vestido y mi rostro. Thorn fue el único que se aproximó a mí.

—¿Está muerto? —preguntó el chambelán.

—No. Hemos arrancado la flecha. —Proseguí hasta el vestíbulo, los MacQuinn abrieron el paso ante mí. Una vez más, comencé a sentir su respeto mientras caminaba entre ellos, mientras se movían para permitirme pasar, a la vez que sus ojos continuaban siguiéndome. Entonces, comprendí que esperaban que les diera órdenes.

Me detuve en la entrada, preguntándome qué clase de orden debería dar. Me volví y estaba a un segundo de decirles que suspendieran el trabajo por aquel día, que algo ocurría en territorio MacQuinn y que necesitaba intentar resolverlo cuando Thorn robó el momento.

—Volved todos a vuestros trabajos —dijo con tono gruñón el chambelán—. No tiene sentido desperdiciar el resto del día.

Los hombres y mujeres comenzaron a salir del salón. Permanecí de pie bajo la arcada de la puerta hasta que Thorn me miró.

—Necesito hablar contigo cuando vuelva, Thorn —dije.

Parecía nervioso por mi pedido, pero asintió y respondió:

—Por supuesto, Ama Brienna.

Caminé hacia el vestíbulo y me hice con una cesta en el camino hacia la salida. Era el principio de la tarde y el cielo estaba nublado y cubierto. Me detuve un instante para apartar mi pelo del rostro, comenzaba a sentir dolor de espalda.

—¡Ama Brienna!

Me giré y vi a Neeve corriendo hacia mí. Mi perra, Nessie, estaba unos pasos detrás de ella con la lengua afuera.

Neeve se detuvo en seco al ver la sangre que me cubría y se llevó las manos hacia la boca.

—Todo está bien —dije—. Iré a buscar un poco de cardo estrellado.

Neeve se tragó su miedo y bajó las manos.

—Sé dónde crece. Permítame que la ayude.

Juntas, caminamos bastante lejos de la vista del castillo, donde los árboles comenzaban a crecer más espesos a lo largo del río. Le entregué a Neeve mi daga, para que pudiera cortar el cardo sin tocar las espinas y trabajamos velozmente en silencio mientras llenábamos la cesta.

Estaba de rodillas, luchando contra un cardo obstinado, cuando oí que una rama se rompió en el matorral. Y no me hubiera preocupado si Nessie no hubiera empezado a gruñir a mi lado, con el lomo erizado y los dientes expuestos.

—Nessie —susurré, pero miré las sombras del matorral, la maraña espesa de arbustos y árboles. Una advertencia fría recorrió mi columna mientras sentía la mirada punzante de ojos ocultos. Alguien estaba en el interior del matorral, observándome.

Nessie comenzó a ladrar, con firmeza y furia, y avanzó un paso más hacia el matorral.

Cada vello en mi cuerpo se erizó y me puse de pie con torpeza.

—¿Neeve? ¡*Neeve!*

Mi hermana corrió hasta el claro y se colocó a mi izquierda. Me estremecí de alivio al verla con mi daga aún en la mano.

—¿Qué? ¿Qué ocurre? —Neeve dio un grito ahogado al notar que Nessie continuaba gruñendo y acercándose despacio hacia las sombras—. ¿Es la bestia?

—¿La bestia? —repetí.

—¿La bestia que atacó a Liam?

Miré de nuevo hacia el matorral. Quería decirle que no era una bestia. Era un hombre.

Tomé la cesta de cardos en mi brazo y sujeté a mi hermana con el otro.

—Vamos, tenemos que volver. ¿Nessie? ¡*Nessie!*

La perra cedió y obedeció solo cuando estuvo segura de que yo estaba alejándome del peligro. Las tres corrimos lejos de los árboles hacia el terreno abierto, hacia la luz gris y los parches leves de sol. Me dolía respirar cuando llegamos al vestíbulo del castillo.

—¿Tienes tu propia daga, Neeve? —pregunté cuando intentó devolverme el pequeño cuchillo.

—No —respondió—. Lord Allenach nos prohibía tener dagas.

—Bueno, esta es tuya ahora. —Alcé mi falda para quitar la funda amarrada a mi pierna. Se la entregué, esperé hasta garantizarme de que la había amarrado a su muslo con la daga colocada en su lugar, oculta debajo de su vestido—. Llévala siempre. Y si alguien te amenaza, quiero que les hagas un corte aquí o aquí. —Señalé su cuello y su axila.

Abrió los ojos de par en par, pero asintió asimilando mi orden.

—¿Y usted, Ama?

—Conseguiré otra daga. —Toqué su brazo y lo apreté despacio para transmitir tranquilidad—. No camines por ninguna parte sola, incluso cuando vas desde la casa de las tejedoras hasta el castillo. Pídele siempre a alguien que te acompañe. Por favor.

—¿Por la bestia?

—Sí.

Neeve hacía su mayor esfuerzo por ocultar su miedo, por parecer valiente. Pero veía lo pálida y preocupada que estaba. La acerqué suavemente hacia mí para besar su frente. Ella se paralizó ante la muestra de afecto y yo me regañé a mí misma por ser demasiado directa. Así no es como debería comportarse Lady MacQuinn y vi que confundía a Neeve.

—Ahora vete —susurré con un empujón suave y Neeve se fue por uno de los pasillos, mirándome con un resplandor oscuro en los ojos, como si comenzara a percibir los hilos invisibles que nos unían.

Volví a la habitación de Liam y le entregué a la curandera la cesta de cardos. Trabajamos juntas en silencio, aplastamos las flores hasta obtener un polvo fino que ella mezcló con miel para crear un ungüento. Había cosido el rostro de Liam mientras había estado ausente y la ayudé a colocar la mezcla sobre las costuras del noble. Mientras lavaba mis manos, la curandera envolvió el rostro de Liam con vendas de lino limpias.

—Ninguna bestia causó estas heridas, Ama Brienna —dijo con seriedad la curandera.

—Sí, lo sé. —Era difícil respirar al recordar la sensación espeluznante de que alguien había estado en el bosque, observándome, hacía apenas una hora—. ¿Le importa permanecer junto a él un rato? Puedo venir a reemplazarla al atardecer.

—Por supuesto, Ama. —Asintió y yo me marché de inmediato y pedí que Thorn se reuniera conmigo en el estudio de Jourdain. Tomé asiento en la silla de mi padre mientras el chambelán permanecía de pie delante de mí, moviendo las manos con nerviosismo.

—Estoy segura de que ha recopilado información sobre lo que ocurrió esta mañana mientras me ocupaba de Liam —afirmé.

—Sí, Ama. Liam fue a cazar con Phillip y Eamon —dijo Thorn—. No es inusual. Los tres son cercanos y han cazado juntos muchas veces las últimas tres semanas. Liam volvió a caballo al castillo, apenas se sujetaba de la montura. Tenía una herida de flecha y el rostro destrozado. Los hombres que ayudaron a transportar a Liam al patio dijeron que él solo decía una palabra. *Bestia.* La dijo dos veces antes de perder la consciencia, justo antes de que usted llegara, Ama. Mientras usted e Isla se ocupaban de él, envié a un explorador en busca de los otros dos hombres. Los encontró muertos en el prado al norte, con el rostro también destrozado, pero ellos tenían cortes profundos en el abdomen. Me temo que… —Vaciló.

Esperé, alzando las cejas.

—¿Qué temes, Thorn?

Miró las manchas de sangre en mí y suspiró.

—Me temo que sus entrañas estaban desparramadas sobre el césped.

Hice silencio un instante, mirando las sombras de la habitación. Estaba horrorizada de saber que esos dos hombres habían muerto de una forma tan violenta. Y si bien quería hundirme en la perplejidad, sabía que no podía permitírmelo.

—¿Una bestia no se comería a los hombres en vez de jugar con sus entrañas?

Thorn hizo silencio, casi como si nunca hubiera pensado en ello.

—Además, ¿qué clase de bestia dispara una flecha, Thorn?

El chambelán se ruborizó, indignado.

—¿Por qué me pregunta cosas semejantes, Ama? ¿Cómo podría saberlo? ¡Solo le cuento lo que he descubierto!

—Y yo solo hablo con usted para que podamos resolver este misterio terrible.

—¿Misterio? No hay misterio aquí —replicó—. ¡Fue un accidente trágico! La mayoría de los hombres creen que Eamon o Phillip intentaron dispararle a la bestia cuando los atacó y que le dieron por error a Liam.

Es posible, pensé. Pero una vez más, algo no cuadraba. Y apoyé la espalda en mi asiento, pensando que las cosas no habían cuadrado desde que había partido de Lyonesse.

—¿Tiene el cuerpo de la flecha? —Thorn me sorprendió con su pregunta—. Si quisiera dármela, podría decirle si es una de nuestras flechas o si es una flecha de otra Casa.

Recobré la esperanza y luego la perdí de inmediato cuando recordé que la curandera había lanzado el cuerpo de la flecha al fuego, furiosa por haberla quebrado sin querer.

—No. No tengo el cuerpo de la flecha.

—Entonces, no sé qué más decirle, Ama Brienna. Más que lamento profundamente que usted deba lidiar con esto. Su padre debería haber enviado a Lord Lucas a casa.

Tuve que reprimir mi irritación.

—¿Dónde están los cuerpos de Phillip y Eamon? —pregunté, frotando mi sien doliente.

—Sus esposas están preparándolos para el entierro.

Necesitaba ir con esas mujeres y ayudarlas con los preparativos. Me puse de pie y dije:

—Quiero que envíe un grupo de guerreros para que recorran el terreno que nos rodea, hasta las fronteras del territorio. Comienza por el bosque al este, donde crece el cardo estrellado.

Me miró frunciendo el ceño.

—Pero Ama... ¿por qué?

—¿Por qué? —Estuve a punto de reír—. Porque hay una bestia suelta en el terreno matando a los nuestros.

—Entonces ¿hará que arriesgue a más de nosotros para capturarla? Probablemente es un oso que ya ha vuelto a su cueva. Ya he explorado la zona y le he dicho que no encontré nada más que los cuerpos de Phillip y Eamon.

—Thorn. Esta bestia no es un oso. Es un hombre. Probablemente un Halloran y lo más probable es que tenga un grupo de secuaces con él. Encuéntralos y tráelos ante mí. ¿Entendido?

—¿Los Halloran? —Me miró boquiabierto—. ¡Es absurdo! ¿Intenta empezar una guerra?

—Si intentara empezar una guerra, no tendrías que preguntármelo. Lo sabrías —afirmé con frialdad—. Ahora ve y haz lo que te pido, antes de poner a prueba la mínima paciencia que me queda.

Él aún tenía aquel resplandor perplejo en los ojos al marcharse, como si no pudiera creer mis órdenes.

Esperé hasta que cerró la puerta y luego tomé asiento de nuevo, mis piernas temblaban.

Tenían que ser los Halloran.

Pensé en Pierce, en su humillación, en cómo nos negábamos a realizar su tapiz. ¿Era venganza por eso?

Ten cuidado, Brienna.

La advertencia de Grainne sonó de nuevo y pensé en cómo ella y los Dermott habían sufrido saqueos de los Halloran durante años.

¿Qué haría si Thorn volvía con los Halloran? ¿Qué les haría?

No tenía ni idea. Y eso, tal vez, me aterraba más que cualquier otra cosa.

Estaba en el cuarto de Liam más tarde esa noche, hirviendo un cuenco de hierbas en el fuego para limpiar el aire, cuando Thorn me encontró. El anciano estaba cubierto de lodo y parecía exhausto mientras caminaba hacia mí.

—No encontramos nada, Ama Brienna. Nada más que aves, ardillas y conejos —dijo, tenso, como si quisiera decir: «¿No te lo dije?».

Me puse de pie para enfrentarlo por completo. Solo estábamos él, yo y Liam en la sala. Había enviado a Isla a cenar para darle un respiro.

Thorn miró donde Liam continuaba recostado en la cama.

—¿Cómo está?

—Aún respira —respondí, pero mis palabras eran sombrías. Fue como Isla y yo temíamos: Liam había quedado inconsciente y su respiración era cada vez más laboriosa. Isla estaba escéptica y no creía que él sobreviviera a la noche.

Pero no le conté eso a Thorn. Lancé otro puñado de menta en mi cuenco hirviente y rogué que las hierbas limpiaran los pulmones del noble, incluso cuando su respiración era cada vez más débil.

—Ve a cenar, Thorn. Has hecho suficiente por hoy.

Partió con un suspiro y tomé asiento junto a Liam hasta que Isla volvió para el relevo.

No noté lo agotada que estaba hasta que salí al patio principal y llamé a Nessie con un silbido.

Mi perra apareció obedientemente, como si hubiera estado esperando mi llamada. Llevé a Nessie hasta mi cuarto, la invité a dormir en la cama conmigo.

Mientras ella daba vueltas sobre mi manta, sujeté mi espada en las manos. Desenfundé el filo y lo admiré antes de ir a la cama. Apoyé la espada sobre el colchón a mi lado, la empuñadura lista para ser sujetada en un segundo.

Y luego me recosté, con la perra a un lado y el acero al otro, y observé al fuego proyectar formas sobre mi techo.

No recuerdo quedarme dormida. Debo haberlo hecho gradualmente, porque lo siguiente que oí fueron los gruñidos de Nessie. Abrí los ojos de par en par para beber la oscuridad, mi fuego eran brasas. Permanecí allí paralizada.

Nessie gruñó de nuevo y fue cuando lo escuché. Un golpeteo suave y reiterativo en mi puerta.

—Tranquila, Nessie —le ordené y ella obedeció.

Salí de la cama con la espada en mi mano y comencé a arrastrarme hacia mi puerta.

—¿Ama Brienna?

Era Thorn. Emití un suspiro de fastidio, abrí un poco la puerta, y vi al chambelán de pie con una vela, esperando mi respuesta.

—¿Qué ocurre ahora, Thorn?

—Hay alguien que creo que necesita ver —susurró él—. Rápido, venga conmigo. Creo que tiene relación con... el ataque. —Y luego miró detrás de mí, donde Nessie continuaba gruñendo. Thorn abrió los ojos de par en par levemente con aprehensión.

—Dame un minuto. —Cerré la puerta para calzarme las botas y amarrar mi capa pasionaria al cuello. Abroché la funda de mi espada sobre mi pecho y permití que el acero descansara cómodo entre mis omóplatos, la empuñadura sobresalía a mis espaldas, lista para que la sujetara.

Cuando abrí la puerta de nuevo, Thorn esperaba a unos metros.

—La asustará el perro —me susurró y me detuve en la puerta.

—¿La?

—Sí. Una de las chicas dice que sabe algo sobre el ataque. Desea hablar con usted al respecto.

Aquello me sorprendió, pero cedí a dejar a Nessie en mi cuarto a pesar de sus gimoteos.

Seguí a Thorn por el castillo, los pasillos estaban oscuros y en silencio. Esperaba que me guiara hasta uno de los almacenes, así que cuando me llevó al patio central, donde las piedras y el musgo resplandecían bajo la luz de la luna, vacilé.

—¿Dónde está esta chica? —pregunté, mi respiración salía en forma de nube—. ¿Y quién es?

Thorn se giró para mirarme. Parecía frágil y viejo en aquel instante.

—Está en la casa de las tejedoras. No pude persuadirla para que saliera.

—¿La casa de las tejedoras? —repetí. Hubo un instante de duda (aquello parecía raro), pero luego pensé en cuánto confiaba Jourdain en Thorn, en que creía en él lo suficiente para permitirle supervisar los asuntos del castillo. Así que accedí a seguirlo por el sendero que bajaba la colina, el césped era largo y chato bajo nuestros pies y se rizaba alrededor de nuestras botas. El viento apagó la vela de Thorn, así que avanzamos iluminados por la luna y las estrellas.

Cuando la casa de las tejedoras apareció a la vista como una mancha de tinta sobre la seda de la noche, noté que no había luz dentro de las ventanas. El edificio parecía dormido, al igual que todos los demás.

Hice una pausa, un hilo de miedo jaló de mi corazón y lo llevó a mi estómago.

—¿Thorn?

El chambelán se detuvo y se volvió para mirarme. Vi en su rostro que ahora había alguien detrás de mí y, antes de que pudiera moverme para sujetar mi espada, sentí la advertencia del roce del acero sobre mi cuello.

—No te muevas, Brienna —susurró Pierce en mi oído.

No lo hice. Pero mi corazón se hizo añicos.

—¿Por qué? —Fue lo único que pude decirle a Thorn, la traición cerraba mi garganta.

—Queríamos a Lucas —dijo Thorn—. Así que pedí que Lucas volviera. Pero tu padre fue lo bastante tonto para enviarte en su lugar. Lo siento, Brienna. En serio.

—¿Cómo pudiste traicionar a tu propio lord? —dije, pero luego la verdad me golpeó como un puñetazo en el pecho. Sabía exactamente qué era Thorn. Y quise reír, furiosa conmigo misma por no haber seguido mi propio consejo.

¿No le había indicado a Sean que alzara las mangas de siete nobles para comprobar que no tuvieran la marca?

Había creído que ningún MacQuinn se había unido al clan de la medialuna, pero qué tonta había sido al pensar que la corrupción solo abarcaba ciertas Casas.

El brazo de Pierce rodeó mi cintura. Sentí que desabrochaba la funda de mi espada y que mi única arma abandonaba mi cuerpo. Oí al acero aterrizar sobre el césped cuando me lo arrebataron.

—Mi padre te matará cuando descubra esto —dije, sorprendida ante mi tono de voz tranquilo. Thorn solo movió la cabeza de lado a lado.

—Lord MacQuinn nunca lo sabrá.

Pierce luchó por lanzarme al suelo y colocó un trapo en mi boca mientras amarraba mis muñecas en la espalda. Aún veía a Thorn, cernido sobre mí, las estrellas ardían en la noche detrás de él. Observé a Pierce entregándole una bolsa de monedas; vi que la manga de Thorn se movió cuando extendió la mano para tomar el pago y una medialuna de tinta apareció en su muñeca.

—No recibirás el resto hasta que el intercambio tenga éxito —dijo Pierce. Y luego arrancó mi capa pasionaria; el frío me invadió mientras Thorn sujetaba mi capa a regañadientes, como si la tela azul fuera a morderlo.

Pierce me alzó del suelo y me cargó sobre su hombro como si yo no fuera más que un saco de granos. Grité, pero mi voz estaba amortiguada por la mordaza; pateé, intentando clavar mi rodilla en su estómago y él tropezó. Caímos al suelo y me di prisa en arrastrarme lejos de él y en el afán de hacerlo corté mi rodilla con una roca. Pierce estuvo sobre mí antes de que pudiera ponerme de pie y golpeó mi rostro. Mi vista se nubló y un estallido de dolor apareció en mi mejilla; luché por respirar mientras me arrastraba hacia el bosque.

Aún estaba aturdida cuando intenté recobrar la orientación. Estábamos en un claro pequeño y había una carreta; cuatro hombres de Pierce estaban reunidos a su alrededor, esperando, sus ojos me miraban con frialdad. Dos de ellos tenían sangre seca en sus jubones. Supe que era la sangre de Phillip y Eamon y sentí cómo la bilis subía a mi garganta.

Los observé mientras Pierce abría la parte trasera de la carreta.

Había sacos de grano allí. Pero también había algo más: un compartimento debajo de los sacos de grano, oculto inteligentemente. Mi corazón aceleró el pulso al verlo, cuando comprendí que Pierce estaba a punto de colocarme dentro de la oscuridad parecida a un ataúd. Me puse de pie con torpeza sin el balance de mis manos y comencé a correr a toda velocidad. Atravesé dos arbustos espinosos antes de que Pierce me atrapara: sujetó mi cabello entre sus dedos y jaló de mí hasta tenerme entre sus brazos.

—Eres astuta, sin duda —se burló—. Fechin me advirtió que lo eras, que sería difícil atraparte. Pero esta vez te he superado, Brienna.

—Me llevó de nuevo a la carreta y me lanzó dentro del compartimento secreto, sus hombres reían y lo alentaban. Luego, apoyó el cuerpo sobre la carreta, mirándome con la cabeza inclinada, como si disfrutara verme acobardada en aquel espacio reducido—. El príncipe quería sangre MacQuinn, no Allenach. Pero supongo que serás suficiente.

Toqueteó uno de los sacos de grano que estaban sobre mí. Oí el tintineo del vidrio y antes de que pudiera reaccionar, Pierce colocó un trapo húmedo sobre mi rostro y me obligó a respirar el vapor de algo ácido.

Resistí intentando adentrarme más en el compartimento, pero mis dedos comenzaron a cosquillear y el mundo empezó a moverse más despacio. Prácticamente ya había sucumbido al vacío cuando oí que Pierce hablaba.

—Sabes… Si no me hubieras humillado ante la Casa de tu padre, si hubieras escogido aliarte a mí… los Halloran habrían elegido tu lado. Habríamos descartado a los Lannon como si fueran ropa sucia. Serías mía y yo te habría protegido, Brienna. Pero ahora, mírate. Es divertido cómo cambia de manos el poder, ¿no?

Arrancó la mordaza de mi boca e intenté gritar de nuevo. Pero mi voz desaparecía. Solo tuve fuerzas de decir:

—¿A dónde me llevas?

—Te llevaré a casa —dijo con una sonrisa—. Con el príncipe.

Me encerró en la oscuridad. Sentí que la carreta se movía y me esforcé por conservar la coherencia.

Mi último pensamiento apareció antes de perder la consciencia.

Estaban a punto de entregarme a Declan Lannon.

PARTE 4

LA REPRESALIA

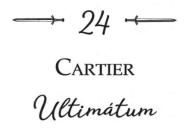

CARTIER

Ultimátum

Territorio de Lord MacQuinn, castillo Fionn

En cuanto vi aparecer el castillo de Jourdain en mitad de la niebla de la tormenta, supe que habían capturado a Brienna. Detuve a mi caballo en el patio, detrás de Jourdain. Llegamos demasiado tarde y, sin embargo, Jourdain aún no lo notaba.

Isolde detuvo su caballo junto al mío; tenía el rostro manchado de lodo y lluvia. Habíamos cabalgado toda la noche, prácticamente sin detenernos, para llegar al castillo de Fionn. Y, sin embargo, aun así, no habíamos llegado a tiempo.

La reina me miró, indicándome en silencio que siguiera a Jourdain hasta el salón. Así que obedecí, tenía el pecho vacío mientras desmontaba, y seguí a Jourdain y a Luc mientras entraban a toda prisa al vestíbulo.

El resto de nuestro grupo (Sean, Isolde y sus guardias) entró despacio y con vacilación.

—¿Brienna? ¡*Brienna*! —La voz de Jourdain resonó en el castillo.

Los MacQuinn estaban reunidos, terminando el desayuno. La luz incluso se esforzaba por brillar donde el fuego ardía en la chimenea, proyectando un resplandor débil sobre los estandartes con el símbolo de los MacQuinn. Las personas estaban de pie en grupos con el rostro pálido y los ojos solemnes abiertos de par en par. Había una joven con cabello rubio y cicatrices en su cara llorando, su angustia era el único sonido que rompía el silencio tenso.

—¿Dónde está mi hija? —preguntó Jourdain y su voz era atemorizante, el crujido de un árbol a punto de romperse al medio.

Finalmente, el chambelán avanzó al frente. Lo miré inclinar su cabeza mientras colocaba una mano sobre su corazón.

—Milord MacQuinn... Lamento decirle que...

—¿Dónde está mi hija, Thorn? —repitió Jourdain.

Thorn alzó las manos con las palmas hacia arriba, vacías, y movió la cabeza de un lado a otro.

Jourdain asintió, pero tenía la mandíbula apretada. Permanecí junto a Luc y observé que Jourdain sujetaba la mesa más cercana y le daba la vuelta. Los cubiertos, los platos con comida y las bebidas cayeron al suelo con un estruendo y se rompieron.

—¡La envíe aquí para que estuviera a salvo! —gritó Jourdain—. ¡Y habéis permitido que Declan Lannon se la llevara!

Volcó otra mesa y mi reticencia a hablar finalmente desapareció al ver a Jourdain descontrolado, al ver la agonía en el rostro de sus súbditos.

Me acerqué, sujeté su brazo y lo guie entre la multitud hasta la tarima.

—Trae vino y pan —le ordené al chambelán, quien parecía petrificado mientras corría con rapidez hacia la cocina. Luego obligué a Jourdain a tomar asiento en su silla; él apoyó la cabeza sobre la mesa, su determinación se esfumó cuando apareció la perplejidad.

Luc tomó asiento junto a su padre, pálido, pero extendió la mano para tocar el hombro de Jourdain.

Isolde por fin entró en el salón. El silencio volvió mientras los MacQuinn la miraban, mojada y afectada por la tormenta. Pero ella se adentró en la sala con elegancia hasta llegar a los escalones de la tarima.

Se giró para mirar a los hombres y mujeres, y me pregunté cómo les hablaría, si ella ardería en llamas como Jourdain o si se convertiría en hielo, como yo.

—¿Hace cuánto ha desaparecido Brienna MacQuinn? —preguntó Isolde y su voz era amable, para obtener respuestas.

—Ha estado desaparecida desde esta mañana —respondió una mujer. Tenía un mechón gris en el cabello y cierta dureza en el rostro, como si hubiera visto demasiadas cosas. Rodeaba con un brazo a la chica que lloraba.

Esta mañana.

Habíamos estado tan cerca.

—Entonces ¿la secuestraron de noche? —preguntó Isolde—. ¿Quién fue el último en verla?

Los súbditos comenzaron a susurrar, sus voces eran bajas y urgentes.

—¿Tal vez el chambelán? ¿Quién la asistió anoche? —insistió Isolde.

Una vez más, silencio. Noté que yo estaba apretando los dedos contra mis palmas.

—Lady, yo la envié a su habitación.

Todos miramos hacia donde una anciana estaba de pie a un lado de la multitud. Tenía sangre en el delantal y un resplandor de remordimiento en los ojos.

Jourdain por fin alzó la cabeza para mirar con los ojos entrecerrados a la mujer.

—¿Isla?

—Milord MacQuinn —dijo ella, con voz ronca—. Su hija me ayudó a curar a uno de sus nobles ayer. Extrajo una flecha de su costilla.

—¿Qué noble? —preguntó Jourdain, intentando ponerse de pie.

Coloqué una mano pesada sobre su hombro y lo mantuve en la silla.

Aquel chambelán amargado por fin volvió con el vino y sirvió una copa para Jourdain rodeando la base del cáliz con los dedos.

—Liam, milord. Hubo un accidente de caza...

Comenzaron a contar la historia. Jourdain no bebió el vino hasta que lo empujé suavemente y solo cuando el color había vuelto al rostro del lord le permití ponerse de pie y nuestro pequeño grupo siguió a Isla hasta una habitación, donde Liam hacía un esfuerzo por respirar, inconsciente, con sus heridas vendadas con lino.

—¿Puedes curarlo, Isolde? —preguntó Jourdain.

La reina quitó con suavidad las vendas para evaluar las heridas de Liam.

—Sí. Pero parece que tiene fiebre y una infección. Mi magia necesitará sumirlo en un sueño profundo durante unos días para purgar su sangre.

¿Unos días? Ni siquiera tenemos horas, pensé. Notaba que Jourdain pensaba lo mismo, pero reprimió sus palabras.

—Por favor, lady. Cúralo.

Isolde se arremangó su camisa y le pidió ayuda a Isla. Mientras las mujeres comenzaban a curar a Liam, el resto de nosotros procedió a inspeccionar a los dos hombres que habían muerto en el accidente. Aún estaban preparándolos para el entierro, sus heridas eran aterradoramente grotescas.

Luc maldijo y cubrió su nariz apartando la mirada, pero yo los observé y los reconocí. Eran los dos hombres de armas que habían acompañado a Brienna a casa. Junto con Liam.

—Quiero ver la habitación de Brienna —le dije con brusquedad a Thorn, quien se sorprendió ante la dureza de mi voz.

Jourdain asintió y seguimos al chambelán por la escalera hasta los aposentos de Brienna.

Lo primero que llamó mi atención fue su cama. Estaba deshecha, como si hubiera despertado en mitad de la noche, y luego vi el pelo del perro. Debió haber dormido con Nessie. Y aquel hielo en mi corazón comenzó a derretirse, latiendo velozmente mientras continuaba inspeccionando sus pertenencias, mientras la imaginaba recostada en la oscuridad con nada más que un perro como protección.

—¿Dónde está su perra? —pregunté, mirando a Thorn.

—Me temo que desapareció, milord. Aunque los sabuesos tienden a ausentarse de vez en cuando.

Tenía la sospecha terrible de que el sabueso de Brienna podía estar muerto.

—¿Entró por la ventana? —preguntó Sean.

Luc se acercó a una de las tres ventanas y miró a través de ellas hacia el terreno distante debajo. La luz de la tormenta lo hacía parecer mayor, ojeroso y demacrado.

—Es muy poco probable. Es imposible bajar de modo seguro desde estas ventanas.

Continué caminando por el cuarto, sintiendo que Jourdain me seguía con la mirada.

Brienna, Brienna, por favor… dame una pista, anhelaba mi corazón. *Dime cómo encontrarte.*

Me acerqué a su armario y abrí las puertas. Olía su fragancia, lavanda, vainilla y sol del prado. Mis manos temblaban mientras revisaba su ropa…

—Su capa pasionaria no está aquí —dije al fin—. Eso significa que salió de su cuarto con alguien que conocía. Alguien en quien confiaba. —Me giré para mirar a los hombres—. La traicionaron, MacQuinn.

Jourdain empalideció mientras tomaba asiento en la cama de Brienna.

Sean aún evaluaba la imposibilidad de las ventanas y Luc continuaba de pie inexpresivo en el centro del cuarto. Y allí estaba Thorn, moviendo las manos mientras escuchaba.

Le ordené al chambelán que saliera de la habitación y cerré la puerta con rudeza en su rostro. Luego, me giré hacia el círculo interno, las únicas personas en las que confiaba. Y sí, eso ahora incluía extrañamente a Sean.

—¿Alguien aquí es fiel a los Lannon? —susurró Luc.

Jourdain hizo silencio. Notaba que él no lo sabía y que no quería decir nombres al azar.

—¿La curandera? —sugirió Sean.

—No. —Jourdain lo negó con rapidez—. Isla no. Ha sufrido mucho en manos de los Lannon.

—Entonces, ¿quién, MacQuinn? —insistí con calma.

—Esperad —dijo Sean—. Continuamos creyendo que Declan vino *aquí*, que traicionaron a Brienna y que Declan la capturó con sus propias manos. Pero él es un fugitivo ahora mismo. Tiene que estar oculto.

Tenía razón. Todos habíamos estado pensando en una sola dirección.

—Vamos —dijo Jourdain, haciendo una señal para que lo siguiéramos—. Vayamos a mi estudio.

Lo seguimos por el pasillo, donde pidió que encendieran la chimenea, nos trajeran bebidas y las dejaran sobre la mesa. En cuanto los sirvientes se fueron, Jourdain arrancó el mapa de Maevana del muro y lo extendió ante nosotros.

—Pensemos en dónde estaría oculto Declan —dijo mientras apoyaba rocas del río sobre las cuatro esquinas del mapa.

Los cuatro nos reunimos y observamos. Mis ojos se posaron primero en el territorio MacQuinn. Sus tierras estaban en contacto con otras seis: las montañas de los Kavanagh, los prados de los Morgane, los valles y las colinas de los Allenach, los bosques de los Lannon, los huertos de los Halloran y los ríos de los Burke.

—Los primeros sospechosos —dijo Jourdain, señalando—. Lannon. Carran. Halloran. Allenach.

Sean estaba a punto de hablar cuando Isolde por fin se unió a nosotros, su rostro estaba evidentemente pálido y demacrado, como si sintiera dolor. Me pregunté si su magia la había debilitado porque parecía tener dolor de cabeza.

—He curado las heridas de Liam, pero como dije antes, es probable que él duerma varios días más debido a la fiebre —informó, acariciando su sien mientras miraba el mapa.

Jourdain le comunicó nuestras sospechas sobre un MacQuinn traidor y ella frunció el ceño, furiosa.

—Es obvio que debemos sospechar de la Casa Lannon —dijo Isolde, mirando el territorio de Lannon—. Declan podría estar oculto en cualquier lugar dentro de sus propias fronteras. Y no es lejos de aquí, MacQuinn.

—Sería demasiado evidente —protestó Luc—. ¿Qué hay de los Allenach? Sin ofender, Sean. Pero tu sirviente era un miembro fiel del clan de la medialuna.

Sean asintió con seriedad.

—Sí. Tenemos razón en sospechar de mis súbditos.

—¿Sospechamos de Burke? —se atrevió a preguntar Luc.

Pensé en Lord Burke, a quien le habíamos ordenado permanecer en Lyonesse junto al padre de la reina, para custodiar al resto de los Lannon y mantener el orden. En cómo había protegido a mis súbditos del mejor modo posible los últimos veinticinco años, en cómo había estado dispuesto a luchar a nuestro lado hace unas semanas.

—Lord Burke ha peleado y sangrado a nuestro lado —susurró Jourdain y me alivió que él pensara como yo—. También le ha jurado lealtad a Isolde públicamente. No creo que él fuera a traicionarnos.

Eso dejaba a los Halloran.

Recorrí su territorio con la mirada.

—¿Cómo de lejos está el castillo Lerah desde aquí, MacQuinn?

—A medio día a caballo —respondió Jourdain—. No creerás que...

—Es una muy buena posibilidad —dije, leyendo los pensamientos de MacQuinn.

Nos interrumpió un golpe en la puerta. Jourdain atravesó el estudio para responder y vi que Thorn colocaba un paquete en manos del lord.

—Uno de los mozos de cuadra acaba de encontrar esto en los establos, milord.

Jourdain sujetó el paquete, cerró la puerta en la cara de Thorn y volvió a la mesa, donde rompió el papel para abrirlo.

Una carta breve apareció primero. Cayó sobre la mesa, sobre el mapa.

Leí el mensaje y sentí el golpe en mi corazón.

Brienna MacQuinn a cambio de la Gema del Anochecer, entregada por Isolde Kavanagh sola, en siete días, al atardecer, donde el bosque Mairenna se encuentra con el Valle de los Huesos.

El ultimátum de Declan. Por fin había llegado.

Pero no creí en esas palabras hasta que vi lo que había dentro del paquete. Jourdain sujetó el objeto en sus manos, lo alzó hacia la luz y finalmente permití que la perplejidad me devorara; finalmente permití que mi compostura se hiciera añicos.

—No —susurré. Caí de rodillas y volqué el vino en mis manos. El líquido fluía como sangre sobre el suelo.

Yo había escogido aquel tono de azul, yo había escogido esas estrellas para ella.

Y supe en ese instante el peligro terrible que corría Brienna, que Declan Lannon la torturaría sin importar si accedíamos al intercambio, todo porque yo la amaba. Que él la rompería poco a poco, al igual que había hecho con mi hermana, todo por mi culpa.

Cerré los ojos ante la luz, ante la vista de la capa pasionaria de Brienna en las manos temblorosas de Jourdain.

25

BRIENNA

Sabotaje y esperanza

Desperté despacio, gradualmente. Tenía un dolor de cabeza terrible y la boca muy seca. Anhelaba el agua, la calidez.

Oí el ruido de las cadenas, frías y metálicas, y luego comprendí que se movían como respuesta a mí, que tenía un peso en mis muñecas cuando las alcé sobre mi pecho.

Abrí los ojos en las sombras y la luz tenue me permitió ver muros de piedra oscuros manchados con sangre seca.

Alguien respiraba fuerte, cerca de mí.

Y yo estaba recostada en algo que parecía angosto y escaso. El catre de una celda.

—Por fin, Brienna Allenach. Al fin despiertas.

Sabía que era la voz de Declan, porque era grave y áspera, como el humo sobre la superficie del agua oscura. Sonaba entretenido y me esforcé por tragar saliva, me esforcé por tranquilizar mi corazón mientras giraba la cabeza para verlo sentado en un taburete junto a mi catre, sonriéndome.

Su cabello rubio oscuro estaba recogido hacia atrás con descuido. La barba espesa cubría su rostro y había costras en sus dedos y un corte en su sien. Olía a sudor y parecía demacrado, medio salvaje.

Me incorporé de golpe, arrastrando las cadenas sobre la piedra. Tenía grilletes en ambas muñecas y en los tobillos. Y luego noté que estaba amarrada a los postes de hierro del catre.

No dije nada porque no quería sonar temerosa ante él, así que me aparté lo máximo que pude sobre mi cama pequeña, afilando la mirada sobre él y tirando de mis cadenas como si fueran las raíces de una planta.

—Mi aprendiz te dio una dosis demasiado fuerte —explicó Declan, extendiendo sus brazos fornidos—. He estado sentado aquí durante horas, esperando a que despiertes.

¿Aprendiz? ¿Pierce Halloran era el aprendiz de Declan Lannon? Sentí un escalofrío en mi piel al saber que había estado recostada e inconsciente mientras él me observaba.

Leyó mis pensamientos y me sonrió.

—Ah, sí. No te preocupes. No te he tocado.

—¿Qué quieres de mí? —Mi voz era ronca, débil.

Declan tomó una copa de agua que estaba sobre una mesa junto a mi catre y me la ofreció. No la acepté y después de un instante él se encogió de hombros y se la bebió. Hilos de agua cayeron sobre su barba.

—¿Qué crees que quiero de ti, Brienna *MacQuinn*?

—¿Soy Allenach o MacQuinn para ti? —pregunté.

—Eres ambas. Allenach por sangre, pero MacQuinn por elección. Confieso que tu decisión me intriga. Porque sin importar lo lejos que corras, no puedes huir de tu sangre, chica. De hecho, sería más amable contigo si aceptaras la Casa de tu verdadero padre. Los Allenach y los Lannon siempre tuvieron una buena relación.

—¿Qué quieres de mí? —repetí, impaciente.

Declan apoyó la copa vacía y frotó sus manos inmensas entre sí.

—Hace mucho tiempo, mi padre se dispuso a castigar a las tres Casas que habían intentado derrocarlo. Conoces la historia, claro, cómo los Kavanagh, los Morgane y los MacQuinn intentaron rebelarse y fracasaron. A pesar de su golpe de Estado fallido, tres hijos nobles escaparon con sus padres cobardes.... Isolde. Lucas. Aodhan. Tres niños que deberían haber muerto.

Mantuve la mandíbula apretada, obligándome a escucharlo. Cerré las manos en forma de puño, dispuesta a mantener la calma.

—Isolde habría sido imposible de capturar ahora con su guardia constante. Al igual que Aodhan, después de que comprendiera lo inteligente que era y lo furioso que estaba. Pero ¿Lucas? Él sería fácil de capturar. Y supe que, si podía conseguir a uno de los tres niños sobrevivientes, podría negociar para obtener lo que sea que deseara.

Aún sonreía, disfrutando de verme desalineada y en cadenas.

—¿Sabes lo que deseo, Brienna?

Esperé, no estaba dispuesta a jugar su juego.

—Quiero lo mismo que tú encontraste, lo que descubriste —dijo Declan—. Quiero que Isolde Kavanagh me entregue la Gema del Anochecer. ¿Es demasiado difícil para ti creerlo?

Lo era. De pronto, no podía respirar.

—Verás, Brienna, la magia en esta tierra en algún momento siempre se corrompe —prosiguió él—. Cualquiera que haya estudiado la historia de Maevana lo sabe. La magia les otorga a los Kavanagh una terrible ventaja. Fue un día glorioso cuando la gema desapareció, cuando asesinaron a la última reina en batalla en 1430. Fue una era gloriosa para nosotros, porque de pronto significaba que ya no nos gobernaría una reina inestable y corrompida por la magia. Que cualquiera podía acceder al trono, con o sin magia, con o sin reina.

Hizo silencio y me observó, yo temblaba, intentando evaluar mi respuesta, intentando comprender lo que decía.

—Debo decirte —prosiguió y quise bloquear su voz. Quería cubrir mis oídos y cerrar los ojos, porque sus palabras comenzaban a hundirse en mí como ganchos diminutos—, que me impresionó bastante cómo tú y tu grupo rebelde dispar se organizaron y lucharon hace unas semanas. Aún me impresionas bastante por haber encontrado la gema, por engañar a tu propio padre para poder desenterrarla en sus tierras. Mi hijo no deja de hablar sobre eso con su hermana, no para de contarle la historia de cómo tú encontraste la Gema del Anochecer, cómo la gema quemaría a alguien como tú o yo si la tocáramos, por lo cual la mantuviste oculta en un bolsillo de tu vestido; cómo brilla en el cuello de Isolde Kavanagh.

Cerré los ojos, incapaz de mirarlo un instante más. Él rio.

—Así que creí que Lucas no era adecuado para este intercambio. Brienna sí. La chica que descubrió la gema, la chica que trajo la magia y una reina de vuelta a esta tierra.

—¿Qué puede hacer la gema por ti, Declan? —Me alivió que mi voz fuera firme, que sonara tranquila. Abrí los ojos y lo miré.

—¿No es obvio, Brienna? —replicó—. Isolde Kavanagh pierde su atractivo y su poder sin ella. Ella y su padre se volverán débiles. Pero quizás más que eso... Tendré al pueblo conmigo. Porque tu grupo rebelde es demasiado orgulloso para notarlo, pero el pueblo le teme a la magia. No quieren que nos gobierne. Así que yo seré quien apacigüe sus miedos, quien les dé lo que realmente quieren.

—¿Y qué es eso?

—Un rey que escucha a su pueblo. Un rey que no posee una ventaja injusta. Un rey que es uno de ellos, que tiene una visión. Y mi visión es la de un reino nuevo, una nueva Maevana donde no hay magia y no hay Casas. Simplemente una, una sola Casa, una sola familia gobernante y un pueblo.

Oh, había tantas cosas que quería decir ante eso. Quería decirle que los únicos maevanos que le temían a Isolde eran los miembros del clan de la medialuna, los maevanos que habían estado en la cama con la familia de Declan durante años. Que la magia no había corrompido esta tierra; su familia lo había hecho. Y que los únicos maevanos que lo querrían en el trono eran aquellos con corazones y mentes oscuras, quienes ansiaban la clase de placeres crueles por los que Declan era famoso. Pero quizás más allá de todos esos pensamientos furiosos estaba la idea de tomar represalias frente a su visión de una Casa, una familia. Sabía exactamente cómo planeaba llevar a cabo esa visión y era asesinar a todos los que se oponían a él, extinguir Casas al igual que Gilroy había hecho con los Kavanagh.

Quería gritar y enfurecerme, pero me tragué todo, sabiendo que, si lo ponía furioso, él me haría daño. Y necesitaba toda mi fuerza y toda mi astucia para manipularlo.

Declan se puso de pie, su altura era intimidante, e invadió mi celda pequeña como una montaña.

—Quiero que Isolde Kavanagh me entregue la gema a cambio de ti. Tiene que venir sola, arrodillarse ante mí y entregarla. Y sé que lo hará. Es solo una gema, y tu vida es mucho más importante que eso. Sé que le importas a MacQuinn, como si fueras de su propia sangre. Pero no será MacQuinn el que insistirá en tu liberación. Ese será Aodhan Morgane, el lord orgulloso de los ágiles, quien cree saberlo todo. Porque tú tienes su corazón en las manos. Porque él ha perdido a su madre y a su hermana, así que estará decidido a no perderte.

Supe en aquel instante que Isolde nunca accedería a este intercambio, sin importar lo que Cartier quisiera. Era imposible que entregara la gema por mí. Ella no negociaría con Declan Lannon. Y yo no querría que lo hiciera.

Inhalé con profundidad y despacio. Y me negué a hablar, a mostrarle lo que pensaba. Porque necesitaba darle a Isolde y a Cartier todo el tiempo posible para que me rescataran a su manera. Antes de que Declan comprendiera que su plan era inútil y que no tenía más opción que matarme.

—Mientras que ellos cumplan con mis deseos, no te haré daño —prometió—. Pero en cuanto comiencen a intentar sabotearme... Digamos que no saldrás de esta celda tal y como entraste.

No pude esconder mis temblores cuando se fue y cerró la puerta de hierro detrás de él. Me arrastré hasta el pie de mi catre y vomité hasta quedar vacía y hasta que mis oídos comenzaron a zumbar. Tenía la vista borrosa mientras yacía boca abajo, esforzándome por mantener la calma.

Mi mayor desafío era intentar encontrar un modo de enviarle un mensaje encubierto a Jourdain y Cartier, para revelar dónde estaba. Ahora, ya debían saber, probablemente, que Declan había escapado de Lyonesse y que yo había desaparecido. Pero ni siquiera estaba segura de mi ubicación. Creía que estaba encerrada en el calabozo del castillo Lerah, en garras de los Halloran, pero no estaba segura.

Pensé hasta quedar exhausta y comprendí que era en vano. Así que me concentré en mis recuerdos más queridos, los que había generado en mi tiempo en Casa Magnalia. Pensé en Merei, en su música, en cómo ella y yo solíamos jugar cuentas y marcas, y cómo ella siempre me ganaba. Recordé el solsticio de verano, cuando ella y yo habíamos estado en nuestros cuartos, inseguras pero entusiasmadas por el desarrollo de la noche, por ser alumnas a punto de convertirnos en Amas. Pensé en todas esas tardes que había pasado sentada junto a Cartier en la biblioteca, cuando él había parecido tan frío, distante y severo, y cómo lo había oído reír, cómo el sonido había iluminado la habitación como el sol.

Debía haberme dormido, pero desperté con el sonido del eco debajo de mí. Voces, caballos, el tintineo del hierro.

Alcé la cabeza para oír mejor y pronto entendí que no estaba en un calabozo como había pensado.

Estaba en una torre.

De pronto, algo correteó por el suelo de mi celda. Creí que era una rata, hasta que apareció de nuevo y vi que era un guijarro. Y luego oí un susurro mínimo y cariñoso.

—Ama Brienna.

Me incorporé un poco más, con el corazón en la garganta cuando vi a Ewan al otro lado de los barrotes.

—¿Ewan? —dije, abandonando mi catre. Las cadenas solo me permitían llegar a cierta distancia y me obligaron a detenerme en mitad de la celda, a pesar de que intentaba llegar a él como él intentaba alcanzarme a mí. El aire entre los dos era tierno, nuestros dedos estaban apenas a punto de tocarse.

—Ewan, ¿estás bien? —lloré, incapaz de contener la emoción.

—Estoy bien —dijo entre lágrimas, frotando bruscamente su rostro con la mano—. Lo siento tanto, Ama. Odio a mi padre.

—Shh. —Intenté tranquilizarlo, hacer que prestara atención—. Escúchame, Ewan. ¿Puedes decirme dónde estamos?

—En el castillo de Lerah.

La fortaleza Halloran.

—Keela está preocupada por ti —susurró Ewan—. Quiere ayudar a liberarte, como tú intentaste hacerlo por ella. Creemos que podemos robarle la llave al guardia mañana en la noche.

El eco de voces debajo de nosotros apareció de nuevo.

—Debo irme —dijo él y las lágrimas comenzaron a llenar sus ojos de nuevo.

—Hagáis lo que hagáis Keela y tú —susurré—, debéis tener cuidado, Ewan. Por favor, que no os descubran.

—No se preocupe por mí, Ama Brienna. —Introdujo la mano en el bolsillo, extrajo una manzana y la hizo rodar por el suelo hacia mí.

Me agazapé, mis cadenas tintinearon sin gracia cuando agarré la fruta brillante y roja.

—La liberaré —prometió Ewan, colocando su mano sobre el corazón. Sonrió y expuso un diente faltante, y luego se marchó.

Tomé asiento en mi catre y sujeté la manzana sobre mi nariz, inhalando la promesa.

Y me atreví a tener esperanzas, a pesar de la oscuridad fría, de las cadenas y de las ratas que chillaban en un rincón de mi celda.

Porque los hijos de Declan Lannon lo desafiarían para liberarme.

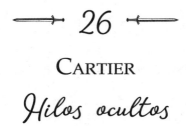

26

CARTIER

Hilos ocultos

Territorio de Lord MacQuinn, castillo Fionn

Siete días.

Teníamos siete días para encontrar el lugar donde Declan tenía cautiva a Brienna. Porque no entregaríamos la Gema del Anochecer.

Estuve sentado junto a Isolde y el círculo de confianza, discutiendo hasta lo profundo de la noche sobre si debíamos o no entregar la gema. Pero después de un rato, todos llegamos a la misma conclusión: no podíamos confiar en Declan. Era muy probable que él nos engañara, que se llevara la gema y matara a Isolde y a Brienna sin importar lo que decidiéramos. La localización que él había pedido (donde el bosque Mairenna se encuentra con el Valle de los Huesos) era territorio Allenach, y no tenía duda de que Declan estaría bajo la protección de la línea de árboles, donde podría ocultar un ejército formidable a sus espaldas.

Habíamos decidido no negociar con él desde el comienzo de nuestra rebelión, así que no lo sabríamos. Además, entregarle la gema sería dar un paso inmenso hacia la derrota, uno que inevitablemente causaría nuestra propia destrucción.

Aun así... quería intercambiar la gema por Brienna. Lo deseaba con tanto fervor que tuve que permanecer sentado con la boca cerrada la mayor parte de la noche.

Después de un rato, estábamos demasiado cansados para continuar planeando.

Jourdain había preparado las habitaciones de huéspedes para nosotros, pero nadie evitó que volviera al cuarto de Brienna. Me quité las botas y la capa, las dejé como un sendero sobre el suelo y me recosté sobre sus sábanas frías, presionando el cuerpo en el lugar donde el suyo había estado, inhalando el recuerdo de ella.

¿Cómo te encuentro?

Recé esa plegaria, una y otra vez, hasta que no quedó más que huesos y un corazón roto en mi interior, y me sumí en los sueños.

La vi de pie junto a mi madre y mi hermana en los prados de castillo Brígh. Tenía flores en su pelo, risa en la voz, el sol brillaba tanto detrás de ella que me esforcé por discernir su rostro. Pero sabía que era Brienna, caminando con Líle y Ashling Morgane. Sabía que era ella porque había memorizado la forma en que caminaba, el modo en que se movía.

—No pierdas la esperanza, Cartier —susurró cuando apareció de pronto a mis espaldas y me rodeó con los brazos—. No llores por mí.

—Brienna. —Cuando me giré para mirarla, se convirtió en luz de sol y polvo y yo intenté con desesperación atraparla en el viento, atrapar su sombra en el suelo—. *Brienna.*

Dije su nombre en voz alta y desperté sobresaltado.

Aún estaba oscuro. Y no podía permanecer allí ni un minuto más pensando en el sueño que me indicaba que Brienna estaba más cerca de mi madre y de mi hermana que de mí.

Me incorporé y comencé a caminar inquieto por los pasillos del castillo. Había silencio y después de un rato llegué al salón iluminado con luz tenue. Habían limpiado el desastre que Jourdain había causado, las mesas estaban rectas, el suelo estaba limpio. Permanecí junto a las brasas en la chimenea para absorber la calidez, hasta que recordé al noble Liam.

Necesitábamos que el hombre se recuperara por completo, que despertara y nos contara lo que había visto.

Comencé a caminar hacia la habitación donde Liam se recuperaba, oculto entre las sombras, cuando vi a Thorn salir del extremo opuesto del pasillo, una vela iluminaba su rostro gruñón. Observé al chambelán entrar al cuarto de Liam y cerrar la puerta sin hacer ruido. Entonces, los dos compartíamos el mismo pensamiento.

Me acerqué a la puerta, a la vez que contenía el aliento mientras apoyaba la oreja sobre la madera.

Oí un altercado, un hombre siseando.

Abrí la puerta de par en par y vi que el chambelán presionaba una almohada sobre el rostro de Liam y que el noble retorcía los pies mientras sucumbía gradualmente ante la asfixia.

—¡Thorn! ¿Qué haces? —grité, caminando hacia él.

Thorn saltó, con los ojos abiertos de par en par al verme. Rápidamente extrajo una daga y me atacó; prácticamente me tomó por sorpresa.

Por instinto, bloqueé su corte con mi antebrazo y lo empujé en la habitación. Vi cómo salía disparado y caía contra una mesa lateral y volcaba las herramientas de la curandera. Los frascos de hierbas se hicieron añicos en el suelo mientras Thorn se arrastraba, aún con la daga brillando entre sus dedos. Expuso sus dientes torcidos hacia mí y me sorprendió ver al hombre convertirse de un chambelán anciano y malhumorado a un oponente formidable. Sujeté su muñeca y retorcí su brazo hasta que emitió un grito de dolor y sus dedos inevitablemente soltaron el arma. Lo lancé al suelo por completo y me senté a horcajadas sobre él.

—No sé nada —se atrevió a espetar.

Rompí su manga y expuse la marca de la medialuna. Él se estremeció, sorprendido de que yo hubiera buscado el tatuaje, y se paralizó.

—¿Dónde está ella? —siseé.

—No… No lo sé.

—No es la respuesta que busco. —Procedí a romper su muñeca.

Él emitió un grito que sin duda despertaría al castillo. Y yo solo podía pensar en cómo acababa de romper los huesos frágiles de aquel miembro del clan de la medialuna, cómo continuaría haciéndolo hasta que me dijera dónde estaba Brienna.

—Dónde. Está. Brienna.

—¡No sé dónde está! —gimoteó, sacudiéndose—. Por favor, Lord Aodhan. En serio… ¡En serio que no lo sé!

—¿*Quién* se la llevó? —siseé. Y cuando balbuceó, incapaz de formar palabras, doblé hacia atrás su muñeca rota.

Gritó de nuevo y esta vez oí las voces en el pasillo. La voz de Jourdain, acercándose. Él me detendría. Me arrastraría lejos del chambelán. Así que sujeté la otra muñeca de Thorn y me preparé para romperla.

—*Quién*. Se. La. Llevó.

—¡El Cuerno Rojo! —gritó Thorn—. El Cuerno Rojo se la llevó. Eso es todo… es todo lo que puedo decirle.

Sentí que la luz de la vela iluminaba el cuarto, oí el insulto sorprendido de Jourdain, sentí que el suelo temblaba mientras se aproximaba a mí.

Thorn lloraba y exclamaba «¡Lord MacQuinn! ¡Lord MacQuinn!» como si yo lo hubiera atacado, como el cobarde asqueroso que era.

—¡Aodhan! ¡Aodhan, por los dioses! —dijo Jourdain, intentando apartarme del chambelán.

Pero mi mente trabajaba a toda velocidad. El Cuerno Rojo. ¿Quién era el Cuerno Rojo?

—¿Quién es el Cuerno Rojo, Thorn? —insistí.

Jourdain sujetó más fuerte mi hombro. Parpadeó y miró a Thorn como si lo viera bajo una nueva luz.

Luc entró corriendo a la habitación, Isolde lo seguía. Se reunieron a mi alrededor, mirándome con los ojos abiertos de par en par hasta que alcé la muñeca rota de Thorn para exponer la medialuna.

—Acabo de encontrar a nuestra rata.

Jourdain miró a Thorn un instante, una variedad de emociones atravesó su rostro. Luego, dijo con voz tranquila:

—Amarradlo a una silla.

Lo rodeamos, intentando conseguir las respuestas. Creí que el anciano cedería, en especial cuando Jourdain ofreció quitarle la vida. Pero Thorn era obstinado. Había expuesto que el Cuerno Rojo estaba involucrado, pero hasta allí llegaban sus confesiones. El único modo de hacerlo hablar sería continuar golpeándolo y Jourdain no lo aceptaría en absoluto.

—Quiero que ayudes a Luc y a Sean a resolver el acertijo del Cuerno Rojo —susurró—. Están en el estudio intentando descifrarlo.

Permanecí callado un instante. Jourdain continuó mirándome con preocupación en los ojos.

—Podría sacarle la respuesta —dije—. Si me lo permitieras.

—No dejaré que te conviertas en eso, Aodhan.

Mi irritación aumentó cuando dije:

—La vida de Brienna depende de esto, MacQuinn.

—No pretendas decirme de qué depende la vida de mi hija —gruñó Jourdain, perdiendo finalmente la compostura—. No actúes como si fueras el único que agoniza por ella.

Empezamos a enfrentarnos entre nosotros, pensé mientras observaba cómo Jourdain me miraba con desdén. Estábamos exhaustos, devastados, perdidos. Teníamos que entregar la gema. No teníamos que entregar la gema. Debíamos negociar con Thorn. Debíamos golpear a Thorn. Debíamos alzar las mangas de todos. No debíamos invadir la privacidad de otros.

¿Qué estaba bien y qué estaba mal?

¿Cómo rescataríamos a Brienna si estábamos demasiado asustados para ensuciarnos las manos?

Dejé a Jourdain en el pasillo y caminé hasta el estudio a toda prisa, donde Luc y Sean se encontraban inclinados sobre el mapa, había restos a medio comer sobre los platos del desayuno, hablando lo que sonaba como tonterías para mí.

—Dime todos los que tienen rojo —dijo Luc, hundiendo la pluma en la tinta, listo para escribir.

—Burke tiene rojo —comenzó a decir Sean, analizando el mapa—. MacFinley tiene rojo. Dermott, Kavanagh y... los Fitzsimmon.

—¿De qué rayos habláis? —pregunté y se detuvieron para mirarme.

—De qué Casas usan el color rojo —respondió Luc.

Caminé hacia la mesa para tomar asiento con ellos.

—Creo que los colores de las Casas son demasiado obvios.

—Entonces, ¿qué supones? —replicó Luc.

—Estás en el camino correcto, Lucas —dije, con tranquilidad—. El color rojo tiene un significado. Pero lo tiene solo para la Casa a la que pertenece el Cuerno Rojo.

Luc lanzó a un lado la pluma.

—Entonces ¿por qué hacemos esto? ¡Estamos perdiendo tiempo!

Sean estaba en silencio, buscando una pila de anotaciones que habían recopilado. Miré hacia allí para leerlas, eran anotaciones sobre cuernos, dibujos de cuernos, los distintos significados detrás de las melodías que tocaban con los cuernos. Trompetas, cornetas y sacabuches. Todos instrumentos. Era evidente que Luc oiría la palabra «cuerno» y pensaría en un instrumento, dado que era músico.

Pero aquello no era lo que yo tenía en mente.

Estaba a punto de compartir mis pensamientos cuando oí un ruido en el patio, en el exterior de las ventanas del estudio. Me puse de pie y caminé hacia ellas para observar.

—Por los dioses —suspiré, mi aliento manchó el vidrio.

—¿Qué sucede, Aodhan? —preguntó Luc, olvidando su furia hacia mí.

Me volví para mirarlo a los ojos.

—Es Grainne Dermott.

Ninguno de nosotros sabía qué esperar cuando Grainne Dermott pidió hablar con la reina y su círculo de confianza en el estudio de Jourdain. Era evidente que había cabalgado hasta allí a toda prisa y no perdió tiempo para cambiar su ropa manchada de lodo antes de reunirse con nosotros.

—Lady Grainne —saludó Isolde, incapaz de ocultar su sorpresa—. Confío en que todo está bien.

—Lady Isolde —dijo Grainne, sonaba cansada—. Las cosas están como deberían en Lyonesse y lo digo para tranquilizarla. Su padre está bien y continúa a cargo del castillo y del resto de los Lannon en el calabozo. He venido porque oí noticias perturbadoras.

—¿Qué oyó? —preguntó Isolde.

—Que han tomado cautiva a Brienna MacQuinn.

Jourdain se movió con incomodidad.

—¿Dónde oyó eso, Lady Grainne?

Grainne miró a Jourdain.

—La ciudad real hierve con rumores constantes, Lord MacQuinn. No tuve que recorrer demasiado las calles y las tabernas para oírlo.

Hicimos silencio y me pregunté si Isolde ocultaría la verdad.

—Los rumores parecen ciertos —dijo Grainne—. Porque Brienna MacQuinn no está aquí.

—Eso no significa que mi hermana haya sido capturada —respondió Luc, pero hizo silencio cuando Jourdain alzó la mano.

—Es verdad, Lady Grainne. Secuestraron a mi hija durante la noche. No está con nosotros y tampoco sabemos dónde está cautiva actualmente.

Grainne hizo silencio un instante y luego bajó la voz.

—Lamento sinceramente oírlo. Desearía que no fuera cierto. —Suspiró y deslizó rápido los dedos entre los rizos de su cabello—. ¿Han encontrado alguna pista?

Con el rabillo del ojo, vi que Jourdain miraba a Isolde. Se preguntaba si la reina incorporaría a Grainne al círculo de confianza y yo ya sabía la respuesta antes de que Isolde hablara.

—Ven y siéntate con nosotros, Grainne —dijo Isolde, señalando las sillas alrededor de la mesa.

Mientras Jourdain servía té para todos, ella comenzó a contarle a Grainne la cadena de eventos que había ocurrido y que nos había llevado a ese momento. Grainne inclinó el cuerpo hacia adelante mientras escuchaba, con los codos sobre la mesa, recorriendo sin pensar el borde de su taza con los dedos.

—El Cuerno Rojo —mencionó Grainne y luego resopló—. Dioses. Tiene que ser él.

—¿Quién? —preguntó Jourdain.

—Pierce Halloran —respondió Grainne.

Su nombre me golpeó como una flecha. Y cuanto más pensaba en la posibilidad, más seguro estaba de que era correcta.

—¿Pierce Halloran? —espetó Luc—. ¿Ese chico?

—No es un chico —lo corrigió Grainne—. Durante los últimos años, ha organizado saqueos para aterrorizar a mis súbditos. Brienna me contó que él intentó aliarse con los MacQuinn y que ella terminó avergonzándolo. Eso la convirtió en su blanco; él hará lo que sea para vengarse. Y, además, Pierce Halloran es miembro del clan de la medialuna.

Solo la miramos boquiabiertos.

—¿Brienna no te lo contó? —preguntó, mirándome—. Me dijo durante el viaje a Lyonesse que vio el tatuaje de la medialuna en la muñeca de Pierce. Y así fue cómo comenzó la conversación entre nosotras y por qué le conté lo que significaba el símbolo. Porque no quería que ella no supiera de lo que Pierce era capaz.

Brienna no nos había contado que Pierce llevaba la marca. Y no estaba seguro de si eso había sido un descuido o si ella había intentado lidiar con la amenaza de Pierce por su propia cuenta.

—Pero ¿por qué el Cuerno Rojo? —preguntó Sean, frunciendo el ceño—. ¿Cómo consiguió ese nombre?

Grainne sonrió.

—¿Sabes cuál es el emblema de los Halloran?

—El íbice… —dijo Luc y perdió la voz al comprender por fin, al igual que todos, que el cuerno correspondía al carnero—. ¡Todo este tiempo creí que se refería a un instrumento musical!

Grainne nos dio un momento para asimilar todo y unir las piezas que ella acababa de darnos. Esperó hasta que Isolde la miró a los ojos y luego dijo:

—Lady Isolde. La Casa Dermott le dará su apoyo y le jurará lealtad públicamente. También traeré a los MacCarey a la alianza, lo cual significa que las otras dos Casas Mac estarán fuertemente inclinadas a unirse a usted. Le juraremos lealtad como nuestra reina. Pero lo único que pido es que me permita liderar el ataque al castillo Lerah.

Isolde parecía enferma. A duras penas reconocí su voz cuando dijo:

—Liderar un ataque contra otra Casa… Necesito estar absolutamente segura; no debo tener duda alguna de que son culpables.

—¿No lo ve, lady? —susurró Grainne con fervor—. *Son* culpables. ¡Han sido culpables durante *años* y planean derrocarla! Tienen a Brienna MacQuinn cautiva y es muy probable que estén ocultando a Declan.

Isolde comenzó a caminar por la sala. Había una rara corriente entre ambas mujeres; parecía el instante previo a una tormenta, frío y cálido a la vez, reuniéndose en el viento.

La reina finalmente se detuvo ante la chimenea y dijo:

—Todos, dejadnos solas. Por favor.

Comenzamos a salir, pero luego Isolde añadió:

—Aodhan, quédate con nosotras.

Me detuve ante la puerta. Luc me miró nervioso y luego cerró la puerta.

Me giré, permanecí cerca de la pared y observamos como la reina y Grainne intercambiaban miradas.

—Si permito que lideres el ataque, Grainne… —comenzó a decir Isolde, pero no terminó la oración.

—Te lo juro, Isolde. No llegará a eso. Solo lo haré con mi espada.

Estaba absolutamente confundido por la conversación. Y no tenía idea de por qué Isolde había pedido que me quedara. Sinceramente, parecía que la reina había olvidado mi existencia hasta que alzó la vista hacia mí para indicarme que me aproximara.

La reina miró a Grainne, quien no hablaba, pero percibí que conversaban mente a mente. El vello de mis brazos se erizó.

—Aodhan, Grainne es como yo —dijo Isolde—. Tiene magia.

Miré a Grainne y ella presionó los labios como si reprimiera una sonrisa.

—Él ya lo sabe. Lo percibió cuando nos hospedó a Rowan y a mí en el castillo Brígh.

—No se le escapan muchas cosas —suspiró Isolde.

—Aún estoy de pie aquí —les recordé para romper la tensión—. Aunque no estoy seguro de por qué me pidió que permaneciera aquí para la conversación.

La reina tomó asiento en la silla y cruzó las piernas.

—Porque quiero tu consejo. Sobre el ataque. —Alzó su taza, pero no bebió. Solo la observó, como si sus respuestas fueran a aparecer en la superficie del líquido—. Grainne posee magia mental. Puede hablar sin palabras, pensamiento a pensamiento.

Le preocupa que mi magia pierda el control en el ataque.

Me sobresalté cuando la voz de Grainne apareció en mis pensamientos, tan clara como si hubiera pronunciado las palabras en voz alta. La miré, el sudor comenzaba a cubrir mi frente.

—La magia se corrompe en batalla —dijo Isolde—. Lo sabemos por nuestra historia, por la última reina que fue a la guerra con ella y que estuvo a punto de destruir el mundo. Y me preocupa que se salga de control si marchamos al castillo Lerah con magia.

—Lady —dijo Grainne, intentando sonar paciente—. Tomaré la fortaleza con la espada y el escudo. No con magia. Ni siquiera sé cómo usar magia en batalla. Como hablamos antes, no poseemos los hechizos. ¿Qué puede salir mal?

Isolde permaneció en silencio, pero percibí sus miedos, sus preocupaciones. Estaba bien que sintiera eso; no podía negar que yo sentía lo mismo. Aún había demasiado que no sabíamos sobre la magia.

Pero si Brienna realmente estaba en el castillo Lerah, no vacilaría en tomar el acero y la armadura y seguir a Grainne allí.

—Me parece tan irónico —susurró la reina—. Prácticamente no puedo creer que Declan quiera intercambiar a Brienna por la gema.

Hace semanas, le pedí a Brienna que fuera responsable de mí, que me quitara la gema si me sumía en la oscuridad con la gema. Y ahora que nos han quitado a Brienna, yo debo decidir qué hacer con la gema.

Grainne y yo permanecimos en silencio, sin saber qué decir.

—¿Quieres entregarle a otro la gema mientras atacamos? —pregunté—. Podría llevarla por ti, como hizo Brienna, dentro del relicario de madera. La magia dormiría un tiempo, hasta que el conflicto termine.

—Sí, creo que sería prudente. Pero aún no estamos seguros de que los Halloran sean culpables —continuó Isolde—. Por mucho que me desagraden, no puedo liderar un ataque sin pruebas. No puedo hacerlo.

Aodhan, me dijo Grainne. *Aodhan, dale confianza. De otro modo, quizás nunca obtendremos las pruebas necesarias.*

No podía alzar la vista hacia Grainne, por miedo a que ella y yo nos uniéramos en nuestra sed de sangre.

La reina suspiró cansada.

—Necesitamos esperar a que Liam despierte. Cuando haya despertado de su curación, podrá darnos la confirmación que necesitamos.

Liam no despertaría durante varios días más. Y perderíamos tiempo.

Pero consumí esas palabras, permití que se hundieran como piedras en mi estómago, junto con mi esperanza.

Los siguientes dos días pasaron miserablemente. El noble Liam aún dormía y aunque su color y su respiración mejoraban con cada amanecer, estábamos cada vez más inquietos y recurríamos a caminar por el castillo, analizar el mapa y entrevistar entre los MacQuinn, con la esperanza de que alguien hubiera visto algo que pudiera darle a Isolde la confirmación que ella anhelaba.

Nuestra prueba por fin llegó al final de la tarde.

Estaba sentado con Thorn, intentando persuadirlo para hablar, cuando Isolde apareció en la entrada.

—Aodhan.

Me volví hacia ella. Cuando permaneció en silencio, me puse de pie y me uní a ella en el pasillo.

—El noble Liam ha despertado —susurró—. Es como Grainne sospechaba. Pierce Halloran y cuatro de sus hombres están en falta.

—Entonces, tenemos una justificación —dije.

La reina asintió, sus ojos eran oscuros como dos obsidianas.

—Planeemos el ataque.

Reunimos rápido a los otros alrededor de la mesa de Jourdain con vigor, con cuencos de guiso y una botella de vino, y comenzamos a organizar nuestros próximos pasos.

Sean dibujó un diagrama del castillo Lerah para que lo analizáramos. Él había ido allí múltiples veces antes con su padre y había estudiado su diseño cuando era un niño porque era, por desgracia, una de las fortalezas más antiguas y maravillosas de toda Maevana.

Observé mientras él dibujaba las cuatro torres, la puerta, el recinto central, que era una extensión de césped entre los muros internos y externos, y la fosa que sería nuestro mayor desafío. Luego, procedió a etiquetar las torres: la del sur era la prisión, donde estaría Brienna, la del este era la armería y la del norte y del oeste eran las habitaciones de huéspedes y la de los familiares, donde Declan y los niños probablemente estaban.

—Hay dos puertas que yo sepa —explicó Sean—. La puerta externa y la trasera al norte. Solo he entrado a la fortaleza a través de la externa por el puente levadizo. Si entráramos desde esa dirección, cabalgaríamos a través del recinto central, pasaríamos la portería y nos adentraríamos en el patio. Aquí hay un jardín, los establos, la capilla, la panadería y así sucesivamente. El salón principal está aquí.

—¿Qué más puedes decirnos sobre la prisión en la torre? —pregunté, mirando el dibujo torcido en el pergamino—. ¿Cómo sacaremos a Brienna?

Sean suspiró, mirando el dibujo.

—Si Brienna está en esa prisión... bueno, creo que si conseguimos atravesar la primera hilera de guardias, podríamos llegar al muro del parapeto. Después de rescatarla, podrías o bajar por la escalera al recinto interno, que estará atestado de personas, o escalar por el muro hasta el recinto central y quizás escabullirte hasta la puerta trasera al norte o incluso a la torre de la armería.

—¿Por qué a la armería? —preguntó Isolde.

—Porque hay una forja allí —respondió Sean, dibujando una línea de tinta en su mapa—. La llaman «línea de fragua». Y las fraguas necesitan agua, ¿cierto? Podría prácticamente garantizar que habrá una puerta en el muro externo que lleve a la fosa, para que los aprendices vagos del herrero puedan buscar agua allí en vez de bajar todo el camino hasta el recinto interno, donde está el pozo.

Hicimos silencio, asimilando su sabiduría, cuando Sean rio de pronto, alzando los dedos a través de su cabello, lo cual dejó un rastro de tinta en su frente.

—Por los dioses. Por supuesto. —Cruzó los brazos, asintiendo mientras miraba el dibujo del castillo—. El castillo Lerah está construido con piedras rojas. El Cuerno *Rojo*.

Nuestro plan cambió al mayor desafío: atravesar la fosa.

—Necesitamos una forma de bajar el puente —dijo Luc.

—Las tejedoras. —La respuesta repentina de Jourdain captó nuestra atención—. Cada mes, mis tejedoras entregan lana y lino allí.

—¿Ya han hecho la entrega este mes? —preguntó Isolde—. ¿Estarían dispuestas a conducir el carro de entrega para que podamos entrar escondidos?

—No estoy seguro. Le preguntaré a Betha. —Jourdain se marchó con rapidez y mientras no estaba, continuamos analizando el mapa, terminamos la cena, y cesamos de planificar hasta su vuelta.

Volvió diez minutos después.

—Betha ha accedido a la entrega. Dice que puede ocultarnos a cuatro en la parte trasera del carro.

—Entonces, ¿quiénes iremos? —preguntó Luc.

—Creo que Aodhan, Lucas, Sean y yo debemos ir en el carro —dijo la reina—. Sean y Lucas estarán a cargo de bajar el puente. Aodhan capturará a Declan y yo liberaré a Brienna. Grainne, tú y tus fuerzas esperarán aquí. —Señaló un bosque pequeño en el mapa—. Escondida en este bosque es donde tienes una vista directa del puente. Jourdain esperará aquí con treinta hombres y mujeres de armas... —Señaló las arboledas, el terreno norte del castillo—... con un carro para transportar a Brienna y a los dos niños Lannon de vuelta a Fionn inmediatamente.

La asignación de Isolde me resultó extraña, que ella fuera a rescatar a Brienna mientras yo me ocupaba de Declan. Creí que sería al revés, y me pregunté si ella asignaba aquel instante por mí, si me otorgaba permiso para matar a Declan Lannon.

Me miró a los ojos, pero en aquel momento breve, nuestros pensamientos se alinearon. Sin duda estaba dándome la oportunidad de cumplir con mi venganza. Y quizás había algo más, algo relacionado a Brienna. Si Brienna había sido torturada, ¿sería yo capaz de sacarla a salvo o me haría trizas al verla?

No estaba seguro; con sinceridad, ni siquiera podía contemplar la idea.

—Lord MacQuinn —continuó la reina, mirando a Jourdain—, le pido que cuide la Gema del Anochecer por mí durante este ataque, que la lleve dentro del relicario que Brienna una vez usó y que me lo entregue cuando la violencia haya terminado.

Ella ya había hablado sobre ello con Jourdain. Lo notaba porque él no parecía en absoluto sorprendido. Colocó la mano sobre el corazón para indicar su obediencia.

—Lady Grainne —dijo Isolde, ahora dándole órdenes a la mujer a mi lado—. Le daré esta oportunidad para atacar el castillo, porque sé cuánto han sufrido sus súbditos en manos de los Halloran. Dicho todo esto, solo le pido una cosa. Si derrama sangre, solo será la de aquellos que la han dañado directamente. Que protegerá a las mujeres y niños Halloran que son inocentes en este asunto y que se verán envueltos en una batalla repentina.

Los ojos de Grainne brillaron bajo el fuego. Colocó la mano sobre su corazón y dijo:

—Se lo juro, lady. Si alguien cae bajo mi espada, será Pierce Halloran y sus secuaces del clan de la medialuna. Nadie más.

La reina asintió.

—Lord MacQuinn, ¿cree que sus tejedoras podrán proveernos con rapidez de ropa de Halloran? Pueden ser chales sencillos color azul marino y oro, porque creo que los colores solo bastarán para que nos mimeticemos una vez que Aodhan y yo entremos en el castillo.

—Sí, lady —dijo Jourdain—, le… —Abrieron la puerta de par en par y nos sobresaltamos.

Era una joven. La reconocí como la joven que había estado llorando cuando habíamos llegado a Fionn.

Sus mejillas estaban sonrojadas, sus ojos rojizos. Había furia y asombro en su mirada mientras observaba a Jourdain.

—¿Neeve? —Jourdain se puso de pie, perplejo—. ¿Qué ocurre, joven?

—Milord —susurró Neeve, acercándose a él. Tenía un pergamino en la mano, arrugado sobre el corazón—. Quiero ser una de las tejedoras que vaya a castillo Lerah.

—Neeve, no puedo permitirte ir —dijo él—. Es demasiado peligroso.

Neeve hizo silencio y luego me miró.

—No le estoy *pidiendo permiso* para ir a Leah —dijo ella con voz temblorosa—. Estoy *informándoselo*. Iré a Leah y seré la que saque a Brienna de la torre.

Sostuve su mirada un instante, pero bajé los ojos hacia los papeles en sus manos. Reconocí la caligrafía de Brienna en ellos. El mero hecho de verlo hizo que todo avanzara despacio a mi alrededor, como si el tiempo hubiera parado.

—¿Por qué debes ir, Neeve? —susurré y me puse de pie para apartarme de la mesa y acercarme a ella. Intenté leer las palabras de Brienna, palabras que Neeve había manchado con sus lágrimas.

Comenzó a llorar.

No sabía qué hacer, cómo consolarla. Jourdain parecía atónito e Isolde se puso de pie y se acercó a la chica. Pero antes de que la reina llegara a ella, Neeve secó sus ojos y me miró de nuevo, con determinación.

—Lord Aodhan. —Neeve me entregó lentamente los papeles, sabiendo que anhelaba leer las palabras—. Brienna es mi hermana.

27

BRIENNA

Espadas y piedras

Territorio de Lady Halloran, castillo Lerah

$\mathcal{P}$asé cuatro días en soledad y a oscuras. Los guardias me traían un cuenco de sopa y una taza de agua por la mañana y por la noche, y así fue como supe que pasaron cuatro días. El resto del tiempo transcurrió mientras me preguntaba si habían atrapado a Ewan y Keela intentando robar la llave, preguntándome dónde estaban Jourdain, Cartier, Isolde y Luc.

Desperté con el ruido de mi puerta, cuando Declan Lannon entró en mi celda.

Me aparté de él lo máximo que pude sobre mi catre.

Declan estaba callado mientras arrastraba su taburete más cerca para posar su contextura inmensa en el asiento. Miraba el suelo, acariciaba su barba sin pensar y allí fue cuando supe que él se había enterado de que no habría intercambio. Que estaba a punto de hacerme daño como venganza.

—Mis fuentes dicen que Isolde Kavanagh está en el castillo Fionn y que no ha accedido a reunirse en el valle conmigo en tres días —dijo él por fin. Parecía febril, su furia era como dos estrellas en las pupilas de sus ojos—. Eso significa que tu reina y tu padre planean boicotearme, Brienna.

Mi corazón aceleró su pulso. No podía tragar u oír mucho más allá de su voz porque el miedo resonaba en mí.

—No lo sabes con certeza.

—Ah, pero lo sé. Les di siete días para reunirse conmigo en el Valle de los Huesos. Ya deberían haber comenzado a organizar el viaje hasta allí. —Cambió su peso de pierna, el taburete gruñó debajo de él—. Te dije que no te haría daño si ellos obedecían. Pero intentan aventajarme. El problema, joven, es que nunca te encontrarán aquí. Y eso significa que puedo tomarme mi tiempo, enviarles uno de los dedos de tu mano, luego uno del pie, quizás incluso tu lengua más adelante, para ayudarlos a tomar una decisión.

Me estremecí.

—Pero quizás... quizás cortar tu lengua sea un error. Quizás, si respondes mis preguntas, permitiré que la conserves.

Me pregunté con desesperación si responderle me haría ganar tiempo o si él simplemente estaba jugando conmigo. Pero si hacerlo de verdad salvaría mi lengua... Asentí de forma abrupta ante él.

—¿Cómo encontraste la gema? —preguntó. Sonaba amable y gentil, en absoluto como el hombre demente que era.

Respondí con sinceridad.

—Por mi ancestro.

Declan alzó las cejas.

—¿Cuál?

—Tristan Allenach. Yo... heredé sus recuerdos. —Tenía la boca tan seca que apenas podía hablar.

—¿Cómo? ¿Cómo sucedió? ¿Puedes crear más recuerdos?

Despacio, le hablé sobre la memoria ancestral, sobre los vínculos que tuve que forjar entre mi época y la época de Tristan. Y cómo los únicos recuerdos que tenía de él estaban asociados a la Gema del Anochecer.

Declan escuchó con atención mientras continuaba acariciando su barba con la mano.

—Ah, Brienna, *Brienna*… ¡cuánto te envidio!

Temblaba, incapaz de ocultárselo. El miedo tenía un gancho profundo en mi corazón, no sabía si el entusiasmo de Declan era bueno o malo para mí. Sentía que estaba sentada en el filo de un cuchillo, esperando ver hacia qué lado caería.

—Has descendido de uno de los mejores hombres de nuestra historia —prosiguió él—. Tristan Allenach. El hombre que robó la Gema del Anochecer y asesinó a la última reina.

—Era un traidor y un cobarde —respondí. Declan rio.

—Si tan solo pudiera transformarte, Brienna. Hacer que vieras la vida desde otra perspectiva, hacer que te unieras a mí.

Lo miré con frialdad.

—No me querrías de tu lado. Soy una Allenach, después de todo. Terminaría derrocándote por segunda vez.

Él rio ante mi respuesta. Mientras estaba distraído, sujeté las cadenas en mis manos, preparada para atacarlo y rodear su cuello con ellas. Y, sin embargo, él fue más rápido. Antes de que pudiera saltar hacia él, él había sujetado mi cuello y me había golpeado contra la pared.

Aturdida, luché por respirar. Sentía mi pulso latiendo fuerte y la respiración cada vez más lenta bajo su amarre de acero.

Él aún sonreía cuando dijo:

—Creo que estamos listos para empezar.

Me soltó y me deslicé sobre el muro, como si mis huesos se hubieran derretido. Respiraba en silbidos, mi garganta aún ardía por el estrangulamiento.

Dos guardias entraron en mi celda. Quitaron las cadenas de mis muñecas, dejaron los grilletes de hierro en su lugar y me arrastraron hasta el centro de la celda. Colocaron cada grillete en un gancho que colgaba del techo. Tenía la altura suficiente para que mis pies tocaran la piedra del suelo, pero no lo suficiente para otorgarme alivio. Mis hombros comenzaron a doler y a sonar, luchando contra el peso de la gravedad, intentando permanecer articulados.

Los dos guardias se fueron y estuve, una vez más, a solas con Declan. Pensé en gritar, pero mi aliento no era más que inhalaciones superficiales.

Observé mientras él extraía una daga brillante de su cinturón. El sudor frío cubrió mi piel mientras miraba el acero, y de que forma la luz se reflejaba en la daga.

Era difícil respirar, mi pánico aumentaba. Tiempo. Necesitaba darles a Jourdain y a Cartier más tiempo.

—Comenzaremos con algo muy sencillo, Brienna —dijo Declan. Su voz resonó en mis oídos, como si mi alma ya estuviera abandonando mi cuerpo y cayendo en un agujero insondable.

Di un grito ahogado cuando sujetó un puñado de mi pelo. Comenzó a raparme con tirones dolorosos y observé a mi cabello largo caer al suelo. Él era brusco, su daga me cortó algunas veces y sentí el hilo de sangre que comenzaba a caer sobre mi cuello y a manchar mi camisa sucia.

Estaba a medio terminar cuando un grito nos interrumpió.

El sonido atravesó mi cuerpo. Al principio, me pregunté si el alarido había provenido de mí, hasta que Declan se volvió. Era Keela, de rodillas ante la puerta abierta de la celda, llorando desconsoladamente.

—¡No! Padre, ¡por favor no le hagas daño! ¡No le hagas daño!

—Keela. Esta mujer es nuestra enemiga —gruñó Declan.

—¡No, no, no lo es! —sollozó Keela—. ¡Por favor, *por favor* detente, padre! ¡Haré lo que quieras si la dejas en paz!

Declan se aproximó a su hija, se puso de rodillas ante ella y deslizó su mano inmensa sobre el pelo pálido de la niña. Ella intentó apartarse, pero él sujetó sus mechones, al igual que lo había hecho conmigo. Y mi corazón perdió el control en mi interior, desesperado, furioso.

—¿Keela? —le dije, mi voz era acero en la forja, fortalecido con los golpes del martillo—. Keela, todo irá bien. Tu padre solo corta mi pelo para que no estorbe. Crecerá.

Declan rio y el sonido parecía serpientes reptando sobre mis piernas.

—Sí, Keela. Crecerá. Ahora, corre y quédate en tu habitación, como una buena hija. Si no, la próxima vez cortaré tu pelo.

Keela aún lloraba cuando se arrastró lejos de él y se puso de pie con torpeza. Observé como corría, su llanto desapareció en las sombras, en el silencio pesado de la torre.

Declan se puso de pie y limpió mi sangre de su daga. Mientras continuaba cortando mi cabello, comenzó a contarme historia tras historia de su infancia, sobre crecer en el castillo real, sobre escoger una esposa porque ella era la más bella de todas las mujeres maevanas. No lo escuché: intentaba concentrarme en un plan nuevo, uno que me ayudara a escapar. Porque no tenía duda de que Declan Lannon me mataría despacio y enviaría partes de mi cuerpo a mi familia y amigos.

—Hice que cortaran el pelo de mi mujer una vez —dijo él, cortando el resto del cabello que me quedaba—. Por contradecirme una noche. —Y Declan dio un paso atrás, inclinando la cabeza como si contemplara su trabajo. No me había rapado, pero mi cabello estaba brutalmente corto. Lo notaba desigual y escaso y tuve que reprimir el llanto, evitar mirarlo. Ahora rozaba mis pies sobre el suelo.

—Sé lo que debes pensar de mí —susurró—. Debes creer que estoy hecho de oscuridad, que no hay nada bueno en mí. Pero no siempre fui así. Hay una persona en mi vida que me enseñó cómo querer a otros. Ella es la *única* persona que jamás he odiado, aunque debo mantenerla cautiva, al igual que tú ahora.

¿Por qué me cuentas esto? Mi mente latía. Aparté la viste, pero Declan sujetó mi cara con su mano para obligarme a mirarlo a los ojos.

—No te pareces en nada a ella; sin embargo… ¿por qué pienso en ella ahora cuando te miro? —susurró—. Ella es la única vida por la que supliqué.

Él quería que preguntara quién era esa mujer. Como si al decir su nombre, ya no fuera a sentirse culpable por lo que estaba a punto de hacerme.

Apreté la mandíbula hasta que sentí que él presionaba más fuerte sus dedos sobre mi mejilla.

—¿Quién? —pregunté con voz ronca.

—Deberías saberlo —dijo Declan—. Quieres a su hijo.

Al principio, creí que él pensaba en otra persona. Porque la madre de Cartier estaba muerta.

—Líle Morgane murió en la primera rebelión, con Lady Kavanagh y Lady MacQuinn.

Él observó mi expresión, leyendo las arrugas que fruncían mi ceño.

—Tenía once años aquel día, en aquella primera rebelión —dijo él—. Mi padre cortó la mano de Líle Morgane durante la batalla y luego la arrastró hasta la sala del trono, donde la decapitaría al pie de su trono. Pero no pude soportarlo. No podía tolerar ver como él la mataba, como destruía lo único bueno en mi vida. No me importaba si ella se había rebelado, si ella nos había traicionado a todos. Me lancé sobre ella y le supliqué a mi padre que le permitiera vivir.

Yo temblaba, el peso de sus palabras era aplastante. Estaba a punto de vomitar…

—¿Por qué me cuentas esto? —susurré.

—Porque la madre de Aodhan Morgane no está muerta. Está viva. Ha estado viva todo este tiempo gracias a *mi* compasión, a *mi* bondad. —Me sacudió, como si pudiera obligarme a creerlo.

Pero luego pensé... ¿y si decía la verdad? ¿Y si Líle Morgane estaba viva? ¿Y si lo había estado todo este tiempo? *Cartier.* El mero hecho de pensar en esto, en su madre, hizo que me deshiciera.

—Mientes. *Mientes* —grité, con lágrimas en los ojos.

—Así que mi padre me apartó de Líle —prosiguió Declan, ignorando mi desafío—. Y me dijo que, si él permitía que ella viviera, yo tendría que mantenerla encadenada. Tendría que silenciarla, de otro modo, la verdad se expandiría a toda prisa, y los Morgane se rebelarían de nuevo. Él la envió al calabozo, cortó su lengua y decapitó a otra mujer de pelo rubio en su lugar. Kane Morgane, el viejo tonto, vio el cabello rubio en la pica y creyó que era Líle.

Mientes, mientes, mientes...

Era la única palabra de la que podía aferrarme. La única palabra que podía creer.

Declan me sonrió y supe que el final se aproximaba. Tenía que haber un final en esto.

—Tú y Líle sois parecidas. Las dos os rebelasteis contra mi familia. Las dos queréis a Aodhan. Las dos os esforzáis mucho por no temerme.

Gimoteé, haciendo un esfuerzo por contener el llanto en mi pecho.

Él sopló sobre su daga, permitió que el aliento manchara el acero antes de limpiarlo sobre su chaqueta de cuero.

—No te mataré, Brienna. Porque quiero que Aodhan te tenga, después de todo. Pero cuando él mire tu cara, verá a su madre en ti. Sabrá dónde encontrarla.

Grité cuando él sujetó mi mandíbula, cuando comprendí lo que estaba a punto de hacer. Sentí cómo su daga cortaba mi frente, en el nacimiento del cabello sobre el lado derecho de mi sien. Sentí cómo arrastraba despacio el acero hacia abajo, más y más abajo, hasta mi mandíbula y abría mi mejilla. No cortó mi ojo apenas por un milímetro. Pero ya no podía ver de ese ojo, porque la sangre cubría mi rostro y el dolor parecía fuego atrapado bajo mi piel, ardiendo, ardiendo, ardiendo con mi pulso frenético. ¿Dónde estaba el final? Tenía que haber un final para esto...

—Ay, eras una chica tan bonita, ¿verdad? Qué pena.

Dejé caer la cabeza, observé a mi sangre gotear de modo constante sobre los recortes de mi pelo.

Declan hablaba, pero el sonido desapareció, como si estuviera a cientos de años.

Mis oídos se destaparon. Me tambaleé, intentando mantener el equilibrio sobre los pies y luego apareció de nuevo el dolor insoportable en mi rostro. Sentía que me había dado un puñetazo. Pero Declan no me había tocado; a través de mi visión borrosa, observé que él limpiaba la sangre de su daga y guardaba el arma antes de retroceder para mirarme.

Lo miré a los ojos, jadeando, mi garganta se cerró cuando lo sentí de nuevo, un dolor tan insoportable que grité.

Declan frunció el ceño, confundido por mi reacción, y luego apareció una voz desconocida, distante, que provenía del pasado.

¿Dónde escondiste la gema?

Una vez más, dolor insoportable, solo que esta vez en mi brazo. Alguien rompía mi brazo. Alguien a quien no podía ver.

Dinos dónde escondiste la gema, Allenach.

Más dolor, subiendo por mi espalda e inhalé irregularmente al comprender lo que sucedía.

Estaba accediendo a la memoria de Tristan.

Cedí ante el recuerdo porque estaba abrumada y cambié una cámara de tortura por otra.

Mi cuerpo se convirtió en el cuerpo de Tristan y vi el mundo a través de sus ojos, permití que su piel cubriera la mía como si fuera un velo.

—¿*Dónde está, Allenach?* —*preguntó un joven, alto y de contextura poderosa. Estaba de pie ante Tristan, con manchas de sangre sobre su jubón verde, un jubón verde con un lince bordado sobre el corazón.*

Lannon.

—¿*Quieres que te rompa el otro brazo?*

Tristan gruñó. Solo veía por un ojo y la sangre llenaba su boca. Habían cortado sus pulgares y tenía roto el brazo derecho. Él estaba seguro de que también tenía la mitad de sus costillas rotas.

—*Habla, Allenach* —*espetó el príncipe Lannon, evidentemente irritado. ¿Cuánto tiempo había estado torturándolo?*—. *Habla, o esto será mucho, mucho peor.*

Él rio al saber que había guardado aquel secreto durante tanto tiempo, que el rey Lannon y sus hijos acababan de descubrir ahora que Tristan Allenach sabía dónde estaba oculta la Gema del Anochecer.

—*Tienes miedo, ¿verdad, joven?* —*Tristan se esforzó en hablar, escupiendo sangre y algunos dientes*—. *Temes que la gema aparezca y que tu reinado termine antes de siquiera tener la oportunidad de empezar.*

El príncipe Lannon contorsionó su rostro de furia y golpeó a Tristan de nuevo, hasta que más dientes cayeron.

—*Suficiente, Fergus* —*dijo el segundo hijo de Lannon desde las sombras*—. *Matarás al anciano antes de que hable.*

—¡*Se burla de mí, Patrick!* —*chilló Fergus Lannon.*

—¿*Qué es más importante para nuestro padre? ¿Tu orgullo o la localización de la gema?*

Fergus apretó los puños.

Patrick se puso de pie y se aproximó. No tenía ni por asomo la contextura o la estatura poderosa del heredero, pero había un resplandor oscuro y malvado en sus ojos cuando se inclinó para mirar los ojos borrosos de Tristan.

—Sé que ahora eres un anciano —dijo Patrick—. No queda nada para ti aquí. Has vivido en abundancia, tu esposa ha muerto hace tiempo y tus hijos esperan tu muerte para poder hacerse con su herencia. —Hizo una pausa, inclinando la cabeza a un lado—. De todas formas, ¿por qué lo hiciste? ¿Qué hizo que quisieras ocultar la gema?

Ah, no había respuestas sencillas para esa pregunta. Una vez, Tristan creyó que lo había hecho por el bien del pueblo, para evitar la destrucción de una guerra mágica. Pero en esos días, sinceramente no lo sabía. Quizás había resentido a los Kavanagh y la magia que podían blandir. Quizás quiso hacerlo simplemente para ver si era posible realizar una acción tan valiente, si las leyendas de los Kavanagh eran ciertas. Ver si su magia realmente moriría sin la gema.

Sonrió.

—Lo sé, crees que te lo diré. Que si rompes todos mis huesos te diré dónde escondí la gema. Bueno, habéis roto la mitad de mi cuerpo. Así que acercaos, chicos. Acercaos más para que pueda contároslo.

El príncipe Fergus inclinó el cuerpo de inmediato, pero Patrick, el más sabio, sujetó el brazo de su hermano y lo retuvo.

—Puedes decírnoslo a esta distancia, Allenach —dijo él.

Tristan rio, ahogándose en su propia sangre.

—Tú deberías ser el heredero, joven. No Fergus.

Fergus alzó un garrote y rompió el otro brazo de Tristan antes de que Patrick pudiera detenerlo.

El dolor le quitó el aliento a Tristan, hizo que su corazón se rompiera en lo profundo de su pecho. Pero apretó los pocos dientes que le quedaban y se obligó a permanecer consciente, porque había una cosa más que necesitaba decirle a esa escoria Lannon.

—No soy el único que sabe dónde está la gema —dijo con voz ronca, haciendo un esfuerzo por respirar.

—Entonces, ¿quién es ese hombre y dónde está? —preguntó Fergus.

Tristan sonrió.

—No es un hombre.

Fergus se paralizó, atónito. Pero Patrick rio, en absoluto sorprendido.

—Entonces, ¿dónde está esa mujer, Allenach? Dinos y quizás permitiremos que sobrevivas, al igual que ella.

Tristan inclinó su cabeza hacia atrás sobre el muro de piedra de su celda, la celda en la que había vivido la última semana. Estaba a punto de perder la vista y luchó por dar su último aliento.

—Es una desgracia para vosotros... —Inclinó el mentón para mirar a los Lannon por última vez, para decir sus últimas palabras—. Porque ella aún no ha nacido.

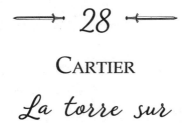

28

CARTIER

La torre sur

Camino al castillo Lerah, territorio de Lord MacQuinn

Cuando amaneció, subí a la parte trasera del carro con Luc y Sean. Nos recostamos unos al lado de otros, observando a Neeve y Betha colocar rollos de lino y lana sobre nosotros hasta quedar ocultos. Era un espacio reducido e incómodo y teníamos horas por delante; yo ya sudaba, mi corazón latía a un ritmo nervioso. Inhalé con profundidad para apaciguar mi mente, para tranquilizar la tensión en mi cuerpo.

Esto funcionaría. Nuestra misión no fracasaría.

Escuché como Neeve y Betha subían al lugar del cochero; el carro comenzó a moverse hacia adelante. Jourdain, Isolde y un grupo reducido de guerreros MacQuinn nos seguirían desde una distancia segura. Y Lady Grainne había salido dos días antes, para reunir sus fuerzas. Al llegar la noche, todos nos encontraríamos en el castillo Lerah.

Ninguno hablaba, pero oía la respiración de los demás mientras el carro continuaba saltando y sacudiéndose en el transcurso de la mañana. El silencio me dio tiempo para asimilar la verdadera identidad de Neeve. Pensé de nuevo en las palabras de

Brienna, en el informe que había escrito para el mozo de cuadra MacQuinn, el que Neeve nos había entregado llorando. «*Y cuando Allenach comprendió que su hija no moriría, sino que llevaría sus cicatrices como un estandarte orgulloso, de pronto se comportó como si la niña no fuera de él y la dejó con las tejedoras para que la criaran como propia*».

No podía creer que Brienna tuviera una media hermana. Sin embargo, cuando miraba a Neeve, comenzaba a ver las similitudes entre las dos. Las dos mujeres habían salido a sus madres y tenían la misma sonrisa, el mismo corte de mandíbula. Caminaban con la misma elegancia lánguida.

Y Sean... Sean prácticamente se había desmayado cuando había leído el informe. En cuestión de un mes turbulento, había perdido a su padre y a su hermano, había conseguido el título de lord y luego había descubierto que tenía dos hermanas. Había llorado sin parar cuando él y Neeve se habían abrazado.

Era cerca del mediodía cuando el carro se detuvo inesperadamente. Miré a Luc, quien estaba a mi lado. Él abrió los ojos de par en par, el sudor cubría su sien. Ambos esperamos para descubrir por qué Betha había detenido el carro...

—¿Qué es esto? —preguntó con desdén una voz masculina.

—Somos tejedoras MacQuinn —respondió con calma Betha—. Tenemos una entrega para Lady Halloran.

Otro hombre habló. No pude discernir qué dijo, pero supe que no era bueno.

—¿Por qué deben revisar el carro? —dijo Neeve, su voz atravesó las telas cuando evidentemente repitió lo que el hombre había dicho para advertirnos—. Entregamos lino y lana todos los meses.

Moví la mano despacio, hasta mi cintura, donde tenía enfundada la daga. Le indiqué con la cabeza a Luc y Sean que hicieran lo mismo.

Oí el crujir de las botas que se aproximaban. Los rollos de tela comenzaron a moverse sobre mí directamente; un haz de luz encontró mi rostro. Salté hacia adelante antes de que el guardia Halloran me viera, con la intención de hundir la daga directo en su garganta. Cayó hacia atrás, maldiciendo, pero yo lo había sujetado y lo mantuve en el suelo mientras que Luc y Sean enfrentaban al otro guardia.

Eran solo dos y el camino ante nosotros estaba vacío, pero el vello en mis brazos se erizó; me sentía expuesto.

—Rápido —dije—. Conduce el carro hasta los árboles, Betha. Sean, llévate los caballos de los Halloran.

Arrastré a mi guardia Halloran hasta el bosque y Luc me siguió con el otro.

Cuando estuvimos bajo la protección de los árboles, amordazamos y amarramos a los guardias, preguntándonos qué hacer con ellos.

Pero luego pensé... ¿por qué debemos escondernos en el carro cuando dos de nosotros podríamos vestir sus armaduras y andar en sus caballos?

Luc compartió el mismo pensamiento, porque se acercó a mí y susurró:

—Deberíamos entrar a caballo en Lerah.

Antes de que pudiera responder, Sean había dejado inconscientes a ambos guardias. Les quitamos las armaduras y luego Luc y yo nos vestimos. Parecíamos Halloran con las túnicas azul marino, las capas amarillas y la armadura de bronce con el íbice bordado en el pecho.

—Luc y yo les haremos de escoltas —le susurré a las mujeres mientras colocaba el yelmo del guardia sobre mi cabeza—. En cuanto lleguemos al patio del castillo, ayudaremos a Sean a descender del carro sin ser visto.

Betha asintió y subió de nuevo al carro mientras que Neeve ocultaba otra vez a Sean debajo del lino. Luc y yo amarramos a los guardias inconscientes a unos árboles.

Nuestro grupo salió de nuevo a la luz y tomamos el camino delante de nosotros. Todo ocurrió muy rápido, en cuestión de minutos. Y si bien ahora quería decirle a Betha que avanzara más rápido con el carro, sabía que aquel pequeño retraso funcionaría a nuestro favor.

Llegamos al puente levadizo de hierro del castillo Lerah al caer el sol, el atardecer era como un velo protector sobre nosotros mientras nos deteníamos delante del edificio circular de la fosa.

Era tal cual Sean lo había descrito: una fortaleza formidable sobre una colina, protegida por una fosa amplia. Mis ojos recorrieron las cuatro torres y se detuvieron finalmente en la torre al sur, la que estaba cubierta por el sol poniente, en donde estaba Brienna.

Y al este, vi los árboles a lo lejos, donde Jourdain y su ejército estarían esperando y podía oler el bosque a mis espaldas, una mezcla de roble, moho y tierra húmeda. Resistí la tentación de mirar hacia atrás a ese bosque, sabiendo que Lady Grainne y sus guerreros estaban ocultos en las sombras, observando, esperando.

Un guardia apareció en la entrada del edificio, con antorcha en mano y nos miró. Neeve y Betha vestían chales sobre su cabeza, pero un destello de pánico repentino me invadió.

El guardia entró de nuevo al edificio y le dio una señal a quienes estaban a cargo del puente.

Observé que el puente descendía, las cadenas de hierro tintineaban hasta que el puente estuvo completamente bajo, extendido ante nosotros con una invitación oscura. Betha movió las riendas y el carro comenzó a avanzar sobre la madera y el hierro. Luc y yo las seguimos, los cascos de los caballos sonaban vacíos, el agua estaba plagada de estrellas debajo de nosotros.

No me atrevía a tener esperanzas. Aún no. Ni siquiera cuando atravesamos la puerta, que flotaba sobre nosotros como los dientes oxidados de un gigante. Ni siquiera cuando pasamos por la extensión de césped en mitad de la galería, o cuando dejamos atrás la entrada. Aún no tenía esperanzas ni siquiera cuando Betha llevó el carro al recinto interno e inmenso iluminado de antorchas.

Era tal como Sean lo había descrito. Apenas podía ver los jardines adelante; olía la levadura de la panadería en algún lugar a mi derecha. Oía el martilleo de una forja distante, probablemente al este, y los caballos relinchando en el establo. Sentía la altura de los muros a nuestro alrededor, piedra roja tallada junto al arco de las puertas y las rajaduras diminutas de las ventanas, brillando con vidrios divididos con parteluz. Y, sin embargo, ¿dónde debíamos entrar? ¿A dónde debíamos llevar las telas?

Intercambié una mirada con Luc, apenas podía distinguir sus ojos bajo la luz del fuego.

Él desmontó primero, cuando el mozo de cuadra salió del establo para guardar nuestros caballos. Los establos estaban detrás de nosotros, en la base de la torre sur. La torre de la prisión. Y giré el cuello para mirarla una vez más, para evaluarla.

—Llevaré su caballo, señor.

Desmonté, mis rodillas latieron ante el impacto y le entregué el caballo al joven. Neeve ya había bajado del carro y estaba preparándose para mover los rollos de tela para que Sean pudiera salir con discreción. Caminé junto a ella mientras mantenía uno de los rollos en alto. Sean cayó sobre los adoquines sin hacer ruido y cubrió su cabeza con un chal azul marino para ocultar su rostro.

—La torre sur está allí, a nuestras espaldas —le susurré a Neeve.

Ella miró por encima del hombro, percibiendo de pronto la imposibilidad de la situación. Estaba a punto de entrar a una torre y luego escapar con una prisionera.

—¿Puedes hacerlo? —pregunté.

—Sí —respondió, casi con brusquedad.

—Rápido, sujeten un rollo de tela y entremos allí —dijo Sean, interrumpiéndonos. Él y Betha ya tenían uno de lana en los brazos. Neeve y yo también nos dimos prisa en alzar el lino y seguimos a Sean hasta una entrada abierta, al límite de los establos.

Nos llevó a un pasillo que iba de la torre sur a la torre este, la luz de las antorchas siseaba en sus bases de hierro. Necesitaba llegar al otro lado del castillo, a los pasillos que iban de oeste a norte. Sin embargo, cuando Sean y Luc se separaron en dirección a la entrada, noté que no podía abandonar a Neeve y a Betha.

—Debe irse, milord —susurró Neeve.

—Permíteme al menos ayudarte a entrar a la torre —respondí.

Neeve parecía querer protestar:

—Rápido, viene alguien.

Nos dirigimos a la puerta más cercana y atravesamos la puerta trasera de la panadería. Al principio, palidecí al pensar que acabábamos de cometer un grave error, que los tres quedaríamos expuestos. Pero nos habíamos topado con una habitación vacía. Había una mesa larga cubierta de harina, hogazas de pan levando sobre piedras calientes, estanterías con cuencos de cerámica y sacos de harina. No había nadie, aunque oía a los panaderos riendo en la sala contigua.

Había una bandeja con pastelitos recién horneados. Apoyé mi lino, sujeté un plato de madera y coloqué tres pastelitos sobre él. También me hice con un cuenco pequeño con miel y el vaso de cerveza que alguien olvidó y lo puse entre los pastelitos.

—¿Qué haces? —siseó Betha.

—Confía en mí —dije y abrí de nuevo la puerta hacia el pasillo.

Betha resopló, sujetó el lino que yo había dejado y los tres comenzamos a caminar hacia el sur. En un momento, el pasillo se dividía, una mitad subía en una escalera en espiral.

Comencé a ascender, las mujeres a mi sombra, el plato de cena espontánea temblaba en mis manos.

Llegamos al descanso que tenía salida al sendero del parapeto, tal como Sean había descrito. La puerta de la torre debía estar cerca y salí, el aire apestaba por los establos debajo. El olor a estiércol me hizo pensar en que una vez había estado oculto debajo de él, en que la pila de excremento había salvado mi vida. Caminé hasta el borde del parapeto, siguiendo el hedor, y encontré la pila de estiércol situada en el recinto, en el terreno entre los muros.

—Si debes saltar desde este muro —le dije a Neeve—, apunta allí.

Neeve asintió.

—Y allí está la puerta. —Señaló la torre, donde había una puerta cubierta de hierro en la pared, oculta en las sombras. No estaba custodiada, lo cual me sorprendió. Hasta que vi una patrulla caminando por el parapeto y que estaban a punto de toparse con nosotros.

—Que los dioses se apiaden —susurró Betha y creí que se refería al guardia que se aproximaba hacia nosotros hasta que oí el ruido a guijarros sueltos.

Alcé la vista hacia la torre y vi nada más y nada menos que a Keela Lannon escalando el muro. Seguía una enredadera que había brotado en el concreto entre las piedras, trepando desde la almudena hasta la única ventana en el muro de la torre de la prisión. Y supe en aquel instante que Keela debía ir en busca de Brienna, que Keela era el faro que debíamos seguir.

—Esa es tu entrada —le dije a Neeve—. Date prisa y síguela.

Neeve ni siquiera vaciló. Lanzó su lino sobre el parapeto, sobre la pila de excremento y se apresuró a seguir el camino de Keela. Betha fue quien emitió un sonido de perplejidad.

—No seré capaz de escalar eso —afirmó la tejedora, su rostro rojizo empalideció mientras observaba a Neeve esforzarse por hacer su primer paso escalonado.

—No, así que debes permanecer aquí, como distracción —dije y le entregué la bandeja de comida mientras sujetaba su lino y su lana.

Dejé caer los textiles sobre la pila de excremento al igual que Neeve lo había hecho y luego observé mientras Betha caminaba con la cena hacia el guardia. Y luego, permanecí en las sombras, observando cómo Neeve continuaba escalando. Keela ya había desaparecido por la ventana, sin saber que estábamos allí, que estábamos siguiéndola.

Esperé hasta que Neeve llegó a la abertura en la piedra y se impulsaba para entrar al pasillo de la torre. La ventana pareció tragarla hasta que vi su rostro, pálido como la luna, mientras me saludaba.

Solo entonces tuve esperanzas, solo entonces me moví.

Me adentré al pasillo sur, lo seguí hasta el ala oeste del castillo. Cuando oí el ruido familiar del puente descendiendo, comencé a correr, mis botas golpeaban las piedras a través de las sombras. Oí los primeros gritos de alarma y me detuve lo suficiente para mirar por la ventana más cercana que me permitía ver el puente.

El puente levadizo estaba completamente extendido y Grainne y sus soldados entraban, la luz de la luna brillaba sobre el acero de sus pecheras, las estrellas iluminaban sus espadas. Eran silenciosos; se movían como uno, como una serpiente deslizándose sobre el puente.

Llegué a la torre oeste cuando los gritos comenzaron a salir de la entrada. Lo sentí en las piedras: la perplejidad, el escalofrío del ataque que tenía lugar.

Desenfundé mi espada y comencé a subir las escaleras de la torre en busca de Declan Lannon.

29

BRIENNA

Sujétate fuerte

Territorio de Lady Halloran, castillo Lerah

—¿*A*ma? Ama Brienna, despierte. Por favor, por favor despierte.

Una voz pequeña y temblorosa que quería sujetar en mi mano, adorar, observar florecer hasta ser una rosa. Era la voz de una niña asustada, sus palabras eran como el sol en mitad de una tormenta.

—Quiero verla, Keela. ¡*Keela!*

Una respuesta indignada, acalorada, la voz de un niño decidido y valiente, sus palabras eran como lluvia sobre un río.

—No, Ewan. No mires. Quédate ahí.

—Es mi lady y puedo hacer lo que quiera.

Oía el ruido de las botas, luego silencio, oscuro y doloroso silencio, un vacío en el que ahogarse. El niño comenzó a llorar, llorar, llorar…

—*Shh*, te escucharán, Ewan. ¡Te dije que no miraras! —Pero luego, ella lloró también.

—¡La ha matado! ¡La ha matado! —gimoteó el niño, su voz manchada de furia.

—No, hermano. Está viva. Tenemos que sacarla antes de que nuestro padre vuelva. Tenemos que esconderla.

—Pero ¿dónde? ¡No hay lugar donde esconderla!

—Buscaré la llave y tú encontrarás un sitio donde esconderla.

Las voces se disiparon y solo pude escuchar un zumbido, un silbido, el ruido de algo que quería fundirse en la noche.

Cuando abrí los ojos, noté que era el sonido de mi respiración, superficial y trabajosa.

Aún estaba colgada de las muñecas, de los brazos que ya no tenían sensibilidad.

Pensé en Tristan, aquel último recuerdo que me había dado aún resonaba en mi corazón, nuestro dolor conectado con siglos de diferencia. Él había creído en la maldición que la última princesa Kavanagh le había lanzado: que una hija de su linaje aparecería y robaría sus recuerdos; él había sabido que yo descendería de su sangre, que enmendaría sus errores.

Mis pies rozaron el suelo. Una pila de cabello. ¿De quién era? Era tan bonito que nunca deberían haberlo cortado así.

Y luego la sangre. Seguí su rastro al revés, desde el suelo, por mi pierna, por mi camisa sucia, hasta donde se había secado en el hueco de mi clavícula.

Era mía. Mi sangre.

Me moví, desesperada por sentir mis brazos, pero solo rocé los laterales de mi rostro.

Y lo recordé. La puntada de una daga. Las palabras que Declan había colocado en mi herida… *Porque quiero que Aodhan te tenga, después de todo. Pero cuando él mire tu cara, verá a su madre en ti. Sabrá dónde encontrarla.*

Di un grito ahogado, sacudí el cuerpo encadenada, hasta que el dolor en mi rostro hizo que las estrellas amargas volvieran, como si estuviera dando vueltas debajo de un cielo plagado de constelaciones, borroso y difuminado. Quería aquella bruma oscura de nuevo, aquel estado de existencia inconsciente.

Líle Morgane está muerta. Él me miente. Es imposible que esté viva…
Solo podía pensar en ella.

Perdí la consciencia, sin saber cuánto tiempo había pasado.

Cuando oí que abrían la puerta de hierro, me sobresalté y golpeé mi rostro de nuevo. El dolor recorrió mis huesos hasta que me ahogué, tosí y vomité frente a mi vestido.

Esperé oír la risa amenazante de Declan, sentir la dureza de sus manos mientras decidía dónde hacerme daño. Pero me rodeó algo delicado. Sentí que alguien se colocaba junto a mí con dulzura, con cariño. Las manos subieron por mis brazos y encontraron el gancho.

—Estoy aquí, hermana.

Abrí los ojos. Neeve. Neeve presionaba su cuerpo contra el mío para mantenerme firme, sus manos trabajaban para liberarme. Había lágrimas cayendo sobre su rostro, pero me sonreía.

Sabía que debía ser un sueño.

—¿Neeve? —balbuceé—. Nunca había soñado contigo.

—No estás soñando, hermana.

Por fin quitó mis grilletes del gancho. Caí sobre ella y luego apareció Keela, con los brazos alrededor de las dos. Permanecimos en un círculo, Neeve y Keela soportaban mi peso.

Solo entonces comprendí cómo me había llamado Neeve.

Hermana.

—¿Quién te lo dijo? —pregunté mientras Keela se ponía de rodillas para retirar las cadenas de mis tobillos.

—Te lo diré en cuanto lleguemos a casa —prometió Neeve—. ¿Puedes caminar? —Entrelazó sus dedos con los míos y tiró despacio. Me esforcé por dar un paso.

—Creo que necesitamos esconderla —propuso Keela, preocupada—. Mi padre sabe que algo anda mal. Vendrá a buscarla.

—No tenemos tiempo. Necesitamos correr —dijo Neeve—. Brienna, ¿puedes seguirme?

Intenté alzar mi mano, tocar la herida en mi rostro. Neeve sujetó mis dedos con rapidez.

—Mi cara, Neeve —susurré. Era difícil hablar, porque cada palabra tiraba de mi mejilla—. ¿Cómo de mal…?

—Nada que Lady Isolde no pueda curar —respondió Neeve con firmeza. Pero lo vi: el horror, la tristeza, la furia en sus ojos—. Hermana —dijo Neeve, percibiendo mi desesperación. Me acercó a ella—. Hermana, debes correr conmigo. Lady Isolde te espera detrás de los árboles, para llevarte a casa. Te llevaré con ella.

—¿Isolde? —dije con voz ronca.

—Sí. ¿Estás lista?

Asentí, apretando su mano con fuerza.

—Keela, aferra su otra mano —ordenó Neeve y sentí que Keela entrelazaba sus pequeños dedos fríos con los míos—. Sujétate fuerte a mí, Brienna.

Permití que me llevaran fuera de la celda hacia el pasillo. Estaba mareada; los muros parecían achicarse, cerrarse sobre nosotras, como si fueran una criatura viviente, con escamas de dragón, inhalando, exhalando. Caminamos en ronda mientras bajábamos en un círculo apretado.

Oí un grito distante. Y luego los gritos eran más urgentes y fuertes, sonidos de dolor.

—No creo que podamos salir por la ventana —dijo Neeve mientras se detenía en la escalera, jadeando—. Necesitaremos salir por la puerta.

—Pero alguien puede vernos —susurró Keela.

Hicimos silencio, escuchando el sonido de la batalla que tenía lugar detrás de los muros.

—Creo que hay suficiente alboroto para que salgamos caminando —continuó Neeve—. ¿Puedes darme las llaves, Keela?

—¿Qué ocurre? —preguntó Keela, su voz temblaba mientras le entregaba las llaves—. ¿Habrá una batalla? ¿Y mi hermano? No sé dónde está. Se suponía que se reuniría conmigo en nuestra habitación, para esconder a Brienna.

—Lord Aodhan lo encontrará —respondió Neeve—. Necesitamos salir.

Después de un momento de silencio tortuoso, ella me arrastró y yo arrastré a Keela, aún estaba sujeta a las manos de ambas. Continuamos el descenso, mis piernas temblaban. Sentí que la fiebre tocaba mi rostro y mi cuello con plumas ardientes. Mis dientes castañeteaban mientras tiraba de Neeve.

—Neeve, creo… creo que no puedo… correr.

—Estamos a punto de llegar —dijo Neeve, tirando con más firmeza de mí.

Llegamos al vestíbulo de la torre, una habitación simple. Tenía el símbolo de los Halloran en el muro, el único color en aquel lugar parduzco, y había una mesa y una silla. El guardia que supuestamente debía estar allí no estaba, la mitad de su cena aún estaba en el plato.

—Escuchad, este es el plan —dijo Neeve mientras nos acercaba a Keela y a mí—. Iremos por la escalera hasta el parapeto y bajaremos al recinto central. Eso nos mantendrá lejos del fragor de la batalla. Correremos por el muro hasta la torre del este, donde están las fraguas. Debería haber una entrada pequeña para que nos deslicemos hasta la fosa. —Retiró el chal que había amarrado en su cintura y cubrió con dulzura mi cabeza—. Lo único que debes hacer es seguirme, ¿de acuerdo, hermana?

Asentí, aunque no creía tener la fuerza necesaria para esto.

—Entonces, vamos.

Ella se volvió y se aproximó a la puerta e intentó abrir las cerraduras. Finalmente, abrió la puerta y nos recibió una ráfaga intensa de aire nocturno y el sonido de dos hombres luchando en la amena.

Por un instante, las tres solo permanecimos de pie en la entrada, observando a los guerreros atacar y esquivar; uno era Halloran, el otro, Dermott. Allí fue cuando comprendí lo que ocurría: Lady Grainne había liderado un ataque contra el castillo.

En cuanto aquella esperanza floreció en mi corazón, el Halloran hundió la espada en el pecho del Dermott, prácticamente hasta la empuñadura.

—Rápido —dijo Neeve, como si la muerte inminente la hubiera despertado. Me arrastró antes de que el Halloran pudiera detenernos, el caos pisaba nuestros talones mientras ella intentaba llegar a las escaleras del parapeto. Un grupo grande de Halloran subía por la escalera, saliendo de las sombras, con espadas en mano. Venían en nuestra dirección y Neeve se detuvo abruptamente, lo que hizo que Keela colisionara contra mi espalda.

—Rápido. Debemos saltar —dijo tensa mi hermana mientras retrocedía hacia el muro.

Creí que no hablaba en serio. Estaba a punto de hacernos caer hasta la muerte. Pero los guerreros Halloran habían plagado el parapeto como hormigas que salían de su agujero; nos vieron y corrieron hacia nosotras.

Prefería saltar a que ellos me capturaran de nuevo. Mi corazón latía desbocado en mi pecho mientras me detenía al borde del muro junto a Neeve; Keela se resistía detrás de nosotras.

—Confía en mí —le dijo Neeve a la chica—. Debemos saltar todas juntas y apuntar a la pila de estiércol debajo.

Tiré de Keela para que subiera a mi lado. Parecía aterrada y quería sonreírle, pero descubrí que mi rostro se había entumecido.

—*Ahora* —suspiró Neeve y las tres saltamos como si no fuéramos más que aves extendiendo las alas en el viento.

La caída parecía eterna; la oscuridad parecía aullar en mi rostro hasta que me hundí en el estiércol hasta la cintura.

Sin embargo, mi hermana no me dio ni un segundo para recobrar el aliento. Salió del estiércol, me arrastró con ella y yo arrastré a Keela.

—Mantente en la sombra del muro —ordenó Neeve y me esforcé por seguir su ritmo. Estábamos en la parte cubierta de césped del recinto central, que estaba espeluznantemente vacío y silencioso, el fragor del conflicto tenía lugar en el corazón de la fortaleza.

Corrimos junto al muro interno rozando nuestros hombros, siguiendo el césped. Apenas podía respirar, apenas sentía los pies. Mi hermana me arrastró, me mantuvo avanzando, de otra forma, me habría desmayado. Llegamos a la torre este, que parecía mucho más ocupada que la torre de la prisión.

Nos detuvimos en la sombra, alzamos la vista y escuchamos mientras los Halloran parecían expandirse sobre nuestras cabezas en la almena.

—¿Por qué están todos aquí? —pregunté, reprimiendo una oleada repentina de náuseas.

—Porque esta es la torre del herrero —respondió Neeve—. No veo el canal de la forja. Creo que Sean estaba equivocado… Está dentro del castillo, no en el recinto central.

Se giró hacia Keela y hacia mí.

—Quiero que las dos permanezcáis aquí, en las sombras —dijo Neeve—. Iré a…

Keela gritó, sorprendida. No tenía la fuerza para girarme y ver qué era, pero Neeve entrecerró los ojos, moviendo las fosas nasales mientras enfocaba la mirada. Lo oí: el ruido de las botas sobre el césped, el tintineo de las armaduras acercándose a nosotras.

No teníamos dónde escondernos. Tendríamos que huir de ellos y yo a duras penas podía permanecer de pie.

Apoyé el cuerpo contra la pared, temblando. Tenía la vista nublada y disminuida, pero Neeve era como un pilar de luz mientras extraía una daga oculta bajo su vestido. La daga que yo le había dado. Se puso de pie delante de Keela y de mí, con la daga en mano, esperando.

Pero no eran hombres de Halloran los que corrían por el recinto central. Eran Dermott.

Neeve reconoció el emblema en la armadura en el mismo instante que yo y los llamó, desesperada.

—Por favor, ¿pueden ayudarnos a encontrar una forma de salir al muro externo?

Una de las guerreras Dermott redujo el paso y nos miró. No sé si ella sabía quiénes éramos, pero señaló hacia adelante con su espada.

—Continuad avanzando hacia el norte. Hemos abierto la puerta trasera al norte para que los inocentes puedan salir.

Sin una palabra más, Neeve y Keela sujetaron mis manos. Hice un esfuerzo por incorporarme, por mantener los ojos abiertos.

—Neeve, no puedo...

—Sí, puedes, Brienna —ordenó Neeve, sin permitir que tuviera oportunidad de rendirme—. Quédate conmigo. —Su mano era como el acero mientras me arrastraba al avanzar, siguiendo a los Dermott. Me obligué a abrir los ojos. Los guerreros tomaron la escalera que subía hasta la almena del herrero y nosotras continuamos avanzando sobre el césped, intentando alcanzar aquella esperanza escurridiza de la puerta abierta.

Pero la encontramos, una entrada pequeña tallada en el muro externo. Varios guerreros Dermott tenían la puerta abierta de par en par, sin embargo, no había puente. Solo el salto oscuro hacia la fosa con agua.

—Tendréis que nadar hasta el otro lado —dijo uno de los Dermott después de comprobar que no había medialunas en nuestras muñecas. Y luego, posó los ojos en mi rostro—. Aunque con su herida... no debería estar en el agua.

La furia de Neeve apareció en su rostro mientras gruñía:

—Es mi hermana y la llevaré con la reina para que la curen. Así que hazte a un lado.

El Dermott solo alzó las cejas, pero se apartó del camino.

Pero incluso ahora que estábamos aquí... Las tres vacilamos mientras observábamos el agua. Sentía que saltaríamos desde otro muro, solo que esta vez no podíamos ver el fondo.

—¿Estás segura de que Lord Aodhan encontrará a mi hermano? —preguntó Keela, retorciendo las mano.

—Lo estoy —respondió Neeve, aunque hubo una grieta en su voz—. Saltaré primero y luego ayudarás a Brienna.

Mi hermana intentó entrar en el agua con elegancia, pero se deslizó con un chapoteo. Observé a la oscuridad cubrir su cabello rubio; observé la forma en que ella salía a la superficie con un grito ahogado y supe que sería imposible mantener mi rostro fuera del agua.

Ni siquiera intenté zambullirme con tranquilidad. Salté y permití que el agua me cubriera. Mi rostro latió y ardió como respuesta y por un instante, pareció que me hundía, incapaz de encontrar la superficie hasta que pateé a Neeve. Sus manos eran fuertes mientras me alzaban y escupí, me ahogué y reprimí la necesidad incesante de tocar mi herida.

Las tres nadamos, el agua era oscura y fría. Sentía los miles de secretos que yacían debajo de nosotras, secretos que podían salir con facilidad de las profundidades y sujetar nuestros tobillos. Pensé en Cartier mientras hacía un esfuerzo por nadar. Neeve había dicho que él estaría aquí, que él encontraría a Ewan y, sin embargo, cuando pensé en Cartier, pensé en su madre, así que tuve que apartar a ambos de mi mente. Las palabras de Declan aún pesaban tanto sobre mí que podrían haberme hundido en el fondo de la fosa.

Llegamos al otro lado y salimos del agua, hundiendo los dedos en el suelo mojado. Neeve y Keela me arrastraron sobre el césped porque no podía hacerlo sola. Gruñí mientras me arrastraba sobre el terreno; lo único que deseaba era recostarme y dormir.

—Ya casi hemos llegado, Brienna —susurró Neeve—. Sujétate fuerte a mí, hermana.

Y antes de que pudiera desmayarme, ella me alzó de nuevo y me puso de pie. Corrimos juntas hasta que el césped comenzó a convertirse en una colina. Encontré los restos de mi fuerza y me obligué a continuar colocando un pie delante del otro, me obligué a llegar al final.

Corrimos hasta que no pude oír más el caos y la furia que tenía lugar en el castillo a mis espaldas, hasta que las estrellas se escondieron detrás de las arboledas y el hedor pegado a mí desapareció ante la dulzura de los árboles frutales. Corrimos hasta perder el aliento y hasta que nuestros pulmones jadearon, hasta que mi fiebre se alojó en mis articulaciones y cada paso que daba enviaba un dolor intenso por mi espalda.

Creí que corrimos durante años, Neeve, Keela y yo.

Y estuve a punto de caer al suelo, de negarme a ir más lejos, de insistirle a mi hermana que me permitiera recostarme y dormir, cuando lo vi en la distancia.

Estaba de pie en un campo, la luz de la luna resplandecía sobre su armadura. Y supe que estaba esperándome. Que él esperaba llevarme a casa.

Neeve y Keela soltaron lentamente mis dedos y desaparecieron hasta que me pregunté si siquiera habían sido reales.

Jourdain corrió hacia mí como yo corrí hacia él.

Él aún no ha visto mi rostro, pensé mientras me abrazaba, sus brazos me rodeaban como una cadena inquebrantable, manteniéndome en pie.

—Te tengo —susurró mi padre y supe que él lloraba mientras acariciaba mi pelo corto—. Ahora te tengo.

Cuando sujetó con dulzura mi mentón para ver por qué sangraba tanto, aparté la cabeza. Me resistí a él, me sacudí para librarme de sus brazos, para esconderme.

—No, no —jadeé, luchando a pesar de que él me abrazaba con amor. No quería que me mirara.

—¿Qué pasa? ¿Está herida? —Otra voz, una que no reconocí.

—Brienna, Brienna, todo está bien —susurró Jourdain, todavía intentando tranquilizarme, sus dedos rozaron por accidente mi herida cuando volteé lejos de él.

El dolor era una estrella explotando en mi cabeza. Caí de rodillas y vomité.

—¡Traed a la reina!

—¿Dónde está herida?

—Trae el carro. ¡Rápido!

Oía las palabras dando vueltas sobre mí como buitres. Me arrastré unos pocos pasos y luego intenté recostarme en el césped. Pero Jourdain estaba allí, de rodillas ante mí. No tuve más opción que inclinar la cabeza hacia arriba, bajo la luz de la luna, y permitir que la sangre corriera sobre mi mentón.

Vi cómo él asimilaba la gravedad de mi herida.

Y antes de que él pudiera decir algo, antes de que la furia lo devorara, utilicé mis últimas fuerzas para extender la mano, sujetar su manga y darle una orden directa.

—Padre… Padre, llévame a casa.

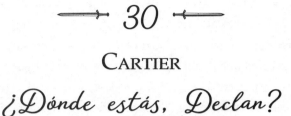

30

CARTIER

¿Dónde estás, Declan?

Territorio de Lady Halloran, castillo Lerah

*E*sta sería la última vez que cazaría a Declan Lannon.

Subí a la torre oeste con aquella promesa apretada entre los dientes. Abrí cada puerta que encontré: la mayoría estaba abierta y cedieron con facilidad bajo mi mano. Y supe que él debía estar en alguna parte de aquella torre oeste, porque cada habitación que abrí estaba oscura, pero amueblada, las habitaciones de huéspedes estaban cubiertas con sábanas para evitar la acumulación de polvo.

Cuanto más subía, más nervioso estaba; buscando, buscando. Ahora, el alboroto en el recinto central era evidente, aun encerrado entre las piedras de la torre. Declan debía saber que algo andaba mal y yo había predicho que él correría y huiría.

Mi único consuelo era que había un solo modo de bajar de la torre y yo estaba en el camino, escalón a escalón. En algún momento, Declan y yo nos encontraríamos.

¿Dónde estás, Declan?

Finalmente, abrí una puerta que llevaba a una habitación iluminada. Una biblioteca. Había varias velas iluminando el espacio y vi libros desparramados sobre una de las mesas junto a un plato de escones cercano. Alguien acababa de estar allí, lo percibía, y me pregunté si era Ewan. Estaba a punto de adentrarme más en el cuarto cuando oí un ruido sobre mi cabeza. El golpe de una puerta. Un murmullo de voces distantes.

Sabía que era él. Y continué mi ascenso, silencioso, siguiendo la curva de las escaleras, avanzando entre la oscuridad y la luz de las antorchas, ahora con la respiración acelerada. Sentía el ardor en mis piernas, mis músculos resentidos, pero, de todas formas, inhalé con profundidad y mantuve la tranquilidad y la atención.

Él tendría la ventaja de su fuerza, pero yo tendría la ventaja de la sorpresa.

Las voces eran más fuertes. Estaba a punto de encontrarlos. Abrieron y cerraron otra puerta, lo que causó un temblor en las piedras.

Llegué a un descansillo. Era circular, el suelo tenía un mosaico que brillaba bajo la luz del fuego. Había tres puertas en arco, todas cerradas, pero oía el murmullo de voces urgentes. ¿Detrás de cuál estaba oculto?

Avancé hacia la puerta a la izquierda y estaba a mitad de camino hacia allí cuando la puerta del medio se abrió inesperadamente.

Declan me vio y se detuvo en seco, entrecerrando los ojos hacia mí.

Por supuesto, no me reconoció. Yo vestía la armadura de los Halloran y aún tenía el yelmo sobre mi cabeza.

—¿Qué quieres? —ladró el príncipe—. ¿Dónde está mi escolta?

Lentamente, alcé la mano y me quité el yelmo. Expuse mi rostro y permití que el casco dorado cayera al suelo, emitiendo un ruido vacío entre los dos.

Y Declan solo pudo mirarme, como si yo acabara de aparecer del resplandor del mosaico, como si me hubiera manifestado por un conjuro.

Se recobró de la sorpresa y rio.

—Ah, Aodhan. Por fin me has alcanzado.

Di un paso hacia él, mis ojos clavados en los suyos. Vi el temblor en su mejilla, el movimiento leve de su cuerpo. Estaba a punto de correr.

—Solo era cuestión de tiempo —dije, dando otro paso hacia él—. Solo tuve que seguir el rastro del hedor que dejaste atrás. —Y allí me detuve, porque quería decirle esto antes de que él huyera de mis manos—. Quiero romper cada hueso en tu cuerpo, Declan Lannon. Sin embargo, no lo haré porque soy mucho mejor que tú. Pero debes saberlo: cuando atraviese tu corazón con mi espada, lo haré por mi hermana. Lo haré por mi madre. Lo haré por los Morgane.

Declan sonrió.

—¿Quieres saber qué sucedió realmente aquella noche, Aodhan? ¿La noche en que tu hermana murió?

No lo escuches, gritaba mi alma; sin embargo, continué de pie, esperando a que él prosiguiera.

—Sí, mi padre me dio una orden —dijo Declan, con la voz baja y ronca—. Me ordenó que comenzara a romper los huesos de tu hermana, empezando por sus manos. Tomé el mazo, pero no podía hacerlo. No podía seguir sus órdenes porque tu hermana me miraba, llorando. Así que mi padre me dijo: «Ya has suplicado por una vida, así que ahora debes acabar con una, para demostrar que eres fuerte». Colocó su mano sobre la mía y él rompió los huesos de tu hermana a través de mí. Y en aquel momento mi alma se fragmentó al verla morir.

Miente, pensé, prácticamente frenético. Aileen había contado algo distinto. Había dicho que Gilroy sujetó la mano de Declan para controlar los golpes.

—Cuando encontré a tu hermana escondida en un armario —prosiguió—, no creí que mi padre la torturaría. Por esa razón la llevé ante él, porque creí que llevaríamos a Ashling al castillo, para que viviera con nosotros, para criarla como una Lannon. Si hubiera sabido que él la mataría, la habría mantenido oculta.

Intentaba confundirme. Intentaba debilitar mi determinación y comenzaba a conseguirlo. Sentí que la empuñadura de mi espada se deslizaba en mi mano, sobre mi piel sudorosa.

—Sí, soy la oscuridad de tu luz, Aodhan —dijo Declan, ahora controlaba por completo nuestra interacción—. Soy el anochecer de tu amanecer, la espina de tus rosas. Tú y yo estamos vinculados como hermanos a través de ella. Y ella vive gracias a mí. Quiero que lo sepas antes de que me mates. Ella vive porque yo la quiero.

¿De quién hablaba? ¿De Brienna?

Había soportado suficiente. Ya no escucharía más aquel veneno.

Él corrió hacia su habitación e intentó interponer la puerta entre los dos. Pero yo la mantuve abierta con el pie, la empujé de una patada y observé la forma en que la madera se balanceaba y golpeaba el rostro de Declan.

El príncipe tropezó hacia atrás, la primera sangre derramada caía de su labio. Para recuperar el equilibrio, se sujetó de una mesa de mármol redonda, donde había estado cenando. Los utensilios temblaron; una copa de vino cayó, pero el momento de sorpresa de Declan terminó. Rio y aquel sonido despertó la oscuridad en mí.

Estaba tan centrado en él que por poco no lo vi. Con el rabillo del ojo vi un borrón de luz sobre el acero, una espada que caía hacia mí.

Me giré, furioso por tener que apartar la atención del príncipe. Detuve la espada con la mía, justo antes de que la hubieran hundido en la parte baja de mi abdomen, y empujé a mi nuevo oponente contra la pared.

Era Fechin.

Fechin abrió los ojos de par en par para sentir el impacto de mi bloqueo, para notar que era yo. El guardia luchó por recobrar la compostura, pero yo avancé y lo desarmé con facilidad fluida.

Sujeté el cabello de Fechin y dije:

—¿Sabes lo que les pasa a los hombres que son lo bastante estúpidos para romper la nariz de Brienna MacQuinn?

—Milord —balbuceó él, ahogándose en su miedo al igual que lo hacían todos cuando los atrapaban—. No fui yo.

Escupí su rostro y atravesé su estómago con la espada. Él se estremeció con los ojos húmedos mientras retiraba mi acero y permitía que él cayera al suelo.

Cuando alcé la vista, la habitación estaba vacía.

La recámara estaba divida por tres escalones consecutivos: un lado de la sala llevaba al balcón, cuyas puertas dobles aún estaban cerradas, el cristal estaba empañado por el frío de la noche, pero el otro lado del cuarto poseía un muro tallado con cuatro arcos que bostezaban en la oscuridad.

Me hice con un candelabro de la mesa. Con la espalda y la luz en alto, avancé hacia la primera puerta, mis ojos hacían un esfuerzo por ver en la oscuridad.

—¿Dónde estás, Declan? —dije con sorna, cada uno de mis pasos era medido, calculado—. Enfréntate a mí. No me digas que le temes al pequeño Aodhan Morgane, el niño que escapó de tus manos escondiéndose en una pila de estiércol.

Entré en el primer cuarto a pesar de su oscuridad, con la espada lista y la luz en alto para que no nublara mi visión.

Era un dormitorio, el suelo estaba cubierto de muñecas de paja y una maraña de cintas. Keela había estado allí. Y estaba vacía.

Retrocedí en silencio, avancé hacia la próxima puerta y atravesé la entrada.

Un gimoteo rompió el silencio pesado y agudicé la atención, mi mirada recorrió el cuarto hasta que vi a Declan sentado en un taburete con Ewan delante de él, sujetando una daga sobre la garganta del niño.

Ewan temblaba violentamente, sus ojos brillaban llenos de miedo mientras me miraba.

Mi corazón se rompió en aquel instante. Tuve que hacer un esfuerzo por recobrar la compostura, por mantener la calma. Pero una parte de mi seguridad desapareció; tenía el primer sabor a pérdida en mi lengua que decía que tal vez sería imposible que Ewan y yo saliéramos ilesos de este encuentro.

—Ni un paso más, Morgane —advirtió Declan.

No me moví. Solo respiré, mirando a Ewan, intentando transmitirle confianza con mi mirada.

—Deja tu luz y tu espada, Aodhan —dijo el príncipe—. O le cortaré la garganta al niño.

Tragué con dificultad, esforzándome por ocultar mis temblores. Nunca había imaginado que rendiría mis armas ante él, que las dejaría ante él, que me derrotaría. Pero solo podía pensar en que debía mantener a Ewan a salvo e ileso y no dudaba ni un segundo que Declan le cortaría la garganta.

—¿Matarías a tu propia sangre? —pregunté, solo para intentar ganar más tiempo.

—Ah, pero él ya no es mío —dijo Declan sarcásticamente—. Lo último que oí es que Ewan era un Morgane. ¿No es cierto? —Sujetó con más fuerza al niño y Ewan se estremeció.

Por favor, por favor, quería gritarle a Declan. *Déjalo ir.*

—Te he hecho una pregunta, Ewan —insistió Declan—. ¿A qué Casa perteneces?

—Soy… Soy un…un… Lan… Lannon.

Declan me sonrió.

—Uh. ¿Has oído eso, Aodhan?

—Ewan, ¿sabías que mi madre era una Lannon? —Hablé con tranquilidad, intentando darle un atisbo de coraje, para que se preparara para correr—. Yo soy mitad Lannon y mitad Morgane. Y tú también puedes serlo, si quieres.

—No hables de Líle —dijo Declan con desdén, la furia en su respuesta me sorprendió.

—¿Por qué no dejas ir a Ewan y tú y yo por fin podremos terminar con esto, Declan? —respondí.

—No me pongas a prueba, Aodhan. Suelta tu espada y el candelabro y retrocede hasta la pared.

No tuve más opción. Dejé el candelabro y la espada en el suelo. Retrocedí hasta el muro y pensé en cómo proceder. Aún tenía la daga oculta en mi espalda, pero no sabía cuán rápido podría alzarla y blandirla exitosamente contra la espada de Declan.

—Tráeme su espada, niño —dijo Declan, empujando a Ewan hacia adelante.

Ewan tropezó, su bota izquierda cayó de su pie. Pero la abandonó y se arrastró hasta el lugar donde yo había dejado la espalda. Más que nada, quería que el niño me mirara, que viera la orden en mis ojos.

Entrégame la espada a mí, Ewan. No a él.

Pero Ewan lloraba mientras sujetaba la empuñadura; la espada era demasiado pesada para él. Arrastró su punta mientras caminaba de vuelta hacia Declan, desparramando algunas canicas con las que debía haber estado jugando hacia unas horas.

—Ah, qué buen niño —dijo Declan, sujetando la espada en su mano—. Entonces, realmente eres un Lannon, Ewan. Ahora ve y siéntate en la cama. Te enseñaré cómo matar a un hombre.

—Padre, padre, por favor, no lo hagas —lloraba Ewan.

—¡Deja de llorar! Eres peor que tu hermana.

Ewan se dio prisa en obedecer: se sentó en la cama y cubrió su rostro con las manos.

Mantuve mi respiración bajo control, inhalando la mayor cantidad de aire posible para prepararme. Pero mis ojos nunca abandonaron el rostro de Declan.

—Intenté decírtelo, Aodhan —continuó Declan, poniéndose de pie hasta alcanzar su altura imponente. Era una cabeza entera más alto que yo—. Una vez Lannon, siempre un Lannon. Y eso incluye a tu madre.

No respondí. Permití que su burla cayera de mi espalda, sabiendo que Declan atacaría en cuanto yo hablara, en cuanto bajara la guardia hablando.

—¿Cómo me encontraste aquí? —preguntó el príncipe.

Aún no hablaba. Comencé a contar los pasos que necesitaría para alcanzar aquel taburete...

—Desearía poder verlo —susurró Declan, por fin se detuvo a un brazo de distancia de mí. Las sombras cubrieron su rostro, entrelazándose como fantasmas—. El momento en que veas lo que le hice a Brienna.

Él conocía mi debilidad.

Y mi fuerza flaqueó. No podía respirar, la agonía me invadía como el agua mientras mi mayor temor cobraba vida. Él había torturado a Brienna.

Conseguí esquivarlo solo por reflejo cuando Declan movió la espada. El príncipe cortó mi costado, en la unión de mi pechera. Pero ni siquiera sentí el corte del acero; tenía los ojos centrados en lo que yacía ante mí: las canicas en el suelo, la bota abandonada de Ewan. El taburete, el taburete, *el taburete*...

Lo sujeté y giré, usándolo como escudo cuando Declan intentó cortarme de nuevo. La espada atravesó las patas de madera con un corte limpio y las hizo trizas. Pero finalmente encontré voz suficiente para gritar:

—¡Corre, Ewan! —Porque incluso en mitad del combate, no quería que Ewan me viera matar a su padre.

—¡Ewan, quieto! —replicó Declan, pero el niño ya había salido corriendo del cuarto.

La alegría me invadió al ver la furia en el rostro de Declan. Sujeté un fragmento de madera con la mano y lo hundí en su muslo, intentando dañar su arteria. Aquello me dio un instante para agacharme y correr fuera del cuarto hasta la recámara principal.

Prácticamente volé por los escalones hasta donde Fechin yacía muerto, mis manos temblaban cuando tomé la espada del guardia. Me giré justo a tiempo para esquivar la botella que Declan lanzó hacia mí. Se hizo añicos contra el muro, y el cristal y el vino llovieron sobre el suelo. El material crujió debajo de mis botas mientras respondía volteando una mesa para desparramar la comida y los utensilios de peltre a los pies de Declan.

Él pateó furioso las cosas de su camino y nos encontramos en el centro de la sala, en un choque de espadas.

Bloqueé golpe tras golpe, el acero chillaba. Me sentía más débil, lo percibía, mi agotamiento era como una cuerda amarrada a mis tobillos que me obligaba a ser más lento. Permanecí a la defensiva, intentando que Declan retrocediera hacia los escalones. Tenía las manos entumecidas y finalmente sentí el ardor en mi costado y noté que había dejado un rastro de sangre a mi paso.

Declan no olvidó las escaleras como yo esperaba. Subió a ella con aquel fragmento de madera aún alojado en su muslo. Nuestra sangre se mezcló en el suelo mientras continuábamos girando y atacando, volteando y bloqueando, en una órbita como la tierra alrededor del sol. Finalmente, tomé la ofensiva y le hice un corte en el hombro.

Declan gritó y me puse a la defensiva de nuevo, esforzándome por protegerme de sus golpes rápidos y firmes. Y pensé: *no hay lugar en este reino para los dos.* No podría vivir en una tierra donde hombres como Declan vivieran.

Seré yo o será él. Y aquella promesa me mantuvo cuerdo, en movimiento, bloqueando el tiempo suficiente hasta llegar al instante que esperaba.

Finalmente llegó: un hueco ínfimo cuando Declan tropezó, cuando Declan bajó la guardia.

Y yo me puse a la altura de aquel momento.

Lo atravesé, hundí el acero en lo profundo del pecho del príncipe. Oí el crujir del hueso y el repiqueteo de un corazón dividido y Declan gritó, su espada intento alcanzar mi pechera antes de caer de sus dedos.

Pero no había terminado. Pensé en mi madre, en la plata que debería tener en su cabello, la risa que debería tener en los ojos. Pensé en mi hermana, en la tierra que ella debería haber heredado, las sonrisas que debería haber compartido con ella. Y pensé en Brienna, la otra mitad de mi alma.

Brienna.

Sujeté la camisa de Declan y lo lancé a través de las puertas del balcón. El cristal estalló en cientos de fragmentos iridiscentes, estrellas y sueños rotos y una vida que nunca sería por culpa de ese hombre y su familia.

Declan cayó tendido de espaldas en la oscuridad, cubierto de cristal y sangre, respirando con dificultad.

Me detuve de pie sobre él, observando como su vida comenzaba a menguar, hasta que solo quedó un resplandor tenue en su mirada severa. El príncipe hizo una mueca, la sangre burbujeaba entre sus dientes mientras intentaba hablar.

Hablé sobre él, mi voz ahogó la suya mientras me agazapaba a su lado y afirmaba:

—Aquí cae la Casa Lannon. Ya no son feroces. De hecho, nunca lo fueron. Más bien, fueron cobardes y se convertirán en polvo; serán denigrados. Y los hijos de Declan Lannon se convertirán en Morgane. ¿Una vez Lannon? Nunca más. Tus descendientes se convertirán en la misma cosa que el viejo Gilroy intentó destruir y fracasó. Porque la luz siempre vence a la oscuridad.

Declan balbuceó. Sonaba como si intentará decir «pregúntale a ella», pero las palabras se deshacían en su boca.

Murió de esa forma, con una espada en el corazón, los ojos sobre mí, con palabras a medio decir en su garanta.

Me puse de pie lentamente. La herida en mi costado latía; había cristal clavado en mis rodillas. Cada músculo dolía mientras volvía inestable a la habitación.

Sentía que me desmayaría, el entusiasmo me abandonaba, dejando atrás un camino de brasas.

—Lord Aodhan.

Alcé la vista y vi a Ewan de pie entre los utensilios desparramados, entre los huesos de la cena interrumpida.

—Ewan —susurré y el niño comenzó a llorar dolorosamente.

Me puse de rodillas, el cristal cortó mi piel y abrí los brazos. Ewan corrió hacia mí, lanzó sus brazos delgados sobre mi cuerpo y hundió el rostro en mi cuello.

—Haré lo que sea, Lord Aodhan —sollozaba, sus palabras apenas eran coherentes—. Pero por favor, *por favor* ¡no me envíe lejos! Permítame quedarme con usted.

Sentía que mis ojos se llenaban de lágrimas al oír las palabras desesperadas del niño. Que Ewan creía que él no merecía vivir conmigo, que le preocupaba que yo no lo aceptara. Lo abracé hasta que él eliminó la peor parte de sus lágrimas y luego me puse de pie, alzándolo conmigo.

—Ewan —dije, sonriéndole a través de mis propias lágrimas silenciosas—. Puedes quedarte conmigo todo el tiempo que desees. Y te pagaré para que seas mi mensajero.

Ewan limpió sus mejillas y su nariz húmeda en la manga.

—¿En serio, milord? ¿Y mi hermana?

—Keela también.

Me sonrió, brillante como el sol.

Y yo lo llevé en brazos y salimos juntos de aquella recámara ensangrentada.

PARTE 5
LADY MORGANE

⟶ *31* ⟵

BRIENNA

Revelaciones

Territorio de Lord MacQuinn, castillo Fionn

Solo recordaba unos pocos momentos del viaje a casa.

Recordaba a Jourdain sujetándome en la parte trasera de un carro, el sonido de su respiración entrando y saliendo mientras rezaba.

Recordaba a Neeve a mi lado, la cadencia musical de su voz mientras tarareaba para mantenerme despierta.

Recordaba la voz de Isolde, clara, pero decidida mientras miraba mi herida bajo la luz de la vela. *Esto me llevará tiempo. Necesito que ella esté en un lugar tranquilo y limpio donde pueda relajarse. Necesitamos llevarla a su hogar rápido.*

Eran mis tres fronteras: padre, hermana, reina. En algún momento, supe que me había dormido en el hueco del brazo de Jourdain, con el lateral sano de mi rostro presionado contra su pecho, contra su corazón, porque el dolor estallaba de nuevo, fuerte e insoportable.

—Está quedándose dormida. ¿La despierto? —preguntó Neeve, preocupada. Sonaba tan lejos a pesar de que aún sentía el rastro amoroso de sus dedos sobre mi mano.

—No —respondió Isolde—. Déjala dormir.

Cuando desperté por completo de nuevo, estaba recostada en mi cama y la luz del sol entraba por la ventana. Estaba limpia, se habían deshecho del hedor y la sangre en mi cuerpo y estaba cubierta con una manta suave. Pero más que nada… sentí las vendas sobre mi cara.

Me incorporé, lenta y temerosamente. Alcé la mano para tocar el lino que cubría mi mejilla derecha.

—Buenos días.

Me giré y me sorprendí al ver a Isolde sentada a mi lado. La luz del sol transformaba su cabello rojizo oscuro en rizos de fuego controlado, y ella sonrió y unas arrugas aparecieron en la esquina de sus ojos.

—¿Tienes sed? —Abandonó su silla para servirme un vaso de agua. Y luego, muy despacio, tomó asiento a mi lado en la cama y me ayudó a enderezar la espalda mientras colocaba varias almohadas detrás de mí.

Bebí tres vasos de agua antes de sentir que podía encontrar mi voz.

—¿Qué sucedió en el castillo de Lerah?

Ella sonrió antes de responder.

—Bueno, después de curar a Liam, planeamos un ataque contra los Halloran. —Despacio, me contó los detalles: cómo sus planes tomaron forma, cómo Lady Grainne lideró el ataque, cómo Cartier, Sean, Luc, Neeve y Betha se escabulleron en la fortaleza disfrazados—. Los miembros del clan de la medialuna entre los Halloran han sido eliminados por la espada de los Dermott. Pierce ha caído, al igual que Fechin y Declan Lannon.

Dediqué un instante a asimilar la noticia. Pierce y Declan estaban muertos. No pude reprimir el escalofrío que recorrió mi cuerpo solo al pensar en ellos, e Isolde colocó una mano sobre la mía.

—Ya no pueden hacerte daño, ni a ti ni a nadie más, Brienna.

Asentí, parpadeando para contener las lágrimas.

—¿Y Ewan y Keela?

—Los niños están a salvo. Keela ha estado viviendo aquí, en castillo Fionn, con Neeve, y Ewan está con Aodhan en Brígh.

—¿Y los MacQuinn han sido amables con Keela? —pregunté, preocupada por la forma en la que la recibirían.

—Sí. Lord MacQuinn ha sido muy insistente al explicar cómo los niños salvaron tu vida. Por mis órdenes, Keela ahora está bajo tutela de MacQuinn y Ewan está bajo tutela de Morgane. Hay suficiente evidencia para que obtenga un indulto para ambos niños.

—¿Y Thorn? —proseguí—. Es miembro del clan de la medialuna.

—Aodhan lo descubrió —respondió Isolde—. Thorn actualmente está en el calabozo, pero también enfrentará la muerte.

Hicimos silencio y oí el sonido del salón, el sonido del hogar. Las risas, los gritos alegres y el tintineo de los platos. Sin embargo, parecía que no podía relajarme; intenté hundirme más en mis almohadas, absorber la luz del sol, pero había una canción inquieta en mi sangre, una que no podía ignorar.

Sabía lo que era, aquella espina en mi espíritu. Sabía que era la duda sobre la madre de Cartier.

—¿Brienna? ¿Te duele algo? —preguntó Isolde, frunciendo el ceño con preocupación.

—No, lady. —Pensé en contarle. Quizás la inquietud se apaciguaría si compartía las palabras que Declan me había dicho. Quizás podría encontrar una confirmación; Isolde me diría que Declan había mentido para perturbarme más, para colocar una red de desconfianza en mi mente. Que él había jugado conmigo, para infligir más dolor en Cartier. Porque si le contaba a Cartier… Si le contaba lo que

Declan había dicho, Cartier enloquecería. Él no descansaría hasta encontrar a Líle Morgane. Y si ella estaba realmente muerta, entonces él buscaría a un fantasma.

—Bueno, si sientes alguna molestia, aunque parezca menor, debes decírmelo —dijo la reina con dulzura—. Tardé tres días en curarte por completo con mi magia. Imagino que debes estar bastante hambrienta.

Sonreí, lo cual me recordó instantáneamente la presencia de mi herida. Mi mejilla tiraba de una forma rara y supe que debía ser la cicatriz debajo del lino.

—Estoy famélica.

Oí un gimoteo repentino y fruncí el ceño mientras me inclinaba hacia adelante, y vi a Nessie recostada en el suelo junto a la cama, mirándome.

—Ah, sí —dijo Isolde—. La encontramos con un bozal y encerrada en uno de los almacenes viejos.

Invité a Nessie a subir a la cama, aliviada porque Thorn no le hubiera hecho daño. Ella se acurrucó en un ovillo a mi lado con recato, como si supiera que yo aún estaba recuperándome.

—Ahora, permíteme pedir el desayuno para ti —dijo Isolde y se puso de pie—. Aunque creo que tu hermano ya mencionó que él quería ser el primero en verte cuando despertaras. Lo enviaré aquí con avena y té.

—Gracias —susurré e Isolde me sonrió antes de salir de mi habitación.

Esperé un momento, tenía la vista un poco borrosa mientras observaba mi cuarto y acariciaba sin pensar el pelaje de Nessie con mi mano. Pero vi sobre mi cómoda mi espejo de mano.

Salí con cautela de la cama, sentía cosquilleos en las piernas. Era raro caminar, sentir la suavidad fría del suelo debajo de mis pies. Me tomé mi tiempo y llegué a la cómoda con una semilla de preocupación en mi estómago.

Quería mirarme, pero a la vez no quería hacerlo.

Pero después de un rato, desenvolví el vendaje sobre mi rostro, sujeté el mango del espejo en la mano y lo alcé frente a mi cara.

Isolde había hecho su mejor esfuerzo por curarme, por unir mi rostro abierto. Pero había una cicatriz, una línea rosada blancuzca, que iba desde la frente a mi mandíbula. Y mi pelo. Había desaparecido, cortado en mechones violentos.

Aparté la vista. Pero mi nuevo reflejo capturaba la atención de mis ojos y me observé de nuevo. *Quiero que Aodhan te tenga, después de todo. Pero cuando él mire tu cara, verá a su madre en ti. Sabrá dónde encontrarla.*

Apoyé el espejo con el corazón acelerado.

¿A qué se había referido Declan? ¿Intentaba simplemente causarme agonía? ¿Hacer que me apartara de Cartier? ¿De veras él creía que podría cortar mi piel y hacer que me acobardara? ¿Que todo mi valor se basaba en algo semejante?

Me invadió la furia porque él había dejado aquel veneno en mi mente. Sujeté el espejo y lo golpeé contra la esquina de la cómoda. Se hizo añicos, trozos que reflejaron la luz al caer formando prismas hasta llegar al suelo.

Sentí un poco de alivio al romper el espejo, como si fuera solo el comienzo de las cosas que necesitaba romper para poder ver. Porque me veía con claridad sin él, no como la niña que había estado encadenada, rapada y dañada, sino como una mujer que había sobrevivido.

Estaba tranquila cuando recogí mis vendas y las envolví de nuevo sobre mi rostro. Y luego, me puse de rodillas, limpié el cristal y lo oculté dentro del cajón justo antes de que mi hermano llamara a la puerta.

Caminé hacia ella para responder y lo recibí con una sonrisa, como si fuera un día como cualquier otro. Porque no quería lástima; no quería llanto y tristeza.

Luc traía una bandeja con té y avena, y di las gracias por que él no estuviera triste, preocupado o con los ojos llorosos por mí.

—Alguien dijo que estabas famélica y que habría guerra si no te alimentabas —dijo él con alegría y le indiqué con la mano que entrara en el cuarto, entre carcajadas.

Tomamos asiento en las sillas delante de la chimenea, mi estómago rugía tan fuerte que él rio con disimulo mientras servía una taza de té para mí. Mientras comía la avena con miel, intentando acostumbrarme a la rara tensión de mi cicatriz cada vez que abría la boca, mi hermano me contó todo de nuevo. Noté que su narración era bastante exagerada, en especial cuando relataba la aventura de bajar el puente levadizo del castillo Lerah, pero no me importó. Lo asimilé.

—Entonces, derribaste cuatro guardias Halloran con un movimiento ágil de tu espada —repetí apasionadamente—. Y luego subiste a la pila de cuerpos para alcanzar la palanca de hierro que bajaba el puente. Extraordinario, Luc.

Se ruborizó hasta la punta de sus orejas.

—De acuerdo, haces que parezca un guerrero poderoso cuando solo soy un humilde músico.

—¿Por qué no puedes ser ambas?

Luc me miró a los ojos, sonriendo. Y allí estaba, el primer resplandor de emoción en su mirada mientras me observaba.

No llores, le supliqué en secreto. *Por favor, no llores por mí.*

Alguien más llamó a mi puerta e interrumpió el momento. Luc le dio una palmadita a mi rodilla y se puso de pie para responder, conteniendo las lágrimas. Oí la voz de Isolde, un murmullo oscuro, y a Luc susurrando una respuesta.

Serví una tercera taza de té para mí cuando Luc volvió y tomó asiento a mi lado.

—¿Qué ocurre? —pregunté.

—Era Isolde —dijo Luc—. Aodhan Morgane está aquí. Quiere verte.

Me paralicé, insegura.

—Uh. —Tenía tantas ganas de ver a Cartier que mi corazón comenzó a doler. Sin embargo, aún no había tomado una decisión. No había decidido qué le diría o si siquiera debía decir algo. No quería perturbar su paz, derramar el veneno de Declan sobre él. Necesitaba otro día, quizás más, para encontrar el camino que debía tomar. Así que dije—: Siento que hoy necesito descansar.

Luc no esperaba esa respuesta. Alzó las cejas, pero asintió rápido.

—Muy bien. Le diré que vuelva mañana.

Mi hermano se puso de pie, abandonó la silla antes de que pudiera detenerlo, antes de que pudiera decirle que preferiría evitar ver a Cartier mañana. No quería que él viniera cada día, con deseos de verme, solo para que yo lo rechazara mientras intentaba decidir qué era mejor para él.

Me puse de pie, caminé hasta mi escritorio y saqué un pergamino, mi pluma y mi tinta. Escribí una carta breve, sin embargo, parecía que mi corazón entero se rompía dentro de aquellas palabras escritas.

Cartier:

Siento que debo recuperarme durante unos días más. Te mandaré a llamar cuando esté lista para verte.

Brienna

Dejé pasar cuatro días antes de mandarlo a llamar.

Era media mañana y Keela y Neeve estaban sentadas conmigo en mi cuarto, las tres reunidas alrededor de un libro de antiguas leyendas maevanas, mejorando la lectura de Neeve. Isolde había estado satisfecha con el avance de mi curación y había vuelto a Lyonesse, para preparar la ejecución de los Lannon. No esperaba que Cartier llegara tan pronto después de haber enviado mi invitación por carta, que él abandonara todo lo que hacía en castillo Brígh para venir a verme. Pero lo hizo.

Me sorprendió con la guardia baja al entrar directamente en mi habitación sin anunciarse.

Las tres nos sobresaltamos ante su aparición repentina (la puerta golpeó la pared atípicamente con su entrada) y luego Neeve y Keela se pusieron de pie, se fueron en silencio y cerraron la puerta.

Aún estaba sentada en la mesa, con el libro de cuentos abierto debajo de mis dedos. Mi corazón latió desbocado al verlo.

Cartier estaba de pie bajo la luz del sol que entraba en mi cuarto, mirándome como si hubiéramos estado años separados, no semanas. Tenía el pelo suelto y enmarañado: había incluso algunas hojas sueltas enganchadas en él, como si hubiera atravesado el bosque que dividía nuestras tierras, como si nada pudiera haberlo mantenido lejos de mí. Tenía el rostro rojizo por el frío y sus ojos... Apoyó sus ojos en los míos, contemplándome.

Aún tenía puesta la venda. Él todavía no podía ver la herida y sabía que necesitaba enseñársela, que necesitaba contarle todo lo que Declan me había dicho. Que no podía ocultarle esto a él, ni siquiera si era falso.

Lentamente me puse de pie, intentando tranquilizar mi respiración. Pero sentía que estaba a punto de deshacerme, como si estuviera por tomar una daga en mis manos y hundirla en su corazón.

—Cartier, siento… Siento haber tardado tanto en llamarte.

—Brienna. —Solo dijo mi nombre, pero expresó mucho más que eso.

Bajé la vista hacia los papeles y los libros desparramados ante mí, intentando recordar el discurso que había planeado. Las palabras exactas que quería decir.

Oí sus pasos mientras se aproximaba. Y supe que, si me tocaba, realmente me desharía.

—Declan me dijo algo cuando me tuvo prisionera.

Aquellas palabras lo detuvieron, aunque su sombra alcanzaba la mía sobre el suelo.

Míralo, ordenó mi corazón. *Debes mirarlo.*

Alcé la mirada hacia él.

Cartier tenía sus ojos posados sobre los míos; no había apartado la mirada de mí ni una sola vez. Y durante un instante, me detuve en el azul de sus ojos, un azul que competía con el cielo.

—Declan me contó que tu madre está viva, Cartier —susurré, la revelación por fin floreció en mi voz y me liberó de su prisión—. Me dijo que, durante la primera rebelión, Gilroy Lannon le cortó una mano y luego la arrastró hasta el salón del trono. Y antes de que el rey pudiera decapitarla, Declan se lanzó sobre Líle para salvarle la vida. Que le suplicó a su padre que le permitiera vivir, por él… quería a tu madre como si fuera la suya.

Cartier continuó mirándome con una intensidad que podría haberme puesto de rodillas.

—Entonces Gilroy permitió que tu madre viviera —proseguí, mi voz temblaba—. La encerró en el calabozo y decapitó a otra mujer de pelo rubio, para colocar su cabeza en una pica en el patio.

Todavía él no decía nada. Era como si lo hubiese hechizado, como si lo hubiera convertido en piedra.

—Y Declan... Declan me dijo... —No podía decirlo. Las palabras se derritieron y me aferré al respaldo de mi silla.

—¿Qué más te dijo? —preguntó Cartier, su voz era firme.

Inhalé profundamente, como si pudiera mantener la última parte de la revelación oculta en lo profundo de mis pulmones. Pero ya no podía contenerlo.

—Antes de herirme, Declan me dijo que quería que tú me tuvieras. Pero que cuando miraras mi cara... verías a tu madre en mí. Sabrías dónde encontrarla.

Observé la forma en que mis palabras lo golpeaban, como flechas. Finalmente bajó la guardia; tenía el rostro cubierto de agonía. Y pensé: *Esto nos destruirá. Esto lo destruirá.* Pero luego, las arrugas en su frente se desvanecieron, como si respirara por primera vez, como si acabara de comprender algo, de ver algo bajo una luz que yo no veía...

—*Brienna.* —Susurró mi nombre de nuevo, como si fuera una plegaria, como si ardiera en su interior.

Observé, mi corazón se rompía mientras él se giró, avanzó hasta la puerta y se detuvo en la entrada. Volvió hacia mí, apartó la silla de en medio hasta que no quedó nada entre los dos.

Ni siquiera me había dado tiempo de quitarme el vendaje, de enseñarle mi cicatriz.

Sujetó con dulzura mi rostro entre sus manos y me besó suavemente, rozando nuestros labios.

Y luego se fue a toda velocidad de mi habitación y dejó la puerta abierta. Oí el latido de sus pasos apresurados, bajando las escaleras hasta el piso inferior. Caminé hacia la ventana, miré a través del cristal hasta verlo salir al patio y pedir frenéticamente su caballo.

Quería llamarlo para que volviera conmigo, preguntarle qué había descubierto.

Debe ser cierto, pensé, temblando. *Declan no había mentido.*

Y cuando Cartier montó en su caballo, lo observé alejarse. No hacia el oeste, la ruta hacia su hogar. Cabalgó hacia el sur. Hacia Lyonesse.

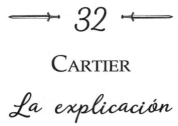

32

CARTIER

La explicación

Territorio de Lord Burke, castillo real

Cabalgué en lo profundo de la noche, mis dientes cortaban el viento, mi corazón latía al ritmo del galope de las pezuñas de mi caballo. *Es imposible,* pensé. Sin embargo, cabalgué hacia Lyonesse con las estrellas y la luna observándome desde el cielo, guiándome con su luz plateada.

Las puertas del castillo estaban cerradas. Las golpeé con fuerza con los nudillos hasta que mi piel se abrió y manchó de sangre la madera y el hierro. Pero no cesé de golpear, no hasta que uno de los hombres de Burke me miró desde la torre de vigilancia.

—¿Qué ocurre? Vete a la cama, borracho —dijo con desdén el guardia—. Las puertas permanecen cerradas de noche.

—Soy Aodhan Morgane. Abre las puertas.

El hombre Burke sujetaba una antorcha, pero vi en su rostro que miraba con esfuerzo hacia abajo, intentando ver mi emblema bajo la luna. Desapareció dentro de la torre y abrieron las puertas lo suficiente para que mi caballo y yo entráramos.

Cabalgué hasta el patio, desmonté y dejé a mi corcel sobre los adoquines porque los mozos de cuadra estaban durmiendo. Y luego me aproximé a la puerta principal, que también estaba cerrada y golpeé.

Sentí que había llamado a la puerta durante una eternidad antes de que abrieran la mirilla y el chambelán del castillo me mirara, con los ojos iluminados por una vela y el fastidio evidente.

—¿Qué pasa?

—Abre la puerta —dije.

—No le abrimos la puerta a…

—Abre la puerta de inmediato o haré que la reina te despida ya mismo.

El chambelán empalideció al reconocerme de pronto.

—Discúlpeme, Lord Morgane. Un momento, por favor.

Abrieron las puertas, entré a toda prisa al castillo y seguí los pasillos que me llevarían a la entrada del calabozo. Estaba custodiada por dos hombres de Burke, y realicé el mismo pedido por tercera vez.

—Abran la puerta y permítanme pasar.

—No podemos hacerlo, Lord Morgane —dijo uno de los hombres—. La reina es la única que puede autorizar la entrada en el calabozo.

Tenían razón. Habíamos implementado esa regla después del escape de Declan, así que me giré, subí los peldaños de la escalera de dos en dos y seguí el pasillo superior hasta llegar a los aposentos de la reina. Por supuesto, su puerta estaba muy custodiada y ni siquiera pude llegar a ella para tocar.

—Despiértala —pedí, desesperado—. Despierta a la reina por mí.

—Lord Morgane —dijo una de las mujeres, reteniéndome—. La reina está exhausta. ¿No puede esperar hasta la mañana?

—No, no, esto no puede esperar. Despierta a Isolde. —Estaba gritando, esperando que ella me oyera—. He cabalgado toda la noche y debo verla.

—Lord Morgane, debe mantener la calma o tendremos que escoltarlo a…

—Permítanle pasar.

La voz de Isolde interrumpió el alboroto y todos nos volvimos hacia ella, que estaba de pie en la entrada. Sujetaba una vela, tenía un chal encima y parecía exhausta. Los guardias abrieron el paso y me permitieron acercarme a la reina.

—Isolde, necesito que me autorices a ingresar al calabozo —susurré.

Aquello no era algo que ella esperara en absoluto. Parpadeó, separó los labios para hablarme, pero luego los cerró. Y vi que no insistiría en que le diera explicaciones. Confiaba en mí, su más viejo amigo. Quien una vez se había sentado con ella dentro de un armario en una tierra desconocida y había sujetado su mano, diciéndole que sería la mejor reina del norte.

Asintió y caminó conmigo hasta la puerta del calabozo, la luz de la vela centelleaba sobre su rostro mientras les daba la orden a los guardias.

—Permitid que Aodhan pase al calabozo y esperad a que él regrese con vosotros.

El guardia colocó la mano sobre su corazón antes de tomar las llaves y abrir la cerradura de la puerta principal.

De pronto, yo temblaba, incapaz de respirar con tranquilidad.

Isolde debía haber oído mi respiración. Extendió la mano y apretó la mía: sus dedos eran cálidos sobre los míos. Me soltó y seguí al guardia dentro de la boca del calabozo. Los dos llevamos una antorcha del vestíbulo y comenzamos a descender.

Sentí la frialdad intensa del calabozo, la oscuridad alzándose a mi alrededor.

—Lo esperaré aquí, milord —dijo el guardia cuando habíamos llegado al final de la escalera.

Asentí y comencé a avanzar por los túneles, mi antorcha emitía una luz inestable sobre los muros. Estaba destinado a perderme; no conocía el camino, pero, de todas formas, me adentré más en el lugar.

Pronto, sentí tanto cansancio que tuve que detener el paso y descansar contra la pared. Cerré los ojos y pensé por primera vez que quizás estaba equivocado. Quizás Declan había mentido para hacerme aún más daño.

Pero luego, lo oí en la distancia: la escoba barriendo.

Me aparté del muro y seguí el sonido. Era débil y luego fuerte, resonando por los muros de piedra, y me esforcé por localizarlo. Cuando creí que estaba completamente desorientado, que caminaba en círculos, vi la luz vacilante en la entrada de uno de los pasillos.

Seguí la luz y llegué a un túnel iluminado por varias antorchas en sus bases de hierro.

Y allí estaba el barredor de huesos.

Observé mientras movía la escoba contra una pila de huesos de roedores y la apartaba. El velo negro flotaba con el movimiento; no me había visto, aún no.

Así que dije su nombre como si lo hubiera invocado después de veinticinco años de oscuridad.

—Líle.

El barredor de huesos se detuvo, paralizado. Pero luego enderezó la espalda y se giró para mirarme.

No sé qué esperaba, ahora que aquel momento había llegado.

Pero no esperaba que el barredor de huesos se volviera y comenzara a alejarse, cojeando.

No debía ser ella. Declan me había engañado, por fin me había hecho trizas. Oía sus palabras en mi mente, dando vueltas entre mis pensamientos. *Tú y yo estamos vinculados como hermanos a través de ella. Y ella vive gracias a mí. Quiero que lo sepas antes de que me mates. Ella vive porque yo la quiero.*

Y mi corazón comenzó a latir desbocado, subió a mi garganta cuando hablé de nuevo.

—*Madre.*

El barredor de huesos se detuvo. Observé la forma en que esa mano derecha, que había estado encadenada en la celda de Declan, tocaba el muro para encontrar el equilibrio.

Me acerqué y susurré una y otra vez.

—*Madre.*

Un sonido amortiguado surgió de ella, debajo del velo. Estaba llorando.

Extendí las manos, los brazos, anhelando que ella los llenara.

Ella permaneció contra la pared, pero ahora había alzado la mano y la había apoyado sobre su rostro cubierto.

—Soy Aodhan —susurré—. Tu hijo.

Y esperaré todo el tiempo necesario con los brazos abiertos de par en par, pensé. *Esperaré aquí hasta que ella esté lista para acercarse a ellos.*

El barredor de huesos dio aquel primer paso hacia mí. Ella extendió su mano hacia la mía; nuestros dedos se tocaron cuando los entrelazamos. Ella caminó hacia mis brazos y la abracé contra mi corazón. Palpé una costra dura de cicatrices sobre su espalda a través del velo. Sentía lo delgada que era. Aquello hizo que mis lágrimas escaparan.

Ella reclinó la cabeza hacia atrás en el interior de mi abrazo y observé como subía la mano para sujetar el velo y apartarlo.

Mi padre había tenido razón. Líle Morgane era preciosa.

Su cabello era como seda amarilla, cayendo sobre su cuello, con algunos hilos plateados. Tenía unos ojos azules impactantes. Su piel era pálida, prácticamente traslúcida por los años y años de estar en el calabozo. Había unas cicatrices largas en su mejilla, en su sien, y supe que Declan se las había hecho.

Alzó la mano de nuevo y la movió en formas elegantes. Comprendí que eran letras. Deletreaba mi nombre.

«Aodhan», dijo con señas.

Y pensé: *era cierto que Declan la había mantenido cautiva con vida y que Gilroy había cortado su mano izquierda, la había golpeado y le había cortado su lengua, pero ninguno de los dos había podido quitarle la voz o la fuerza.*

«Aodhan», dijo de nuevo, sonriéndome.

La acerqué a mí y lloré sobre su pelo.

Parecía un sueño el día en que llevé a mi madre al territorio de los Morgane. Le había escrito una carta a Aileen, la chambelán, para contarle la noticia y pedirle que mantuviera a los súbditos en calma cuando yo llegara. Pero por supuesto, debería haber sabido que habría una celebración esperándonos. Los Morgane, que no eran famosos por ser las personas más sentimentales, cayeron de rodillas al verla bajar del carruaje. Lloraron, rieron y sujetaron su mano, lo cual sin duda la sorprendió. Vi que mi madre estaba a punto de asustarse y tuve que acarrear a los súbditos hasta el salón para pedirles que permanecieran sentados con calma en las mesas, que la llevaría con ellos. Incluso Ewan parecía muy conmovido y se aferró a mí hasta que le dije que fuera con Derry y los otros mamposteros.

—Dime si todo esto es demasiado para ti —le susurré a Líle, quien aún estaba de pie en el patio, mirando el castillo Brígh. Me pregunté en qué pensaba, si pensaba en mi padre, en mi hermana.

Habló conmigo a través de su mano, una cadena larga de movimientos que aún no podía comprender. Creí que expresaba lo abrumada que estaba, que no quería ver a los súbditos en el salón.

—Puedo llevarte de inmediato a tus aposentos —dije con dulzura, pero ella movió la cabeza de un lado a otro y formó las palabras de nuevo con los dedos—. Entonces, ¿quieres ir al salón?

Ella asintió, pero sentí que aún me faltaba el corazón de lo que intentaba decir.

Sujeté su mano y la guie hacia Brígh. Aileen nos esperaba en el vestíbulo, a duras penas pudo contenerse al ver a Líle.

—Milady —dijo con una reverencia y noté que hacía su mayor esfuerzo por contener las lágrimas.

Líle extendió la mano, sonriéndole con cariño a Aileen, y las dos mujeres se abrazaron. Aparté la vista para darles un momento de intimidad.

Entramos juntos en el salón y los Morgane hicieron su mayor esfuerzo por permanecer tranquilos. Pero igual se pusieron de pie al verla, sus ojos la siguieron todo el camino hasta la tarima, donde le di mi silla para que tomara asiento en la mesa.

Tomé asiento junto a mi madre y la observé con atención en busca de aflicción. Pero ella solo miraba al salón, con el rostro suave lleno de afecto al reconocer a viejos amigos.

Hizo el movimiento de escribir hacia mí.

Aileen fue a toda prisa en busca de papel, pluma y tinta antes de que pudiera siquiera levantarme de la silla e ir a buscar las herramientas. La chambelán volvió rápido y apoyó todo frente a Líle y mi madre comenzó a escribir. Ahora comprendía por qué su caligrafía era tan mala. Ella había sido zurda y esa era la mano que Gilroy había cortado. Se tomó su tiempo, escribió un párrafo antes de mover el papel hacia mí e instarme a leerlo por ella.

Tomé el pergamino, me puse de pie y obligué a mi voz a mantenerse firme.

—«Para todos los Morgane. Me llena de alegría veros de nuevo y quiero expresar la admiración que siento por vosotros, por haber soportado una época oscura, por haber permanecido fieles a su lord. No puedo hablar con mi boca, pero puedo hablar con mi mano y espero hablar con cada uno de vosotros los próximos días. Pero solo os pido una cosa: no me llaméis lady. Ya no soy Lady Morgane. Soy solo Líle».

Apoyé el papel, tragando el nudo en mi garganta. Los Morgane alzaron las copas hacia ella, asintiendo en acuerdo, aunque algunos tenían expresiones confundidas, como si no pudieran separar el título de su nombre.

Y comprendí con una punzada de dolor que eso era lo que ella había intentado decirme en el patio.

Ya no soy Lady Morgane. Soy solo Líle.

La semana siguiente estuvo plagada de desafíos y pequeñas victorias.

Quería devolverle a mi madre sus aposentos: los que antes había compartido con mi padre. Pero ella ni siquiera quería entrar allí.

Quería ocupar los aposentos de Ashling. Los muros sobre los que ella había pintado un bosque encantado; los muros que había contenido a su hija. Aileen y yo amueblamos los aposentos, que habían estado limpios y vacíos desde que habíamos reconstruido Brígh. Hice que mi carpintero creara una cabecera preciosa para la cama y Aileen y las mujeres trabajaron rápido para llenar un colchón con plumas. Encargamos prendas para mi madre y colgamos cortinas en las ventanas y extendimos alfombras y pieles de cordero sobre el suelo. Llené las estanterías de libros y coloqué sobre su escritorio todo el papel, la tinta y las plumas que pudiera desear.

Líle estaba contenta con los aposentos y no podía explicar cuánto me aliviaba.

Pero luego, Aileen vino a verme una mañana y dijo:

—Lord Aodhan, su madre no duerme en la cama. Duerme en el suelo, delante de la chimenea.

Y aquello me dio una lección de humildad. Por supuesto, Líle había dormido en el suelo los últimos veinticinco años.

—Deja que duerma donde quiera, Aileen.

—Pero, milord, no puedo...

Agarré despacio su brazo y le di un apretón, para recordarle que no comprendíamos (que quizás nunca lo haríamos) todo lo que mi madre había soportado. Que si Líle quería vestir velos de nuevo y dormir en el suelo, entonces, eso era lo que yo querría también.

El próximo desafío fue que Líle quería trabajar. Quería barrer, quería limpiar, quería quitar los hierbajos de los jardines, amasar con los panaderos, preparar los caballos con los peones. Vestía prendas de entrecasa sencillas y cubría su pelo con un chal, desestimando los vestidos más elegantes que Aileen había encargado para ella, y trabajaba codo a codo con los Morgane. La primera vez que esto ocurrió, las mujeres que limpiaban el salón habían venido a verme asustadas.

—Quiere barrer, quitar telarañas y limpiar la ceniza de las chimeneas —me había dicho una de las mujeres, sacudiendo las manos—. No podemos permitirlo. Es nuestra lady.

—Es Líle, y si quiere trabajar hombro a hombro con vosotras, permitidlo y dadle la bienvenida —respondí, esperando ocultar mi temperamento.

Y luego observé a mi madre, vi que comenzaba a trabajar en cuando despertaba y lo hacía hasta la caída del sol, que trabajaba tanto que parecía que podía superar a cualquiera de mis súbditos.

Sospechaba que, si trabajaba hasta alcanzar el agotamiento, no tendría tiempo o fuerzas para pensar en ciertas cosas.

Una vez más, me dio una lección de humildad. Nos dio una lección a todos.

Pero quizás lo que más me sorprendió fue Ewan. Él se sentía atraído hacia ella y ella hacia él y el niño la seguía por todas partes y aprendió su lenguaje de señas antes que cualquiera de nosotros. Mi madre le enseñaría a trabajar, pensé con ironía, observando a Ewan seguirla con una pala, seguirla con una pila de sábanas recién lavadas, seguirla con manchas de harina en la ropa.

Durante esa primera semana, ella solo quiso comer pan y queso. No quería carne o siquiera demasiada cerveza. Lo que más la entusiasmaba era beber té de nuevo, con miel y una gota de crema. Descubrí que el tiempo que pasaba con ella aparecía en la noche, cuando le llevaba una bandeja con té a sus aposentos y los dos nos sentábamos (en el suelo, claro) delante de la chimenea, observando el fuego, vinculándonos con el té. Porque la realidad era... que ella y yo éramos completamente desconocidos. No sabía nada sobre ella y ella no sabía nada sobre mí.

Fue en una de esas noches que me entregó un papel lleno con sus palabras.

—¿Lo leo ahora? —le pregunté.

«No. Espera».

Asentí y lo aparté, disfrutando el resto de mi té con ella. Pero en lo profundo de mi mente, sabía que supuestamente debía estar en Lyonesse aquel día, presenciando la ejecución de los Lannon. Que habían llevado a Gilroy y a Oona con el verdugo ante la reina, sus nobles y el pueblo aquella mañana, para ponerse de rodillas y perder la cabeza.

Yo fui el único lord que había estado ausente. Isolde me había dicho que no fuera, que permaneciera en casa con mi madre. Y así lo había hecho, porque no podía imaginar mi partida. Pero lo que me preocupaba era el hecho de que Ewan y Keela aún necesitaban un indulto y yo no estaba allí para testificar a favor de los niños.

«Brienna testificará por ellos», había escrito Isolde. «Testificará que Ewan y Keela Lannon salvaron su vida».

Aparté a los Lannon de mi mente y dije:

—Hay un motivo por el que supe cómo encontrarte, madre. Se llama Brienna.

Líle colocó la mano sobre mi corazón. Ah, ella lo percibía. O quizás lo oyó en la forma en que había pronunciado el nombre de Brienna.

—Sí, ella tiene mi corazón. Es la hija adoptiva de Davin MacQuinn.

Y su nombre hizo aparecer las lágrimas en sus ojos. Sonrió y dijo con señas: «Quiero verlo a él y conocerla a ella».

—Estarán en la coronación de Isolde —dije—. ¿Vendrás conmigo y los Morgane para celebrarlo con nosotros? —Pensé en las cartas que había escrito para Jourdain y Brienna compartiendo la noticia de que mi madre estaba viva. Y por más entusiasmados que habían estado por venir a verla, habían comprendido que ella aún necesitaba tiempo para habituarse de nuevo a los Morgane primero.

«Sí, iré contigo».

Sonreí y besé su mejilla, pensando… ¿cómo toleraría yo aquello, ver a todas las personas cercanas a mi corazón juntas, reunidas?

Abandoné a mi madre después de terminar nuestro té y me llevé los papeles que ella me había entregado. Ewan ya estaba dormido en mi habitación, roncando en su cama junto al fuego. Había trabajado mucho aquel día, siguiendo a Líle junto a los mamposteros.

Así que tomé asiento en mi escritorio en silencio, con los papeles de Líle. Sabía que era su relato, una parte de su historia. Vacilé un instante, arrugué un poco el papel entre los dedos, la luz de la vela lo cubría. Prácticamente sentía miedo de leerlo, pero luego pensé: *si Líle está lista para compartirlo, entonces yo debo estar listo para oírlo.*

Aodhan:

Sé que debes estar lleno de preguntas, preguntas acerca de cómo sobreviví a la batalla de la rebelión y mi tiempo en cautiverio. Primero quiero que sepas que no pasó un día en el que no pensara en ti, en tu padre y en Ashling. Tu hermana y tú siempre estuvisteis en mi corazón, incluso cuando estaba en la oscuridad, creyendo que nunca volvería a verte.

Quizás otra noche pueda escribirte sobre cosas más alegres, como el día en que naciste y cómo tu hermana adoraba meterte en problemas. Pero por ahora, permíteme llevarte veinticinco años atrás.

Durante la batalla, tu padre y yo nos separamos. Yo tenía un grupo de guerreros a mis espaldas y un mar de Allenach y Lannon a mi alrededor, y Gilroy Lannon atacó e hirió mi mano. Perdí mi espada junto con ella. Él me subió a su caballo y luego me llevó hasta el patio y me arrastró hasta la sala del trono. Sabía lo que él haría. Yo había nacido Lannon y él quería convertirme en un ejemplo, decapitarme a los pies del trono.

Sentía tanto dolor y, a pesar de todo nuestro esfuerzo, sabía que perderíamos la batalla. Sin embargo, aun cuando estaba de rodillas, esperando que él cortara mi cuello con su espada… quise vivir. Quise vivir por ti y por Ashling, y sí, por tu padre, a quien quería. Pero de la oscuridad salió Declan. De la oscuridad apareció su voz, pidiéndole a los gritos a su padre piedad, que me permitiera vivir. Y luego se lanzó sobre mí, afirmando que, si Gilroy me mataba, también tendría que matarlo a él.

Pero quizás necesito hablarte un poco más sobre Declan.

Cuando Declan tenía siete años, me pidió que le enseñara a pintar. Él había visto un poco de mi arte y quería aprender. Su padre, por supuesto,

creía que el arte era una pérdida de tiempo. Pero vi el valor de aquel acuerdo,
que podría apartar a Declan del castillo, donde sabía que un gran mal flore-
cía bajo el mando de Gilroy y Oona. Podría intentar proteger al futuro rey,
criarlo para que fuera un buen hombre, no como su padre. Pero, claro, Gilroy
quería algo a cambio. Quería que yo demostrara mi lealtad hacia los Lannon
comprometiendo a Ashling con Declan. Ashling tenía solo un año y me
negué rotundamente. Hasta que tu padre me dijo: «Si puedes enseñarle a
pintar a Declan, puedes moldear al futuro rey. Y nuestra hija será reina a su
lado».

Así que accedí.

Declan vino y permaneció con nosotros muchas semanas del año,
aprendiendo a pintar. Y si bien llegué a quererlo como a un hijo, comencé a
ver la oscuridad en él. Poco a poco, año a año, él era cada vez más severo y
violento, y comprendí que no podía salvarlo. No podía redimirlo. Me llenó
de desesperación, sentía que le había fallado en cierto modo, pero él aun me
quería. Él intentaba ser bueno, por mí.

Pero pronto, no solo sentía miedo por él, sentía miedo de él.

Rompí el compromiso. Y tu padre y yo comenzamos a organizar el gol-
pe de Estado porque había visto suficiente de Gilroy y Oona. Ya conoces el
resto del cuento.

Así que, en la sala del trono, Declan suplicó por mi vida.

Sorprendentemente, Gilroy accedió. Me envió al nivel más bajo del ca-
labozo y estuve encadenada allí en agonía, durante meses. Esperó hasta que
mi muñeca se curó y luego cortó mi lengua, para que no pudiera hablar más.
Aquel primer año fue el más difícil. El dolor parecía que nunca desaparece-
ría y solo podía preguntarme si tu padre había sobrevivido, si Ashling y tú
habíais resultado heridos. No sabía nada y no podía preguntarles a los guar-
dias qué había ocurrido. Pero luego, uno de los guardias se apiadó de mí. Sí,
era un Lannon, pero se preocupaba por mí. Me trajo la mejor comida, el
agua más limpia y las hierbas para ayudarme a curarme. Me contó lo que
había ocurrido después de la rebelión fallida. Dijo que tu padre y tú habíais

escapado con Davin, Lucas, Braden e Isolde. Que los súbditos de Morgane habían sido entregados a Lord Burke. Que mi padre, un noble Lannon, había intentado incitar una segunda rebelión y había fracasado, que Gilroy había destruido a toda mi familia por ello. Y lloré al enterarme de la muerte de mi familia, pero también saber que tu padre y tú habíais sobrevivido... Aquello me dio la esperanza que necesitaba para permanecer viva, para jugar mis cartas. Desafiaría a los Lannon viviendo y estaría lista para cuando tú y tu padre volvierais.

Estuve encerrada en la celda del calabozo durante cinco años. Declan solía venir a visitarme. No puedo siquiera describir cuán tristes y terribles eran esas visitas, no porque él fuera cruel conmigo, sino porque sabía que él se alejaba cada vez más, que toda la bondad y los valores que había intentado plantar en él se habían marchitado y habían muerto. Pero él comenzó a traerme papel, tinta y una pluma para que pudiera hablar con él por escrito. No dejaba de decirme que abandonara el apellido Morgane, que rechazara por completo mi Casa y a tu padre, porque si lo hacía, él podría sacarme del calabozo. Podría encontrar un sitio para mí en el castillo.

Prácticamente cada día durante un mes, él vino a mi celda y esperó a que escribiera mi renuncia. Y cuando no lo hacía, se enfadaba más conmigo. «¿No quieres vivir, Líle?» me gritaba. «¿No quieres vivir cómoda? Puedo protegerte. Puedo darte una vida mucho mejor que esta».

Sin embargo, me negaba a renunciar al apellido Morgane.

Así que él se negó a verme durante lo que pareció un año. Durante ese tiempo, el guardia Lannon intentó ayudarme a escapar. Me habló sobre el río subterráneo que desembocaba en la bahía. Organizamos un plan y luego, cuando llegó el día, él me sacó de mi celda y me llevó hasta el río. Pero es difícil escapar de una celda bajo el mando de los Lannon. Nos descubrió nada más y nada menos que Oona. Ella siempre me había odiado porque sabía que Declan me quería más a mí que a ella. Ordenó que me azotaran y torturó al guardia hasta la muerte.

Volví a mi celda, en absoluta agonía, cuando Declan volvió a visitarme. Él no había notado que yo había intentado escapar, que su madre prácticamente me había azotado hasta morir. «¿Quieres que la mate?» me preguntó, con tanta tranquilidad que al principio creí que bromeaba. Pero Declan estaba serio. Solo tenía dieciséis años y habría matado a su propia madre por mí. Así de oscura y corrupta era su familia.

Me sacó del calabozo para que me recuperara en sus aposentos privados. Creo que él esperaba que yo renunciara al apellido Morgane, ahora que podría sanar con comodidades. Él temía (todos los Lannon temían) que tú, tu padre, Kane, Davin, Lucas, Braden e Isolde regresarais con sed de venganza. Y Declan quería garantías de que yo lo escogería a él por encima de ti en caso de que volvierais.

No podía darle aquella garantía y eso lo enfureció. Dañó mi cara y me envió de nuevo al calabozo. No hablé con ningún humano durante cinco años. Estaba sola en la oscuridad.

Y odio escribir esto, pero aquellos cinco años por fin rompieron mi espíritu. Había estado cautiva diez años en total ya. Si tú volvías a Maevana, Aodhan, tendrías solo once años. Y comencé a rogar que Kane te mantuviera lejos de esta oscuridad, que te criara en un reino seguro y bueno. Y quizás Kane incluso había contraído matrimonio de nuevo, porque él creía que yo había muerto, y tú serías criado por otra mujer que te quisiera. Pensé tanto en esto que comencé a creerlo.

Cuando Declan por fin vino a visitarme, él era un hombre y yo estaba destrozada. Renuncié al apellido Morgane. Quería adoptar Hayden como apellido, pero Declan dijo que los Hayden estaban todos muertos y que necesitaba ser una Lannon.

Me convertí en Líle Lannon.

Declan me cubrió con un velo y me llevó al castillo para ser la criada de su mujer. Nadie más que él, Gilroy y Oona sabían quién era yo realmente. Y todo estuvo bien durante unos años: mantuve la cabeza gacha e hice silencio así que ellos a duras penas notaban mi presencia ya... pero cuando Declan comenzó a golpear a su mujer, lo enfrenté, le dije que sabía que él era mejor que eso. Y lo único que Declan hizo fue reírse de mí, reír como si yo me hubiera vuelto loca. En ese momento era aún más difícil, porque Keela y Ewan habían nacido y eran solo niños. No podía protegerlos a los tres, a la mujer de Declan, a su hijo y a su hija. Cuando ella murió, Declan me envió de nuevo al calabozo. Creo que él creía que intentaría huir con sus hijos.

Me mantuvo en la celda durante un año y luego decidió liberarme para que barriera los huesos en los túneles. Finalmente, dejé de tener noción del tiempo. No sabía qué día o qué año era o cuántos años tenía. Cuando la rebelión por fin ocurrió y encerraron a los Lannon... no sabía qué hacer. Había estado cautiva tanto tiempo, que continué barriendo huesos, demasiado asustada para intentar atravesar la puerta del calabozo y salir a la luz.

Y luego te vi, Aodhan. Tú y yo por poco colisionamos en los túneles y creí que mi corazón estallaría. Sabía que eras tú. Sin embargo, estaba demasiado asustada para revelar mi identidad, aun cuando Declan me encadenó en su celda y tú me viste de nuevo, con Davin y la reina. Sentía vergüenza de haber renunciado a mi apellido. No sabía qué era mejor para ti, así que permanecí donde estaba, en esos túneles, en la oscuridad.

Hasta que volviste a buscarme. Y siempre me preguntaré qué fue lo que hizo que volvieras, cómo supiste que era yo.

Un día, quiero escuchar tu historia, sobre todos esos años que me perdí. Quiero saber dónde te crio tu padre; quiero saber qué lugares has visto, a quiénes has conocido y querido. Quiero escuchar mientras me cuentas cómo planeaste volver a Maevana, para poner a Isolde en el trono.

Pero por ahora, creo que es suficiente para mí decir que te quiero. Te quiero, Aodhan, mi hijo, mi corazón. Y estoy muy feliz de que hayas regresado a buscarme en la oscuridad.

33

BRIENNA

El dragón y el halcón

Castillo real en Lyonesse, territorio de Lord Burke

Noviembre de 1566

— ¿Has hablado con Aodhan?

La pregunta de Isolde hizo que posara mis ojos en los de ella. Estábamos sentadas en su solario del castillo con todos los viejos archivos, planeando su coronación para la semana siguiente. Y no deseaba decirle lo abrumada y distraída que estaba por el agotamiento. Pero no podía negar que me abrumaban los pensamientos sobre Cartier y su madre, sobre Keela y Ewan, sobre mi curación.

Ya no tenía el vendaje. Decidí formalmente abandonarlo el día anterior, en la ejecución de los Lannon. Había observado a Gilroy y Oona ponerse de rodillas en el patíbulo y perder la cabeza con mi rostro expuesto. Había sentido la luz del sol, el viento y los cientos de miradas recorriendo mi cicatriz. Pero eso no había evitado que me pusiera de pie ante el pueblo de Lyonesse, para testificar a favor del indulto de Ewan y Keela.

Ahora esta era mi cara. Era testigo por mí, más que las palabras, de lo que había vivido. Y sentí alivio cuando las personas lo vieron (*me* vieron) que mis hermanos lo habían visto, mi hermana, mi padre, todos los nobles del reino. Todos excepto Cartier, porque él no había presenciado las ejecuciones.

No lo había visto desde el día en que le había hablado sobre su madre, casi dos semanas atrás. Y no podía negarlo, a pesar del valor que ganaba día a día. Él no había visto mi cicatriz.

—Solo por carta —respondí—. Dice que su madre está bien.

—Me alegra oírlo —dijo Isolde e hizo silencio. Ella había conocido a Líle Morgane. La reina había esperado que Cartier volviera del calabozo esa noche. Isolde había sido una de las primeras en hablar con ella, en abrazarla.

Quería preguntar más sobre Líle, pero las palabras eran demasiado pesadas para pronunciarlas. Y aunque parecía que Isolde podía leer mi mente (ella sabía que me preocupaba ver a Cartier de nuevo), elegí centrar mi atención de nuevo en la coronación.

Isolde quería que su coronación fuera como las reinas que la precedieron, una fiesta mezclada con la tradición; sin embargo, también quería que estuviera iluminada por el progreso. Maevana salía de una época muy oscura, así que intenté escribir todos los deseos de Isolde, preguntándome cómo cumpliría con todo para ella solo en siete días.

—¿Qué más queremos? —pregunté, aferrando de nuevo mi pluma.

—Debe haber música, claro —dijo Isolde—. Mucho baile y mucha comida.

—Creo que todos deben traer su propia comida para compartir —dije, hojeando los papeles antiguos que habían sobrevivido milagrosamente al reinado de Gilroy—. Ah, sí. Aquí dice que cada Casa traerá su mejor plato.

—Entonces hay que incluirlo en la invitación —comentó la reina.

Las invitaciones. Por supuesto, pensé, revolviendo los archivos para ver si podía encontrar una muestra antigua.

—Quiero que las invitaciones sean preciosas —dijo Isolde, prácticamente soñadora—. Un calígrafo debe escribirlas, con tinta roja y dorada.

Por todos los santos, pensé. ¿Cómo llevaría a cabo todo esto? ¿Había siquiera calígrafos en Maevana? ¿Gilroy había permitido semejante belleza?

—Muy bien, lady. Veré qué puedo hacer —respondí—. ¿Quieres invitar a todas las Casas?

Isolde entrecerró los ojos y me miró.

—¿Te refieres a si quiero invitar a los Lannon y a los Halloran? Sí. Son parte de este reino, sin importar lo que los nobles de sus Casas hayan hecho.

Terminé de añadirlo a mi vasta lista de cosas por hacer y cuando Isolde hizo silencio, alcé la vista y vi que extendía una caja pequeña ante mí.

—¿Qué es? —pregunté, temiendo una sorpresa. Era una pequeña caja de madera con un grabado precioso. La abrí despacio y encontré un broche plateado dentro, sobre terciopelo rojo. Tenía la forma de un dragón y un halcón, uno miraba al oeste, otro miraba al este y sus alas estaban en contacto. Al principio, no comprendí su significado, hasta que miré a Isolde a los ojos y vi que me sonreía.

—Quiero que sepan que asumo el trono con una consejera —dijo ella—. Y esa eres tú, Brienna, si es que así lo deseas.

Me quedé sin palabras. Lo único que podía hacer era tocar la belleza del broche con mi pulgar. El dragón era ella, la reina Kavanagh. Pero el halcón era yo, la hija de MacQuinn.

—Bueno, amiga mía —susurró Isolde—. ¿Qué dices?

Coloqué el broche en mi camisa, sobre mi corazón.

—Digo que asumamos al trono.

Isolde sonrió y me sorprendió que pareciera aliviada.

—Bueno. Sé que te he abrumado lo suficiente por un día. Pero hay una sorpresa esperándote en tu habitación.

—Ah, Isolde. No me gustan las sorpresas.

—Esta sí —dijo mientras quitaba la lista de mis manos y me llevaba hasta la puerta—. Y basta de trabajo por hoy.

La miré confundida, pero permití que me echara del solario.

Mis aposentos no estaban lejos de los suyos y caminé lentamente hacia allí, preguntándome con qué podía sorprenderme. Abrí la puerta casi con timidez mientras mis ojos recorrían el vestíbulo de mis aposentos.

—¡Brienna! —Merei se lanzó sobre mí antes de que pudiera siquiera parpadear. Rodeó mi cuerpo con sus brazos y me apretó tanto que emití una carcajada mientras hacía un esfuerzo por evitar que ambas perdiéramos el equilibrio.

—¿Cómo hizo que entraras sin que yo lo supiera? —exclamé, retrocediendo para ver el rostro de Merei, con las manos enredadas en su capa pasionaria violeta.

—La reina tiene magia, ¿no? —dijo Merei, con los ojos llenos de lágrimas—. Ah, Bri, ¡te he echado tanto de menos! Me vas a hacer llorar.

—No llores —dije con rapidez, pero mi propia garganta se había cerrado al verla. Ella asimilaba mi aspecto actual: herida, sin pelo; sin embargo, nunca me había sentido más fuerte que en ese instante—. Lo sé. He estado mejor.

—Eres preciosa, Brienna. —Me abrazó de nuevo y durante un momento, solo compartimos un abrazo, hasta que sus rizos ingresaron en mi boca y pisé sus pies—. Pero yo no soy la única sorpresa para ti.

—Mer —dije, a medias una súplica y a medias una advertencia mientras ella avanzaba con alegría hasta la puerta de mi dormitorio—. Sabes que *odio* las sorpresas.

—Y por ese motivo decidimos sorprenderte —dijo Merei, sonriendo. Hizo una pausa, con la mano en la puerta, extendiendo el momento a propósito—. ¿Estás lista?

Ni siquiera esperó a que dijera sí o no. Abrió la puerta y Oriana salió. Un grito de alegría escapó de mí mientras la abrazaba y luego las tres permanecimos en un círculo, rodeándonos con los brazos, con las frentes juntas, como hermanas reunidas. Había pasado siete años de mi vida con ellas en Casa Magnalia. Merei había estudiado la pasión de la música, Oriana la pasión del arte y yo la pasión del conocimiento. Y verlas ahora… Lloré. Las abracé y lloré al comprender cuánto las había echado de menos. Y luego nuestras lágrimas se convirtieron en risas y Oriana nos llevó hasta la chimenea, donde una botella de vino valeniano esperaba junto a tres copas de plata.

—Las dos tenéis que contarme por qué estáis aquí —supliqué mientras Oriana servía una copa para cada una—. Y cuánto tiempo tengo para compartir con vosotras.

—Vinimos a celebrar la coronación de la reina —respondió Merei.

—Y —añadió Oriana, mirando a Merei—, alguien dijo que necesitabas encontrar un músico y un calígrafo para la coronación. Vinimos a ayudarte, Brienna. Sabemos que somos valenianas, pero queremos compartir este momento contigo y con Maevana.

No podía ocultar mi alegría. Irradiaba de mí mientras brindábamos por la reina, mientras brindábamos por nuestra hermandad y nuestra pasión. Y luego, tomamos asiento ante el fuego y hablamos durante horas, perdiendo la noción del tiempo. Oriana me habló sobre la Casa pasionaria donde ahora enseñaba, lo terribles y maravillosos que eran sus alumnos, y Merei me habló sobre su grupo musical, dónde habían tocado recientemente y todas las ciudades hermosas que había visto.

La reina en persona trajo la cena a mis aposentos y las cuatro nos sentamos y hablamos sobre Valenia, nuestros mejores recuerdos y sobre los excitantes días próximos. No podría haber pedido una noche más perfecta, compartiendo una comida con las personas que más quería, las amigas de mi infancia y la reina de mi futuro.

Isolde llamó mi atención desde el extremo opuesto de la mesa. Con discreción, alzó su cáliz hacia mí. Y supe que ella había contactado a Merei y a Oriana por mi bien, no por la coronación. Había traído a mis hermanas pasionarias aquí porque sabía que necesitaba verlas, que mi corazón se renovaría con ellas.

Pensé en los días que nos esperaban, días que tallaríamos con nuestras manos, nuestras mentes y nuestras palabras, días que sin duda serían inciertos y difíciles, pero a la vez preciosos.

Isolde brindó por mí y yo por ella, la luz del fuego brillaba entre las dos, el dragón y el halcón.

34

CARTIER

Entre la oscuridad y la luz

Bosque de la Bruma, territorio de Lord Burke

El día de la coronación de Isolde Kavanagh llegó cuando las últimas hojas cayeron: rojizas, doradas y ocres.

Estaba de pie con la espalda hacia el viento, en el terreno que se extendía entre el castillo real y el Bosque de la Bruma, el mismo suelo en el que habíamos librado la guerra el día de la rebelión, hacía pocas semanas. Observé mientras colocaban las mesas en el césped, preparando todo para un gran festín de celebración. Las jóvenes colocaban utensilios de peltre pulido sobre las mesas, ríos de velas blancas y pétalos de las últimas flores silvestres del otoño. Los chicos ya habían marcado una extensión de césped como el área de juegos designada, y las mujeres traían sus mejores platos mientras los hombres se ocupaban de asar las carnes, girando lechones y aves recién desplumadas en los pinchos.

El aire vibraba de entusiasmo, con humo fragante, clavos de olor molidos y flores cortadas. Porque Maevana tendría una reina después de décadas de oscuridad y décadas de reyes inservibles.

Y todos trajimos algo, ya fuera una hogaza de pan o una horma de queso, un barril de cerveza o un cuenco de ciruelas. Todos vestían los colores o los emblemas de sus Casas y así el campo se convirtió en un tapiz de colores entretejido mientras la luz comenzaba a menguar.

Miré el jubón que vestía, azul como el aciano. Por decimotercera vez, alisé las arrugas de mis prendas, las arrugas de mi corazón, e intenté distraerme con un grupo de niños que competían entre sí. Sin embargo, no pude evitar buscarla, buscar el lavanda de los MacQuinn y el halcón dorado que sabía que ella vestiría.

—¡Milord! Milord, ¡míreme! —gritaba Ewan y sonreí ante la bendita distracción. Observé a Ewan mientras lanzaba sus tres bolas, no tan lejos como los otros niños, pero igual de modo impresionante para su corta estatura—. ¿Ha visto eso, Lord Aodhan?

Aplaudí y fui completamente olvidado por el entusiasmo de Ewan de alardear frente a un grupo de niñas que se habían acercado a observar.

Me fundí de nuevo en la multitud, donde la mayoría de mis súbditos ayudaban con los preparativos de último minuto. Vi a Derry el mampostero reír, ya saboreando la cerveza y la sidra. Y allí estaban mi madre y Aileen, barriendo algunas hojas secas de los platos que habían colocado. Y Seamus, tomando su turno en el asador, secando el sudor de su frente. Y Cook, preocupado por dónde colocar sus patatas con hierbas y sus tartas de manzana.

Sonreí al verlos.

Con el rabillo del ojo, vi a Jourdain vestido de lavanda y oro, de pie a un lado, inseguro. Esperaba en el césped, mirando a mi madre. Y pensé en que él había una vez organizado una rebelión junto a ella, una que fracasó, una que le hizo creer que ella había estado muerta durante veinticinco años.

Líle percibió su mirada y alzó la vista. Observé la forma en que la alegría iluminaba su rostro al reconocerlo mientras caminaba hacia él. Se abrazaron, riendo y llorando.

Me volví para darles un momento de privacidad.

Y luego, pensé: *si Jourdain está aquí, Brienna debe estar cerca.*

No la había visto desde aquella mañana en que me había convocado en Fionn, aquella mañana en que me había hablado sobre mi madre. Habían cortado el pelo de Brienna, habían vendado su rostro, tenía la piel pálida y magullada. Me había destrozado verla; ¿qué había soportado y por qué no había sido capaz de llegar a ella antes?

Recuerdo como había esperado que ella me convocara, como había caminado por los pasillos y recorrido los prados de Brígh, incapaz de pensar en algo que no fuera ella, muerto de preocupación por no saber por qué motivo no quería verme. Y luego, cuando me había convocado a Fionn, la forma en la que fui hacia ella, anhelando abrazarla y como ella había mantenido la distancia entre los dos con su voz y sus ojos. No quería que yo la tocara. Y aún no sabía si era debido a la noticia que estaba por darme o si repentinamente deseaba alejarse de mí.

Caminé hacia el bosque, abriéndome paso entre grupos de personas, entre los árboles, buscándola. Sabía que ya era casi la hora; era el atardecer. Y seguiríamos las tradiciones; las reinas siempre eran coronadas en el Bosque de la Bruma al atardecer.

Estaba de pie junto a un grupo de Burke cuando las flautas comenzaron a sonar para guiar a los invitados hacia el bosque, para prepararse para la llegada de la reina.

Y allí fue cuando finalmente la vi.

Brienna estaba de pie debajo del gran roble. Tenía puesto un vestido del color del amanecer, un violeta que estaba entre la oscuridad y la luz. La Gema del Anochecer colgaba de una cadena entre sus dedos y tenía una corona de flores silvestres sobre la cabeza. No vestía su capa pasionaria, pero yo tampoco, ambos habíamos escogido representar solo a Maevana esa noche.

Vi la cicatriz que ahora se apoderaba del lateral derecho de su rostro, una herida que sabía que era igual a la que yo tenía en el espíritu. Sin embargo, la cicatriz desaparecía cuanto más la miraba, porque la totalidad de Brienna me consumía.

Intenté hacerla mirar hacia mi dirección para que me encontrara en la multitud.

Y estuvo a punto de hacerlo; su mirada recorría la luz del fuego cuando sentí que Lord Burke tocaba mi hombro.

—¡Morgane! Creí que estarías con tus súbditos.

—Ah, sí, bueno. —Lo miré, a duras penas recordaba donde estaba. Él debe haber notado que Brienna era lo único que yo miraba, porque sonrió y dijo:

—Debes estar orgulloso de ella. Aunque tiene un rango muy superior al tuyo, joven.

Y quise preguntarle a qué se refería, pero luego noté el broche plateado en el pecho de Brienna, brillando como una estrella caída, declarando quién era ella.

Y allí fue cuando lo comprendí, mi respiración salió en una ráfaga silenciosa.

Brienna era la consejera de la reina.

35

BRIENNA

La coronación de la reina

Bosque de la Bruma, territorio de Lord Burke

La luz comenzaba a desaparecer, las sombras empezaban a endulzarse, y supe que la reina llegaría pronto. Contemplé el bosque a nuestro alrededor, aquellos árboles antiguos que habían presenciado la coronación de la reina hacía siglos. Había lámparas colgadas de las ramas, emitiendo una luz cálida sobre nuestros hombros. El aire olía fresco y dulce. Había guirnaldas de flores entrelazadas de árbol a árbol como telarañas.

Continué esperándola, de pie bajo el gran roble, con el juez a mi lado.

Él coronaría a la reina. Y yo le entregaría la gema.

Cerré los ojos un instante para apaciguar mi mente. En muchos aspectos, esto parecía el verano del solsticio cinco meses atrás, la noche cuando me apasionaría y obtendría un mecenas. Y qué mal había salido esa noche; nada había salido de acuerdo con el plan.

Sin embargo, aquella noche había inspirado esta, porque si yo no hubiera fracasado, no estaría de pie aquí.

Abrí los ojos, posé la mirada en el sitio donde los míos estaban reunidos. Neeve, Sean, Keela, Ewan, Oriana, Merei y Luc. Hablaban, reían, disfrutaban el momento. Y mi corazón se hinchó al verlos; pertenecía con ellos y ellos conmigo. Sin embargo, ¿dónde estaba mi padre? ¿Dónde estaba Cartier? No podía negar que estaba deseosa por verlo. Porque él me viera.

En cuanto pensé aquello vi a Jourdain moviendo la mano entre la multitud, con una mujer a su lado. Supe que era ella. Era Líle Morgane. Porque Cartier era idéntico a ella, tenía la misma elegancia, el cabello rubio y los ojos tan azules que parecían arder.

Sin embargo, no tuve tiempo de ir hasta ellos, porque las flautas comenzaron a sonar e Isolde y Braden por fin llegaron, como si la magia los hubiera traído. Isolde nunca había estado tan preciosa, tan radiante. No pude apartar la vista de ella mientras ambos caminaban hasta detenerse delante de mí y el juez.

—Isolde, hija de Braden y Eilis Kavanagh, estás de pie ante nosotros para asumir el trono de Maevana —dijo el juez y aunque su voz era anciana y maltrecha, resonó en el bosque—. ¿Aceptas este título?

—Sí, señor —respondió Isolde, firme, inquebrantable.

—Al recibir esta corona —comencé a recitar los votos antiguos—, reconoces que tu vida ya no te pertenece, sino que has contraído matrimonio con esta tierra y con su pueblo; que tu única responsabilidad es protegerlos y servirles, honrarlos y primordialmente garantizar que la magia que crees está destinada al bien y no a hacer daño. ¿Aceptas este juramento?

—Sí, lady.

—Los lores y ladies de las Casas y los hombres y las mujeres de Maevana están reunidos aquí esta noche para dar testimonio de tu juramento —prosiguió el juez—. A cambio, nosotros juramos servirte, honrarte, arrodillarnos ante nadie que no seas tú y confiar que las decisiones que tomes son por el bien de esta tierra. Juramos proteger tu vida con la nuestra y proteger las vidas de tus hijos o hijas futuros.

El juez hizo una pausa, incapaz de contener la sonrisa.

—Ven, hija, y ponte de rodillas ante nosotros.

Isolde soltó a su padre y plantó las rodillas en la tierra entre las raíces.

Primero vino la gema.

Tuve cuidado al alzar el collar por la cadena y de sujetar la Gema del Anochecer en alto para que todos la vieran. Y luego la coloqué sobre la cabeza de la reina y oí el susurro con el que se acomodaba en su lugar, observé como la gema se apoyaba sobre el corazón de Isolde. No la quemó, porque ella contenía el fuego en su sangre. En cambio, la gema brilló por ella, cobró vida con colores iridiscentes. Vi su luz en mis manos, bailando sobre mis nudillos en colores rojo, turquesa y ocre, reflejándose sobre mi vestido, y me maravillé ante la gema, ante Isolde, la reina del norte, mi amiga.

La corona de Isolde vino a continuación.

El juez la alzó para permitir que la luz de las velas besara los diamantes. Y luego la colocó despacio sobre la cabeza de Isolde, la plata brillaba como estrellas sobre sus rizos rojizos.

Por último, la capa.

El capitán de su guardia la trajo al frente, cargando el atuendo real sobre el brazo: terciopelo rojo y dorado adornado con hilos negros, perlas y heliolitas. El guerrero la colocó sobre los hombros de Isolde y olí el incienso en su interior, tréboles, cardamomo y vainilla, picante pero dulce. La capa tenía un hermoso diseño de dragón para que la reina lo luciera en la corte.

—Ponte de pie, reina Isolde, Casa Kavanagh —dije mientras alzaba las manos con las palmas hacia el cielo.

Isolde se puso de pie, como si surgiera de las sombras, de la bruma.

Las flautas y los tambores comenzaron a tocar una melodía alegre y Braden Kavanagh retrocedió, sabiendo que Isolde ya no era suya: era nuestra.

Isolde me miró directamente. Una sonrisa iluminó su rostro; mi propia expresión reflejaba la suya. Cuando se volvió, la aplaudimos, alzando las voces junto a nuestras manos, los niños y niñas lanzaban flores a su paso. Las seis jóvenes Kavanagh de Isolde (las chicas que Cartier había encontrado en la tienda del carnicero) se acercaron a ella vestidas de rojo y negro, los colores de su Casa. Y me llenó de alegría verlas sonreír tanto, ver las flores en sus melenas y el afecto que sentían hacia la reina. Isolde las había declarado sus hermanas; ellas siempre tendrían un lugar en su castillo, a su lado. Y yo esperaba con ansias ver cómo la magia de las chicas comenzaba a despertar.

Permanecí un momento más entre las raíces del roble, deteniéndome en el entusiasmo, el esplendor del momento. Jourdain se puso de pie a mi lado y apoyó las manos sobre mis hombros mientras Isolde avanzaba entre los árboles, su capa larga arrastrándose sobre la tierra a sus espaldas.

—Nunca creí que vería este día —susurró mi padre y oí la emoción en su voz.

Creí que hablaba solo sobre Isolde, así que me sorprendió cuando besó mi cabello y dijo:

—Estoy orgulloso de ti, Brienna.

Apoyé mis manos sobre las de él, pensando en aquel momento en el que nos habíamos conocido, cuando yo había desconfiado de él, cuando él había sentido curiosidad por mis recuerdos ancestrales, cuando los dos decidimos confiar en el otro y planear la vuelta de la reina. Nunca habría soñado que yo sería quien participaría de su coronación, que le diría los votos antiguos, que sería su mano derecha. Estaba llena de asombro y éxtasis.

—Hay una vieja amiga que me gustaría presentarte —susurró Jourdain, presionando mis hombros.

Me giré y vi que Líle avanzaba. Me sonreía y pensé que podría llorar porque al fin estaría cara a cara con ella.

No sabía qué decir, y luego comprendí que... no había palabras. Así que la abracé, permití que ella me abrazara y, por primera vez en la vida, supe lo que se sentía al ser abrazada por una madre.

Con dulzura, ella retrocedió para apoyar su mano sobre mi cicatriz, como si supiera que mi dolor había causado su alegría. Éramos reflejos la una de la otra; reí y lloré en el mismo aliento. Y cuando mis lágrimas cayeron, ella las secó con ternura.

No sé cuánto tiempo permanecimos de pie allí, pero de pronto tomé consciencia de la desaparición de la luz. Jourdain aún estaba a nuestro lado, pero todos los demás ya habían partido del bosque hacia el prado y oía los tambores sonar a la distancia.

—Vamos, queridas. La celebración espera —dijo Jourdain, extendiendo los brazos para escoltarnos.

Apoyé mis dedos sobre su codo y Líle sujetó su otro brazo. Caminamos juntos, mi padre, la madre de Cartier y yo. Justo antes de llegar al prado, miré a Jourdain y dije:

—Todo esto parece un sueño, padre.

Él solo sonrió y respondió en un susurro:

—Entonces, que no despertemos nunca.

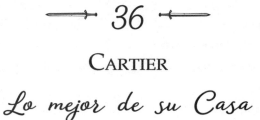

36

CARTIER

Lo mejor de su Casa

Bosque de la Bruma, territorio de Lord Burke

El festín comenzó oficialmente y se desató una carrera desquiciada hacia los asadores y las mesas llenas de comida. Aún estaba junto a los Burke y, en vez de luchar contra la corriente, caminé con ellos hacia el prado. Las primeras estrellas habían aparecido en el anochecer, y me detuve allí un instante, mirándolas hasta que un grupo de niños me empujó. Comencé a caminar entre las mesas, avanzando entre nudos de personas que intentaban llenar sus platos y ver un atisbo de Isolde.

Busqué a Brienna; busqué un indicio de su vestido lavanda, un atisbo de su elegancia en mitad de la fiesta. Pero no aparecía en ninguna parte. Y cuanto más buscaba, más me preocupaba.

Gradualmente, llegué al centro del prado, sintiendo que flotaba en un mar de extraños hasta que vi a Brienna de pie junto a Merei, las dos sujetaban cintas largas en las manos. Merei fue la primera que percibió mi mirada, y me miró a los ojos por encima del hombro de Brienna. Sus ojos se posaron en su amiga, pero fue evidente que Merei buscaba un motivo para alejarse. Señaló algo, se fundió en la multitud y dejó a Brienna para que me recibiera sola. Avancé, sabiendo que tal vez esa sería la única oportunidad que tendría para hablar con ella.

Brienna estaba de pie en silencio. Pero Merei debía haberle dicho que yo me aproximaría porque Brienna no parecía respirar cuando sintió que yo avanzaba hacia ella. Tampoco se giró para mirarme como yo hubiera esperado. Mantuvo la postura de espaldas hacia mí y eso solo incrementó mi preocupación de que había estado evitándome.

—Brienna.

Finalmente se volvió para mirarme a la cara, sus ojos brillaban bajo la luz del fuego. Durante un instante, no habló. Su mirada tocó la mía y luego se apartó, distraída por un invitado. Pero vi como inclinaba la cabeza de modo que su cicatriz quedara parcialmente oculta de mí. Como si le generara ansiedad que yo la viera.

Me dolía el corazón y ahora, era yo quien no podía hablar.

—Lord Morgane —dijo, aún distraída.

Lord Morgane. No Cartier. Ni siquiera Aodhan.

Colocaba distancia entre los dos e intenté no pensar demasiado en eso.

—¿Viste la coronación de Isolde? —añadió con rapidez y noté que estaba tan nerviosa como yo—. Te busqué.

—Estaba allí. Vi que te ocupaste de los votos. —Esperé que ella mirara mis ojos de nuevo. Lentamente, alzó la mirada hacia la mía. El broche plateado sobre su corazón reflejó la luz. Le sonreí, incapaz de ocultar mi orgullo, mi asombro—. Consejera de la reina.

Una sonrisa iluminó su rostro. A duras penas podía soportar la belleza que tenía.

—Ah, sí. Quise escribir y contártelo, pero… estuve demasiado ocupada.

—Lo imagino. Aunque confío en que has sido capaz de disfrutar tu tiempo en Lyonesse, ¿no?

Hablamos sobre los últimos días y semanas. Brienna me habló sobre las ejecuciones, los indultos para Ewan y Keela, los planes. Y le hablé brevemente sobre la vuelta de Líle. En ciertos aspectos, sentía que Brienna y yo habíamos estado separados durante años. Habían sucedido tantas cosas desde la última vez que nos habíamos visto. Pero cuanto más conversábamos, más relajada estaba, más sonreía.

—¿Y qué es esto? —pregunté, señalando la cinta que ella continuaba sujetando en la mano.

—Buscaba un compañero. —Apartó la vista de mí hacia la multitud, como si fuera a escoger a un extraño al azar para que se uniera a ella.

—¿Un compañero para qué?

—Un juego que odiarías, Cartier. —Posó de nuevo los ojos en los míos, pero solo para dedicarme una sonrisa burlona, una que indicaba que me conocía bien.

—Descubramos si es cierto, entonces, ¿no? —la desafié.

—De acuerdo. —Brienna comenzó a caminar y yo la seguí como si ya estuviera amarrado a ella. Ella miró por encima de su hombro hacia mí y dijo—: Pero te lo advertí.

Me llevó hasta el sector de juegos. Y vi con horror que este era uno de esos juegos de carrera, donde dos personas amarradas por el tobillo debían correr alrededor de unos barriles y parecer como dos completos tontos.

Brienna había tenido razón. Me opuse internamente a la idea, pero no me marché, no me aparté de ella. Ni siquiera cuando alzó la ceja mirándome, esperando mi queja.

Merei apareció, ruborizada y sonriendo, su corona de flores comenzaba a caer de su cabello.

—¡Daos prisa los dos! —nos instó antes de correr a través del césped, donde Luc le hacía señas con impaciencia.

Sujeté la cinta y me puse de rodillas. Brienna alzó el dobladillo del vestido para que pudiera amarrar nuestros tobillos. Hice un nudo fuerte para que nada pudiera desarmarlo. Y cuando me puse de pie, ella me sonrió, como si conociera mis pensamientos. Rodeó mi cuerpo con un brazo y caminamos de forma incómoda hasta la línea de salida.

Nos colocamos junto a Luc y Merei, Oriana y Neeve, Ewan y Keela, todos parecían entusiasmados ante el prospecto de una carrera en tres piernas. Miré los barriles que supuestamente debíamos rodear, contrariado, hasta que Brienna susurró:

—¿Qué me darás si ganamos?

Posé los ojos sobre ella. Sin embargo, no tuve tiempo de responder. La carrera comenzó y fuimos los últimos en salir, pero Brienna y yo avanzábamos al mismo tiempo. Pasamos a Ewan y Keela y perseguimos a Luc y Merei. Neeve y Oriana llevaban sorprendentemente la delantera. Pero un idiota había colocado el tercer barril sobre una pendiente y pisé una madriguera. Perdí el equilibrio y caí al suelo junto con Brienna. Éramos una maraña de extremidades, azul y lavanda, mientras rodábamos por la colina hasta las sombras.

Oí que algo se rompía debajo de mis rodillas. Hundí las manos en el suelo para detener nuestra caída, Brienna quedó debajo de mí y me esforcé por recobrar el aliento, por discernir su rostro bajo la luz de las estrellas.

—¿Brienna?

Ella temblaba. Creí que estaba herida hasta que noté que reía. Y me hundí sobre ella, sintiendo como su risa se expandía de su pecho al mío hasta que tuve los ojos llenos de lágrimas, sin poder recordar la última vez en la que había sido tan feliz.

—Creo que he roto tu vestido.

—No hay problema —suspiró ella, mirándome a los ojos.

Durante un instante, no nos movimos, pero sentía su respiración sobre mí. Y luego, ella inclinó la cabeza hacia un lateral de nuevo, para ocultar su cicatriz entre las sombras.

Sujeté su mentón con dulzura, para traer otra vez sus ojos hacia los míos.

—Brienna, eres preciosa.

Y quería entregarme. Quería conocerla, explorarla. Quería que ella me quisiera. Quería oírla decir mi nombre en la oscuridad.

Pero esperé. Esperé que ella alzara la mano para tocarme. Sus dedos recorrieron mi rostro y se entrelazaron despacio con mi pelo.

La besé y sus labios eran fríos y dulces debajo de los míos. Ella me aferró cerca de su cuerpo y, en algún lugar a lo lejos, oí la música y las risas de la fiesta. Sentí el temblor en la tierra causado por el baile y el olor a fuego y las flores silvestres; sin embargo, allí estábamos solo ella y yo, recostados sobre el césped, bañados de luz de estrellas.

Oí un gruñido repentino.

Retrocedí para mirarla y noté que intentaba no reír de nuevo. Y me habría sentido avergonzado de no haber notado que su estómago gruñía.

—Lo siento mucho —susurró—. Pero no he comido desde el amanecer.

Solo sonreí y me puse de pie para ayudarla a incorporarse. Brienna limpió el césped de su vestido y comprobé que sin duda había rasgado su falda. Desaté la cinta y caminamos de vuelta a la luz del fuego, donde otra ronda de carreras había comenzado.

Nuestros amigos nos esperaban junto al sector de la cervecería; Oriana y Neeve habían ganado y Ewan hacían un mohín al respecto hasta que lo alcé sobre mi espalda y juntos recorrimos las mesas de comida para llenar nuestros platos.

—Necesito encontrar a Líle —le dije a Brienna después de haber hecho la cola.

—Está con Jourdain —respondió Brienna. Ella guio el camino hasta una mesa larga donde encontré a mi madre sentada junto a Jourdain. Y a su lado estaba el noble Thomas. Y al otro lado de Thomas estaba Sean.

Recorrí la mesa con los ojos, mirando a las personas sentadas allí. MacQuinn. Lannon. Morgane. Allenach. Valenianos. Incluso algunos Dermott. Personas que antes habían sido enemigas ahora compartían el pan y brindaban.

Tomé asiento frente a mi madre, compartí una sonrisa con ella y escuché las conversaciones y la risa que invadía la mesa. Y pensé: *esto es lo que he anhelado. Esto es lo que la reina le otorga a nuestra tierra, a nuestros súbditos.*

Brienna estaba a mi lado, sumida en una conversación con Oriana y Merei, cuando Ewan jaló de su manga. Y no pude regañarlo, no en una noche como esta. Observé con el rabillo del ojo mientras él preguntaba:

—¿Ama Brienna? ¿Bailaría conmigo?

Brienna se puso de pie antes de que yo pudiera respirar y caminó rápido con Ewan hasta el sector de baile. Y luego, la mitad de la mesa los siguió, incapaz de resistir la llamada de las sirenas hecha de flautas y tambores. Me giré sobre mi asiento para poder observar y entre el borrón de colores y movimiento, mis ojos nunca abandonaron a Brienna.

—Mi hermana es preciosa, ¿verdad? —dijo Neeve, tomando asiento a mi lado.

—Lo es.

Neeve y yo continuamos observando en compañía silenciosa. Y luego ella susurró:

—Un consejo, Lord Aodhan.

La miré, intrigado.

Neeve se puso de pie, pero miró mis ojos antes de unirse al baile, con la alegría ardiendo en su mirada.

—Sería bueno que recordara que mi hermana es una MacQuinn.

Y no comprendí sus palabras, no hasta bastante después de la medianoche, cuando estuve en los aposentos de mi castillo. Estaba preparándome para ir a la cama cuando la encontré en mi bolsillo. Lentamente, extraje la cinta que nos había amarrado a Brienna y a mí.

Y allí fue cuando lo comprendí.

Pensé en los Morgane; pensé en lo mejor de mi Casa.

Pensé en Brienna, la única hija de un lord.

Ella era una MacQuinn. Y había una sola manera de que probara que yo era digno de ella.

37

Brienna

Encontrar la luz

Territorio de Lord MacQuinn, castillo Fionn

Quince días después de la coronación de Isolde, decidí que era hora de que escribiera mi historia. Porque había algunas mañanas en las que despertaba en castillo Fionn y algunas noches que compartía con Isolde en la sala del trono y me preguntaba cómo había ocurrido todo esto.

Tomé asiento en mi habitación en soledad gloriosa, empujé mi escritorio contra la ventana y comencé a darle forma a mi pasado, con tinta sobre el papel, página tras página, empezando por mi abuelo y luego con las chicas con las que había crecido y a quienes quería como hermanas en Casa Magnalia.

Escribí sobre el Amo Cartier y sobre cuánto solíamos temerle porque él nunca sonreía hasta el día en que lo hice ponerse de pie en una silla conmigo, el primer día que lo oí reír.

Estaba a punto de llegar al momento en que conocí a Jourdain y supe de la rebelión, con la primera nevada comenzando a caer al otro lado de mi ventana, cuando Luc llamó a mi puerta.

—La cena, hermana.

Y noté que no había comido en todo el día así que apoyé la pluma, intenté limpiar la tinta de mis dedos y caminé hasta el salón.

Jourdain sonrió al verme y tomé asiento a su izquierda mientras que Luc hizo lo mismo a su derecha. Keela estaba sentada con las tejedoras, junto a Neeve.

Pensé en cuánto me gustaba ese sitio y esas personas y me serví otra copa de sidra.

En ese momento abrieron las puertas del salón de par en par y Cartier entró montando el caballo más hermoso que había visto.

No sé qué me sorprendió más: el hecho de que se atrevió a entrar montado *en un caballo* al salón de Jourdain o el hecho de que me miraba a mí y a nadie más.

Olvidé que estaba sirviendo sidra; el líquido superó la capacidad de mi copa y cayó sobre el lateral de la mesa.

Él nos sorprendió a todos. Lo supe porque mi padre estaba igual de paralizado que yo y Luc boquiabierto. Neeve era la única que no parecía perpleja. Mi hermana intentaba ocultar una sonrisa detrás de sus dedos.

Cartier hizo avanzar al caballo hasta los escalones de la tarima y allí se detuvo, con su capa pasionaria sobre la espalda como si hubiera capturado un fragmento del cielo, brillando por la nieve, con el rostro enrojecido por el viaje y los ojos clavados en mí.

—¿Morgane? —balbuceó Jourdain, quien fue el primero de nosotros en recuperarse de la sorpresa.

Solo entonces Cartier miró a mi padre.

—He venido a presentarme como pretendiente para Brienna MacQuinn. He traído lo mejor de mi Casa, un caballo Morgane, criado para la resistencia y la velocidad, en caso de que ella acepte mi propuesta.

Mi corazón bailaba, latía, dolía.

Jourdain se giró hacia mí, con los ojos abiertos de par en par.

—¿Hija?

Y supe que debía someter a Cartier al desafío imposible.

Lentamente, me puse de pie. Miré a Cartier; intenté evaluar al hombre que no tenía profundidad, el hombre que mantenía su corazón ferozmente protegido.

Él devolvió mi mirada; vi el fuego ardiendo en su interior, vi que él haría esto a mi manera porque él así lo quería, que él buscaría todo el tiempo necesario hasta encontrar la cinta dorada.

—Traed el tapiz, por favor —dije y observé como las tejedoras se marchaban para buscarlo. Volvieron al salón con el infame tapiz y los hombres lo colgaron de las cuatro esquinas, para que fuera posible ver ambos lados.

Dillon se ofreció a llevar al caballo a los establos y Cartier permaneció de pie, esperando con paciencia hasta que colgaron el tapiz, con los ojos de todos clavados en él.

Me miró mientras yo lo miraba.

—Dentro de cada tapiz MacQuinn hay una cinta dorada que la tejedora ha escondido entre los hilos —le dije—. Entrégame la cinta dorada oculta dentro de este tapiz y aceptaré tu caballo.

Cartier hizo una reverencia y procedió a colocarse delante del tapiz y a buscar metódicamente, empezando por la esquina inferior derecha.

Pasaron treinta minutos. Luego una hora. Pero Cartier no se dio prisa. Se tomaba su tiempo y cuando Jourdain lo notó, apoyó la espalda en la silla y le hizo una señal a su nueva chambelán.

—Trae más cerveza y unas tartas de miel. Será una noche larga.

Y fue una noche larga.

Después de un rato, Ewan apareció, con los ojos brillantes y sonrojado, y supe que había corrido hasta allí, aterrado de perderse el acontecimiento. Se sentó junto a Keela y mordió sus uñas, los hermanos estaban absolutamente callados mientras observaban a Cartier buscando la cinta que no quería aparecer.

Los súbditos de MacQuinn también estaban bastante silenciosos. Cada tanto había una conversación, pero nadie abandonaba el salón. Todos observaban al Lord de los Ágiles. Algunas personas apoyaron la cabeza en la mesa y durmieron.

Después de un tiempo, estaba tan cansada por permanecer de pie que tomé asiento de nuevo y solo pude imaginar lo que Cartier sentía, de pie buscando ante una audiencia inmensa.

El amanecer apareció en las ventanas del este cuando Cartier por fin encontró la cinta.

Mis ojos nunca lo habían abandonado esa noche y observé, apenas respirando, como sus dedos elegantes sujetaban el borde de la cinta y tiraban con cuidado hasta quitarla, un resplandor delgado y dorado.

Se giró hacia mí y se puso de rodillas sobre los escalones de la tarima, sujetando la cinta en sus manos.

—Antes de que decidas nada —dijo Cartier—, permíteme decir unas palabras.

Luc, quien había estado roncando en su silla, despertó. Al igual que Jourdain, quien entrelazó los dedos y apoyó el mentón sobre ellos, intentando ocultar la sonrisa que tiraba de sus comisuras.

Asentí, mi voz estaba cautiva en mi pecho. Pero una canción brotaba en mí, una canción que sabía que Cartier también oía, porque sus ojos brillaban mientras me miraba.

—Recuerdo el día que me pediste que te enseñara, como si fuera ayer. Querías convertirte en ama del conocimiento en solo tres años. Y pensé: esta chica hará grandes cosas con su vida y yo quiero ser quien la ayude a alcanzar esos sueños.

Hizo una pausa y me preocupé de que él estuviera a punto de llorar, porque yo también sentía las lágrimas incipientes.

—El día que te dejé en Magnalia, quise decirte quién era yo, traerte a casa conmigo a Maevana. Sin embargo, yo no fui quien te trajo. *Tú* me trajiste a casa, Brienna.

Ahora yo lloraba; no podía contener las lágrimas mientras lo escuchaba.

—Amo el corazón que posees —dijo Cartier, sonriendo mientras las lágrimas caían de sus ojos—. Amo el espíritu que te ha forjado, Brienna MacQuinn. Si fueras una tormenta, me recostaría y descansaría bajo tu lluvia. Si fueras un río, bebería de tus corrientes. Si fueras un poema, nunca dejaría de leerte. Adoro a la niña que una vez fuiste y quiero a la mujer en la que te has convertido. Cásate conmigo. Lidera mis tierras y a mis súbditos, y tómame como tuyo.

Me puse de pie y limpié las lágrimas de mis ojos, riendo y llorando y sintiendo que estaba a punto de deshacerme en sus palabras. Pero luego respiré, recuperé el equilibrio y lo miré, él aún estaba de rodillas esperando, aún sostenía la cinta dorada.

Me detuve delante de él. El salón estaba en silencio, tan callado que creí que nadie se atrevía a moverse en aquel instante.

—Aodhan... *Aodhan*. —Susurré su verdadero nombre; exploré la cadencia que tenía y él sonrió al oírlo.

Extendí la mano para aceptar su cinta, para sujetar sus manos y ponerlo en pie. Entrelacé mis dedos en su pelo y susurré sobre sus labios palabras que solo él oiría:

—Te quiero, Aodhan Morgane. Tómame, porque soy tuya.

Lo besé delante de mi padre, de mi hermano, mi hermana y mis súbditos. Lo besé delante de cada mirada en aquel salón. Los vítores nos rodearon como una bruma, hasta que sentí la celebración atravesar mi cuerpo, hasta que oí el tintineo de las copas en las mesas, para brindar por la unión entre los MacQuinn y los Morgane, hasta que oí a Keela gritar de alegría y a Ewan diciéndole: «¡Te lo dije! ¡Te dije que ocurriría!».

Y cuando Aodhan abrió la boca debajo de la mía, cuando me aferró contra él con las manos, olvidé a todos los demás, menos a él.

Los sonidos, las voces y las risas desaparecieron hasta que quedamos solo Aodhan y yo, compartiendo el aliento y las caricias y plantando promesas secretas que pronto florecerían entre los dos.

Después de un momento, él retrocedió para susurrar sobre mis labios de forma que solo yo lo escuchara:

—Lady Morgane.

Sonreí al oír la belleza de aquel apellido. Y pensé en las mujeres que lo habían llevado antes que yo: madres, esposas, hermanas.

Y lo adopté como propio.

Lista de personajes

CASA MACQUINN: Los perseverantes

Brienna MacQuinn, ama del conocimiento, hija adoptiva del lord.

Davin MacQuinn, lord de la casa MacQuinn (anteriormente conocido como Aldéric Jourdain)

Lucas MacQuinn, amo de la música, hijo del lord (anteriormente conocido como Luc Jourdain)

Neeve MacQuinn, tejedora

Betha MacQuinn, tejedora en jefe

Dillon MacQuinn, mozo de cuadra

Liam O'Brian, noble

Thorn MacQuinn, chambelán del castillo

Phillip y Eamon, hombres de armas

Isla MacQuinn, curandera

CASA MORGANE: Los ágiles

Aodhan Morgane, amo del conocimiento, lord de la casa Morgane (anteriormente conocido como Cartier Évariste)

Seamus Morgane, noble

Aileen Morgane, esposa de Seamus, chambelán del castillo.

Derry Morgane, mampostero

CASA KAVANAGH: Los brillantes

Isolde Kavanagh, reina de Maevana (anteriormente conocida como Yseult Laurent)

Braden Kavanagh, padre de la reina (anteriormente conocido como Hector Laurent)

CASA LANNON: Los feroces

Gilroy Lannon, anterior rey de Maevana

Oona Lannon, esposa de Gilroy Lannon

Declan Lannon, hijo de Gilroy y Oona

Keela Lannon, hija de Declan

Ewan Lannon, hijo de Declan

CASA HALLORAN: Los honestos

Treasa Halloran, lady de la casa Halloran

Pierce Halloran, el hijo menor de Lady Treasa

CASA ALLENACH: Los astutos

Sean Allenach, lord de la casa Allenach, medio hermano de Brienna

Daley Allenach, criado del lord

CASA BURKE: Los ancianos

Derrick Burke, lord de la casa Burke

CASA DERMOTT: Los amados

Grainne Dermott, lady

Rowan Dermott, lord

OTROS PERSONAJES MENCIONADOS:

Merei Labelle, ama de la música

Oriana DuBois, ama del arte

Tristan Kavanagh

Tomas Hayden

Fergus Lannon

Patrick Lannon

Ashling Morgane

Líle Morgane

Sive MacQuinn

LAS CATORCE CASAS DE MAEVANA

Allenach, el astuto

Kavanagh, el brillante

Burke, el anciano

Lannon, el feroz

Carran, el valiente

MacBran, el misericordioso

Dermott, el amado

MacCarey, el justo

Dunn, el sabio

MacFinley, el pensador

Fitzsimmons, el gentil

MacQuinn, el perseverante

Halloran, el honesto

Morgane, el ágil

↤ FAMILIA ALLENACH ↦

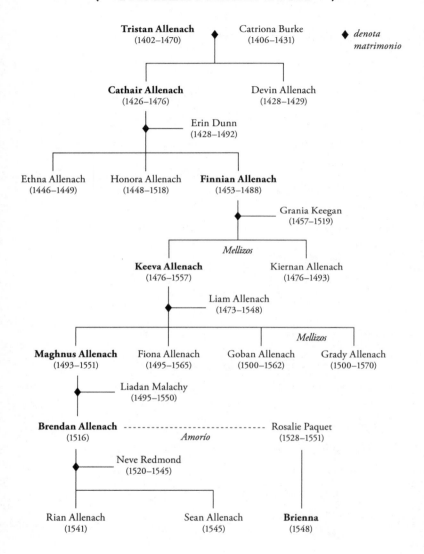

◆ *denota matrimonio*

Tristan Allenach (1402–1470) ◆ Catriona Burke (1406–1431)

Cathair Allenach (1426–1476) Devin Allenach (1428–1429)

◆ Erin Dunn (1428–1492)

Ethna Allenach (1446–1449) Honora Allenach (1448–1518) **Finnian Allenach** (1453–1488)

◆ Grania Keegan (1457–1519)

Mellizos

Keeva Allenach (1476–1557) Kiernan Allenach (1476–1493)

◆ Liam Allenach (1473–1548)

Maghnus Allenach (1493–1551) Fiona Allenach (1495–1565) Goban Allenach (1500–1562) Grady Allenach (1500–1570)

Mellizos

◆ Liadan Malachy (1495–1550)

Brendan Allenach (1516) - Rosalie Paquet (1528–1551)
Amorío

◆ Neve Redmond (1520–1545)

Rian Allenach (1541) Sean Allenach (1545) **Brienna** (1548)

434

FAMILIA MACQUINN

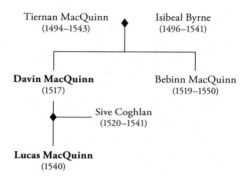

Tiernan MacQuinn
(1494–1543)

Isibeal Byrne
(1496–1541)

Davin MacQuinn
(1517)

Bebinn MacQuinn
(1519–1550)

Sive Coghlan
(1520–1541)

Lucas MacQuinn
(1540)

FAMILIA MORGANE

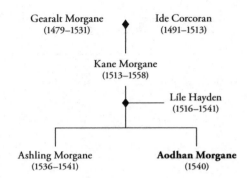

Gearalt Morgane
(1479–1531)

Ide Corcoran
(1491–1513)

Kane Morgane
(1513–1558)

Líle Hayden
(1516–1541)

Ashling Morgane
(1536–1541)

Aodhan Morgane
(1540)

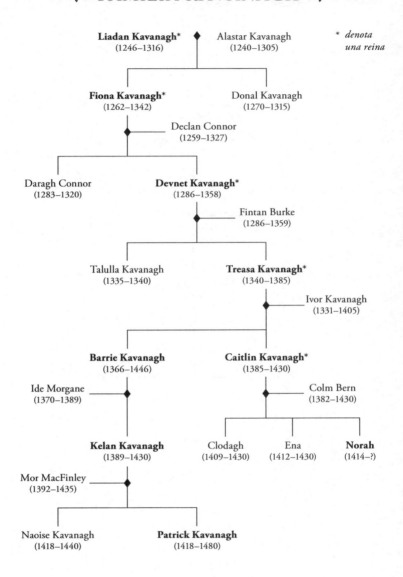

FAMILIA KAVANAGH

Liadan Kavanagh* ◆ Alastar Kavanagh   * *denota*
(1246–1316)   (1240–1305)   *una reina*

Fiona Kavanagh*   Donal Kavanagh
(1262–1342)   (1270–1315)

Declan Connor
(1259–1327)

Daragh Connor   **Devnet Kavanagh***
(1283–1320)   (1286–1358)

Fintan Burke
(1286–1359)

Talulla Kavanagh   **Treasa Kavanagh***
(1335–1340)   (1340–1385)

Ivor Kavanagh
(1331–1405)

Barrie Kavanagh   **Caitlin Kavanagh***
(1366–1446)   (1385–1430)

Ide Morgane   Colm Bern
(1370–1389)   (1382–1430)

Kelan Kavanagh   Clodagh   Ena   **Norah**
(1389–1430)   (1409–1430)   (1412–1430)   (1414–?)

Mor MacFinley
(1392–1435)

Naoise Kavanagh   **Patrick Kavanagh**
(1418–1440)   (1418–1480)

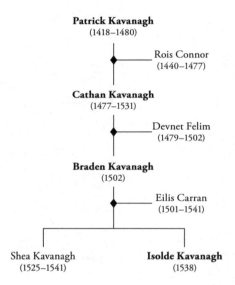

Patrick Kavanagh
(1418–1480)

Rois Connor
(1440–1477)

Cathan Kavanagh
(1477–1531)

Devnet Felim
(1479–1502)

Braden Kavanagh
(1502)

Eilis Carran
(1501–1541)

Shea Kavanagh
(1525–1541)

Isolde Kavanagh
(1538)

Agradecimientos

Escribir esta secuela fue una experiencia mágica, pero desafiante y no podría haber ocurrido sin el amor y el apoyo de muchas personas.

Primero, a mi increíble agente, Suzie Townsend. Suzie, cambiaste mi vida con un e-mail en 2015. A veces ni siquiera puedo creer que ahora he publicado dos libros gracias a ti. Gracias por el amor y la pasión que le has dado a mis historias, por estar allí para guiarme a través de los altos y bajos y por ayudarme a cumplir el sueño de mi infancia.

Al equipo de New Leaf Literary: Kathleen, Mia, Veronica, Cassandra, Joanna, Pouya y Hilary. ¡Me siento bendecida por tener un grupo tan maravilloso apoyándome! Gracias por toda la magia que habéis creado para este libro, aquí en Estados Unidos y en el exterior. También, gracias a Sara, por leer el primer borrador de esta secuela y a Jackie y a Danielle por haberme dado una bienvenida tan cálida en la familia New Leaf.

Gracias a mi maravillosa editora, Karen Chaplin. Has llevado mi escritura a otro nivel y estoy muy agradecida por el tiempo y el amor que has invertido en mis libros. Gracias por sumergirte sin dudar en mi mundo y por ayudarme a pulirlo hasta hacerlo brillar. También, gracias por la sugerencia de escribir desde el punto de vista de Cartier. No creía ser capaz de hacerlo hasta que tú creíste que podría.

Rosemary Brosnan, gracias por querer esta historia y por creer en ella desde el comienzo. Es un gran honor ser parte de tu maravilloso equipo y no puedo darte las gracias lo suficiente por tu guía y tu apoyo. Muchas gracias a todos los que trabajan en HarperTeen, quienes me han ayudado a convertir estos libros en una belleza: Bria Ragin, gracias por tus notas maravillosas y tus opiniones, Gina Rizzo, gracias por todas las oportunidades maravillosas que me has dado de hacer entrevistas y viajar; Aurora Parlagreco, gracias por crear no solo una, sino DOS cubiertas absolutamente preciosas que aún hacen aparecer lágrimas en mis ojos; a mi equipo de ventas (¡gracias por ayudarme a titular mi primer libro!), a mi equipo de publicidad, a mi equipo de marketing, a mi equipo de diseño y a mis editores generales. Es un gran honor haber contado con vuestra experiencia y vuestro apoyo para darle vida a mis libros. También, un gran abrazo y agradecimiento a Epic Reads por todo el amor, las fotos y los videos que han creado y compartido con los lectores.

Gracias a Jonathan Barkat por hacer fotografías preciosas para mis cubiertas y a Virginia Allyn por las ilustraciones internas y por crear un mapa exquisito de mi mundo.

Aly Hosch: ¿dónde estaría sin ti? Gracias por hacer mi foto de autora y por hacerme estar bien a pesar de la llovizna. Tu entusiasmo por mis libros ha sido un rayo de luz. Gracias por ayudarme a correr la voz sobre LRDLR y por estar a mi lado a través de toda esta aventura de publicación.

Deanna Washington: me aseguré de incluir algunos «candelabros» en este libro, solo por ti. Pero con toda sinceridad... tu amistad ha inspirado muchos aspectos de mi obra. Gracias por leer una primera copia, por apoyarme con tu espíritu incluso cuando hay un océano entre las dos. Me fortaleces.

Bri Cavallaro y Alex Monir, ¡mis dos amigos del tour Epic Read! Estoy muy agradecida por haber hecho el tour con vosotros.

Gracias por todo el aliento, por la amistad y el conocimiento que me disteis en mi año de debut. Victoria Aveyard: gracias por permitirme unirme a dos paradas de tu maravilloso tour de WAR STORM, por hacerte mi amiga y compartir el entusiasmo del debut. Eres una inspiración para mí. Heather Lyons: ¡Estoy tan feliz de que contactaras conmigo! Gracias por tu amistad y por alentar mi obra.

Ha habido muchos bloggers maravillosos que han apoyado mis libros desde el inicio. Un cálido agradecimiento a Bridget de Dark Faerie Tales y Kristen de My Friends Are Fiction. Vuestro amor por LRDLR y sus fotografías hermosas son cosas que aprecio. Heather de Velaris Reads: mi primera fan con quien me topé en YallFest en 2017. Heather, no puedo darte las gracias lo suficiente por todo el amor y el apoyo que me has dado.

A mis lectores: ¡Gracias! Es un gran honor tener fans tan maravillosos. Vuestros emails y vuestros mensajes dulces, vuestros bookstagrams, vuestros cosplays, vuestros tatuajes y vuestros fanarts son el viento en mis velas.

Mi familia, por encima de todo, ha sido mi pilar en esta hazaña. Mamá y papá: gracias por criarme con un amor por las historias y por alentarme a soñar con escribir desde la infancia. A mis hermanos y hermanas, gracias por leer mis borradores y por compartir mi entusiasmo: Caleb, Ruth, Mary y Luke. Un agradecimiento especial a mi familia política. A Ted y Joy y al clan de los Ross. A mis abuelos, tías, tíos y primos. Todos vosotros me habéis apoyado y no puedo daros las gracias lo suficiente.

A mi Padre Celestial, por darme el amor hacia las palabras y por colocar a todas estas personas maravillosas tras mis libros. Mi copa rebosa. *Soli Deo Gloria.*

A Sierra, por asegurarse de que hiciera descansos entre borradores para ir a carminar. También, gracias por los lanzamientos de Frisbee:

la epifanía para esta secuela ocurrió mientras estaba sentada en el porche trasero lanzándote un Frisbee. En serio.

Y a Ben. Por soñar a mi lado, por creer en mí, por haberme ayudado a superar fechas de entrega y lanzamientos, por leer mis borradores desastrosos, por construir un muro lleno de estantes para mí. Te quiero.

¿TE GUSTÓ ESTE LIBRO?

Escríbenos a

puck@edicionesurano.com

y cuéntanos tu opinión.

ESPAÑA ⟩ 🅕 /MundoPuck 🅧 /Puck_Ed 🅞 /Puck.Ed

LATINOAMÉRICA ⟩ 🅕 🅧 🅞 /PuckLatam

▶ /PuckEditorial

¡Gracias por vivir otra
#EXPERIENCIAPUCK!

 PUCK

ECOSISTEMA DIGITAL